新世纪作家文丛 第三辑

正午的美德

鲁敏

—著—

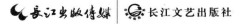

长江出版传媒 | 长江文艺出版社

图书在版编目（ＣＩＰ）数据

正午的美德 / 鲁敏著. -- 武汉：长江文艺出版社，
2017.12（2021.10 重印）
（新世纪作家文丛. 第三辑）
ISBN 978-7-5354-5070-8

Ⅰ．①正… Ⅱ．①鲁… Ⅲ．①中篇小说－小说集－中
国－当代②短篇小说－小说集－中国－当代 Ⅳ.
①I247.7

中国版本图书馆 CIP 数据核字(2017)第 234444 号

责任编辑：杜东辉　　　　　　　责任校对：毛　娟
封面设计：颜　森　　　　　　　责任印制：邱　莉　　胡丽平

出版：长江出版传媒　长江文艺出版社
地址：武汉市雄楚大街 268 号　　邮编：430070
发行：长江文艺出版社
电话：027—87679360
http://www.cjlap.com
印刷：三河市百盛印装有限公司

开本：880 毫米×1280 毫米　　1/32　印张：10.25
版次：2017 年 12 月第 1 版　　　2021 年 10 月第 2 次印刷
字数：239 千字

定价：45.00 元

"新世纪作家文丛"总序

白　烨

　　摆在读者诸君面前的,是长江文艺出版社接续着"跨世纪文丛",新推出的"新世纪作家文丛"。

　　在20世纪的1992年至2002年间,长江文艺出版社聘请资深文学评论家陈骏涛,主编了"跨世纪文丛",先后推出了7辑,出版了67种当代作家的作品精选集。因为编选精当、连续出书,也因为是一个在特殊时期的特殊文学行动,"跨世纪文丛"遂成为世纪之交当代文坛引人注目的重要事件。当时,主编陈骏涛在《"跨世纪文丛"缘起》中说道:"'跨世纪文丛'正是在新旧世纪之交诞生的。她将融汇20世纪文学,特别是80年代以来中国文学变异的新成果,继往开来,为开创21世纪中国文学的新格局,贡献出自己一份绵薄之力,她将昭示着新世纪文学的曙光!"这在当时看来实属豪言壮语的话,实际上都由后来的文学事实基本印证了。"跨世纪文丛"出满 67 本,已是 21 世纪初的头两年。《中华读书报》曾经在一篇文章中这样写道:"在新世纪的钟声即将敲响的时候,它暂时为自己画上了一个圆满的句号。这套文丛创始于 7 年以前的 1992 年,其时正值纯文学图书处于低迷时期,为了给纯文学寻求市场、为纯文学的发展探路,陈骏涛与出版家联手创办了这套旨在扶持纯文学的丛书。丛书汇聚了国内众多名家和新秀的文学创作成果,王蒙、贾平凹、莫言、梁晓声、韩少功、刘震云、余华、方方、池莉、周梅森等 59 位作家均曾以自己的名篇新作先后加入了文丛。几年来,这套丛书坚持高品位、高档次,又充分考虑到读者的阅读需求和阅读期待,为纯文学图书闯出了一个品牌。"这样的一个说法,客观允当,符合实际。

也正是自 1992 年起,在邓小平南方谈话精神的强劲指引下,国家与社会的改革开放,加大了力度,加快了步伐,社会生活真正开始以经济建设为中心,经济建设以市场秩序的确立为重心。社会生活的这种历史性演变,对于未曾接受过市场洗礼的当代文学来说,构成了极大的冲击与严峻的挑战。提高与普及的不同路向,严肃与通俗的不同取向,常常以二元对立的方式相互博弈。正是在这种日趋复杂的社会文化背景之下,以严肃文学的中青年作家为主要阵容,以他们的代表性作品为基本内容的"跨世纪文丛",就显得极为特别,格外地引人关注。究其原因,这既在于"跨世纪文丛"不仅以高规格、大规模的系列作品选本,向人们展示了当代作家坚守严肃文学理想和坚持严肃文学写作的丰硕收获,还在于"跨世纪文丛"以走近读者、贴近市场的方式,给严肃文学注入了生气、增添了活力,使得正在方兴未艾的文学图书市场没有失去应有的平衡,也给坚守严肃文学和喜欢严肃文学的人们增强了一定的自信。

大约是在 20 世纪 90 年代中期,在"跨世纪文丛"出满 5 辑之际,我曾以《"跨世纪文丛":九十年代一大文学奇观》为题,撰写了一篇书评文章。我在文章中指出:"跨世纪文丛"是张扬纯文学写作的引人举措,而且"有点也有面地反映了 80 年代以来文学发展演进的现状与走向。在纯文学日益被俗文化淹没的年代,这样一套高规格、大规模的文学选本不仅脱颖而出,而且坚持不懈地批量出书,确乎是 90 年代的一大文学景观"。我在文章的末尾还这样期望道:"热切地希望'跨世纪文丛'坚持不懈地走下去,并把自己所营造的 90 年代的文学景观带入 21 世纪。"

好像是冥冥之中的一种缘分,我当年所抱以期望的事情,现在正好落在了我的身上。

因为种种原因,"跨世纪文丛"在文学进入新世纪之后,未能继续编辑和出版,因而渐渐地淡出了读者视野与图书市场。约在 2014 年岁末,在新世纪文学即将进入第十五个年头之际,长江文艺出版社决意重新启动这套大型文学丛书,并希望由我来接替因年龄和身体的原因很难承担繁重的主编事务的陈骏涛先生。无论是出于对于当代文学事业的热爱,还是出于对于长江文艺出版社的敬重,抑或是与亦师亦友的陈骏涛先生的情意,我都盛情难却,不能推辞。于是,只好挑起这付沉甸甸的重担,把陈骏涛先生和长江文艺出版社共同开创的这份重要的编辑事业继续下去。

2015年1月7日,在北京春节图书订货会期间,长江文艺出版社借着举办《中国年度文学作品精选丛书》出版20周年座谈会,正式宣布启动大型重点出版项目——"新世纪作家文丛"。由此开始,我也进入了该套文丛的选题策划和作者遴选的准备工作。当时的"新浪·文化"就此报道说:"面对新的文化格局、新的文学现象,出版人仍然应该'有自己的事情要做'。'跨世纪'有跨世纪的机缘,新世纪同样有着它的使命召唤。在一片喧扰之中,一大批严肃的理想主义文学者,仍然怀揣着圣洁的执著,身负着难以想象的重压蹒跚而行,出版人当然没有理由旁而观之。这正是《新世纪作家文丛》的缘起。"

经与长江文艺出版社的社长刘学明、总编尹志勇、项目负责人康志刚几位多次沟通和商议,我们大致达成了以下一些基本共识:一、新的丛书系列以"新世纪作家文丛"命名,即以此表示所选对象——作家作品的时代属性,又以此显现新的丛书与"跨世纪文丛"的内在勾连与历史渊源;二、计划在5年时间左右,推出50—60位当代实力派作家的作品精选集,每辑以8—10位作家的作品集为宜;在编选方式上,参照"跨世纪文丛"的原有体例,作品主要遴选代表作,并在作品之外酌收评论文章、创作要目等,以增强作品集的学术含量,以给读者、研究者提供读解作家作品的更多资讯。

事实上,文学在进入新世纪之后,在社会与文化的诸种因素与元素的合力推导之下,越来越表现出一种史无前例的分化与泛化,创作形态也呈现出前所少有的多元与多样。文学与文坛,较前明显地发生了结构性的巨大变异,我曾在多篇文章中把这种新的文学结构称之为"三分天下",即以文学期刊为阵地的传统型文学(严肃文学);以市场运作为手段的大众化文学(通俗文学);以网络科技为平台的新媒体文学(网络文学)。在这样一个有如经济新常态的文学新生态中,严肃文学的生存与发展,传统文学的坚守与拓进,就显得十分重要并具有非同寻常的意义。因为这一文学板块的运作情形,不只表明了严肃文学的存活状况,而且标志着严肃文学应有的艺术高度,这也在一定程度上影响和引领着整体文学的基本走向。而就在与各种通俗性的、类型化的不同观念与取向的同场竞技中,严肃文学不断突破重围,一直与时俱进;一些作家进而脱颖而出,一些作品更加彰显出来,而且同 90 年代时期相比,在民族性与世界性、本土性与现代性等方面,都更具新世纪的时代特点和新时代的审美风貌。即以最为显见的重要文学奖项来说,莫言获取 2012 年度诺贝尔文学奖的殊荣自不待说;近几届的茅盾文学奖、鲁迅文学奖,不少出自"60 后"和"70 后"的作家频频获奖、不断问鼎,获奖作者的年轻化使得文学奖项更显青春,文学新人们也由此显示出他们蓬勃的创造力与强劲的竞争力。这一切,都给我们的"新世纪作家文丛"的持续运作,提供了丰富不竭的资讯参照,搭建了活跃不羁的文学舞台。

我们期望，藉由这套"新世纪作家文丛"，经由众多实力派作家姹紫嫣红的创作成果，能对新世纪文学做一个以点带面的巡礼，也经由这样的多方协力的精心淘选，对新世纪文学以来的作家作品给以一定程度的"经典化"，并让这些有蕴含、有品质的作家作品，走向更多的读者，进入文学的生活，由此也对当代文学事业的繁荣与发展，乃至对社会主义精神文明建设，奉上我们的一份心力，作出自己的一份贡献。

我们将为此而不懈努力，也为此而热切期盼！

2015 年 8 月 8 日于北京朝内

目　录 ____Contents

我是飞鸟我是箭

事到如今，我还认为那个下午发生在小珂身上的事仅仅是个事故。我想一定只是由于酒而不是别的才铸成了那个事故：是酒精的燃烧让我没有在场；正由于我的缺席，在暗处伺机已久的事故才阴差阳错地如期诞生了。那真的就是个事故吗，也许只是我固执的一厢情愿吧，再说，人间无数的经验早就证明：事故从来就不是偶然，生活中的每一个细节与事件其实都是必然的轨迹。——这个似是而非的带着陈腐之气的空洞之说能够让我在那个下午所发生的一切之后仍然能够心平气和地在大地上自由行走吗。

那个下午并没有明显的特征。在高中同学张勇的一再邀请下，我在他毫无品位的新盖楼房里吃了一顿酒香肉臭的午饭。张勇的祝酒辞很简单：二生，你看你大学都快毕业了，天之骄子啊，你要还瞧得起我这个现代农民，就把这杯酒给我下喽。因为倒卖汽配而大发横财的张勇看上去表情复杂，落榜之恨显然还未消除，发财之欢又欲盖弥彰，但无论如何，这酒我一定得喝下去了。就那样，张勇推杯把盏地最终把我灌得不省人事。

等我醒来，天都快黑了，我吃下张勇切好的半个西瓜，虽然头疼欲裂，但总算能骑着自行车回家了。一路上眼睛一直突突跳个不停，好像上帝真的在给我什么暗示一样，老远就发现家中乌灯瞎火的没有一点人气。进了家，哥哥嫂子都不在。一直找到卧室，才看见小珂一个人躺在黑里头一动不动。我吓了一跳，点上油灯，想摸摸小珂的额。小珂却一下挡开我的手，用力之猛好像我要非礼她似的。小珂身上胡乱裹着一条大毛巾被，露出两条交织在一起的长腿。她脸朝着我，双颊绯红，两只眼睛出乎意料地闪闪发亮。

我忍住头痛坐下来：怎么啦？生病了？

小珂还是一声不吭，但她的沉默里有着一种类似幸灾乐祸的成分，这让我难以理解。

我哥我嫂子他们到哪儿去了？

小珂的嘴角翘起来，露出半个略带讥讽的笑，但一瞬间她又严肃起来，沉思着盯着我，好像在确认我是否真的一无所知。

但愿小姑奶奶不要生病，不要跟我闹脾气，也许她怪我中午没带她到同学家去吃饭？是啊，我怎么不带她到同学家去的呢，让她一个人跟哥嫂待在一起，可能太闷了吧，女人其实真是麻烦，一点照顾不到就后患无穷。我揉着太阳穴反应迟钝地坐下来，我多么想立刻洗把热水澡好好再睡一觉啊。带小珂回我老家过暑假绝对是个愚蠢的决定。我再一次真心实意地后悔起来。

准确地说，这应该是我大学生活里的最后一个暑假了，明年一毕业，那个夏天还能叫暑假吗。对于暑假，我总是有许多奇妙的想法。如果词语本身也有性别之分的话，我觉得暑假就是一个非常母性的词，在暑假的子宫里，会诞生出诸如偶遇、激情、金钱、疯狂等等此类在平常的大学生活中不易发生的事情。第一份收入丰厚的英文家教（学生竟然是一名准备出国探亲的老太）、与一名外校女生的初尝禁果、第一次与同学合伙注册创意公司并在两个月跌跌爬爬的运作后关门大吉……漫长寂寞、秩序混乱却又像葡萄架一样挂满诱惑的暑假让我在这前三年的大学生活中得到了速度空前的成长。我想我现在已经成为一个不折不扣的男人了，走在大街上或者走在校园里，对待金钱、职业、女人、友情，我的眼光已经成熟得近乎狡猾。——这不奇怪，不管男女，从生理到心理，整个人类的成熟期都在提前，除了少数一些自甘天真的稀有品种。小珂是后者中的一个吗，也算不上，她的天真态好像是阵发性的，并带有浓厚的性别意味。她会在她心情比较好的时候拿一些鸡毛蒜皮的事来征求我的意见，并对我的随口说出的只言片语做出如获至宝的样子言听计从，但我看得出她这是在做一种姿态，在玩一种游戏。她的游戏根据来源于那些恶俗不堪的时尚杂志，杂志上说男人喜欢六神无主、娇弱无助的恋人。不过，在大多数时候，小珂怪异多变的天性使得她对这些理论嗤之以鼻，她会随心所欲地与我谈一些恋人范围之外的话题，并用她小鹿一般毛茸茸的眼睛冷淡地扫过我的脸。小珂可能不知道，她唯一吸引我的地方就是她的高傲冷漠、自由散漫以及在喜怒无常中散发出的某种天真无邪。我预感到这辈子我不会再结识到小珂这样的女人。尽管我对小珂的感情还达不到爱恋的程度，但我还是保持了一种超出常理的珍惜并对她的种种非分之求一一迁就。在交往过程中，我和小珂奇怪地形成了一种默契：此冷彼热或者此消彼长，总之大致能维持亲密的交往但又绝对不至于发展为疯狂投入的所谓爱情。在很多时候，我们更像是一对性格不合的恋人，若即若离沉默不语地穿过校园，在众人误读的目光中留下郎才女貌的背影：从一开始，我就从未把小珂当成我妻子的候选人。这一点，在我与小珂之间似乎是不言自明的几何公理。因而，出于最起码的男女交往规律，无论如何，我是不适合把小珂带回老家与我一起过暑假的。

　　后来我怎么又答应了她的呢。我坐在小珂的床边竭力回忆，塞满木屑一样的脑袋却最终让我一无所获。小珂拉开毛巾被，我吃惊地发现她竟然赤身裸体，随意摊放着的四肢散发出一种我所熟悉的疲惫和懒散。小珂对我的吃惊似乎相当满意，她挑衅地翻了个身，背转过脸去，侧身躺着的曲线像一座神秘的小型山丘，高低起伏，引人入胜。

啊是的，那天也是这样，小珂一丝不挂地绕在我身上，半闭着眼像呼气一样地反反复复地说：让我去嘛，我也要跟你回去嘛。女人就是这样，总以为做爱之后的枕边之语会让男人从善如流。事实其实恰恰相反，我最讨厌的就是性与语言、请求、应允等任何其他的杂质连在一起。见我无动于衷，小珂很快换了一种咄咄逼人的口气，似乎对我的顽固感到匪夷所思：干什么干什么，路费伙食费包括在你家的住宿费我全掏，就算是我到赣南的一趟自助游吧，地点恰好就定在你家，怎么就不行了？

小珂的爸妈在南方做珠宝生意，钱赚得不错，每月几千地寄回南京供小珂花销。小珂比较识趣，在我面前几乎很少谈钱，有时也让我用打工所得请她吃饭看演出什么的。但她对金钱的满不在乎以及认为金钱全能的优越感还是像狐狸尾巴一样一不小心就会露出猩红的尖子。这是小珂身上让我敏感的东西之一。我克制住自己的性子，耐心地朝向她，再一次竭尽所能地把我老家的封闭、落后、贫穷与小珂做了言过其实的描述，小珂的眼睛反而更加闪闪发亮起来：那正好呀，我就在你们那边做一个乡土系列的采风怎么样，说不定还会画出几幅原汁原味的人物呢，正好参加大学的秋季画展！小珂的理由更加充分了，她现在把自己定位成一个敬业的不怕吃苦的美术系学生。小珂翻过身趴到我的胸前：说定了，我只是去画画。我知道你顾虑什么，我们先说定，我只是你的普通同学，在你家我们绝对不睡一张床！怎么样？只要你能忍住就行，同意吧同意吧，我保证会在你们家人面前贞洁得像个乡下处女，一看见男人脸就发红！

好了，现在看看吧，小珂的表现确切地说应该是：男人一看见她脸就发红。从艳丽的衣饰到随便的谈吐，以及因为一点小事而前仰后合放声大笑的习惯，小珂的本色几乎从到我家第一天开始如冰山浮出水面。

第一个晚上，小珂竟然穿着吊带睡裙就出来乘凉了。睡裙是少见的湖蓝色，衬得肩膀和胳膊白得像月光。刚刚洗过的头发还在滴水，把前胸及后背的一块睡衣都染湿了，即便是在夜色中，仍可以感觉到她胸前两团饱满结实的山峰。我偷偷地看哥哥，我看见哥哥像被灼伤了似的迅速扭过头。我忽然有些替哥哥难过起来，这么多年，在女人这方面，哥哥可能永远都是深感缺憾的吧。哥哥其实只比我大七岁，父母早逝、提前辍学加之长期的劳作使他看上去简直像三十好几的人了。哥结婚也早，由于我们的家境，娶回家的嫂子人虽老实，却着实谈不上好看，也不喜欢打扮，生了小米之后更是体形全无，人又黑又瘦，没有胸没有肚子也没有屁股。加上现在有小珂这么一比，简直就像一片提前到夏天凋落的叶子。

小珂拿出梳子开始顺头发，梳起的水珠溅在我的腿上，哥哥也有幸一得芳泽，他很迅速地把腿往后缩了缩。上风送过来小珂发上的迷人香气，这在校园，几乎每个擦身而过的女生都会有着类似的人造香味，但在此时，这味道却让我感到分外不合时宜。我咳嗽了一声把烟蒂扔掉，想起小珂关于"乡下处女"的信誓旦旦，一时心中发急，却又想不出该怎么暗示小珂要信守她的那些狗屁诺言。

接下来的几天，小珂更加无所顾忌地原形毕露了。除了没跟我睡一张床，其他的她什么都忘了。每天她要一直在床上挨到九点才会睡眼惺忪地穿着略略有些起皱的睡衣出来刷牙洗脸，小珂因陋就简地蹲在院子里，大声地漱口，用手捧起水洗脸，然后带着一脸的水珠到房里换衣服。重新出来的时候总是叫人眼前一亮，头发梳得油光水亮，还涂上一点口红什么的，身上要么是小吊带衫，要么是紧身的T恤。有一天，小珂甚至穿出来一件绣花的肚兜，身后几乎是光背，在我眼神的强烈要求下，小珂才极不情愿地加了件半透明的短袖开衫。小珂总是振振有词地说：这儿没空调，穿少点儿图个凉快嘛，不都是你自己家里人，有什么好避讳的。

小珂的一切简直令我的乡邻们大开眼界。乡邻们并不掩饰他们的好奇心。我们回家后的第一个礼拜，家里总是来来往往地充斥着找到各种理由前来串门的乡邻。小珂似乎对此有如沐春风之感，她的魅力因为环境的不谐而显得更加令人过目难忘，很多时候，她只是故作安静地坐一边，手里拿着纸笔乱画。但即使她一言不发，她过分白嫩的皮肤、乡下少见的衣饰及脸上的妆容还是令周围的人感到突兀和无所适从，谈话就有些断断续续心不在焉。哥哥坐在乡邻们中间，看上去比别的人更加坐立不安神思恍惚。

小珂在纸上乱画的结果是给每一个来我家的人留下一张速写，然后等人走了之后，再得意洋洋地叫哥嫂辨认。小珂的素描是童子功，在系里都是排得上的。每一张素描都会惹得嫂子露出吃惊得近乎敬畏的笑容，说话都结巴起来：唉呀怎的这么像呐！哥哥虽不说什么，但他会捧着纸片看好长时间，像在琢磨小珂的技巧一样，并在后来与小珂的谈话中断断续续地问到她的身世、家人、绘画什么的。看上去哥哥对小珂还是比较接受的，这让我安心不少。

总的说来，小珂只是性格比较任性而已，回家这段时间，除了偶尔会无缘无故地郁郁寡欢外，并没有惹出什么特别的麻烦，也许她今天又是心情不好吧，再说她以前也经常喜欢不穿衣服睡觉的。

我帮她把毛巾被拉到身上：要不你继续睡好了，我去找我哥。

我把灯吹灭，房里又像开始那样一团模糊了。快要走出房门，小珂突然说话了：你曾经爱过我吗？声音里浓浓的鼻音带着说不出的伤感和迟疑。

我有点不安，这么严肃的话题还从未在我们的交往中出现过呢。我想小珂可能真是想家了。女人在情感上永远比男人慢一个节拍，伤感起来总要追究一个空洞无物的"爱"字，爱和不爱难道真的有什么区别吗。我和小珂在个性及家庭背景上相差太大，不可能有什么的。

好了，小珂，你这么聪明，应该感觉得到的，这个还要说出来吗。我从门口返到床前，就着朦胧的月光吻了吻小珂的唇，这大概是我们回家后的第一次亲吻吧。整个假期，我与小珂一直保持着相当圣洁的距离。唇很热，但我看到小珂的眼神相当冷淡。随它去吧，喜怒无常的女人。我轻轻带上房门出来了。

空无一人的院子看上去比较凄凉，我想了想，哥嫂他们不会有别的去处，我在月光下慢慢向我家的田里走过去。

好久没有到田里去了。月光下的土地，看上去像老人般混沌无知，庄稼们半闭着眼在月亮下打盹，听不见的呼吸在耳边回绕。我看见哥哥一个人站在田角，他可能有好半天没动了，两只脚像长了根一样地与土地连在一起。我一直走到他边上，哥还是像树那样一动不动。难道每个人都像我一样因为太多的酒精而变得迟钝不堪行为反常？

哥，干吗站这儿？嫂子呢？

下午带小米到她姐家了，她姐家小孩生病。

你咋没一起过去？

不是，不是你那同学……要我给她当模特儿嘛。

哥的声音听上去干巴巴的，像被太阳晒过了头的苞谷粒。不过他这一说我的脑子像开了一扇门似的又亮了一点，我想起来我为什么不带小珂到我同学家吃饭的了，这得怪小珂自己。

大概几天前，中午吃饭，实在热得不行，嫂子去井边打来一桶水，那井水可真是透心凉。我们每人用井水洗了把脸，舒服了许多，尤其是小珂，饭也不想吃了，孩子一样地与小米两个人在院里泼开水来。哥哥大概也是热得不行，便把汗衫脱了光个膀子。在这之前，由于顾忌着小珂，除了晚上在黑地里乘凉，哥哥一直都忍着没打赤膊。小珂过会儿回来喝汤，猛然看见哥哥，眼睛一亮，激动得大叫起来：二生，你看你看，你看你哥多好的身材，看肌肉，还有肤色，多自然多和谐！简直是天生的 model！比我们学校的那两个半老头儿棒多了！哥哥脸腾地红起来，浑身不自在地到处找汗衫准备裹上衣服。小珂的那股邪劲儿又上来了，一步冲到哥哥旁边，伸手拦住，嘴中一边还啧啧称奇地念叨个不停。我倒是见怪不怪了，美术系的女生们有时都会发点癫，白脸蛋的小排骨看多了，哪见过我哥这样的好身体。哥可受不了，眼睛一个劲儿向我求援。嫂子也蒙了，有点紧张地也睁大眼睛盯着哥的上身看。她大概觉得奇怪，这身体她都看了快五六年了，怎么没发现哪里好呢。我忍不住笑起来，同时把小珂拉开一点。小珂也觉察到哥哥的局促了，就势让开，让哥哥套上衣服。小珂这下是彻底不吃饭了，整个人一下子兴奋起来，赌咒发誓地说她一定要以哥哥为模特搞一个人物油画，一定要凭这幅油画在秋季画展上拿个大奖等等。小珂明着是对我说，眼睛倒是一个劲儿地往哥哥脸上扫。哥哥把碗扣在脸上尽管吃饭喝汤，就是不开口说个好字，倒是嫂子看不过，面带惶恐地说：只要大妹子你看行，你就画呗。其实我心里有数，只要没说不，哥哥就是已经答应了。

接下来的几天小珂就开始替哥哥想造型，表情怎么办，虚掉好不好？又矛盾着是画半身呢还是全身，不过，每天中午一吃过饭，从十二点半到两点半，哥哥是必须待在小珂兼作画室的卧室做模特儿的。之所以选这个时段，一来邻居们都在家睡觉，没有人会看到这种在他们看来极其滑稽、不易理解的所谓"创作"；二来，这时从窗户照到小珂房间的光线最为充足，哥哥侧身坐着，肤色的明暗度最符合小珂的构想。这正是一天中最热的时候，小珂往往只穿一件薄薄的吊带衫，还是热得满脸通红、汗流浃背。不过几天下来，进展不快，几次推倒再重来，小珂的画布上还只见到一点线条和轮廓，小珂为此脾气有点暴躁起来，画画时容不得任何人打扰，每天都要画满两小时才让哥哥出来。今天中午更是说什么也不肯跟我到同学家去，说那样会打断她的灵感。好了，既然是自己找的苦，刚才还那样怪模怪样地横在床上生什么闲气，会不会是跟我哥吵架了。

哥，这两天让小珂给闹得挺累的吧，她脾气又不好；你要不乐意，明天我跟她说说，先不画，停两天得了……

二生，我……我今天做了一件事……头脑昏乎乎的，我都不知道是怎么回事，但真的不是我要那样的，是小珂先……

没事呀哥，小珂那人我知道，城里人的臭脾气，一发作起来没完没了的……

不是……二生，我跟……小珂……我跟小珂那个了……二生，你别怪我……我当时一点办法没有，她突然丢下笔，把她的小背心一脱，上来就抱住我，还……亲我，其实我当时都快要睡着了，每天画画我都不敢看她，就当我是快要睡着了，她这样一来，我觉得我整个人突然胀起来，脑壳嗡嗡地响成一团……她堵着我的嘴，脸上全是泪，她好像是哭了，两只手死死地扣着我，她靠我那么近，带着我就往床上倒了……二生，你别跑，你等我说完，我真的没办法，你哥是没办法，一点办法也没有，我活了二十八岁第一次这样……

我决定带着小珂提前回学校。小珂不说什么，自顾收拾行李，那块仅仅画了个轮廓的油画布也被小珂仔细地卷起来塞进包里。嫂子第二天带着小米回来，我们三个人不约而同地像同谋一样地各自守口如瓶，言吐正常合理。对于我们的提前返校，我随口告诉嫂子说，想回学校打工赚点钱。

虽然回乡才不到一个月的时间，重新踏上颠簸不宁的长途车，却真叫我有点物是人非的感觉。小珂在一边坐着，也不说话，这与她来时路上的表现真是判若两人。那时，只要车子一停，但凡稍入眼些的枯树、草房、干柴甚至光着屁股的小孩都会让小珂少见多怪却又感觉良好地举起相机，咔嚓嚓一阵乱拍。小珂没心没肺的欢乐就这样从这个世界上彻底消失了，我与小珂亲密无间嬉笑怒骂的好日子也一去不返了。巨大的自责如泰山压顶，我想小珂其实真的只是个初次下乡的小女孩；至于我哥，更不要说，我想他一定是被动和无辜的；最可怜的是嫂子，她不知道在她驮着小米在炙热的太阳下赶路的那个时辰，哥哥已与她千里迢迢。——整个事件的罪魁祸首应该是我，从一开始就不应该带小珂回来，更不应该丢下小珂去吃什么酒饭，或者我少喝一点儿，一吃完饭就赶回家，在小珂犯迷糊之前及时打上一桶井水给她冲冲头就好了……

我坐直身子，尽量不碰到小珂裸露着的手背，我嫌恶的不是她，而是我自己。我感到我与小珂之间突然多出了一种介乎血缘与仇恨之间的混乱关系，我永远都不能再碰到她了。我开始像个老人那样徒劳地回忆这一个月来小珂在我家的点点滴滴，试图从那些一掠而过的蛛丝马迹中寻找上苍曾经带给我的暗示和征兆。我想起来小珂曾经对哥哥烧出的一手好菜赞叹不已，而哥哥也会在不经意之中让小珂最爱吃的菜反复出现在餐桌上。我想起小珂曾经悄悄问过我哥哥的年龄，不相信他只比我大七岁。我记得我当时说了我哥为了我而被迫辍学、参加劳动、提前结婚等等之类使他看上去老相的事。小珂一直听得很认真，并不时追问一些细节，但在我饱含深情的长篇大论之后，她却高深莫测地未加任何评论。我想起哥哥为了让小珂的那小屋更通风更凉快，曾用一个下午专门在后墙挖出一个窗户，小珂那天为了表示谢意特地把自己爱不释手的瑞士军刀送给哥哥……还有，前两天，哥哥在乘凉时趁小珂不在，态度郑重地专门问了我一句：你跟小珂到底是怎么回事？我见哥哥的神色好像带有一种家长式的威严，就半虚半实地答复说：我跟她目前的关系是比同学再近那么一点儿，但将来肯定要比一般的人还要远。你们不可能结婚？哥哥紧盯着我又问。不可能，没有一点可能性。我看到哥哥的表情在一瞬间显得如释重负，当时我一直以为那是他认为小珂不适合我的缘故……乱七八糟似是而非地回忆了很多，那些在当时看起来如小河淌水般自然、不起眼的细节和语言，现在重新一想，好像都有了意味深长的含义。这些含义令我痛苦和难过，是的，我宁可相信所有的一切都是我在凭空臆想，那个下午纯粹就是偶然，就像蒲公英，是一次无根的降落；而不是像麦子或玉米，是酝酿已久的播种。

到省城我们转火车，买好票，得在火车站等一个半小时。我和小珂一路无话地找到一个有冷气的候车厅，守着一大堆行李坐下。行李里有半大包土豆，小珂最喜欢吃土豆烧肉。我说过到了南京我跟小珂没人会烧土豆的，可哥哥还是固执地顶着太阳到地里挖出一堆并帮我们塞进行李。那个晚上之后我跟哥哥再没有过交谈，连眼神的交流也没有。只是等到我和小珂上了车，我们才有了离别前的短暂对视。我发现哥哥已经没有当天晚上的那种痛苦和自责了，他看上去比我要镇定得多，他甚至还当着我的面对小珂小声说了句什么。当时我难堪地扭过头去，没听清他的话。

看到行李堆中鼓鼓囊囊的土豆，我不禁脱口而出地问小珂：我哥走时对你说什么来着？这是我与小珂出发以来的第一句话。

悄悄话。

小珂，别跟我这样，我又没说你什么……这事儿到底谁最有理由生气？

生气要什么理由，就像爱一样，要什么理由。

没有理由你就可以随便去破坏他们的生活？

他们的那还能叫生活？你没看你哥都压抑得快要死掉了吗？小珂看起来比我还要激动。那么多年，他就困在田里，从来没有离开过乡村，从来没有真正爱过一个女人，从来没有过真正意义上的性爱……你们哥俩长得虽然比较像，可你们真太不一样了，他整个人好像就很绝望，很宿命，注定一辈子忍耐、牺牲，你呢，你过得多自信多顺溜呀，事事以自我为中心，漠视别人的生活，对自己的掠夺和寄生毫无知觉习以为常……包括对我，也是一样，过多的表白，可笑的征服感，纯粹的实用主义……你哥不同，我发现他很少说多余的话，也决不无故多看人一眼，即便是对一个人好，他也只是悄没声息地做了就算……他怕我夜里一个人孤单，就特地捉了几只金铃子来放在小盒子里养着；他教我如何把南瓜切碎分给金铃子，如何把盒子开一个小缝让它透气；看他对待金铃子的那份细心和爱惜，我好像这才发现我喜欢什么样类型的男人了。

火车站人不多，偶尔有神情茫然的过客拖着行李从我们面前匆匆走过。这不知为何让我想起了我与小珂刚刚好上的那些日子，没想到这么快，我们就会这样来谈到另外一个男人。

……说了你可能不信，我从第一眼见你哥就觉得他很吸引我。你记得那天他到村口接我们的情景吧，我当时就注意到他的眼神，那种克制住的高兴与难过相混杂着的眼神，两只手犹豫着是否要接过我手上的东西……我敢说你哥以前就从来没有爱过，所以事实他不仅压抑，还很孤单，我一看到他就想，这个素不相识的男人跟我多么相像啊，从来没有爱没有贴心贴肺的关切没有令人向往的前景……我对他的感觉很奇怪：既好奇又怜惜，有进一步亲近的渴望，好像我有义务去让他从压抑和孤单中得到释放一样……

行了可以了，你不会是要告诉我你爱上我哥了？即便小珂说着的这个男人是我哥，但一想到我与小珂曾经有过的甜言蜜语肌肤相亲，我的表情还是不由自主地僵硬和复杂起来。我打断她的话，同时别过脸去。这会儿，我甚至不想看到小珂脸上的表情，也许她的表情可以帮助我判断她上述那段话的真假程度，可是那又怎么样呢——不管事情是真的像小珂所说的那样有爱情在人间降临，或者只是小珂为了荷尔蒙在不适当的地点、不适当的人物之间的爆发而寻求一件勉强遮体的外衣，我在这两种可能性之间，都没有体面的立足之地。

小珂却疯了一样地别过我的脸，是的，有爱，反正我与他之间最起码有一个人在爱，不像我们俩，全是逢场作戏，全是夸大其辞，跟你一样，我对我们的关系早就烦透了！还有什么，你再问吧，至少我还可以对你说实话！

我被小珂激怒了，她何至于为了掩蔽自己的轻狂无知来如此践踏与我的过去。我捏起她的下巴，动作尽可能地不屑一顾：是的，还有最后一个问题，能告诉我你们那天是怎么做爱的吗？跟一对兄弟分别做爱的

012

感觉很不一样吧，或者说跟你的人体模特儿做爱的感觉很毕加索吧？

　　八月的校园并没有想像中的空旷宁静。待在学校里过暑假的人越来越多了，许多精明能干的哥儿们会充分利用这个假期为下一个学期攒下足够的花销。图书馆前面间或闪过一些与父母并肩而行、面带得色的面孔，那是刚刚被录取的新生来学校体验生活。一批批利用暑假来南京旅游的外校大学生像串联一样地在校区四处游荡，他们挤在宿舍里打地铺，在学校边上的小摊上买四元一份的盒饭，在澡堂里用冷水冲澡并舒服得哇哇乱叫……

　　没有了小珂的校园让我失去了战斗力。回到学校的第二天，小珂就搭上南下的列车到父母那儿去了，除了一个手机号码，她没有给我留下只言片语。在心烦意乱、难以入眠的夜晚，我曾无数次拨通小珂的手机，听到的却总是冷冰冰的关机提示。小珂是唯一了解我创伤并有义务倾听我诉说的知情人，她怎么能关手机？百无聊赖之中，我出门找了一份在影楼帮忙的活儿，为一个剃着光头的摄影师拉背景布、打灯并更换一些假模假样的小道具，每天上午九点半开工，直到送走最后一对给折腾得筋疲力尽的男女。这活儿还不错，有空调，早上可以睡觉，中午还管饭，琐碎的忙碌甚至给我带来了一种生理上的充实感。我基本上忘了那些不愉快的令我倍感屈辱与受伤的往事。我不再像一开始那样拼命设想小珂与哥哥做爱的细节和情景，他们时间的长短、姿势的变化、小珂及哥哥当时那一瞬间血破身躯的感觉等等，也不再想着如何奚落和报复小珂了。在某些时候，我甚至说服自己原谅小珂，说到底，我与她并不是真正意义上的恋人。

　　但当哥哥突然站在我面前的时候，陈旧的伤疤还是如阴天的关节一样隐隐作痛起来。哥哥的满面尘灰及他神色中的那种恓惶很快让亲情重返心田。我想起来，这还是哥哥第一次到南京，第一次到我的大学呢。以前，我曾多次叫他过来，从未出过远门的哥哥总是以各种理由最终推辞。

哥，你怎么找得过来的？

哥哥第一次笑起来，他这一笑，我马上感到什么东西在我与哥哥之间融化了一样。我轻松起来，去他的女人，女人如衣服，兄弟如手足。

哥哥笑着举起他手中的一封信。我一看，这还是我刚考上大学时写回家的一封信，在信封上，我中规中矩地写着我大学的地址名称及什么系什么信箱等等。

我就拿着你这封旧信，前后一共问了……嗯，一共问了八个人，你瞧，还真的就找到你了。哥哥再一次为自己的好主意笑起来，这使得他看上去年轻了很多。

哥哥走进我的宿舍，放下随身的包，在我宿舍里前后左右转了一圈，然后他问：小珂呢。语气极为平常熟稔，就像在乡下老家，每次烧好饭菜，哥哥都会对我说：小珂呢，喊她来吃饭。

到她父母那边去了。我只得也极为平常地回答。……干什么，你找她有事？过了一会儿，我还是忍不住加了一句。

……想让她把那幅画画完呢。

我开始找烟。回到学校，我有好长时间没有抽烟了，看到哥哥，我感到烟瘾又犯了。

二生，你觉着哥这样不好是吧，可能吧，一个女学生，我倒这样了。一开始我就知道我不对，好在她不是你女朋友，这样我心里还好一点儿……你不知道，她……那么白，那么活跃，那么会笑，对我又一直很好，很亲切，我从来没见过她这样的女人……你们一走，我觉得家都空了，没办法再待下去了。除了到南京找你们我没别的主意。想来想去，除了画画，我想不到其他事情来找她。反正我一定要再见到她。

她不在你怎么办呢。

等等吧，她总归要上学的吧。二生，你别笑我。……虽然跟她就那么一次，但我真的忘不了她……我以前从来没这样惦记过一个人……

……家里还好吧？我嘴里涩起来，想起我乳房干瘪的嫂子。

我说我出来打工挣钱呢，反正能赚到的钱，我一准全都寄回去。

好在能吃苦，哥哥第二天就在学校附近的洗车行找到一份差事。洗车行大都是凌晨以后生意才好，哥哥白天睡我这儿，晚上就出去干活儿。我是晚上睡觉白天到影楼，我们碰面的机会不多。但哥哥的进进出出让我很不安生，还有二十天就开学了，开了学怎么办，小珂真回来了，他们会怎么样，哥哥怎么回得去呢。在哥哥来的第二天我曾偷偷打过小珂一次电话，没想到这回倒通了，我刚说了一句"我哥来南京找你了"，那边电话就挂了。我都搞不清楚小珂挂电话是因为听到我的声音还是因为听到我告诉她的这个消息。但我想小珂是不会理会哥哥的，她还不至于疯狂到要与哥哥打持久战的地步吧。

浑浑噩噩地一天天过下去，哥哥的情绪却一直不错，整天把自己收拾得齐齐整整的，早上偶尔碰到下班回来的他，他好像欲言又止地想对我说点什么，也许是想让我设法与小珂联系吧。我只好急着要出门似的逃之夭夭。有几次影楼里生意不好，我白天回学校休息，哥哥却不在宿舍，也许他正为了他那突然爆发的情欲而在南京的大街小巷里乱转着祈祷吧；第二天问起他白天的去处，哥哥只摇摇头，似乎不想解释，我也就作罢。

开学前三天，我终于在食堂的饭卡充值窗口见到小珂。小珂看上去消瘦、苍白、目光飘忽，有点神经质，活像被不知名的大病煎熬过一场。

什么时候回来的？即使她还是不怎跟我说话，为了我哥，我想我还是应该打个招呼。

小珂仔细看看我：你真的想知道？然后她转身就走了。

我急急忙忙跑回宿舍，我心里很矛盾，却又尽可能若无其事地对哥哥说：小珂回来啦，要不，我带你去找她？

哥哥低下头，闪开我的眼睛。我……早就见到她了，她回来有一阵子了。我想我应该满足了……我想好了，明天就走，就这样结束吧，已经最好了。

她早就回来了？我十分吃惊，以为哥哥在说胡话。哥哥的脸色带着与小珂相似的病态的苍白。哥哥让我觉得陌生。

你别生气，是小珂不让说。她一知道我来这儿了就回来了。我跟她在一起好一段时间了，我们在一起……画画或者睡觉。我这生别无所求了。我好回去了。

戛然而止的结局尽管出乎意料而且难以想象，尽管被隐瞒被欺骗被拒之于千里之外，我还是发自内心地像白痴一样地觉得轻松和高兴。细节和过程全都忽略不计吧，忘了我所听到看到的一切吧，就像个真正粗枝大叶自以为是的旁观者。祝愿哥哥回到乡下与嫂子接着过他们平淡无奇的日子。祝愿我与小珂成为校园里在暑假平静分手的恋人中的一对。祝愿生活像白纸一样重新翻开一页。

第一片树叶从树上掉下来的时候，女生们穿起了长而轻的风衣的时候，秋季画展如期在美术系的东大楼开展了。我抑制住欲望，一直等到闭展的倒数第二天才去东大楼，我一直不喜欢在嘈杂人声中不绝于耳的评论中看画。我记得小珂也有这个习惯，我与小珂的第一次相识就是在大一那年的秋季画展，稀稀落落的几个观众中，一个喜欢看画的理科男生与一个美术系女生的恋爱就那样拉开序幕。

跟往年一样，美术系在展厅正中间摆了一个评分箱，要求每名观众选出自己最喜欢的三幅画。我拿了一张评分表，每年我都会认真评分，我选出的三幅画每次都与最后的统计结果完全一致，小珂曾经因为这一点而对我的眼光大加赞赏，她赞赏的方式是一口气亲了我五分钟。想想那是多么遥远的往事啊。

在左厅的拐角，我看见了我哥，整个展厅中唯一的全裸男体。取的是一个 3/4 侧面，画中的哥哥四肢强健匀称，肌肉闪出迷人的光泽，一只脚迈出小半步，另一只脚在原地踮起，双臂微微弯曲，紧张而有力地前伸，嘴唇半启，向画外看不见的人表现出类似于拥抱的姿势，但与姿势的热切相反，哥哥暗处的脸稍稍低垂，神情中表现出一种令人难忘的犹豫和克制——这可能是我的错觉，我相信更多人的眼光会被哥哥下体的那条小小的大红色肚兜所吸引，红肚兜的位置和颜色都很跳，似乎在诉说一种难以超越的狂热和情欲。画的背景是一张凌乱的白色小床，一只枕头被抛在床角，枕头上有几个小小的我一向熟悉的褐色字体：小珂·爱人。

　　我忘了投票，但结果一定不出我所料，小珂的画将脱颖而出。画面中长相与我酷似的男模将成为这个秋季与小珂有关的热门话题之一，我与小珂的秘密将在流言中产生若干个令人浮想联翩的版本。

2001 年 8 月 14 日凌晨于虎踞北路

左　手

　　陈克把罗医生的左手割下来寄给了肖然。一贯关注时效的陈克选择了邮政局刚刚推出的"同城快递"。当肖然怀着一丝茫然和期待亲手拆开淡蓝盒子的包裹时，她闭着眼睛把手伸向盒内———一个出走多时的新婚丈夫，将会寄来什么礼物？生性浪漫的肖然显然想就此给自己长期的压抑创造一个想象以及惊喜的机会。当然，她碰到的是一只柔软的带着体温的左手，那只手在密封的保鲜袋里甚至保持着握手的姿势。肖然的惊叫几乎吵醒了全城所有熟睡的婴儿。

　　……我说你好你好，一边像个顽固的左撇子那样伸出左手。罗医生的眼里果然闪过一丝遇到同道中人般的惊喜，他同样礼貌地把左手伸向了我。我握住它，它真是宽厚温暖呀，然后我把它弄下来，然后我就直奔邮局。柜台里工号为 0429 的营业员小姐真好，她热情极了———您要快是吗，那您就寄"同城快递"吧，我们才推出的新业务，专人专车，保证两小时内送到收件人手中。真的那小姐热情极了，还是她帮我选的包裹盒呢。我真应该给她写一封表扬信，要不然，我还想不到这么富有创意的方式呢，你们说，那是不是肖然这辈子收到的最难忘的一个包裹？肖然真是的，干吗要把那手送到派出所呢，一点想象力都没有，这是丈夫给妻子的新婚礼物，她至少应该保存一段时间才对……

我和万泉千里迢迢地到东城去看陈克，他就一直面带得色地跟我们唠叨那左手的来龙去脉。事情都过去两年多了，他竟然还对当年的那些细节倒背如流，好像他这两年多的时间里就一直用来进行反复的追忆和回想。他的那种表情和语气像是在故意惹我们生气，他至少应该过问一下肖然现在的状况，以及罗医生的伤势什么的。不，完全没有，他一直就在谈那只左手，那只我们好不容易从记忆中淡忘出去的左手。

我难过得说不出话。这次探视成了纯粹的一次物质问候。眼前的这个陈克好像是个完全陌生的犯人，头皮在额头上泛着青青的光，过分的瘦削使得他的脸看上去有点变形。他说话的时候眼睛不具体地看某一个地方，他的眼神在我们脸上飘来飘去，像一只被风吹起的脏塑料袋。

出了东城监狱，搭上摇摇晃晃的郊区车，一车人的脸色都带着相似的黯然神伤。万泉握起我的手贴到他的脸上，我发现我的手上忽然沾满了湿漉漉的液体。万泉哭了。我转过头去，不去看他的脸。

后面十四年，陈克将会一直这样与我们高墙相隔，就像阴阳相隔。等他出来，都42岁了，他会变成什么样？这冷漠势利的人群将会怎样接纳这个犯过错的羔羊？

我开始后悔刚才对陈克的冷淡，想到陈克以往的性格，我终于醒悟到他令人反感的表现其实是他故意疏远我们的一种方式，他也许根本不想让我们知道他像毒蛇钻心般的疼痛以及绝望。他就像一个自甘溺水的人，他不想要我们的呼救和安慰，他知道这世上根本没有人能够把他从这场罪恶与忏悔中救赎出来。

车窗外是灰色的土地，偶尔闪过同样灰色的行人。这让我想起那首

《灰色》，陈克曾经在晚会上朗诵过的。事实上，那时的晚会已经不流行读诗了，不过陈克读诗并不让人见怪，他做什么都不会让人见怪。陈克在我们班一直就是个特例。我们班的男生分为保守派和潮流派两个阵地：前者大多来自乡村，是县中或者镇中学的产品；后者则是城市土著，哪怕是城市贫民，也带着仿佛与生俱来的优越和风度。陈克家是部队的，农村城里都呆过几年，在他的身上，混杂了两派的优点缺点：他比一般的农村孩子还要性格内向，很少参加集体活动，饮食上注意节俭。与此同时，他又长得那么白净、举止有度，穿着上异常讲究，衣服总是有模有样，内裤和袜子只穿白色的，还常常在寒暑假里带上帐篷水壶什么的做一些很城市化的远足、野营什么的。陈克复杂的个性使得他在两个阵营里都没合适的位置，整个大学期间他一直显得有点郁郁寡欢，除了万泉，好像他都没有交上过别的朋友。这使得他毕业后放弃省城而选择北洼也显得不那么突兀了。

北洼，这是个中小型的地级市，空气固然清新，然而这空气却是经济落后的最好注脚，没有一个踌躇满志的大学生愿意把自己的一生交付与它。万泉是因为他心脏不好的母亲加之他母亲说一不二的性格，他只得像八十年代定向分配的大学生那样重新回到了北洼。我是因为对万泉朦胧却又坚贞的爱情义无反顾地跟着他到了北洼。只有陈克的选择有点让人难以想象——陈克的家在无锡，而且他爸爸在当地还是不大不小的一个政府官员，但他死活就是不愿回无锡，他总是说：我的哥哥弟弟太多，少我一个没人发现。同时他也不肯留在省城，他说他嫌那里太吵太花，然后他好像纯粹是灵机一动、顺水推舟般地跟着万泉来到了北洼。

"陈克去了北洼。"毕业典礼上，说到陈克，大家神情迷惑的脸上都显出一种真正的漠不关心。是啊，一个城市与一个人，就像一杯水与一条鱼，没有人真正了解其中的奥妙与灵感。

在北洼，陈克是标准的异乡人，他略带江南味道的发音与他身上分外整齐的衣服一起，成了陈克外乡人的最好标签。也许陈克这一辈子，都走不出异乡人的那种神秘的带有流浪气息的阴影。

　　我与陈克不同，随着在北洼工作生活的稳定，我和万泉的爱情也到了最美妙醇厚的阶段。我很快学会了北洼方言，并想方设法最大限度地避开陈克而去与万泉单独泡在一起，新鲜饱满的爱情令我们幸福得发抖。我甚至觉得是北洼这块对我来说完全陌生的小城使我的爱情更加接近纯真和理想，与此同时，万泉也因为能够在故乡的大街小巷里搂着他心爱的姑娘而对命运充满感恩。是的，像任何一对这一阶段的恋人一样，我们相信，世上最幸运的人大概就数我们两个了。

　　不过，满满溢出的幸福之水很快令我们意识到陈克在情感生活上的一贫如洗，加之万泉对陈克的选择北洼一直心存愧疚，陈克的形单影只很快成了万泉的一块心病，当然也是我的一块心病：陈克不快乐，事实上我与万泉就无法得到圆满的快乐。意识到这一点的时候我才工作两年，与万泉也还没有开始谈婚论嫁，但我已经像个最老练最热心的中年妇女一样开始在尚不熟悉的小城为陈克四处寻觅可以与他谈情说爱的女孩。

　　事到如今，我已经记不清在肖然之前我已经为陈克介绍过多少女孩了，但有一个细节可以说明问题：只要我走出办公室，走到大街上，我总会隔三岔五地在人群中看到一些似曾相识的面孔；当然，在双方碰面之前，她们会像我一样及时地扭过头去，以避免一次尴尬的相认。因为在当年，无一例外，都是陈克主动拒绝了与她们的继续交往。是的，得承认陈克在女孩子们眼中的吸引力，他的外表比较出色，但人又很沉稳，话虽不多，做事却极有风度，工作单位在北洼也算相当体面富足，加之他的孤身一人，很容易在女孩心中勾起蓄势待发的母性和怜爱。

　　屡败屡战的做媒持续了好几年，万泉的鼓励和催促支持着我一直坚持下去。万泉常常说：你想，要是你再不帮他一把，他在北洼怎么可能找到爱人？他是跟着我们到北洼的，我们得负起责任，可不能丢下他不管！是的，万泉有万泉的道理，做媒似乎已成了我的一项长期的注定失败的工作，为此我还得罪了不少人，甚至有不少人干脆拒绝再帮我介绍女孩。每一次失败我都会对着万泉发一大通火，我承认这多少影响了我们之间的甜蜜与欢愉，但又能怎么办呢？这桩事情只有我自己才能了结，已经坚持了这么多年了，说不定下一个姑娘就是我的福音。

不过，事情最大的障碍不是无数次希望与失望的交替出现，而是陈克拒绝继续交往的理由，不管是什么样的姑娘，有钱的没钱的、漂亮的难看的、老实的机智的，陈克拒绝的理由都一样：我看着那女的不像处女。是的，好几年了，就这么一条理由，而且说什么再也不肯跟人家见第二次面了。

陈克你是不是有病，有心理障碍，有生理毛病啊，你凭什么说人家那个……那个什么了！在初期，我记得我就他的这种胡说八道跟他吵过一架。

没有，我没病，你信不信，我就是有这个特异功能，我就是能看出来她们不是个处女了。你别瞪着我，我讲的是真话！是的，我承认，她们有的可能很规矩，可是，我就是觉着不对劲。就像一个美人，你们看她都美，可是我感觉她丑，这是同一个道理……

你怎么知道你的感觉是对的还是错的？你可别耽误了你自己……

要不要我举个例子，我就知道你是哪一天第一次跟万泉在一起的，是不是我们毕业工作后的第二天……

闭嘴！……陈克你怎么这样，你搞清楚，我这是在帮你呢！

别气，我这不是举个例子嘛，我想让你相信我，其实我对每次见面都特别认真，我是真心实意想要去爱和被爱的。可能是我们运气不太好，她们看我是个外乡人就想糊弄我。事实上我的要求一点不高，我就希望她像我一样，是个纯洁和正派的人，是个忠诚的、从一而终的人。

可是你看看那些女孩，个个儿的把自己收拾得像一只发情期的母鸡，真可怕！你知道我的性格的，任何一件事情，只要有那么一点点勉强，我是压根没有办法投入的。我的恋爱就是要完美无缺，真正的完美无缺。

陈克的绝对主观的"处女感"让我感到不可理喻，不过由于他对我那个判断的一语中的，我对他的所谓特异功能也有点将信将疑。我开始冻结自己的审美观和判断力，麻木而努力地继续托人为陈克介绍对象。不堪回首的像战争一样混乱且冗长的往事终于在半年后的春季出现了柳暗花明的转机。肖然出现了。

肖然的这次成功事先毫无先兆，在见到她之前我甚至像以往一样做好了失望的准备。因为我拜托的这个介绍人是我在公共浴室洗澡时遇到的，在充斥耳膜的激越流水声中，隔着一片泛着白光的女体，我大着嗓子向她简单介绍了陈克的基本情况。可以可以，这男孩条件不错，没问题，没问题！那女人正在含着满嘴的泡沫刷牙，口齿不清地点头称好。从里间出来，匆匆穿好衣服，我们互相留下了联系方式，直到看到她的工作单位，我才想起来这个热情的女人是我在一次旅游中结识的同伴。瞧吧，就是这么偶然认识的一个熟人，居然终于帮陈克找到了他的宿命。这宿命就像某个荒诞剧的伏笔，在上帝还没有提笔之前，肖然的出场就在瞬间奠定了整个舞台的色调和气氛，即使这种色调和气氛令我们所有的旁观者感到迷惑不解。

是的，终于写到了肖然，我是多么急切地想好好写写以前的那个肖然呀，至少通过这种方式我还可以回忆起她不同寻常的魅力，而不是像现在这样，由于镇静剂的过量注射而变得臃肿迟钝。即便如此，她还会为了任何一只进入她视线的"手"而放声惊叫，其尖锐和惊骇的程度与那天她从蓝色包裹箱里握住罗医生的手时发出的叫声如出一辙。

那年的春天，肖然穿的是一套紫色的无领羊毛套裙。在那之前，我还不知道，原来紫色竟是那么令人过目难忘的颜色。不过也只有女人才会注意到肖然那天的具体穿着，在男人眼里，肖然是一个叫人忘了衣服的女人。我的意思是指她的脸和身体，那种在安静祥和中散发出来的完美无缺实在令人无暇注意到她身上别的附属物。还有她的眼睛，那眼睛里的黑像北极的极夜，那种晶莹剔透令人目眩神迷、思之落泪。就像陈克后来用他特有的莫名其妙的理论跟我所说的那样：她眼中的那种黑和冷是只有处女才有的黑和冷。不过就我的理解，这种黑和冷是一种源自性格深处的超然物外、我行我素。后来的事实证明，在某种程度上，陈克和我都是对的。

肖然和介绍人一起走过来，肖然像一朵云那样地飘过来。她走着的那条小径忽然像长镜头里的背景一样虚飘起来。

我注意到万泉在我身边放慢脚步，万泉低声地问我：你从哪儿发现了这么一个……万泉的最后一个词我没有听清楚，但我很快明白了他的意思。对于肖然的美，我相信我的吃惊并不低于他。我连忙转过头去寻找陈克的脸，陈克落在我们后面，他停在那儿，一动不动，像个长期与家人失散的幼儿在人群中突然看到了自己朝思暮想的母亲。

接下来的事情就开始落入俗套了。我和陈克同时得到了上帝的救赎：陈克千挑万选的处女肖然竟然也同样对陈克一见钟情。大功告成的我和心安理得的万泉开始了谈婚论嫁的繁琐过程，我们像两个没见过世面的乡下人，挤在北洼的百货商店里东挑西拣地购买各种生活用品，另一种忙碌使得我们再次与陈克的生活若即若离。

当然陈克也已迅速滑入了爱情的漩涡，那真是没顶而过的爱情，那真是如野草疯长的爱情。与他们的那种刻骨铭心相比，我与万泉的爱情简直如美人迟暮。这过分火热的爱情令我在欣慰和解脱的同时感觉到了轻微的不安，我想这里面的问题就在于肖然太美了。我一直那么认为，任何一个男人，如果他爱上一个太美的女人，他就爱上了不幸。我总觉得在这场天赐良缘的爱情后面会有什么令我们难以招架的未知的障碍。

万泉对我的杞人忧天不以为然。在我第一次对他谈到我的担忧时我们已经结婚了，他用婚后的男人那种懒洋洋的口气说：会有什么障碍呀，女人就是多心，你看陈克和肖然现在好得那样，你还操什么心，就等着吃喜糖好了。

是啊，我操什么闲心，现在不管是谁，哪怕是一个感觉迟钝的路人，看到意气风发、神采飞扬的陈克都会由衷地感觉到这个小伙子浑身散发出来的爱情芬芳。我就等着吃喜糖吧，按照北洼的风俗，陈克和肖然还应该送给媒人一双鞋子呢。除了鞋子的样式，我别的还能想什么？

可是阴影像春季的阴云一样，说来也就来了。这阴影像个反应迟钝的老人，它移动的脚步令人难以觉察，等到觉察之时，四周的光线已经一片暗淡了。

陈克跑来找我，我做出功不可没的样子，举起脚：我穿 36 码，什么时候买鞋呀。

他不理我，他坐在客厅的沙发上，象一枚很重的铅球陷在那里。

怎么了？我只得询问。

我觉得不对劲。

陈克讲这话的口气和神态让我别扭极了，因为它让我想起了一年前我为陈克做媒的那段时间。

你哪里不对劲？我傻子一样地看着他。

是她不对劲。她可能……跟过别人了。他好脾气地慢吞吞地说。

陈旧的不祥预感记忆犹新地破土而出。我烦躁起来。好了，陈克，别闹了，你还想像从前那样孤零零的是吧？记住我的话：谈恋爱，不要指望一切都尽善尽美。你看万泉，现在对我哪像以前那样？爱情么，科学家早就说了，新鲜度只有三个月的……

陈克站起来，像是突然发现找错了谈话对象：万泉呢？

出差了，他不是打电话跟你说过的嘛！

那我走了。

过了很久，当事情已经无法挽回的时候，我回想起来，要是那天我的表现足够真诚温和，或许能让陈克说出他的想法，也许我们会共同把事情的发展推到另外一条幸福大道上去。

两个月后，万泉出差回来了。上班后不久，我接到万泉气急败坏的电话：你这个媒人怎么当的，你不知道，陈克和肖然闹得可凶呢！

有什么呢，恋人之间都会这样的？你不记得我们当时了？有一次我都被你气到火车站了，差点我就坐车离开北洼了……

唉呀！不一样的。你知道他们在闹什么？陈克说肖然不是处女了！

一听这话，我忽然就觉得四周很安静了。现在问题很简单：旧病复发的病人往往最难挽救。

我想我应该找肖然谈谈了。事实上我一直就没有认真与肖然单独交谈过，像大多数媒人一样，我对肖然并不真的感兴趣。我原先一直想，只要陈克感兴趣就足够了，没想到事情好像又重新复杂起来。

肖然似乎等我的约会很久了。我的电话是她接的，她的声音像秋风那样吹过来：好吧，明天，就在那个公园，在那条路上。

肖然所说的是她与陈克第一次见面的那条路。秋天把草地变成了黄色。肖然系了一条丝巾，老远地我就看见她站在那儿了。丝巾是玫瑰红的，我好像从来就没有喜欢过这种颜色。走得近了，我甚至发现肖然也不太适合这种颜色，她的肤色太过苍白，神色中有着闪烁不定的犹疑。她还是很美，并且比以前增加了一种神秘。

肖然带着我往前走，一边走，她一边开始慢慢说话，她说话比较精练，不急不缓，一些关键的细节和背景全都删繁就简，这让我感觉不到她真正的喜怒哀乐。

"我现在跟陈克已经没法交谈了，他拒绝跟我说任何话。可悲的是我们从来都没有吵过，因为我们从一开始都爱得特别忘我。你信不信，直到现在，我相信他还像以前那样爱着我，我也像以前那样爱着他。我们因为爱而无法继续交谈。

"我到现在还记得陈克对我说的最后一句话，他那天一见到我，甚至我们还没有亲吻和拥抱，在两米之外的距离，陈克就说：肖然，你变了，你不是你了。他的语调悲愤之极，好像是我死在他面前一样。我诧异地走上前，他立刻像躲避艾滋病人一样地闪开去，然后头也不回地拔腿就跑……并且从此拒绝再见我，电话里一听到我的声音就挂机。

"陈克的性格你应该知道，好歹你们同了四年学的。我知道，他不会再见我了。我们结束了。我今天就想请你转告他，不管我变没变，我还爱他，跟一开始一样。

"……他说得没错。我是变了，在形式上变了一点点，只是我没想到他那么在意那种表象化的东西。……我们见面的前一天，我以前的一位老师，我整个高中最喜欢的一位男老师来找我。我们曾经，怎么说呢，最俗气的那种：师生恋。我们好几年没联系了，没想到他突然来找我。他说我一毕业他就离婚了，孩子跟着母亲，五年了，他就一直一个人在中学里呆着，看着一拨子一拨子的学生来了又走了。他好像是不经意地走进我的宿舍，可是我知道，他一定找了很长时间。他失魂落魄地坐在那里，他说，他就想再来看看我，看看我长大了的样子，顺便跟自己的生活告个别。他申请到农村高中去支教，下周就走。我看着他，忽然就那么冲动，我觉得这才是我与初恋作别的最好形式。是的，事情就那么简单，一个离婚五年的男人，一个曾经最崇拜过他的女孩。我把我自己作为一件迟到的礼物给了他。

"也许很多年以前，我就有一种朦朦胧胧的想法，我不想让自己的血流在所谓的新婚之夜。我好像一直就想在结婚之前有一点出格的经历，是的，这想法太不漂亮了。再说得具体一点，我是希望我的第一次是跟一个经验丰富的男人。这个你应该可以理解吧……我的老师，他很

027

好，我的第一次在他那里也变得好极了……他说他有五年没有碰过女人了，这个我相信，从前，他最吸引我的就是他的那种男性气质的毅力。

"这一切跟我与陈克的爱没有关系，在我这里，性与爱并没有对等的联系。女人跟男人不同，她可以爱上一个永远不可能与之做爱的男人，同样，也可与一个她压根不喜欢的男人每天睡在一张床上。这是众所周知的真理，我只是想不到陈克会对这种事情这么敏感，他对完美的理解太过狭隘了，这只能说明我们在这个方面的巨大差异。你想想，肉体的自由和随意算什么呢，只要精神上彼此忠实就足够了，可惜很多人都搞反了。

"如果说我对整个事情有什么惦念的话，那就是，陈克他怎么会知道我的变化的呢？他怎么就不想想我多么爱他呢？"

肖然的泪像源源不断的泉水，秋色在泪水的浸泡下像水粉画那样显得斑驳而可疑起来。

事隔半年之久，在我和万泉已经最终接受了他们分手的事实之后，有一天深夜，我估计都快 12 点了，我和万泉像一对缺乏热情的夫妻一样正坐在沙发上看一部节奏缓慢的译制片，有人在轻轻地敲门。是陈克，他敲门总是小心翼翼。我和万泉高兴起来，他终于又走近我们的生活了，可怜的陈克终于缓过气来了。

陈克瘦了很多，可是人还蛮精神，像一个从大病中死里逃生的幸存者，带着劫后余生的宽容和平淡。他不好意思地看看我们，然后轻声轻气地说起话来，像怕吓着我和万泉似的：我和肖然又好上了。

呃……那是好事啊，只要……只要你们俩觉着好就行了。我和万泉局促地同时笑起来，就像一对跟不上形势的老年人。

"我……你们不知道我前面几个月都是怎么过来的，人要是死了一场也最多这个样子吧。肖然大概也跟我差不多，后来她的母亲，白发苍苍的，都快七十岁了，过来找我，说肖然都瘦掉十几斤了……老母亲告诉了我那个老师的故事。不知怎的，我被她母亲头上的那丛白发折服了。肖然很像母亲，我无法想象肖然有一天也这样风烛残年的样子，想到这个事实，我就觉得我来不及爱她了，时间太少了，我怎么能这样浪费时间呢……"

为了表示庆贺，万泉下楼买了一瓶"红星"，他们套着瓶嘴空口喝起来。随着酒气的四溢，陈克很快醉了。万泉在迷迷糊糊中很吃惊，陈克的酒量远不至于这样啊。

我们送陈克回去，他在路灯下对我们含含糊糊地笑着道别，那样子显得特别无依无靠。

我看陈克是在勉强自己。我对满嘴酒气的万泉说。

万泉挥挥手：自作聪明的长舌妇。

好消息好像有点接二连三，有一天我忽然接到肖然的一个电话：我们要结婚了。她听起来情绪特别高昂，好像已彻底忘了她以前抽抽噎噎对我说过的那些伤感而绝望的话。爱情真是瓶奇怪的药。她在电话里神神秘秘地叮嘱我说：另外还有件事儿，我只告诉你一个，你发誓，你发誓不告诉别人，你如果不发誓我就不说了。

肖然的语气带着无法躲避的强迫和诱惑，我不太情愿地重复了一遍她的话：我发誓，我发誓不告诉别人。

半小时后，肖然容光焕发地出现在我面前。

我和陈克已经定下日子了。结婚我们谁也不想请，太麻烦了，我们准备出去玩儿去，你和万泉不会生气吧。

你就是要告诉我这个？

当然不是，给你看这个！肖然从包里掏出一张纸条，两手托着递给我。你看这个。

陈英丽，处女膜修复，手术费，1250 元。一张长河医院的收费单。长河医院在北洼很有名，因为它长年累月地在当地晚报上做不加掩饰的广告：切割包皮、阴茎延长、注射式丰胸、处女膜修复、阴道缩紧术……先进进口设备，主任医师主刀，节假日不休息。

陈英丽就是我的化名，那儿一般都用假名。好像怕我不懂，肖然在一边解释。

我惊慌地迅速把纸条递给她，你都干了什么呀！

没什么，我想这样才符合陈克的完美观呀，为了他，我真的什么都想到了。你想，那样他在新婚之夜会不会迎来他人生最大的惊喜！你想这样会不会帮助他彻底忘掉以前的那件事？

肖然，你绝对干了一件蠢事！我无法抑制地大吼起来。你还是不了解陈克！

肖然的笑停在那里，她陌生地看着我。过了好一会儿，她的表情才慢慢自然起来，我的判断显然影响了她。她咳嗽了一声，试图掩饰她沮丧下来的情绪。试试看吧，说不定这样陈克会喜欢，他不是一直很在意的吗，我只是想创造这样一个事实：他让我流血了。这样更符合一个新郎的审美，不是吗？

后来的事情就有点混乱了。甚至我至今都没搞清楚具体的来龙去脉。我记得最清楚的一件事，就是我帮肖然和陈克订了两张飞昆明的飞机票。他们计划着在一个温暖的鲜花盛开的地方度过人生的蜜月。

然后，就是深夜一点的昆明长途，是肖然打来的，她冷静地对我们说了三句话：陈克出走了。请你们给我寄点儿钱，我想一个人把蜜月过完。如果见到陈克，请帮我留住他。

肖然的冷静令我难以理解，就像她眼睛里令陈克倾心的色泽，常人不能及。

这之后我和万泉就开始了盲目焦躁的寻找，从理论上讲，寻找陈克是一件不太复杂的事，按他的性格，他不可能回无锡老家，更不可能回省城。他在北洼无亲无故，他没有可去的地方。是啊，他没有可去的地

030

方，可这让我们到哪儿找他呢。想到陈克这么多年来的孤苦伶仃，我常常在筋疲力尽、心灰意冷的夜晚难过得抱着万泉痛哭。陈克是我们命中的弟弟，可是我们像傻子一样让他一再跌入人生的迷谷。陈克，你在哪儿呢。

不久，可能是十天，可能是一个月，那一阵子我对时间的概念开始淡化，因为我不想具体计算陈克出走的时间。我和万泉分别收到陈克一张明信片。明信片没有日戳，看起来就像是陈克亲手投到我们的信箱里似的。

我的那张上面写着：姐姐，你跟世界一起瞒住了我。

给万泉的上面写着：当我终于开始喜欢残缺的时候，残缺却突然圆满了，可那圆满是多么面目狰狞呀。好兄弟，你叫我如何去爱？

这时，肖然已经从昆明回来了。对那夜在昆明的情况，她死活不肯说一个字。不过肖然还在坚持着四处寻找陈克，我们把明信片拿给她看，试图发现一点可以追寻的线索。肖然捧着明信片，没命地亲吻陈克模糊随意的签名。肖然说：你说的没错，我还不了解他。

三天后，从肖然的包裹里就传来了左撇子罗医生的消息。罗医生的左手成了当地报纸的一条爆炸新闻，街头巷尾都在兴致勃勃地分析罗医生遭遇毒手的真正原因。报纸虽不像市井小民那样格调低下，但还是在第二天的连续报道中含含糊糊地介绍了罗医生那只祸起萧墙的左手，那只因为妇科手术而闻名遐迩同时臭名昭著的左手。

第二天的报纸还刊出了陈克的照片，他主动去自首了。照片是在审讯室拍的，光线半明半暗，人头被拍得很小，但我们可以轻易地分辨出他的表情：他在微笑，我们甚至可以肯定，他这个微笑是给我和万泉的。

2001 年 10 月 23 日定稿于虎踞北路

天衣有缝

1

老温捏着钥匙站在院子里，像一个忘了门牌号码的迷路人。小院里偶尔走过匆匆忙忙的人，没有人会特别留意到老温的姿态。站了一会儿，院子里现在没人了，只剩下一只麻雀在盯着他。再次确认了102室内没有人之后，老温终于走上前把钥匙插进门锁，轻轻一扭，门开了——果然不出意料：租房子的那个家伙没有换门锁。

老温从来不觉得他偷偷进入房客的屋子有什么不对，相反，老温觉得他有这种义务和责任：我不是房东吗，总不能房子租出去就不管不问吧，万一里面发生什么事儿呢？当然，私心里，老温也承认：悄悄地进入房客的房间，这已成为他晚年生活的一大乐趣。尽管这次租房子的人是个中年男人，从表面上看，老温是不可能对这个衣冠楚楚、稍稍发胖的家伙有任何兴趣的——可是不，61岁的老温早就知道应该透过现象看本质：从租房合同及身份证上看，男人名叫赵秋山，42岁，本地人。奇怪，老温的房子地点比较偏远，不靠近任何重点中学重点小学，这个赵秋山为什么要租房子呢？答案只可能有一个：他要金屋藏娇。对的，老温感兴趣的就是，这个赵秋山要怎么"藏娇"，那个"娇"又是怎么样的"娇"？

进了门，老温发现，跟以前的那些房客不同，新房客赵秋山还是对这个仅仅40平方米的小房子动了不少心思的，尤其是卧室里，搞得很有气氛，床罩、窗帘、沙发都是配套的布料和花纹，地上全是地毯，衣柜旁边是个很宽的落地镜——老温从落地镜里看到自己的样子：头发花白，一件过时的枪驳领西装，太过肥大的裤子，的确像是个格格不入的闯入者。老温自嘲地摇摇头，竭力消除这种令人不快的印象，他熟练地走到床头柜，轻轻拉开，里面是一堆内衣和袜子；枕头下面，是一本被压得起了褶的书；衣柜里，挂着几件女人的衣服；继续，再继续，啊，找到了，在废纸篓的一大堆手纸中间，老温找到了一只干巴枯瘪、不再湿润饱满的安全套。得，一切跟想象中一模一样：这个赵秋山在租他的房子搞女人。

老温轻轻地在床边坐下，然后按照那种暧昧的节奏动了几下，床垫乖巧地传递给他富有意味的弹性和振荡。从那个安全套可以确认，就在几个小时之前，在这张床上，那个看上去像温吞水一样不动声色的赵秋山正是通过这种节奏体验并获得了作为男人的最大快感。老温没有觉得妒忌，相反，他感到一阵突如其来的激动——这件事在本质上似乎跟自己有某种特殊的联系：赵秋山用的是我老温的房子，他每个月只付了400块钱，然后他就可以每天在这里安全舒服、无所顾忌地玩女人；进一步说，赵秋山是在我老温提供的帮助下睡女人。这个思路带给老温一种陌生的却又结结实实的快乐，是的，甚至可以说是快感。老温忽然想到，其实那些拉皮条的、做老鸨的一定活得很爽吧，每天在手上操纵那么多的男女事，几点到几点，在哪个房间，哪个人跟哪个人，甚至就在隔壁，就是一帘之隔……

哦，这是想到哪儿了，老温迷醉的表情略略收敛了一点，内心的自我谴责好像突然醒过来。算了，走吧，不就是过来看看有没有什么情况的么。老温小心翼翼地站起来，仔细抹去了他留下的任何痕迹。今天的旅行就到这里吧，给下次留点内容。

2

赵秋山昨天晚上搞得太累了，他很想中午能够躺上一会儿睡个午觉。可是不行，那些牌搭子们早就吆五喝六地把他按到椅子上打牌了。赵秋山捧着牌直打哈欠，牌也甩得有点不三不四，对面的那位着急起来：赵主任，你昨天晚上干什么了，都四十的人了，不会跟嫂夫人通宵玩二人转吧！另外两个也点着头笑起来：通宵，嘿嘿，通宵……觉得很过瘾似的。

赵秋山心里面忽然同情起他们来，他们知道什么？最多在手机上发发黄段子打发性压抑而已，然后就是睡老婆，睡老婆会有什么意思？凭他们的那点胆量和想象力，他们根本想不到，这会儿安安静静地坐着打牌的赵主任赵秋山，竟然还会真刀实枪地有个小情人呢！秘密其实就是甜蜜——因为秘密它才更加甜蜜。赵秋山在心里暗暗美了起来，他想起了吴姗姗在床上不谙风情、百般难受的傻样儿，年轻的女孩子，就是不一样。

其实，不过就在几个月之前，赵秋山也跟他们几个一样，以为这辈子自己除了睡老婆便再没有别的出路，然而没想到，柳暗花明又一村，赵秋山竟然碰上了吴姗姗，而且还是一个在校的大学生！——人生的惊喜其实跟陷阱一样，永远让你无法预料。

在一次酒席上，赵秋山遇到了在客户单位打工的吴姗姗。很奇怪，那么平常、半生不熟的一次饭局，吴姗姗却一下子把自己给喝醉了。饭局后作鸟兽散的时候，因为赵秋山的家离她的大学最近，大家就让他送

034

她回校。

　　吴姗姗醉得小脸发红，却一言不发，靠在出租车座位上只是昏睡。赵秋山于是得以仔细地打量她。在赵秋山这个年龄、这种工作环境，他碰到的都是跟老婆差不多大的中年女士，在单位里有点小权小地位，于是衣着干练，举止泼辣；也有三十岁上下的，却收拾得过分精致了，讽刺起男人来妙语连珠，让人看了望而生畏。至于女学生，赵秋山并没有过真正的接触，那是什么风格呢，赵秋山无法想象，因而越发觉得她们骄傲、生涩、神秘。身边的这个，虽然醉了，却没有丑态。一头直发，被染成了栗色，不显老，反而衬得皮肤更加白，脸上除了口红基本没有化妆，骨架子很小，简直可以说还没长大，带点孩子气的鼻尖上有两点雀斑；虽然醉得迷迷糊糊，一只手还是习惯性地紧紧捏住她的一只浅棕色挎包。赵秋山看得有点心疼，心想她的父母一定想不到，女儿会在他乡的城市醉倒在飞驰的出租车上，而身旁是个几乎完全陌生的男人。——等到和吴姗姗进入情人关系时，赵秋山还时常回想起他与吴姗姗第一次见面的这个晚上，在这个车上，他当时的所想所思。在当时，或者说，在一开始，赵秋山根本没有对吴姗姗有任何异常的想法。他只是像一个诚实的、有责任感的男人那样，专注地看着吴姗姗，同时，有点怜惜她，没有别的。因此也可以说，在两人关系的发展上，绝对是吴姗姗占主动地位。

　　车子停在了学校的马路对面，吴姗姗却没有动；赵秋山只得推推她的胳膊，吴姗姗略略动了动，却没有进一步的行动。赵秋山于是在手上加了把劲，小心地把她拉出车外，注意不要碰到她的胸脯或腰肢。车外有冷风，吴姗姗好像有点醒了，但她还是软绵绵地靠在赵秋山身上没有动。赵秋山也没吱声：无论如何，一个女孩子身体的重量并不那么令人讨厌。时间可能不早了，路灯也显得昏昏欲睡，街上的车飞快地开过去，没有人注意到赵秋山显得有点别扭和紧张的站姿。

　　可能也就是几分钟之后，吴姗姗理了理头发，若即若离地站直了身子，一边对赵秋山笑笑，带点抱歉和感谢的意思。两人的距离太近了，赵秋山有点不习惯。他回想了一下，在刚才的饭局上，除了递过一张名片，他甚至都没有跟这个女孩子喝过酒或说过一句话。可现在，却靠得这么近。

忽然他听到吴姗姗说：你刚才在车上一直在看我，对吗？我睡觉时有一只天眼睁着。你为什么看我？吴姗姗的表情看上去天真无邪，并不像她问话的内容那样富有挑逗性。

噢，我是……我是在想，你这么年轻就出来做事，将来一定要比我们出息得多。赵秋山有点尴尬，但他敏捷地用生意场上的腔调为自己打了个圆场。

吴姗姗却另外换了话题：你知道吗，马路斜对面有我们学院的宿舍楼，这会儿，肯定有人站在窗口看着我们……因为我刚刚失恋，他们准会以为，你是我在外面新交的男朋友……吴姗姗说着，朝马路对面扬扬下巴，像在跟那边看不见的窥视者打招呼。

赵秋山有点猝不及防，像一个突然被推下游泳池的落水者那样呛了一口水，他下意识地把背转向马路，为了掩饰某种不自然，他故意说：哪里，我这么老了，他们只会把我当成你爸爸……

你不懂，我们现在最流行找爸爸了，怎么样，那你就做我的干爸爸？

赵秋山弄不懂吴姗姗的真假，要真做爸爸，那自己显然又太小了。真的，就像赵秋山一向认为的那样，现在的女孩子很难捉摸。不能再拒绝了，那样就太没有风度了。赵秋山于是就笑笑：那好吧，不早了，小丫头，快回去睡觉吧。

走前不来个仪式么？吴姗姗的脸凑过来一点，但她闭起眼睛。

该干什么？得承认，在路灯下闭起眼睛的吴姗姗看起来真是迷人得很，简直有点像个成熟的女人了。可是，怎么可能干什么呢，难道还能去拥抱她吻她的嘴——吻干女儿的嘴？这一秒钟忽然显得意味深长，像在考验赵秋山的理解力、应变力和胆量指数。

灵感忽然翩然而至，赵秋山得体地略略低下头，在吴姗姗的额头上轻轻印了一下。他感觉到那额角的细腻和清凉，同时，他从吴姗姗呼吸着的鼻孔闻到一丝淡淡的酒气。

吴姗姗没有再说什么，转身走了。赵秋生停在原地，下意识地再次看看对面那几幢黑乎乎的宿舍楼，有人在看吗？他们看到了吗？他感到一丝被误解被窥视的快意，甚至想大喊几嗓子——哈，你们，以为我是吴姗姗的新男朋友！可是，等一等，得意什么，可能，她只是醉了，在说醉话，真的，她大概只是喝了太多的酒……

3

应室友的再三要求，吴姗姗在宿舍里对她们谈起了赵秋山。吴姗姗说：赵秋山很老练，是实力派，却没有暴发气，瞧，他给我挑的这根手镯，根本看不出要三千块吧？他话不多，但对我好得要命，简直像对女儿一样的宠，有一次，赶半小时把比萨饼送过来，吃到嘴里，还烫舌头呢……最要紧的是，他精力充沛、经验丰富哟……听到最后一句，女生们都大笑起来，但没有人脸红，谈男朋友谈性谈避孕都是家常便饭，谁要脸红那真是地地道道的土包子了。现在，吴姗姗是 12 舍 505 室第一个在校外谈男朋友的人了，而且是个已婚男人！最流行最经典的模式。另外四个有点羡慕，但她们用力地把这种羡慕压了下去，她们只是挑刺，用关心的方式：在外面租房子，那要是被他老婆发现了怎么办？你真的不怕出事，比如怀孕？他是喜欢你呢还是玩玩呀……

吴姗姗对这些问题不屑一顾。吴姗姗现在觉得自己有点像电影电视里漂亮而一意孤行的徐静蕾，也许一个女人，在很年轻的时候，就应该有一段做中年男人情人的经历。这很重要，因为这是培养和展现你魅力的最佳时机。你要靠你的吸引力把那个男人从他安逸而平淡的生活中拽出来，这时候，女人最年轻，刚刚开始人生的黄金期，而那个男人呢？他开始走下坡路了，于是他感激你，欣赏你，愿意大把大把地为你花钱花时间，最重要的是，这时的男人往往很有经验，不管是关于人生的还是关于性爱的，这对女人今后漫长人生将会有着取之不尽的好处……

在赵秋山之前，吴姗姗跟她的室友们一样，在大学里有过一两个男朋友，可是，天哪，那些男生，满脸疙瘩、举止冲动，说话时眼神害羞得东张西望，没事儿就在操场上打球，还像暴露狂一样地喜欢借打球之机把上衣脱了展示新长的肌肉。算了，也许有些女生会喜欢，吴姗姗可不喜欢，这样的男生，她在高中时就喜欢过了，现在，她都念大三了，哼！三十岁以下的男人，看都不要看。其实一直以来，家里并不缺她的生活费，吴姗姗决定在大三出去打工的主要原因就是她想认识一些真正的社会上的男人，他们那种对前途带点消沉的、对人情带点圆滑的、对金钱很有把握的气质，最符合吴姗姗现在的理想。同时，她也知道，22岁的自己在他们心中的价值，吴姗姗故意不那么注重打扮，她经常随随便便地套着有点哈韩味的黑毛衣肥裤子，她把自己年轻、纯真、不谙世故的那一面夸张而自然地表现出来，有点保守、带有怀旧味的中年男人们就很容易地喜欢上她了。

她是真的喜欢赵秋山吗？这个问题很难回答，并且也不是那么重要。重要的是赵秋山符合吴姗姗的一些构想：有点胖，中年人恰到好处的那种胖，正好显得有风度；有一定的职位，以保证他的经济来源；话不多，不是那种喜欢跟人谈心的男人——本来，吴姗姗就没有多少话与赵秋山说。存在的合理性和必然性在于：各取所需。比如，自己，需要一个成熟男人的宠爱和陪伴，加上一些金钱的支出；而他呢，需要一个年轻的身体，以表达对青春的留恋和挽歌。如此而已。

4

　　每天的上午，都是老温一天中最愉快的时段，因为他一般把看VCD的时间放在上午——上午从来不会有人打扰他，整个小区就像座坟墓，静而空旷。

　　老温拉上窗帘、关了门，把客厅弄成晚上似的，然后他就开始看碟片。老温从来只看一种碟片：有黄色镜头的。黄色镜头的比例越大，他看得越舒服。老温的手上现在已经集了有几十张这样的碟子了，对一些他特别喜欢的，如《感官世界》《浪得过火》《亲密》《偷窥》、《园丁的情人》《巴黎野玫瑰》什么的他都看了很多遍，对一些重要的镜头，他会使用慢放功能，一点点地分解了看；或者闭上眼睛，光听里面的人喘气或呻吟；或者停在某一个瞬间，像看一张照片那样的仔细端详。看得多了，老温就像个收藏家或鉴赏家那样有自己的评价。他总结过，这样的片子，法国的拍得最乱，活像是一群野兽，但演员很大方自然；日本的很有肉感，就是太夸张，女人叫得嗓子都要哑了；香港的叫声倒很不错，女方的受虐表情也很令人难忘；韩国的过分注重细节，没有整体感；还是美国的好，有激情，动作力度大，看了很过　　瘾……

　　没有人知道老温会有这个爱好，就是老温自己，也绝对想不到自己会有这样的爱好。说起来，老温鳏居也有五年多了，但奇怪，好像就在退休之后，他这种不可告人的爱好才像株不合时宜的草那样顽强地冒了出来。最奇妙的是，老温发现，尽管他如此迷恋观看这些颠鸾倒凤的镜头，而且每次都激动得就像是他在做一样，那些不同皮肤不同头发的女人，就像是在他的身体下哭泣、挣扎、喘气、两只手痉挛地抓紧床单……可是，老温看看自己的裤子，下面的玩意儿却几年如一日，平静极了，一动不动，像没有长在自己身上，像是个冷淡的旁观者。老温无聊地拉下拉链碰碰它，冰凉的，皱皱的，有点臭味。没用了，老温想，我只能用眼睛和耳朵做爱了。

与上午 VCD 中频繁的高潮相比，下午就完全令人厌倦了。下午，老温会去菜场买菜，因为二儿子一家晚上会到这里吃晚饭。老温在菜场上会看到许多像他这样的老头老太，他们挪着慢慢的步子在一个个菜摊前移动，极有耐心甚至有点饶舌地跟小贩们讨价还价，好像买菜是他们一天中最重要的社交活动似的。老温看着他们，常常会想到他在一部碟子里看到的一种时间魔器。如果，突然在这些老头老太中间把时间往前倒三十年，他们会是什么样子，他们一定会穿得很讲究，会互相调情，他们会有鼓鼓囊囊的乳房、扭来扭去的腰肢，会有绷得紧紧的肌肉、难以控制的阴茎……可是现在，看看吧，看看他们老得都变成什么样子了：干瘪、缓慢、失去性别、一无用处。老温真的很不喜欢走进下午的菜场，因为他觉得他看到的每一个老头老太都像是自己的影子。

然后，到了晚上，尽管二儿子二媳妇及刚满三岁的孙子会给家里带来很多热闹，但老温还是会不太开心。因为儿子媳妇的举止和措辞总似乎是在时时强调暗示他的衰老，他们当着他的面打情骂俏，特别是二儿媳，会半掩着门小便，会热得只穿件小背心。老实说，二儿媳的身材并不好，乳房全靠胸罩在托着，就算是这样，也不合适当着公公的面脱成这样呀，人老了难道就可以视而不见？老温颓丧地想：也许他们全都知道，我已经失去了男人的能力……

好不容易么等到二儿子一家嘻嘻哈哈地走了，房子里才又安静下来，可是不行，老温的好心情是没法恢复了，因为接下来的将是更加难挨的漫漫长夜。老温知道，在每一个晚上，在无数张床上，都在上演最平凡也是最激动人心的男欢女爱。天哪，而自己，却永远这样无所事事，最令人绝望的是，可以肯定，一直到死，这种情况都将不可能有任何改观——续弦，省省吧，只会带来另一具同样衰老、松弛的身体，装有假牙的嘴，白得刺眼的头发……为了尽快挨过晚上，老温会坐在电视机前看一些教育讲座或国产电视剧，催眠效果很好，老温会在一闪一闪的屏幕前慢慢睡着，他的嘴半张着，像在等待某种食物，能够填满他看不见的欲望。

5

最先提出要租房子的是吴姗姗。在这之前，赵秋山与吴姗姗的交往还没有超出一对干父女的道德范畴。约会的提请方也往往是吴姗姗，吴姗姗会在电话里这样说：老赵，我肚子里没油水了，带我出来吃点东西吧。赵秋山于是打了车到校园门口接她。每次见面，吴姗姗就真的像一个久别重逢的女儿那样扑到他的怀里，然后，她点菜，她吃，她抹抹嘴，她说要去唱歌，要去买东西。赵秋山一直没有任何贸然的举动或建议，甚至连旅馆、钟点房等一些带有暗示性的词儿他都压根不说，他只是恰如其分地看着吴姗姗，跟在她后面，替她付账。就是在拥抱的时候，赵秋山也不敢使劲，只是就势松松地环住吴姗姗，听凭她的头发在脖子间令他发痒。赵秋山也说不清自己到底想从吴姗姗这儿得到什么，自己在逢场作戏吗，在赶婚外恋的时尚吗，自己真的有点喜欢她吗，自己最终想要睡她吗，一切似乎都是模模糊糊的，却又在自行发展着，人都不要动脑子，只管跟在后面走就行了……

但当吴姗姗提出要他租房子的时候，赵秋山感到有点为难了。他预感到这个举动将是一个分水岭或新起点，而且从常识的角度来说，一个男人为一个女孩子租房子，那难道还会有别的潜台词吗？

怎么突然想到要在外面租房子？赵秋山装着好奇的样子问，像一个父亲在逗弄任性的女儿。

宿舍里太乱，人来人往，快要考试了，简直没法看书……再说，学校离那家公司也太远，每天下午起来赶去，真累人，为了打工方便，现在好多同学都住在校外，还有男女生混租房子呢，反正学校对大三大四的很宽松的……你要不帮我租，那我就去跟美术系的男生合租了……吴

041

姗姗说得也挺冠冕堂皇的，一边用眼睛睃着赵秋山。

好好，那就租，选在城西吧，离学校和公司都近，房租也不会太贵，行不行？

这样，赵秋山就找到了老温的那间102室，重新刷了墙，购置了一些必要的家具。吴姗姗又用了两个周末配上了窗帘、沙发套什么的，不等油漆味散掉，吴姗姗就迫不及待地拖着个箱子住进去了。吴姗姗搬过去的那天，赵秋山一直陪着，他在新房子里转了几圈，那淡淡的油漆味不知为何让他感到很不安，一种全新的无法把握的东西快要压过来似的，老觉得膀胱鼓鼓的要小便。赵秋山接了个电话，借故提前溜走了。

其后有两个星期，赵秋山忙于一个工程项目的谈判，一直都没有与吴姗姗见面。然后就到了那一天。晚上快十点的样子，赵秋山的手机上出现了一条短信息：房间灯坏了。赵秋山怀疑吴姗姗又在搞鬼，但想想又有点放心不下，怕黑灯瞎火的吴姗姗会害怕。他叹了口气，对卧室里看电视的老婆说：上海的几个客户来了，住在饭店里三缺一呢，要是玩迟了我就不回来了。这样的事以前也经常有，老婆皱着眉头叽咕了两句接着看电视了。

赶到小屋，摸索着用钥匙打开门，里面果然黑乎乎一片，吴姗姗在房间里带着哭腔：你怎么才来呀，我简直要打110了！

赵秋山一边安慰着，一边用带来的小手电看总电表，原来是保险丝断了。赵秋生穿上外套又准备出去买，吴姗姗却在房间里又叫起来：你别走了，你一走我就更害怕了。

赵秋山于是打着手电走到房间。吴姗姗缩在被窝里，身子小小的一团。吴姗姗一看见他，就从里面坐起来，像以前那样伸出两只胳膊。赵秋山只得走近了，接住她的拥抱。吴姗姗好像瘦了，也许是衣服穿得少了，光线太暗，赵秋山没敢细看。

两个星期没见，感觉似乎有些异样，最主要的是，这次拥抱的地点是在床上。床，这是什么地方？

手电筒被吴姗姗接过去搁在床头柜上，光线斜着集中到床上，照着床单边上的一团褶子，那么清晰、夸张，令人无法不有所联想有所触动。

你今天能在这儿陪我吗？我真的害怕。我觉得孤单极了。吴姗姗没有松开手。拥抱的好处是双方都看不到对方的表情，便于撒谎或讲出真心话。

终于来了，是等得太久还是来得太快？为什么没有想象中的激动和狂喜？赵秋山慢慢地用手梳理着吴姗姗的头发，后者一动不动，就像睡着了似的。

那个晚上大部分的时间，赵秋山都是那么轻柔和仔细，像一个人在享用不属于他的美味。真正的快感在末期才一点点加强：吴姗姗的细腰开始向上抬起来，电筒被床的颤抖改变了位置，光线照到吴姗姗的胸上，那是一对还不够发达的乳房。赵秋山这时突然感到了一阵激动：他是在和一个学生做爱！一个女孩子，一个比自己小二十岁的小孩子！乱伦和强暴的感觉同时降临，赵秋山忘了他的温柔和抱愧，他终于变得极度亢奋，身下的吴姗姗像一下子被扎进刺叉的鱼那样乱跳起来。

当床上终于归于平静，赵秋山转过身去摘下尚存余温的安全套，他忽然注意到：床上并没有他想象中的红色。

尽管房间没有灯光，吴姗姗还是感到了赵秋山在一瞬间的停顿与质疑。但吴姗姗毫不介意，她从来就不介意自己是处女与否，甚至，她都没有来得及爱上那个第一次与她上床的男生，就与他分手了。在大学里，这样的机会太多，除非决心要做老处女，否则就跟不上形势。赵秋山真的太老了，只有他这样的老家伙，还在抱着这些东西不放，可笑，他怎么就不想想自己呢？我还没嫌他呢。

后来的拥抱就明显地带有形式主义的成分，赵秋山在迷糊和疑惑中沉沉睡去。吴姗姗抱着他的胳膊，也做了个梦，梦见自己漂在汪洋大海上，只抱着一截木头，不知要漂到哪儿才能停下。

6

老温一般每周去两次 102 室，现在他已经从一些蛛丝马迹上收集了足够多的资料。他了解到，赵秋山的"娇"叫吴姗姗，是工业大学的（是老师还是学生……哦，是学生，因为他看到课本被划得乱七八糟），赵秋山只有周二或周四才会来住，真正的周末，甚至连那个吴姗姗也不住在 102 室（回到校园，洗涤身心?）。老温一般会在他们见面之后才造访 102 室，他主要的目的是搜寻安全套。现在，他一共已经发现了 26 只啦，每多一只，老温的成就感和满足感都会同比增加：瞧，我这房东多够意思！让你们乐过多少回了……但是最近两次，情况似乎有所变化，在周二以及其后的周四，老温竟然在 102 室一无所见。老温在失望之余感到一丝气恼，他觉得他受到了捉弄：赵秋山发现了安全套的某种变化？他把用过的安全套藏了起来？他换了姿势和方法？我怎么能就这样被他蒙在鼓里？这房子还是我租给他的呢？他不仅不知道感恩，还这样瞒着我！真的以为我不行了?! 老温简直气坏了，他发挥起他的想象力，在每一个可能的地方寻找那只期待中的安全套。尽管老温经验丰富，手脚灵活，可是，真的，40 平方米里，哪儿都找不着那只东西！除了半包还没用过的。老温现在真的生气了，他决定采取行动，他在吴姗姗的抽屉里取出一根细细小小的缝衣针，在一只尚未开封的安全套外面扎了一针，凭手感，他知道，这针肯定透过外包装、一直扎到了内件。好极了。

7

吴姗姗舍友们曾经带着恶意提醒过她的事儿现在真的发生了：吴姗姗发现老朋友有一个月没来。

说心里话，吴姗姗对这个事儿心里一点都不害怕。大四年级有一个好姐妹做过，据她的介绍，无痛人流真的是一点都不痛，只要事后在床上蒙头睡上两觉，就什么事儿都没有了。但现在的问题是：怎么会的呢？赵秋山不是每次都采取措施吗？这个事情简直太奇怪了！而且上个月，有一个星期赵秋山出差，根本就没来。

吴姗姗想了有一个礼拜，发现形势有点不利于她，但她想来想去，觉得蹊跷，问题只可能出在赵秋山那里，也许，他因为第一次没有见红，换了一种方法在考验我的忠贞（活见鬼！这种关系，还要忠贞？）。他故意在某一次不小心漏进去一点：如果我发现怀孕了，却不告诉他，说明我另外有人；如果我说了，反倒可以证明我的无辜和理直气壮。

吴姗姗认为自己找到了问题的本质。她很高兴，高兴自己的头脑足够聪明，好了，虽然身体上会吃点苦，但赵秋山的肯定以及随之而来的补偿必定是成倍数的。吴姗姗选在周四的晚上，等赵秋山玩完之后，她用没什么把握的声音开口说道（好像根本意识不到事情的严重性）：奇怪，我的"老朋友"上个月没来，你说，我不会是怀孕了吧？说完，吴姗姗又轻声笑起来：要不，是你的超级运动让我生病了，很严重的妇科病，连"老朋友"都不敢来了……

赵秋山本来正放松地躺着呢，一听这话，人马上像弹簧似的坐起来：你别拿这种事儿开玩笑……一边说着，赵秋山穿起短裤，遮丑之后，他的脸也随之严肃起来。

真的，你说，我会不会是生什么病了？不过，也好，没有老朋友了才舒服呢！吴姗姗继续不知轻重地像个傻孩子，她打定主意，要单纯得让赵秋山内疚、后悔。

赵秋山脸上像上了一层膜：好了，别再瞎说了，明天去查查吧，姗姗，你知道我们的，每次都很保险的，我对你一直很负责，不光图自己痛快……你明天去查，一有结果就发信息给我。

赵秋山就势穿起衣服，并且站起来，好像准备走，吴姗姗心里面这才真的开始害怕起来，但她尽量控制住，仍用刚才那种若无其事的口气说话：干什么？你要走呀，人家刚跟你说不舒服你就走，干吗呀？

赵秋山觉到自己的突兀了，他重新坐下来，很知心地看着吴姗姗：姗姗，我们的交往，都是出于自愿，要坦诚相见，不要乱开玩笑、瞎开玩笑，我做了什么没做什么心里有数，你做了什么没做什么也应该心里有数，你说对吗？记住，我真的不是个喜欢开玩笑的人……

什么意思？吴姗姗决定爆发出来：你是说，是我做了什么事？跟你这几个月，我对你绝对一心一意……唉，你讲话要有证据……吴姗姗的泪忍不住了，她真的不明白，如果不是赵秋山搞的鬼，别的还会有什么可能？认识了赵秋山之后，她可什么人也没碰过，难道给别的男人看上一眼就会怀孕了……吴姗姗越想越急，越想越气，越发泣不成声。

赵秋山看着吴姗姗，她哭得像受了天大的委屈。他走近了劝慰，讲一点哄话，说可能是经期不调之类，年轻的女孩子常有的。可是他的心却冷冷地站在一边，像在看闹剧。他想起来，这个女孩子一开始就很主动，虽然她看上去很单纯，说不定肠子拐了九道弯呢，上个月，我出差都有一个礼拜，鬼知道还有谁来过 102 室！想讹我，没那么简单！

8

15 日，每月约定的交房租时间，赵秋山一下子给老温送来了下面四个月的房钱。老温心里面有了嘀咕，但他以一个房东的口气试探着问道：您的意思是，四个月后，要搬走？

也不一定，到时候再看吧。赵秋山拿眼睛看着天，有点心事的样子。赵秋山无心跟这个糟老头子寒暄，他掏出手机，删掉吴姗姗昨天发给他的一条信息"化验结果为正"，删掉吧，就像从生活里删掉这段艳遇。可是赵秋山心里又实在觉得不明不白：自己看人怎么会那么走眼，那吴姗姗明明是很简单弱小的一个女孩子嘛，为什么会乱来，还想要我……但是，以她的智力，她应该知道我是不会认这个头的，为什么还会那么信任地好像一无所知地跟我说呢，真是奇怪，想不明白……赵秋山摇摇头，厚厚的一摞钱付出手，他终于觉得平静了许多。这样也好，要不然，本来还怕自己离不了她的……

老温一下子拿到了一千六百块钱，可是他并不那么高兴。他想起了以前的那些房客，那些家伙有时喜欢拖欠，或者要打折，更要命的那些人的生活都太粗糙了，经常是两三个打工仔合住，或者是一对外地的小夫妻，把房子弄得很乱，叫老温失去探索的胃口。好不容易碰上赵秋山这样带点小故事、付钱也很爽气的，可是，好了，看来是要没戏了……可是，为什么要搬走呢，400块一个月，住得好好的，谁也没打扰他什么！要不，是那个吴姗姗嫌这里太偏？还是赵秋山干脆要娶她回家？可是，不对吧，都有三个礼拜没发现那玩意儿了，不像是如胶似漆的样子呀，那么，是两人要掰了？都什么事儿啊，三个月就换人？老温的胃口愈加被吊起来，不行，还真把我当个大傻子呢，看着吧，我一定得找到原因。

等了五六天，老温选了个星期三的下午，从以前的规律看，这时候，102室总是有人。老温大摇六摆地走进单元门，整整衣服后开始敲门，才敲了一两下，就听到里面的人像一直在等着似的，从床上一下子蹦下来跳到门边，"咔嗒"一声，门竟然就开了，露出一张长发遮面的脸。老温刚想开口，那女孩子的眼神却在一瞬间从欣慰、惊喜转为极度的沮丧：你敲错门了。又是"咔嗒"一声，门重新关上了，里面的脚步像拴了镣铐一样在地上慢慢地拖。

不错，赵秋山蛮有眼光，这女孩子水灵着呢，穿着睡衣的样子还真是不赖。姑娘，开开门，我不是坏人！我是这房子的房东，水表要分户抄表了，我来抄个号码，费用我出……

别在外面嚷嚷，要不，你进来吧。

女孩子显然是换过衣服了，套着一件大大的毛衣，头发却还是遮着脸，不拿眼睛看老温。老温不介意，换了鞋子就进去了，心里却替这女孩子可怜，自己要真是个坏人，不也就进来了，这个吴姗姗，太好骗了，怪不得会上了那赵秋山的船。

老温直奔厨房，装模作样地看了看水表，什么分户抄表，这种谎话老温还可以编出无数个。厨房里冷锅冷灶，看来是很久没有烧饭了，老温碰碰水瓶，里面竟然也是空的。老温抄好水表上的号数，回到窄小的客厅，却见那个吴姗姗像病猫一样地蜷在沙发上。天不冷，可她身上还搭着一床毛毯，两片嘴唇都烧得起了皮。老温犹豫着，但还是停下来，问了一句：你不舒服？

吴姗姗的脸更低下去一点，没有说话。老温看看桌上，放着两只盒饭，只吃了一半。一包方便面，撕开了口子却没有动。

老温在心里叹了口气，重新折回厨房，洗洗上了灰的壶，烧上水，又到米缸里抓出一把米，准备烧稀饭。老温煨稀饭时喜欢在里面滴上两滴醋，过不了一刻钟，大米的香味就会飘出来。

老温出来了又问：是发烧了？老温也只是猜，不敢用手去碰吴姗姗的额头。

吴姗姗点点头。老温想了想又说：有没有药呢？是感冒还是有炎症……要不，我帮你喊赵……

不用，不用……吴姗姗忽然来了点精神，像跟谁赌气似的。其实医生倒是给了我消炎药，没想到真要吃。吴姗姗自己站起来，走到里面，拿出一袋子药。老温看了一眼，注意到里面有两瓶"益母膏"，这是妇科药呀，老温从前见二媳妇喝过。但他没吱声，也不想追究。现在可以总结出第一个情报：吴姗姗生病了，而赵秋生不在身边（是她不要呢，还是他不想管呢）。

老温转身到厨房灌了水，替吴姗姗倒了一杯水。看样子是渴坏了，那姑娘喝了一大口，眼泪都烫得掉了出来。

稀饭的香味如期飘了出来，吴姗姗像个孩子似的抽抽鼻子：每年冬天回老家，我妈都喜欢熬红枣稀饭……吴姗姗本来是笑着说的，可是不知为何，她别过脸去，原来又有眼泪流了出来。

他妈的，赵秋山太不像话，女孩子耍耍脾气是应该的，还真把人家一个人扔在这里！不像话，看小丫头都想妈妈了。老温的天平现在完全倒向吴姗姗，他甚至都想不起来原来到这里来是干什么来了。

我给你煎两个蛋搭稀饭吧。煎鸡蛋是老温的拿手好戏，外略焦内稍嫩，形状周正，出锅后撒上两点盐星子，浇上小半勺酱油，配稀饭刚刚好。

趁老温到厨房去起油锅，吴姗姗一下子吞下去四颗消炎药，接着又喝了两大口"益母膏"。昨天做完药流，吴姗姗根本就没想吃药，一方面是她对自己的身体很自信（或者说根本就不在乎），另一方面她一直集中精力考虑一件事情：为什么出现这种事？想来想去她只想到了一个可能性：安全套有问题。可是，是哪一次呢？又如何寻找证据呢？吴姗姗觉得她脑壳都想得疼起来，却还找不到任何突破口。在脑壳发疼的同时，她才发现：自己发烧了。这老头还来得真是时候，尽管一开始把他当成了赵秋山。见鬼，现在就是赵秋山来敲门我也不开，死去吧，他竟然怀疑是我的问题，他在侮辱了我的同时也侮辱了他自己。

配着两只煎鸡蛋，吴姗姗连喝了三小碗稀饭。老温坐在沙发上，再次悄悄打量起这间房子，尽管对这屋里的每一样东西都非常熟悉，老温还是看得津津有味，因为他注意到，这间屋子明显地比从前乱多了——就老温的经验，一个人，如果他（她）对环境失去了应有的清洁欲和注意力，这往往就表明，他（她）碰到麻烦了。那么，他或者她，现在碰到了什么事儿呢？老温重新想起了他此行的真正目的，于是他像是随便想起来似的问道：你们是不是四个月后要搬走？小赵一下子付了四个月的房钱……

什么？吴姗姗停住碗筷，看得出她是真的不明白老温的意思。

可怜的，看来是赵秋山甩了这姑娘，而她还什么不知道。老温在整理自己的第二个情报，同时他停住嘴，决定不再谈论这个话题——这个消息不应该从他的嘴中说出来。

9

老温走后，吴姗姗开始昏昏欲睡，她现在终于知道，不肯再接电话的赵秋山竟然还那么慷慨地为自己多交了四个月的房租，哼，是不是应该表示感谢……这样也好，很简单，在四个月之后，再搬回学校……不，或许在那之前，会认识新的男朋友……现在最重要的就是恢复体力……睡觉吧，在梦里就会回到妈妈的稀饭香里，就像那个眼神精明的老头刚刚烧过的那样……在迷迷糊糊之中，吴姗姗却总觉得有一根线在拉住她，不肯让她真的睡去，她必须发现那根线的源头……是什么，就是那个老头，她应该有所触动……她回忆起老温在这儿的每一个动作：等她吃完，他一言不发地开始收拾桌子，他把桌上一大堆凌乱的东西各就各位，书报架移到沙发边上，茶几上的一盘干花摆到餐桌中间，餐巾纸重新放回到冰箱上，垃圾桶归到厨房的水池下，桌子靠墙放到沙发边上……这有什么奇怪的吗？吴姗姗问自己，她困倦的头脑却不听使唤地迅速滑向睡眠的边缘……在堕入深渊的一瞬间，一丝光线射入大脑——老温的一切动作都表明：他曾经进入过这个房间，就在她搬进来之后，他熟悉这个房间所有的摆设……

吴姗姗在她完全恢复了之后，拨通了老温的电话。这是老温那天走的时候留在她桌子上的。吴姗姗在电话里真诚地表示了对老温的谢意，然后她说：有空吗，老温，有空来坐坐，我周三、周五下午都没课。

老温真的就来了，他从菜场顺便带了一些新鲜的蔬菜和鸡蛋。吴姗姗接下了，心里却好笑起来：这个老头儿，还真是不动声色。

老温有点局促地坐到椅子上。吴姗姗今天穿的是一件紧身的无袖毛衣，头发却高高地扎成一团。今天的模样实在跟那天不能比了，老温有

050

点不敢正视，心里却觉得很舒坦甚至有点激动——这孩子，挺懂得尊重人的。吴姗姗倒下一杯水后，却又软软地斜到沙发上，这使得接下来的这场带着智力因素的谈话从形式上看起来较为放松。

身体好点儿了？等了半天，吴姗姗都没有说话，老温只得先开了口。

好多了……老温，问你个事儿？

嗯？

我说，你以前经常过来转转？

是啊……来转转，毕竟是自己的房子，总是不放心。

你进屋子了吗？

你觉得呢？

那天你是故意露出破绽的？为什么？

说不清，说不清我为什么想让你知道……对了，没少什么吧？

没有，本来这里面就没什么……只是，老温，你干什么来了？

看看，转转……

每次就仅仅只是那么转转？

差不多吧，我转转……我说，如果我告诉你我进来的真正原因，那么你会告诉我什么？

你的意思是……要交换秘密？你对我的秘密感兴趣？可是我不是，我并不想知道你进入我房间的具体原因……

当然，你可以提出别的，我可以为你做别的事，比如，让赵秋山付出点儿代价……

什么意思？

我可以拿出租房合同威胁他，说要告诉他的老婆……

不，我不会那么做，他不值得……啊，等一等，现在的交易是：你想听我的秘密，而我可以提出我的条件，是这样吗？

差不多……不过，别太难了，你知道，我只是想听一听……

是的，是的……让我想一想，你知道吗，其实我并不恨赵秋山，他算不了什么……我现在只是搞不懂：为什么他会离开我？我的条件就是，你帮我解开谜底，他为什么会离开我？

成交。

那么，你想要听什么？我提醒你，我的秘密少得可怜……吴姗姗在沙发上换了个姿势，她看上去简直像躺在那里。

我，我要听的只是一小部分，你生活中极小的一部分，比如说，你的生活，你生活中与男性交往的那一小部分。

恋爱史？吴姗姗几乎要笑起来，但她忍住了，她突然发现，这个老人，眼里射出的那种目光，饥渴焦灼的却又极度孤独。他到底想要什么？

确切地说，是有关性的……算了，我还是先告诉你我的爱好吧，以便你更好地向我描述我需要的那部分秘密。

室外暮色四合，这个下午老温没有去买菜，他把即将到来的具有天伦之乐的晚餐抛到了脑后。在他的坦白和努力下（老温重点讲到了性无能、黄色VCD、每周一次对102室的私下光顾等，当然，他略去了那根细细小小的绣花针），吴姗姗明白了他的意思。吴姗姗没有表示出任何鄙夷和讽刺，她几乎是严肃地倾听着老温，然后，她郑重地点点头，她说：挺好，老温，没准我年纪大了也会这样，挺有意思，你很不错。

然后，按照老温的喜好，吴姗姗从人物、地点、时长、力度、速度、姿势、频次、感觉、开始与结束等各个角度说出了她的一小部分秘密的记忆——这部分的记忆是新鲜的生猛的，如果不是老温，可能她一辈子都不会去这样回忆和叙述。在这样的叙述中，吴姗姗发现，她与男性的交往史其实就是性爱史，因为所有这些交往的前奏尽管各有不同，但无一例外，它们全都指向一个终点：床。老温真是好眼光呀，他因为身处寂寞而一下子看穿了人类关系的真相。他的爱好和收藏是富有意味的，他在个体与共性的异同中品味到了一种物质化的真谛。

……老温听得沉醉极了，尤其是关于赵秋山的部分，老温几乎可以看到，就在隔壁，那张床上，在地毯上，在那面落地镜前，包括就在这张沙发上，赵秋山和吴姗姗的每一个动作、细节上的盛衰和进退……

吴姗姗在最后问道：好了，老温，现在轮到你了，你什么时候可以告诉我，在我怀孕之后，赵秋山为什么会认为我背叛了他？

你是说……你怀孕了？

对，上个月。太奇怪了，赵秋山那么肯定，因为他的措施万无一失，而我，我什么也没做过，那么，问题到底出在哪儿？你答不出的，老温，没关系，这个问题太难了，我都快想了一个月了，还是桩无头案……幸而，你知道，我并不真的喜欢赵秋山，就像他并不真的喜欢我一样，再说，怀孕的问题已经解决了，就是你上次来的那天，我已经把它给解决了。

可是，这是一笔交易，我不得不回答，不是吗？

老温，别那么紧张。我们只是在开玩笑，你不可能知道的。

不不，你难道不认为，我可能知道真正的答案，因为，我经常进入你的房间……

别逗了，我了解你，你其实只是有点小小的偷窥癖，没关系，如果你喜欢，你可以继续。

不是，我是说，我真的知道……但我想再加个小小的条件，姗姗，你愿意把衣服脱了吗？我已经很多年没有真正看到一个年轻女人的身体了，我想极了，连做梦都想……你放心——你也知道，我绝对不会碰你，我以我的年纪发誓。我仅仅是看一看，可能也是这辈子最后的一次"看"了，然后我就告诉你，我真的知道你为什么会怀孕。

你就是不知道也没关系，老温，我理解你的一切想法，很高兴我能为你做点儿什么……吴姗姗一秒钟都没有犹豫，她带着一种任性而随意的表情以最快最熟练的动作按照老温的话做了，甚至，她还摆了几个拍照片的动作……黄昏现在已经彻底降临了，屋里的光线明显不足，但老温不介意，现在，吴姗姗就是这屋里最亮的灯，一下子照亮了他所有的渴望和积蓄。他从来没感觉这么亮堂过，他的视线也从来没有这么灵活妖娆过，几乎成了他的手他的嘴或者阳具……他越拉越长的目光来到姗姗的脖子、锁骨、腋窝、乳房上。他含住乳头，轻轻咬了一咬，吸了一吸，就像六十年前趴在母亲的胸前似的。然后，他来到她的腰上，他比划比划，再揉揉她的小腹，感知那种无与伦比的光滑柔软。终于，他现在到达了最繁华的洞穴之门，他停下来，叩击般地画圈触摸、欲扬先抑……在即将进入幸福深渊的瞬间，老温自言自语地、像在诉说特别的情话，他的语气骄傲而神秘，宛若泄露天机：是我，孩子，其实是我让你怀孕了。

吴姗姗摇着头大笑起来，笑得都弯下了腰，简直上气不接下气：老温，你真会开玩笑，你真要把我笑死了。

2002 年 11 月 19 日于虎踞北路

四重奏

　　座位的选择分别决定了我和周峰的婚姻。回忆起来简直觉得荒唐：为什么是他坐在了里面，靠着小典；而我，在外面，靠着苹果。

　　那天的情景到现在还历历在目，特别是每次与苹果吵过架之后，当我躲到阳台上一边吸烟一边逃避她那极富爆发力的指责时，噩梦般没有尽头的生活总是让我重新想起那次与周峰共同相亲的全部过程，多次的回忆为四年前的那一场景蒙上了一层动人的羞涩，像是在透过面纱看一个陌生的美人。哦，不，更确切地说，多次的回忆使我产生了一种错觉：似乎事情的发展方向和过程原本可以改写，甚至可以倒退过去，我与周峰重新回到天真无邪的光棍汉阶段，回到无忧无虑的性饥渴阶段……

　　四年前的那天，没有任何征兆说明它将决定四个男女的婚姻。它是那么平淡无奇，我都想不起它的阴晴凉热，甚至我都忘了我们那个介绍人的模样，不过与此相反，我却记得另外一些无关紧要的细节：那天上午，我与周峰睡眼蒙眬地在我们集体宿舍对面的小摊子一人要了一碗面条。他的面很辣，整个碗里都是红彤彤的。我最怕吃辣，看着周峰那碗面，我几乎都失去了食欲。周峰热火朝天地吃着，同时上下打量着我：你干吗穿这件 T 恤，这显得你更瘦也更黑了。

我没理他，我在想我的这一天，从一碗廉价的面条开始，接下来的所谓相亲，一定以浪费时间而告终，我纯粹就是周峰的陪客、伴男……

吃完饭，周峰又兴致很高地到小理发店花五块钱吹了头，这使得他看上去更加隆重了，似乎对即将开始的相亲充满了必胜信念似的。我有点啼笑皆非，打击了他几句。周峰说：别这样，兄弟，最起码这也是对人家的一种尊重嘛！我发誓，我跟你一样，其实真的无所谓，重在参与而已。我保证，两个女的里面，好看的我让给你！

多么可笑的年纪多么幼稚的审美呀。那个时候，我们对女朋友的第一要求似乎就是"好看"，而把"好看"的让给朋友，那真是天大的情义了。不过周峰的话我信，我跟周峰的交情不是一天两天。在认识周峰之前，我不太相信男人间的友谊，认为那最多只是酒肉之交而已；认识了周峰，才真的明白什么叫两肋插刀、情同手足。尽管我木讷、小气、胸无大志，而我所缺少的气质周峰全都有。但这并不妨碍周峰成为我最铁的哥儿们——如果我是一条有感情的鱼，那周峰就是我的水，只有他了解并关注我的每一点冷暖悲欣。还有一点，我们在所谓的仕途上是同病相怜。在这家人浮于事、惨淡经营的电子厂，我是厂报的编辑，他是研究室的科员，从世俗的角度来看，真可谓前程暗淡——越是单调无望的生活，越是能够加深我们对友谊的投入和依赖：我们分享每一分钱，每一天的失落和空虚，青春期对女性的渴望和绝望……

相亲地点在介绍人家里，离我们的宿舍并不远。虽然时间有点紧，但两个人慢慢走过去显然是最经济也是最有风度的。对我的提议，周峰亲热而不屑地啐了我一口，然后伸手拦了一辆车，开了后门先坐进去，动作里带着踌躇满志的小心翼翼。没办法，我只得皱着眉头也跟进去。

从一开始就注定好了：我将在这场集体相亲中始终扮演被动、保守的角色。

即使打了车，我们还是迟到了约十分钟，没办法，我们睡过头了。介绍人远远地迎在门口，脸色有点不好。进了门，可以看见两个花花绿绿的女孩端坐在客厅的长沙发上喝水。周峰马上开始花言巧语地编排我们在途中遇到大堵车的谎言，我则在一边极其老实、手足无措地加以附和和解释。我们的表演发自肺腑、逼真自然，介绍人的脸像花一样地开放了。我看得出，她其实压根不相信我们的话，但她对我们的态度非常满意。态度决定一切。

请进请进！介绍人把手臂伸向客厅向我们做邀请状。客厅里共有三张沙发，其中一张三人的，两张单人的，三人的那张已经被两个女孩占据了，看来我和周峰只有分坐左右了。走在我前面的周峰脚步忽然慢下来。

请坐请坐，随便坐随便坐。介绍人再次热情地做出邀请。周峰一边犹豫着一边往前走，最终，他走到了靠里的那张单人沙发——这很符合逻辑：走在前面的人总是坐在最里面，就像我们刚才打车时一样。

介绍人捧出一大堆瓜子零食，同时煞有其事、故作幽默地说：两位小伙子来迟了，罚你们自我介绍！

我的脸不自觉地红起来，连忙端起茶，却烫得没法下口。我看看周峰，他明白了我的意思。他简单地向长沙发上的人介绍了我俩的名字、工作等基本情况，语言简洁却富有诚意。

好吧，我也来向你们介绍，这位是朱小典，是白衣天使，在中医院药房……这位是苹果，我好朋友的女儿，在市二幼当老师……

介绍人的口气非常富有感染力，像一名敬业的营销员在推出两个令人瞩目的最新产品。随着她的语气所指，相应的新产品就表现出纯洁、害羞、高傲的表情。我偷偷看了一眼周峰，他正热情却又略带拘谨地对两位女孩一一点头致敬。——看来，所有的人都进入了角色。我不由得脑门一热，像一个被剧情感化了的观众那样以身效仿，我对离我最近的姑娘行了一个恰如其分的注目礼。幼儿老师的脸好看地微微红了，一双眼睛像受惊的小鹿般飞快地移开去。多么自然动人的神态呀。一种陌生而新鲜的感触突然像蜜水似的让我狠狠地呛了一口。

相亲的返程，我和周峰不约而同地选择了走路。路边上人来人往，没有人注意到我们千言万语、欲言又止的可笑相。就在刚才，在相亲的尾声，介绍人变戏法似的拿出了一张白纸，冲着周峰使使眼色，周峰心领神会地询问两位姑娘可方便留下联系方式。现在好了，那张写有两种字迹的白纸就放在周峰的裤兜里。周峰的手一动不动地插在裤兜里，像在感应某种残留的韵味。

事情从一开始就是模糊的，现在还是模糊的：四个人，哪一个对哪一个？难道下一次还是集体约会？那个介绍人真是白痴！完全不遵守游戏规则。

我咳嗽了一声先开了口，怎么样？玩不玩下去？一辆汽车按着喇叭从身边开过，我不得不提高了声调。

回去再谈，回去再谈。周峰挥挥手像在阻挡马路上的灰尘。

沉默不语地走了一会儿，周峰却又先开口说道：怎么样，我没有食言吧，我让你坐在那个漂亮的幼儿老师旁吧……

你的意思是……你跟白衣天使……

嗳，嗳，我可没什么意思，我是看你们俩眼色挺对味才这么说的，两个当中，你先选，我把电话全给你，你选剩下来的我去征服！周峰脖子里的青筋都快露出来了。我心里忽然有点不对味，这样晦涩的谈话不是我们以往的风格。

兄弟！我停下脚步看着周峰。我的眼神唤起了周峰的坦诚。

好吧，我承认，一开始我是随便往里边沙发坐的，但巧的是我发现我对白衣天使感觉挺好，你发现没，她那么娴静，连笑都是没有声音的；那个幼儿老师么，穿得太花了，我怀疑她的性格不像她表现出那么羞涩……好吧，现在轮到你，大家都要说实话！要是你也喜欢朱小典，咱们就分别约，由她来定……

周峰的这话让我感到踏实。我满意地笑起来：哥儿们，看来那个介绍人还真是神机妙算呢，早看准了我们的胃口，我觉得那幼师更适合我，你想啊，我性格这么闷，再找朱小典那样寡言少语的，将来生出来的小孩说不定会是个哑巴呢……

周峰更加高兴了，当即掏出纸条，小心翼翼地一撕为二，郑重地把其中的一半交给我。想想那情景吧，简直像两个人在瓜分什么价值不菲的入场券。不过的确也差不多，掌握了联系方式最起码就获得了与女性交往的便捷通道。

接下来的路程就走得很轻松了，周峰甚至慷慨地请我吃了一大碗酒酿元宵，不过，这次的元宵吃来并不像以往那么美味，这可能与我的心不在焉有关：刚才我下意识地对周峰撒了谎。

真正的事实是：我对今天的两位女主角都没有什么特别的感受，走出介绍人家的大门，我的第一个念头就是"不玩了"。但当周峰宣布他对朱小典动了心之后，我忽然也对那位从头到尾几乎没与我说过一句话的白衣天使也有了些微的怜惜欣赏之意，我明白这纯粹是心理因素在作怪，即使真的像周峰所建议的那样——我们分别约朱小典，让她来决定取舍——那以我的形象和风度绝对是要处于下风的，何必自取其辱呢。幸而同时，我对那位苹果姑娘也没有反感之意，而且，从外表上看，苹果要比朱小典抢眼得多……那我为什么不跟大家一起玩下去呢，很多事情，有了开始，并不一定就有结束的。没准一两个月之后，这两桩空穴来风的亲事会同时告吹、我和周峰会重新成为一对自由的难兄难弟呢。

好事成双，没想到两位姑娘都对我们的约会欣然接受，我与周峰只得再接再厉。

值得一提的是，苹果在第一次跟我单独约会时仿佛是不经意地问了一句：你的同事呢，跟那个也接上头了吗？

是啊，周峰对那个女孩一见钟情，他就喜欢文静点的女孩。你瞧，一切都那么巧……我心情愉快地回答，

苹果却对我的回答非常不满意，她好看地皱起眉头：不能光看外表，我听张阿姨说，她的脾气可怪着呢……

苹果的表达方式非常孩子气。我一时不知道说什么才好，不过无论如何，我想，苹果是个幼稚的女人，这让我多了一点成熟感，同时不由自主地讨好地加了一句：各人口味吧，我就比较欣赏性格简单一点儿的……

当时我没有意识到，其实从第一天起，苹果就把朱小典看成了假想敌，类似的对朱小典的中伤将充满我们今后的对话。

事情下一步的发展出乎我最初消极的预料。在充分了解了我们的为人及基本情况之后，朱小典和苹果谁都没有嫌弃我们——事物发展的定理在于：如果女方不表示异议，约会往往会按部就班地一直走向婚姻。

周峰无疑是如鱼得水的。在我们每晚睡前的谈话中，除了单位里的破事、体育赛事上的冷门之外，与朱小典的交往成了他的另一个谈话重点。从约会地点到约会过程中的重要突破等等，朱小典成了周峰的兴奋剂。只要一提到朱小典，周峰就开始滔滔不绝。恋人间的每一点小小的失意、得意、牵挂与体恤都被周峰无限放大地拿来与我分享，我不得不成了他恋爱生活的见证人与分享者。到最后，我对朱小典的习惯动作、个人爱好、饮食口味都像周峰那样了如指掌，甚至，在周峰心直口快、毫无顾忌的渲染中，我都可以感觉到朱小典在拥抱接吻时的体温与心跳……不过在自我倾诉的最后，周峰总会习惯性地问上一句：怎么样？你跟那个苹果怎么样？

周峰的问话让我感觉到一种交换果实般的压力。我说过，我在性格和行事方式上几乎与周峰迥异：我不习惯与别人分享我的感情生活，再说，与周峰相比，我的爱情生活真是平淡无奇不值一提。在形式和内容

上，我与苹果之间也没有什么创新。大多时候，我都是在参照周峰的方式步其后尘：他们看电影了，我就去买电影票；周峰在电影院里握住小典的手了，我就在黑暗中犹疑地伸出手去；他们到游乐场玩过山车了，我在下一个周末也就直奔主题，并且像周峰那样，在苹果心惊肉跳之时揽过她圆乎乎的身体……我缺乏创意，永远像个差学生那样心满意足地亦步亦趋。但这在苹果身上却起到了意想不到的效果，苹果总是说：看不出你木讷讷的还挺会占女孩子便宜的嘛，尽玩这种地方，看看你，还总是那么胸有成竹熟门熟路的，你是不是带过别的女孩子来玩过呀，你们男的真是最坏了……苹果一边说着，一边嗔怪地盯着我。无疑，苹果是富有风情的，最起码对我是具有杀伤力的。跟她在一起，哪怕我一句话不说，她也会通过她的审美和想象力把我的表现解释为一种成熟男人的深沉、暗里坏之类。我知道苹果看错我了，我尝试过反驳，但她更加来劲了，一个劲儿地拿拳头捶我，于是我也就将错就错了，索性享受着她因为误解而带给我的种种新鲜感觉，一种类似呆人呆福般的庆幸和迟早露馅的不安总是像潮水一般此起彼伏地掠过我的大脑……

　　我怎么开口向沉醉在爱情中的周峰准确地描绘这一切呢？我相信，他肯定不会笑话我的亦步亦趋，但最起码会觉得不可思议，出于对我的负责，他或许还会认真地剖析一番我与苹果间的感情质量……省省吧，难道那会改变什么吗……

　　于是情况就是这样，每当轮到我来谈谈我与苹果的情况时，就是对我想象力和表述能力的一次极大考验。好在每次轮到我说话时，时间都已经很迟了。我结结巴巴的叙述几乎成了周峰的催眠曲，而周峰在第二天清晨总会伸着懒腰质怪我的虚与委蛇：你这闷葫芦，总是瞒着哥儿们，不过我警告你，哪天睡了人家，可一定要如实招来！那可是绝对隐私，你不与我分享就浪费了就失去价值了……

　　周峰所指的"睡了人家"是他一直在酝酿和努力着的大事。有次半夜里醒过来，他还特地推醒我建议在我们中间来一次比赛，谁先办了这事谁请谁一个月的饭票。事实上，在对待这件事情的态度上我与周峰是有分歧的，第一次与女人睡觉，我觉得这是件大事，而做大事是要有规矩和程序的。不是说我有多么保守，更准确地说，我是有点胆怯：这种事的发生绝对要天时、地利、人和，三者缺一不可，尤其是最后一条，来不得半点勉强和逼迫的。万一人家不答应，岂不糗大了吗？搞不好还来个鸡飞蛋打呢。即使是在半夜，我还是一扫睡意老老实实地跟周峰表达了我的异议。周峰不顾一切地拍着床板大笑起来：可怜呀，真是标准的童男子。前面两条，你不要怕，大气候在这里，早就是同居时代了，那就是天时；再说我们还有一间宿舍，相互配合着使用，这不就地利？最后一条，你更不要担心，你真的不知道，女的跟咱男的一样，大部分也都想着这种事儿呢？你只要稍稍一挑逗一暗示一动作，她们就湿了……都认识这么长时间了，不睡简直就是傻子，你再不睡，人家还以为你是同性恋呢……周峰说着好像不能自持了，连忙缩进被窝。

周峰的话让我又一次感到落伍的惶恐，我拼命地回忆最近我与苹果交往的细节，试图从中发现她对这类事情的看法。如果真像周峰所言，我对她的敬重和分寸岂不反而会成为一个最大的败笔？我忧心忡忡地无法入睡，而周峰，却在人工的自我排遣之后开始坠入沉沉梦乡。

谁也没想到，理论丰富的周峰在实践中碰了壁。那天晚上，按照事先的约定，我回去很迟，我带上我最喜欢的书跑到一家通宵营业的豆浆店，要了一碗豆浆，等到服务员开始对我有所不满时再要一碗，如此这般地一直呆到凌晨两点以后，才磨磨蹭蹭地带着胀鼓鼓的膀胱回到宿舍。

周峰的床上没有想象中的凌乱和皱折，却可疑地整整齐齐一马平川。想不到你家小典那么勤快，还把床又整理好了……我几乎有点妒忌地说。

周峰坐在床边，表情复杂地看着我：不对，哥儿们，我碰到高手了，她像碰到强奸犯似的又咬又踢，你瞧，我胳膊上都被她抓破了。

哦……那挺好的呀，现在这样的女孩很少呀……

我怀疑只有两个可能，要么是她不够爱我，要么她早就不是处女。周峰很困难地补充一句。

操，你这是什么逻辑呀！说这种混账话！我突然气愤起来，心中真替朱小典直叫屈，简直想与周峰打一架。

得了，嚷嚷什么？反正我也认了，忍一忍算了，谁叫我喜欢她呢，迟早我要睡得她哼哼直叫……嗳，你别转移目标，我们事先讲好的，下周轮到你了，我把战场让给你，不准打退堂鼓不准找借口，你希望很大，因为失败乃成功之母……

周峰猜中了我想要退缩的心理，他过分严肃的眼神盯得我浑身不自在，想到我将要向他描述我与苹果的第一次睡觉，一种前所未有的窘迫和紧张简直令我透不过气来。

事情总是出乎意料，我与苹果的超级接触顺利得令人无法置信。引诱者似乎反而是苹果。当我小心翼翼地建议到我们宿舍约会时，她就进入了一种我难以理解的状态。她在途中几次含情脉脉却又意味深长地看看我，并且突然紧紧地把她的手贴到我的掌心，用劲之大，简直令我站立不稳。傻瓜！你真是个傻瓜，她拉住我歪斜着的身体，既是鼓励又是嗔怪地骂起我。

事情结束之后，我还没来得及从梦幻般的感觉中清醒过来，苹果就迫不及待地趴在我的胸前问了一句：你知道他们两个的发展吧？有没有像我们这样？苹果的语气很奇怪，带着莫名其妙的炫耀和些微的轻蔑。

不知道，应该不……我踌躇着，不知该不该说出实话。

算了，像你这么迟钝，肯定感觉不到的。周峰会跟你说实话？我看他的肚肠子最起码比你要弯几百倍，你最老实了，除了我谁会真心待你？苹果的语气极其亲昵，简直像老婆的口气。看来她骨子也是老派的：身子给了我，人就是我的了。但她对周峰的判断令我很不舒服，她为什么会这样说周峰？事实上，到目前为止，在我的心目中，周峰还是最值得我信赖的兄弟，他永远都不可能欺负我。苹果毕竟是女人，心眼里只放得下一个人，除了爱人，别的都是敌人。

苹果走了之后，周峰很快就回来了。周峰说：其实我没走远，我就在宿舍对面的茶馆喝茶。我刚才看着苹果走出来，小姑娘脸红红的，春色无限吧……

周峰的玩笑我不喜欢。如果告诉周峰，我现在最真实的感觉是失落、空虚、欲哭无泪，周峰肯定会嗤之以鼻地大骂我得了便宜还卖乖。

怎么不说点儿什么？累了？明天我请你吃爆炒腰子，下一个月你的伙食全是我掏，我说话算数的……

我看着故作轻松的周峰，情绪越发低落下来。谁说过的，世上的痛苦有两种，一种是得不到你想要的，另一种得到了你不想要的。而且我觉得我比周峰的处境要绝望得多，他现在还有幻想的空间和变异的可能吧，我呢，什么都没有了。除了结婚，生活中的一切都失去了任何别的可能性。

1999 年 9 月 9 日，经过两年的恋爱，我和苹果、周峰和朱小典，我们四人选了个好日子共同举办了一场俗气却热闹的婚礼。为了说服苹果同意我们与周峰两个一起结婚，我足足与她交涉了两个多月。每次回到宿舍，我都忍不住大吐苦水，想要打退堂鼓，周峰总是好脾气地听我发泄，并且为我鼓气、出点子。

朱小典那边怎么样？我反过来问周峰。周峰含糊其辞地甩甩头：你想啊，我们认识的人几乎差不多，花两份钱办两次酒有什么意思呢，人家也要出两次份子，完全没有必要嘛……你放心，小典她最终得听我的……再说，这可是咱兄弟俩的一个夙愿啊，可不能为了她们的小脾气而废了，除非我们还有机会再结婚，你说对不对？

周峰似乎也是在为自己打气，但他最后的那句气话讲得很不吉利，看来他在小典那边遇到的阻力也不小。

好不容易两边都同意了，关于婚礼中的许多细节又让我和周峰焦头烂额，比如内外迎宾牌上新人名字的排列、主婚人祝辞的主次轻重、敬酒发糖的顺序、双方亲友台席的位置等等，在新娘的服装上面，更复杂了，样式和颜色不能重，谁先换衣服谁后换衣服各人换几套衣服等等无一不锱铢必究……我后来想到，苹果与朱小典间的宿怨也许就是这个时候产生的吧。结婚是女人一生中最惹是生非、敏感多疑的阶段，尤其是苹果，她并不是宽容大度的人，一点小事都会说上一个月，何况现在她觉得桩桩都是大事呢？

周峰铁一般坚强的意志这时发挥了它的作用，如果不是他在后面撑着，我肯定会像我再三威胁苹果时所说的那样：我不结婚了。

如果真是那样，我还会堕入这没有尽头的深渊吗？现在我对苹果不要说什么肉麻的爱情吧，好像连起码的怜惜和关爱都没有了。她对我只有更坏，尤其是她跟我吵架时说出的那些恶毒咒骂，似乎她面对的是一个彻头彻尾的骗子、一个撕毁了她青春的仇人。幸而一天中的大多数时候，我们都可以逃到单位。我们在单位度过彬彬有礼、心平气和的白天，到了夜晚，对生活的怨气又使我们原形毕露，更加气急败坏地口不择言。

争吵的主题几乎万变不离其宗却又日日有所不同。但归根结底，我心里最清楚，苹果是嫌我对现状不思进取，对金钱无动于衷，竟然还能心安理得地窝在这该死的电子厂做一文不值的企业报编辑……

曾经因为我看了她一眼就脸皮微微发红、眼神如小鹿般闪烁的苹果为什么会变得这么尖刻势利呢？有一天半夜，在一次完美的做爱之后，我克服着沉沉睡意轻声问苹果。苹果别过脸去沉默了一瞬，似乎忆起了四年前的那次青涩相亲，她的背影看上去线条柔软、非常单薄，但几乎就在同时，她又爆发起来：还不是你！是你把我搞成这样！女人是一把琴，全靠男人怎么去弹，你现在嫌我凶了是吧，你怎么不想想，我怎么会凶的呢？你想想你自己，再看看别人，这几年你都做了什么？你拿什么跟自己、跟我来交待？

苹果的潜台词已经很明显了。她总是这样，自以为点到即止，实际上已经把我的自尊心给剥得一丝不挂了。好几年了，几乎从结婚的那天开始，她就开始对我抱有飞黄腾达的幻想，并且自寻烦恼地为我制定了所谓的奋斗目标，她列举了身边许多从平民到权贵的例子整天对我耳提面命。一开始，我觉得她的这种想法俗气得令人发笑，我总是极有耐心地听着她长篇大论，我甚至在想：一个多么实际、可爱的小女人呀，像守财奴那样迷恋金钱。但很快，我发现苹果是很较真的，似乎将以我的发达与否来衡量我们婚姻的价值了。

第一次的大规模争吵发生在我们结婚两周年的纪念日之夜。那天，她拒绝了我的缠绵之欲，反而衣冠楚楚地端坐在客厅，要我向她回顾这两年来我在仕途上的进展情况。我傻笑着摇摇头，为她的小题大做感到不可思议。这么浪漫的纪念日，却谈那种败人胃口的话题。

这么说，你根本就是无动于衷？苹果冷冷地看着我，眼光里像含了箭。

也不是……苹果，我都跟你说过多少次了，世界上的人有两种，一种是喜欢名利的，一种是不喜欢名利的。你这样想，名利就像辣椒，有的人爱吃，没了辣就魂不守舍，吃什么都难以下咽；有的人不爱吃，沾上一点儿了就涕泪皆下，甚至浑身过敏……

你少跟我来这一套！苹果像一头哺乳期的狮子那样暴怒地打断了我。别人能做到的你为什么不能？同样是五脏六腑，别人能吃辣你怎么就不能吃辣？你是弱智是白痴？还是哪里少了一根筋？

苹果不着边际的漫骂并没有激怒我，相反，我简直有点想笑，如果这会儿有人在外面偷听，没准儿以为我们小夫妻是在为一碗辣酱面而吵得不可开交呢。

我的表情泄露了我的心不在焉。苹果气得浑身发抖，抓起茶几上的烟灰缸就向我扔过来。

没有砸中我，只是掉在地上碎了。苹果却突然大声抽泣起来，像受了天大的委屈。

哦，好了好了，都是我不好……我走上去抚她的背，觉得这一幕简直像在排演室内电视剧，心中涌上一阵失望和空虚。

苹果的背这会儿显得分外僵硬，她抽抽噎噎地说：你为什么老是这么安于现状，守着这个破单位有什么好，你信不信，你只要出去了，什么都会变好的……你没听说吗？周峰最近买了一辆奥迪，朱小典每天上下班都是车接车送，一到星期五两人就到大饭店包房洗桑拿度周末……你说，凭什么我就跟着你这个狗屁编辑后面天天稀饭面条，连结婚纪念日都过得这么寒伧，我哪里不如那朱小典了，你这样子怎么对得起我，你叫我怎么甘心，大家都是同一天认识的嘛……

总是这样，这两年来，周峰的每一点变化都会成为我与苹果之间吵架的间接起因。周峰辞职了，周峰办公司了，周峰买大房子了，周峰出国考察了，现在，周峰又买车了；而与此同时，夫贵妻荣，在朱小典身上，苹果也会从一个女人的角度发现许多令她黯然神伤的细节，比如朱小典脖子里钻坠的克拉，朱小典家的钟点工，朱小典做美容换肤了等等。事实就是这样庸俗、缺乏想象力：周峰的进步就暗示着我的退步，朱小典的精致生活就衬托着苹果的粗糙可怜。真是贫贱夫妻百事哀，任何一点琐屑小事都成为苹果发泄不满的理由……

我机械地继续抚摸着苹果的背，一种难以描述的阴影忽然罩上心头。我忽然有点害怕和悲哀起来，苹果有根有据的抱怨似乎为我将来的日子奠定了某种基调：面对周峰和苹果，面对这两个在我生活中最亲密的人，我将要永远生活在参照的压力之下。不，还有一点，苹果刚才说什么——你叫我怎么甘心，大家都是同一天认识的——这是什么意思，难道苹果觉得她选错了吗，难道她认为她本来可以有另外一种可能……啊，停止，停止，该死的猜疑，自作聪明的逻辑，我怎么会这么无聊呢……

　　九点都过二十分了，周峰还没来。熟识的侍者又帮我换了一壶热茶。周峰开了公司之后，跟我约会时迟到是常事。

　　结婚以后，我和周峰单独相处的时间不可能像以前那么多了，尤其第一年，新婚夫妇似乎到哪儿都得形影不离。于是我与周峰想出了个两全齐美的好办法：两家聚会。这样一来，打牌、吃饭、出去玩都很方便。但事情到了女人那里就总是别别扭扭，或者这跟苹果和朱小典相互关系上的先天不足也有关系。每一次聚会，苹果都会费尽心思地把有限的几套衣服搭配得像在参加服饰大赛。在聚会过程中，在她的怂恿和谦让下，我又会像打架似的跟周峰争先恐后地去买门票、付餐费，而真正当聚会结束，各人回家之后，苹果又会牢骚满腹地大挑毛病，要么是我表现不够殷勤，要么是周峰与朱小典当众亲热太肉麻，要么是我输的牌钱比周峰出的饭钱还多、白白卖他一个人情等等，真叫人不胜其烦。类似的聚会不仅没有给两家带来融洽和谐的气氛，反而对我和周峰间的交情产生了反面的作用。在我的反对下，两家的聚会仅仅坚持了几个月就不了了之了。我和周峰一身轻松地再次玩起了二人转。

　　过了九点半，周峰终于挺着他的大肚子气喘吁吁地出现在我的视野里。办公司不久，周峰就像马路上一抓一大堆的那些老板、经理们一样，尽管生意做得辛苦，但由于无穷无尽的应酬，还是慢慢开始发胖了，走起路来挺胸凸肚的，简直像换了一个人，这也没什么奇怪，最多是老朋友见面时多了点寒暄的题材罢了。但滑稽的是，周峰的发胖竟然让苹果产生了莫名其妙的灵感，有一段时间，苹果在厨房呆得更加长了，并且做出了不少浓墨重彩的大荤。当我明白苹果也是想把我喂胖时简直有点啼笑皆非了，我拿出我从老家带来那张发黄的全家福，把我精瘦的祖父、父亲一一指给她看：我们家就是祖传的，瘦！吃死了还是个瘦。苹果瞪着眼睛看着我，非常沮丧的样子：你看你，怎么一点福相都养不来的……

不过，苹果永远只能看到周峰表象上的变化。撇开朱小典不谈，这世上，对周峰了解最深的人只可能是我。以我对周峰这么多年来的交情来看，他能把公司带到今天这步，我是一点都不吃惊的。还是那个辣椒的比喻，周峰生下来就嗜辣，对名利有天生的灵感，他喜欢投入大量的精力和脑力去创造财富，那是他存在的重要方式和主要乐趣。事情发生的顺序不是像苹果认为的那样，周峰是结婚之后为了朱小典才去经商的，绝对不是，哪怕至今还是个光棍汉，周峰也一定会以最快的速度离开电子厂、投身到汹涌的商海中去的。不过，事已至此，这种先后的逻辑已失去了意义，反正在苹果眼里，周峰就是识时务者、实干家、最理想最能干的丈夫；而我，恰恰一切都与之相反……

周峰打着酒嗝坐下来，脸色被酒精泡得有点发白。看来今天晚上的饭局又很重要，最起码为下一个订单打好了埋伏。我看着他，简直心疼起来，连忙招手请小姐拿杯水果汁来给他解酒。

周峰慢慢喝光一杯果汁，又静静地坐了一会儿，才缓过神来。有那么一会儿，我们几乎什么话都没说。我们经常这样，有时大半个晚上都在有一搭没一搭的闲聊中度过，谈不谈或者谈什么都无所谓，重要就是要那么静静地坐着，像两个无所事事的光棍汉……这情形跟苹果无法解释，比如她自己，明明不太喜欢小典，一见面，还是老远地就叫着打起招呼，然后热火朝天地相互谈起衣服、工作、天气、美容等等，热烈投机得像几百年没见面的老姐妹……当然，我与周峰有时也会小声地聊上一些正儿八经的东西。他向我倾诉公司内外的压力、市场的多变、对手的狡猾等等；我呢，没他那么多事儿，最多就谈谈最近看的一些书和碟片什么的。这种谈话的最大价值就在于，我们对对方所说的东西都觉得很有趣——每个人的话语中心其实就是这个人的生活重点。恰巧，我和周峰的生活方式是完全不同的，周峰的生意和他的忙碌，我的文字和我的闲适，这是多么好的相互弥补呀。我们两兄弟，恐怕还真是离了谁谁都会觉得孤独和残缺呢。

偶尔，我们也会谈到各自的老婆，共同的恋爱背景使我们在这方面的共同语言也特别多，但在这类问题上，结婚后我们俩倒了个个儿，现在反倒是我有点滔滔不绝了，特别是苹果婚前婚后在性格、气质上的许多变化，我觉得很奇怪，不说出来简直如鲠在喉。相比之下，周峰每次都是大概地说几句就点到即止了，既没有过分的抱怨也没有幸福的感叹，好像他已结婚多年、失去了对婚姻生活说长道短的兴趣似的。这让婚后的朱小典在我的印象中变得越来越混沌，我甚至怀疑，如果我在马路上单独与她见面，我可能会认不出她。

　　最近还好吧？周峰的嗓子有点哑，他说是刚才干呕时拉伤声带了。他说话的声音低而含糊，我觉得他好像心事重重，有点欲言又止的样子。

　　还是那样，苹果整天跟我闹，怂恿我辞职，向你学习，也去挣大钱买房买车……

　　周峰一边听一边摇头，随后嘴中吐出一大口烟，脸都看不清楚了。

　　她永远不可能理解我这种生活方式的……我现在就耐着性子跟她耗，总有一天她会死了心接受现实的，她嫁的是我，又不是你周峰……

　　我说……你现在还爱苹果吗？周峰掐灭了烟，打断我。

　　周峰的神情和语调不知为何让我心中狠狠地疼了一下，好像是一个迷路了很多年的小孩第一次碰到个知情人似的。周峰，我的兄弟，四年前的那次相亲之后，你为什么没有问到我类似的问题呢？

　　现在说这个有什么意思？我打起精神勉强笑了一下。

　　你告诉我，还爱不爱？

　　……我也不十分清楚……你知道的，我一向感觉就迟钝。再说，在一起都好几年了……

　　我发现我没有勇气说出一个否定的答案。不是怕吓着周峰，而是怕吓着自己。有的问题，不如永远不知道答案为好。

　　你跟以前一样，一到关键问题，就不跟我说实话……但我还是要跟你说实话……周峰重新点起一颗烟，我发现他的手指在抖动……我与小典之间已经一点爱情都没有了。

多长时间了？我发现我并不太吃惊，只是感到一阵轻微的悲哀。爱情曾经像花儿那么芬芳，而世上没有永不凋谢的花儿。

很久了吧。可能从结婚前她拒绝我跟她做爱时就开始了，我们心中就分别有了疙瘩，她觉得我没有原则，我觉得她缺乏热情……这种小小的间隙，有点像船上的小洞，到最后只会越来越大的……你想不到吧，我跟她之间，都有一年半没在一张床上睡觉了。

你们谁有外遇？

外遇不是原因，只可能是后果。我们的关键问题是互相失去了兴趣……周峰的回答像个训练有素的外交家。过了一会儿，他又说，我简直想离婚……你呢，你想过这个问题吗？

哦，还没有，怎么会到那一步呢，苹果只是功利了一点，其他都还不错，我觉得没必要……

不等我回答完，周峰却又自己换了话题。昨天，结婚两周年纪念，我和小典到饭店吃饭，像两个行尸走肉一样地对坐无语。你知道我最恨小典的什么吗？她总是否定我的一切，偶尔对她谈起我生意上的事，她就故意走来走去似听非听，脸上带着高高在上的冷笑，我就恨她这种假清高，我每天累死累活到底为什么……

这是周峰第一次在我面前明确地对朱小典表示不满，我安静地听着，不发表任何意见，以免阻碍周峰的情绪。

哦，不，最关键的不是她瞧不起我的金钱，我可以把那理解为她的清心寡欲，最可恨的一点是她那该死的疑心病，她几乎怀疑我生活中的每一个方面：我对她的感情，我挣钱的目的，我花钱的去向，我与女人的关系，等等。比如说吧，一个很平常的晚上，如果我想跟她做爱，她会说：你内疚了？如果我不跟她做爱，她又说：你在外面玩饱了？她的疑心病折磨的不仅仅是我，更多的是她自己。她的情绪时好时坏，好起来的时候也会向我道歉，更多时候，她很低落，深更半夜地还在听电台的节目……她经常会这样，前一秒钟，她还在好好洗着碗或者看着电视呢，后一秒钟，她却突然会浑身颤抖着哭泣起来，并发出神经质的抱怨：为什么总是上班、吃饭、洗碗、睡觉、然后再醒了、挣钱、然后再花掉、活着，然后死掉，难道这就是我的一辈子……她的语气是那么绝望、悲痛，好像是一个突然被揭去眼上红布的受骗者，被一瞬间映入眼帘的真相完全击倒……最近的情况最恶劣了，小典自以为发现了准确的目标，一口咬定我有了外遇，她表面上对我不闻不问，哪怕我一个月不回家，她也无动于衷，实际上，我知道，她在日夜思量着对付我报复我的办法……可笑吧，她的怀疑永远只有理论上的推理，却没有真实的证据……

显然，周峰并不善于分析解剖婚姻中的矛盾，他的话听上去有点支离破碎，丝毫不能帮助我对他的家庭生活做出完整清晰的判断。

……看来，你们缺少沟通，不像我与苹果那样，三天一小吵，五天一大吵。我泛泛地说了一句，同时自嘲地想到原来吵架也是一种沟通，至少这让我和苹果之间没有任何悬念、神秘可言，我与她的关系，是一杯白开水与另一杯白开水的关系：透明却没有一点滋味。

不理会我的劝阻，周峰又要了一扎生啤。我看着周峰，他好像有许多话要对我说，但最终他又决定把那些话自斟自饮了。那样子像是要永远在这里坐下去似的。可怜的兄弟，你让我怎么帮你？生活的死结往往都是我们一手打成的，或者命中注定，或者出于无意。

我们有好一阵没有说话，我的手机在腰间振动了一下，又一下，不用说，一定是苹果。我心中不知为何升起一股陌生的柔情：与周峰相比，至少我还有人惦记着。——人就是这样，哪怕是面对最好朋友的不幸，也能从中发现一点可怜的安慰。我想着，也许我得把周峰与小典的情况如实告诉苹果，或许那也会让她对我们的婚姻多一点感恩和慈悲。如果有机会，我应该找小典谈谈，我不能对周峰的痛苦袖手旁观。

我在省第二中医院住院部的长廊里找到朱小典。中午时间，药房有半小时的休息。因为事先早就约好，因而我不用怀疑，眼前这个浑身散发着浓重中草药味儿的女人就是小典。但当她从树阴中抬起头微微向我点头招呼，我还是不禁心中一怔：小典为什么看上去那样陌生，从容貌到眼神，就像是个我从未谋面的女人？

　　异样的感觉部分地扰乱了我的计划。我不自然地伸出手去，小典却短促地笑了一声：还要握吗？多少年了……阳光在她泛动起的睫毛下留下淡淡的阴影，像是蝴蝶的翅膀轻轻拂过透明的水面。

　　对了，我知道是怎么回事了，最大的疑点就在于小典身上的某种的变化。与四年前相比，她的脸色更加苍白了，眼睛显得很大，这使得看上去单薄了一点，但同时，另一种细微却又致命的东西破坏了她的娴静。我失控地仔细地看着她，她的眼睛难以觉察地快速眨动起来，一只手在兜里不安地绞动起白色的衣角……很快，神经质的兴奋过去了，她在一瞬间重新恢复了洞察若明却又安之若素的明朗。

　　一切还好吧。小典寒暄着，像一个得体的女主人。

　　还是老样子，还在干编辑，身边几乎每个人都在求变求新，只有我还是老样子，简直觉得自己都落伍了……小典此刻的神态非常温厚、充满了老朋友间真切的关怀，我不由自主地多说了几句。

　　小典点点头，没有说话。她引着我往前面走了几步。长廊拐了个弯，我们进入了一个大草坪。许多穿着条纹服的病人在步履蹒跚地散步，不大的一块草地，病人们毫不厌倦地重复着走了圈又一圈。

　　我们在草坪上随意坐下来，此情此景，在一瞬间几乎让我产生了某种错觉。我与小典，就像刚刚才认识，一对有着无限可能性的男女……

　　你瞧，我这里，每天都可以看到那么多的人失去了他们的健康他们的某个器官直至失去呼吸……你要是在这样的环境里工作久了，就会对名利追逐彻底失去兴趣，跟别人比什么呢，所谓的变与不变只是生活的形式，最终，每个人都一样，殊途同归而已……小典的理论并无新意，但她说话的神态和语调非常安详，富有宗教般的感染力。这与她刚才流露出来的神经质简直大相径庭。

你的境界很高呀，一般人很难做到的。

也是一个过程，从前，我曾经对金钱有着很强的占有欲，但很快，这种欲望淡了，我现在面对金钱就像一个老人面对美女……嗳，说实话，今天怎么突然想到找我呢？怎么了？是不是有什么事要跟我说？适才的紧张似乎又回到了她的身上，她紧紧地盯着我的嘴，这让我感到一阵莫名的惶恐。

哦，是这样，昨天我跟周峰在一起，他对你们之间的关系似乎很痛苦……

一阵毫不掩饰的嘲讽掠过小典的脸，同时，她变得冷漠和激烈起来，转过脸去生硬地打断我的话：天气这么好，别谈这种扫兴的话题了。你知道，我中午只休息一个小时，我要充分享受这一个小时的放松和自由……

我下意识地看看表，的确，时间过得很快……对不起，小典，正因为时间有限，所以我们必须抓紧时间谈谈……你知道，我跟周峰认识很多年了，我最清楚他对你的感情，你可能不知道，他对你是多么迷恋吗？以前在宿舍里，连我说到"字典"两个字他都会条件反射地想到你并且一个人痴痴地傻笑起来……你们基础那么好，而且现在的条件也比我跟苹果强多了，怎么会……我像一个糟糕的演员那样一口气地往下直说，唯恐因为忘记台词而损坏效果。在那个瞬间，我甚至清晰地记起了周峰曾经对我说过的他与小典约会时的许多细节。我想如果必要，我会一字不漏地复述给小典听，以重新唤起她对周峰的满腔热情。——有一种奇怪的本能在暗示和引导着我：周峰与小典的和好与否对我的生活至关重要。

别说了，你的心肠不错，就是不够聪明，甚至够傻的，你总是被周峰的表面功夫所迷惑，就跟我以前一样……我与周峰之间从一开始就是个误会，是个误会你懂吗？他这个人非常低级趣味，满头满脸只有赚钱二字……

小典，你不要这样蔑视金钱，你对金钱的否定让周峰感到很失败，对一个男人来讲，这就是他的劳动成果，你最起码应该表示尊重……那个奇妙的本能在继续推动着我义不容辞地替周峰辩解起来。

好了，不要再说了！你凭什么对我指手画脚！是不是周峰叫你来的？小典失态地转过身去，不再理我。

不是，周峰不知道……我一时也觉得有点不妥，于是住了口。

过了一会儿，小典似乎恢复过来了。她抱歉似的对我笑了一下：不谈那些了……你可能知道，我比较敏感，容易激动……

为什么会这样，小典，我记得你以前非常沉着……

是啊，结婚以后，好的东西离我远去了，坏的脾气却如藤萝上身……我想，这可能是由于自卑，而周峰又是个太自信的人，他让我缺乏安全感，他对生活的欲望太强了，从来没有安静过。也许，我更适合一个平淡的男人……不说不说了，时间很短，你找我真的没有别的事？

没别的，我就是想替周峰……

那我来跟你说点有趣的吧。小典故意停下来，神秘地看着我。我感觉到，她的情绪又激动起来了。

什么是有趣的？我只得说。

还记得那次相亲吧？你家苹果有没有告诉过你，在你们迟到的那段时间，张阿姨已经分别向我们介绍了你俩的情况，你知道张阿姨当时的搭配吗：我对你，而苹果对的是周峰……怎么样？很好玩吧，但你们两个傻瓜搞反了，说说看，那天相亲回去你们俩是怎么分配人选的，抽签还是划拳？

小典，我和周峰都是很严肃很负责的人……

不要解释了，已经没有意义了；有意义的是我和苹果对你们的邀请全部照单全收了。世道就是那样，女人只能是被动的，其实我知道，苹果当时是中意周峰的，但周峰约了我，为此她一开始就对我耿耿于怀……不过我一直在想，当时你又是为什么约苹果呢？是觉得你配不上我，还是觉得我不够好看？嗯？

不，不，没那回事，别开玩笑了……

就当是开玩笑吧，你听我说完，到目前为止，对于当初的选择，我们当中有人后悔了吗？你有没有兴趣？去打听打听怎么样？最起码苹果算一个！你知道吗？有一次我碰到介绍人张阿姨了，她说苹果到现在还怪她那天没把话挑明了呢……

别说了，小典，你为什么要把这个告诉我？

为什么不告诉你呢？我看你感觉太好了，竟然还跑过来跟我谈周峰！真是让我肚皮都要笑痛了，你头上戴绿帽子都不知道吗……

你在胡说什么，小典，你说话要负责！

难道你真的一点没有感觉？我还以为你来找我是为了商量对策呢？不过，的确，你是不可能知道的，他们一贯做得天衣无缝。他们总是把我们当成傻瓜，以为没有人知道他们的秘密……

嗳，小典，你有什么证据吗？我想起周峰的话，的确，小典可能一直在把想象当成现实。

这种事还要证据吗？我是凭我的直觉，你应该知道，女人的直觉简直比巫师还灵……

你怎么这样，什么直觉，别害人了……

你不相信？甚至从来没有怀疑过？怪不得苹果能那么轻易地瞒住你，你真是太可怜了。好吧，就当我什么也没说，你自己去论证或者推翻吧。有好消息跟我联系吧……小典的眼睛像窗户，里面的嘲弄和暗示简直令我不能呼吸。

我飞快地转过身，离开了小典。她太让我生气了，竟然把她无缘无故的疑心像毒药那样地喂给了我。我像一只受了惊吓的鸵鸟那样步履踉跄起来，我觉得我的头很大很重，想找个沙堆一头插进去……

苹果坐在沙发上看电视。我在洗碗。碗很油腻，水面上漂浮着一层肮脏的菜叶，我克制着自己想要砸烂所有东西的冲动。你爱苹果吗？周峰这样问我。你想到过离婚吗？周峰在几秒钟后又问我。到底是什么意思，难道真像小典所疑心的那样，他其实是在提醒我什么？该死的小典，你完全打乱了我的思维方式。

洗完并抹干了所有的碗，我像一个尽责的钟点工那样在厨房磨蹭到最后一秒钟才走进客厅。

我小心翼翼地在苹果身边坐下，同时心中感到一阵遗憾：就要结束了，这假面舞般富有节奏和规律性的生活，从现在开始，我所要说的所要做的将没有经验可以参考。不过记住，不管小典说了什么，我要根据自己的头脑眼睛嘴巴去推翻或证实她的奇谈怪论。

苹果，我昨天见到小典了。

哼！苹果趾高气扬地从鼻子里凵了口气，但她把音量调小一点，表示愿意听我说下去。

原来，她和周峰的关系一直很不好……

她向你一吐苦水了？真是梨花带雨吧？有车有房有钱，我倒想听听，到底是怎么个苦法？苹果依旧进行着她的冷嘲热讽，好像面对着的还是以前的那个无知而愚蠢的丈夫。

她说，周峰有外遇了……

是吗？不大可能吧。苹果连头都没有动一动，她的视线像被绳子拴住了似的停在电视机上。

你猜，小典说周峰的情人是谁？

怎么，我认识？是谁？说来听听！苹果的声音听上去简直有点挑衅般的兴奋，似乎她一直都在等待着我戳穿面纱的这一刻。

小典说，你跟这个女的很熟很熟，简直不能再熟了……我慢条斯理地说着，同时目不转睛地研究苹果的神色。

就在这个瞬间，当苹果终于准备转过脸来看着我，我忽然感到一阵窒息般的绝望。算了，我根本就不应该跟苹果谈，我选错对象了。如果她就这样当着我的面承认了我该怎么办，马上给她一个耳光，还是故作轻松地拿出一张离婚协议书？万一是小典那该死的直觉搞错了，那我的这种暗示又会产生什么样毁灭性的后果，也许是对苹果的一个提醒，为她指引的一条出路？哦，算了算了。我应该找那个男人来论证这个问题。

我像个掩耳盗铃的人那样猛地闭紧双眼，同时没头没脸地一把抱住苹果：逗你玩呢，那个情人我们谁都不认识……苹果趴在我的肩上，一动不动，也不再说一句话。但我感觉到她的鼻翼在飞快地翕动着，像一只正在奔跑着的小鹿。根据经验，我知道，这是苹果性欲突降的征兆。苹果为什么突然需要做爱，她恐惧了吗？她感恩了吗？她后悔了吗？

二十分钟后，我进入卫生间洗澡。我打开冷水龙头，像一个冬泳者那样让冷水从头淋到脚。冷静和狂热同时回到了大脑。我像个梦游者那样赤裸着身体大步穿过客厅，用湿淋淋的双手抓起电话，拨通了周峰的电话：有事找你，一刻钟后，"落日茶馆"见面。

时间可能已经很迟了，但我不想把任何不确定的情绪留到明天。这么多年了，我一直老老实实，对谁都那么和蔼可亲，我的最大理想就是与这个世界相安无事，我想平静从容地度过这一生。即使有那么一天，生活中突然出现了你死我活的杀戮场景，那我也会选择去做一只白兔，是猎物，而非捕获者。现在，场景果然发生变化了，我得在今天把问题搞清楚：在接下来的日子里，我应该用什么表情来怎么面对身边的每一个人，我的同事们我的邻居们我的亲友们我的熟人们以及那些陌生的人们。

走到楼下，我的手机响了，我看了看，是周峰家的号码。

是我，小典……怎么，你约了周峰一同去决斗？不要太土气了好不好，闹翻了撕破脸有什么意思？大家可以心照不宣嘛。游戏是有好多种玩法的，比如，以毒攻毒呀……我可以配合你共同报复的，怎么样……人生苦短，最重要的就是过程和经历，我们应该大胆假设、小心求证，鼓励自己的人生有更多的可能性……晚间电台的腔调，小典神经质的逻辑背后到底是什么样的真相？或者，她只是在利用我去寻求证据？

我轻声道了谢然后挂了电话。小典所谓"以毒攻毒"的意思我懂，但那让我感到恶心。不过，她的电话给了我一个灵感，我想我可以用一种戏剧般的方式与周峰谈话。

周峰到得比我早。这在我们之间是罕见的行为。他依旧穿得衣冠楚楚。我看看自己，深色的T恤衫像裹尸布那样不祥地缠在身上。从小到大，我就一直喜欢穿深色的衣服，这让我有一种自给自足般的安全感。

瞧你，说过多少回了，穿深色的显得你更瘦更黑了，你为什么不尝试换换风格呢？周峰边为我倒水边大大咧咧地评价我的穿着。

他的话让我条件反射一般地想到四年半前的那个睡眼惺忪的早晨，两个光棍汉的最后的早晨。一阵不合时宜的伤感袭上心头。也许就在几分钟之后，我将与我唯一的兄弟为了女人而翻脸成仇，这对男人的友谊来说，是多么没有格调的下场。事实上，扪心自问，对于苹果与周峰对我可能存在的背叛，在我的心中并没有造成太大的伤害，这其中的原因有点复杂，但我倾向于把这原因理解为我的迟钝，而不是宽容或者胆怯。——苹果伤害不了我，因为我还不够爱她；周峰也伤害不了我，因为我实在太信任他。他所做的一切，一定都有他的道理。——那么我今天应该对周峰说什么？我为什么要像一个世俗的绿帽子丈夫那样大发雷霆、与多年的兄弟分道扬镳？

我的头脑一片混乱，我机械地顺着周峰的话随口应付着。是啊，应该换换风格，生活中的每一个方面都是如此。变是唯一的不变。这是现在最流行的道理。

怎么了你？是不是苹果又逼你辞职了？唉，你们真是一对冤家……

周峰，你看过李安的《冰风暴》吗？那里面有些事情挺好玩的……短暂的混乱和虚弱过去之后，我说起了我原先想好的话题。

《冰风暴》？记不太清了，讲什么呢？说说看。周峰把凳子往后挪挪，跷起脚。我熟悉他这个动作，每次当我向他讲起一本畅销书或者一张新碟子，他总是尽可能让自己坐得舒服，做出洗耳恭听的样子。

那里面，有两个家庭，常来常往，其中，有一个丈夫与另一家人的妻子长期偷情，被欺骗的两个人发现真相后，竟然错上加错，试图以越轨来报复……

的确有意思，继续继续……周峰用手抚摸起下巴，像在思考这简单情节后的深层意味。他为什么没有被慌乱或者羞愧所淹没？难道这世上只剩下我一个人还有羞耻感？或者一切都是小典强加给我的错觉？

没有了，就这么多。

不对，你还没说，他们到底有没有越轨成功呢？

怎么，你反倒关心后来的两个人，你觉得前面的两个人怎么样？

事实上，前面后面并不重要，重要的是每个人的感受，那种颠覆性的快感，灵感似的激情，乱伦般的绝望……跟以往那样，生意场上的角逐并没有损坏周峰的鉴赏力，即使我只向他介绍了片鳞只爪，他还是一针见血地把握到情节背后的人性真谛。

你说得真好，简直像身临其境、发自肺腑……我由衷地对周峰举起杯子。

就在同时，我的眼前突然升起了一片火热的血红，如同斗牛士挥舞起的披肩。一股神奇力量忽然超出了我理智的控制，满满一大杯啤酒像舞蹈着的精灵似的忽然飞出了酒杯，它们欢呼着扑向周峰，在他梳得油光锃亮的头发上，它们惬意地流淌着，因为空气的介入，几个啤酒泡泡在瞬间变得很大，接着突然破裂，汇集成更为欢快的小支流。

茶馆在我的视线中忽然像海水那样摇晃起来，耳鸣如蛙，漆黑一片……我依稀看见周峰的脸急速俯向我的瞳孔，有人在拼命掐我的人中。周峰贴着手机，嘴唇焦急地一张一合，可是我听不见他的任何音节，他对着围上来的茶客不停地挥着手。人群似乎散了一点，空气慢慢重新变得厚重起来，我觉得我很轻……大概过了很久，在人群嘈杂的脚步声中，我看见苹果像断了翅膀的小鸟那样跌落到我的胸前，几乎同时，小典来了，她像姐妹那样拍着苹果的肩膀表示安慰……

女人的和谐让我愉快，也给了我重新说话的勇气。我伸出手结结巴巴地向周峰解释。

"什么啤酒？没有的事啊，你摸摸我的头，好好的干着呢……"周峰把我的手拉向他的脑袋，同时，他转过脸去严肃地对刚刚赶到的医生使使眼色：昏倒之前，他出现幻觉了。

小典忽然在一边轻声笑起来：苹果，你别急，我看他没什么大病，只是个胆小鬼，经不起事儿……

我艰难地把头扭向苹果，同时一语双关地问她：她说的是真的吗？我是个胆小鬼吗？

苹果目不转睛地看看我，像在看一个正在说胡话的孩子，同时，她的嘴角泛起高深莫测、若有所思的微笑。

是真的吗？是真的吗？我声嘶力竭地大喊起来。

于南京虎踞北路

081

未 卜

　　说起来，丁家兄妹四个从小都长得不错，一色的凹眼眶高鼻子。小时候，父亲带着他们到县里最大的照相馆去拍照，丁吉丁祥丁如丁意三男一女四个人从高到矮排成一行，像仲春时节的小树苗似的，个个挺拔俊俏，衬得背景布上红红绿绿的公园一角黯然失色。

　　蓄着络腮胡子的摄影师圈起大拇指和食指，用他从省城摄影同行那里刚刚学会的流行词"OK、OK、OK"地连说了几遍。一周后，父亲去取照片时赫然发现，他家四个孩子的合影已被放大了放在照相馆橱窗里。透过蒙了一层浅灰的玻璃看过去，四个孩子的表情拘谨得接近严肃。这让父亲感到了犹疑和陌生，这四个五官清秀、不苟言笑的孩子是自己的么？他正发愣着，那络腮胡子走了出来，带着自我欣赏的表情站到父亲身边，一起抬着头看那四个静默的兄妹：怎么样？我上个月到省城去了一趟，人家那儿，照相馆外面都放着好看的大照片儿呢，我正准备学习一下，就碰到你家那四个宝贝，真是再合适没有！得，我不收您冲费了，并且，我还多给你冲了五张呢，谁让你家几个孩子长得这么齐整……

父亲接过厚厚的没花一分钱的照片袋，又看看冲着大马路的放大照，心想这该算是好事吧，也就客气地对络腮胡子表示了感谢。他走出照相馆好远，又悄悄折回去，像个过路人似的重新站到橱窗跟前。恰巧旁边有两个拎着鸡蛋的中年妇女经过，她们停下来，羡慕地直咂嘴：瞧这几个孩子，做爹妈的睡着了都要笑醒吧……

父亲这下真的高兴了，一路把自行车骑得飞起来，还时不时摇摇铃铛，对他一贯木讷的性格而言，这已是很外露的表现。县城毕竟是县城，也许还不到一个星期，父亲母亲单位的同事，兄妹四个的老师同学以及同学们的家长们都知道了这张被放大被展览了的照片。这使得兄妹几个在那些天多多少少成了小名人，他们好像一下子引起了众人的注意，以至于在其后的一段时间，照相馆的生意明显地热闹了一阵子。一些父母也效仿着让自己的孩子站成一排，那缺乏想象力的造型、做作花哨的背景一度成了他们家庭相册中最富有时代气息的一张照片。

说来也真是，这张小有影响的照片竟然是丁家兄妹成年前唯一的一张合影。等到他们再一次合影，已是在1984年老大丁吉的婚礼上。两张照片之间隔了十来年。四个人当中，就是最小的丁意也已是16岁的小伙子了。个个正当青春年华，又穿着时新的衣服，可是奇怪，从合影上看，他们眉宇间总有些隐隐约约的阴影，好像这种略带不祥的气质已深深融入他们兄妹的相貌之中。就是新郎官老大丁吉，几个小时后就将进入红纱帐卧拥娇娘的，也是小心谨慎地对着镜头，嘴角的笑容像皱纹那样僵硬。

在大哥结婚搬出之后不久，老二丁祥考上了外地的大学。这样，丁意就独占了原先三人共用的整个房间，这使得他感到特别的满足。在关上门来的时间里，他时常拿出兄妹四个人的这两张合影出来细细琢磨，似乎这两张照片背后有着某种神秘的魔力，能够从中看出命运的暗示和伏笔——为什么生活中神气活现的哥哥姐姐，在照片中却显得如此呆板惶恐呢？难道，照片才是人生的真实情状？丁意沉湎其中不能自拔。

　　丁意与家中的其他孩子不同，因为早产体质自小孱弱，四岁半那年，也就是跟哥姐们拍完第一张合影之后，在幼儿园的例行体检中被发现患有斜视兼弱视，从此戴上老气横秋的眼镜，并且还要遮块黑布以矫正斜瞳。其状甚为怪异，连陌生的路人都要好奇相问。如此一来，丁意便对所有的户外和社交活动敬而远之，整日只爱待在家中独自发呆，给阳台上的小花小草浇水不止；识字之后，便四处搜罗读物终日捧读——他无邪快活的童年生活似乎便从这副眼镜开始宣告终结，并直接进入敏感抑郁的漫长青春期。说起来，他这种带有落寞酸腐气的神情与整个家庭是有些格格不入的。父亲是轮胎厂工人，母亲是供销社售货员，终生老实平庸，同时带有工人阶层的随性和狡黠。他们想不通，前面三个孩子，就是吃顿饺子都会乐得就地连打三个滚，怎么这个老四丁意，就是天上掉下个金坨坨都还会苦着个脸呢？再看看他那不争气的身体，真叫大人又怜又恨、时时放不下心。特别是母亲，心中老是悬悠悠地惦记着这个小的，好像生怕一刻想不到，他就会出什么事儿似的。母亲甚至暗中叮嘱丁如，多关照些小弟，让他出去走动走动——因此，每当丁意在房中待得太久，捧着两张合影若有所悟的时候，房门口都会响起丁如擂鼓似的敲门声：喊他吃饭，喊他下楼打羽毛球，喊他洗碗倒垃圾之类。总之，丁意的冥想世界总是被亲情的名义以粗暴的方式突然打断。

　　就这样，在丁意略略有些斜视的目光中，那两张照片所蕴含的意味始终没有得到及时的诠释，随后，就像一枚被风干了的种子似的被时间的灰尘层层掩埋，无人相问。直到丁吉的妻子也就是丁意的大嫂患了肝硬化不治而亡后，再到二哥丁祥新娶的妻子在一次输液中因过敏而突然去世后，那种沉埋已久的预感才又在丁意脑中重新苏醒过来。这一年，丁意念高三，待嫁的姐姐丁如刚刚20出头，已经进入了夜夜迟归的热恋期。在父母亲均已熟睡之时，从迎考的题海中偶尔浮出水面透口气的丁意终于有了完整的冥想空间，他重新拿出那两张旧合影，延续若干年前的自我命题：是谁暗中控制了他们兄妹肃穆惶恐的表情，合影中所暗示的真实命运到底是什么……

事实上，在此之前，没有人对大嫂二嫂的过早离世产生过什么联想，母亲闲下来只是落泪，可怜大孙子因为没了娘连撒娇都没个去处，又感叹二儿媳甚至连一个孩子都没有生下——母亲的话有些自相矛盾，似乎她们生与不生都是一个错误。父亲是个实际的人，他开始张罗着替丁吉物色合适的女人。丁吉是最后一批顶替进轮胎厂的工人，父亲因此对他总有些看重，看看丁吉衣服上一层一层的油垢，下巴上长短相杂的胡茬，心中越发着急，托人替儿子续弦时便露出了与他身份极不相称的急迫。这样一来，真正说上门的就很有些不堪了。丁吉被逼着见了几个女人，这些陆续登场又很快退场的女人很快让他感到了厌倦，并且，这种厌倦扩大到整个群体，他明确地对为之奔波的父亲说：不要忙了，这辈子不打算再娶女人了，把女儿小纸带好带大长成人就蛮不错的了。小纸这年刚满五岁，正趴在一边儿玩纸片儿，听了父亲这话，长相酷似亡母的她忽然笑起来，左脸颊上露出一个深深的酒窝，简直像母体附体还魂。

相比之下，丁祥倒是有女人缘的，大学里本来学的是工民建，毕业后转到了室内设计上。他是兄妹几个中脑子最灵光的，又赶上九十年代中期人们开始追求形式主义的好时光，几年下来，钱倒也赚了一些，出手阔绰。体形婀娜的二嫂是他的大学同学，两人恋爱时十分浪漫，出双入对总着情侣装，又带些艺术家的风度，人过之处，总引得一些没见过世面的乡下人驻足回望，如此般配的佳人似乎本应该天长地久——却不然：二嫂的死亡十分离奇，完全像晚报上的社会新闻。她一向十分健康，从前也没有过敏史，可因为发烧而输液时竟然马上心慌呕吐昏迷过去，手里拿着的一本《室内装饰》滑掉到地上，24克铜版纸的精美画页被突然忙碌起来的医生护士们踩来踩去，很快布满了脏乎乎的脚印——丁祥把这本面目全非的杂志捡了回来，与二嫂的衣物一起放进一个大箱子，然后对着箱子抽了两夜烟——到此为止，丁祥的爱情生活到此为止，丁祥好像决定从此不再"谈恋爱"了，而是"交女朋友"。由于工作的原因，他总会碰到很多年轻的女孩子，搞广告的，做时装的，做装饰的等等，这个行当所需要的创新精神往往会演化成生活中的随心所欲。他与她们很容易就熟悉起来，就逢场作戏起来。如果用一个局外人的眼光来看，他们会觉得丁祥是个很薄情的人，二嫂的去世似乎为他打开了另一个窗口，使他与女人们的关系达到了一个理想境界，所谓身动心不动。

尽管如此，当丁吉丁祥同时出现在丁意眼里的时候，他还是会感到一阵阵心悸。这样的时候往往是周末或节假日，是举家团圆的时候，隔着一桌子红红绿绿的酒菜瞧过去，看他们在给父亲敬酒，给母亲夹菜，跟丁如开玩笑。可丁意总觉得这一切只是假象，他看到的不是两个哥哥，而是另外两个陌生的男人，他们唯一共同的特征是：都是鳏夫。那么，作为一个完整的家庭，作为一个延续下来的传统和惯性，他，丁意，是否将……对了，还有丁如呢，不，那不一定，她是个女的……

小意，要不要再来点蹄髈汤……母亲用故意的询问打断他，但他涣散的神情因此成为家人眼光的中心。丁意急忙从两个哥哥身上收回目光并试图站起身：我自己来，我自己来……他在慌乱中站起，像撒了谎似的脸色微红，一只筷子被他的衣角带到桌下……家人们体贴地转开脸。丁意跟大家一起喝起了撒有蒜花的蹄髈汤。

一天晚上，丁如正式地敲开丁意的房门——很久没有人敲过自己的门了。丁意站在门口不知所措，因为惊奇，没有完全矫正好的斜视因而显得特别明显。

丁如推开他，不带笑地说：不请我坐下吗？这样的开场表明她接下来的谈话是重要和严肃的。

我问你，整天到底在想些什么？老是那么慌里慌张忧心忡忡的？你知不知道这很影响大家的心情？他们都不说，都假装没看见，我可装不了，你说说看，你那种样子是什么意思？你这样子怎么高考？

没什么，挺好的，只是容易走神……

行了，我知道你在想什么？你说你可笑不可笑，咱们初中就开始学唯物主义了吧，现在连家庭主妇都知道科学，你说你净瞎想些什么？我可告诉你，没有的事情，想多了，就会变成真的！

丁意没吱声，同时，他感到朦朦胧胧的安慰，现在不仅仅是他一个人意识到命运的那个暗示，显然，丁如也想到了……不过，瞧她说得多可笑，不想就不会发生，而想多了就会变成真的，这才是真正的迷信呢……

丁如看出了丁意表情里的不以为然，她瞪起眼睛：真的，我是有理论根据的，心理暗示你知道吧，这是最强大的内在力量，就像一个健康的人，被误诊了癌病，几个月后，他和家里人就把自己给暗示死了……所以，我再跟你说一遍，你不要整天呆着个脸钻牛角尖，我今年国庆是要结婚的。你要往好里暗示，知道吗？还有你自己，再有三个月就高考，这才是你真正的命呢！

丁如说完就急急忙忙地走了，丁意涌到嘴边的反驳都没来得及吐出——看得出她是想迅速结束这个以玄制玄的讨论。

丁如的未婚夫何康在一家大酒后西餐部做冷餐厨师，大概是受了工作环境的影响，对吃穿住极为讲究，早餐少不了水果，晚上九点以后颗粒不进，睡觉吃饭都准时准点。但凡别人请他吃样东西玩个什么，他第一个判断标准就是是否有利健康：麻将扑克网上聊天一概不碰，怕坐久了血管硬化；街头小吃排档那是打死了他也不去，怕弄出个食物中毒；郊游远足倒是乐此不疲，但也仅止于草地散步打打羽毛球，攀岩冲浪游泳之类绝对敬而远之——说得好听点是有个性，其实说白了就是爱命，哪怕有万分之一的危险系数，谁的面子也不卖，一甩手就临阵掉头。就因为这个，尽管他收入挺高，人也不难看，可很多女孩子受不了，认为他简直太自私太没男子气了，整天前怕狼后怕虎的，将来还指望他承担什么责任呢！

可丁如不这么认为，小心一点有什么错，只有爱自己才会爱别人，这才是最大的责任感！再说，瞧瞧何康那样子，宽宽方方，眉开眼花的，她认准这是一种福相脸，这样的人，命一定旺——其实，丁如的敏感多疑绝不亚于丁意，但她的心理暗示是积极的，她想通过可靠的行动来断绝了那带有惯性意味的暗咒。

果然，结婚一年了、二年了、三年了，一切都符合丁如当初的判断，结婚以后的何康更加小心翼翼了，看看报上整天车祸、中毒、塌矿、歹徒砍人、窑洞吃人、入室抢劫、医疗事故等等人命瞬间灰飞烟灭，他的一举一动已到如履薄冰的地步，好像随时担心祸害会从天而降。此种行状自然产生诸多笑话，在同事熟人们的眼中也显得极为夸张可笑，但"一分耕耘一分收获"，何康还真因此躲过了不少小灾小难：刮台风经过广告牌，他前面的两个人被砸得头破血流，他却毫发无损；他走路东张西望慢条斯理因而错过了一辆公交车，而这辆车在几分钟后离奇自燃；单位里的电梯十几年如一日运行正常，他十八楼刚下，电梯突然从十七层坠到五楼……死神好像一直在暗中对他进行着盯梢跟踪，而另一束幸运之光也在他的头顶终年长照，两者之间的较量无休无止……丁如在暗中捏着冷汗，却每每长吁着庆幸感恩，她现在开始相信，何康是个命硬的人，一块馒头搭一块糕，她丁如生下来就是该嫁这样的何康。这样，有惊无险地过了三年，丁如一直悬着的心慢慢开始落地了，她停止了避孕措施，大胆地让自己的肚子大了起来。她想：危险期过去了，考验期结束了，现在应该开始真正品尝天伦之乐了……

同样在暗中关注何康的还有另一个人，没错，是丁意。丁如嫁出去的这三年，丁意在心理、生理两方面都得以进一步的发育，他一向单薄的身子开始宽厚起来，喉结像一只藏在脖子里的小鸟似的上下乱蹿，读研后新换上的高档眼镜多少掩饰了他因斜视而如影随形的自卑，多年书海浸淫所形成的老熟气质开始与他的年龄相符。现在，丁意开始有了几个谈得来的朋友，他的注意力得以某种程度上转移。几年前的梦魇像过了时的油画习作似的被抛到了蒙尘的一角，特别是丁如决定生孩子之后，看着她一天天像馒头那样发起来的肚子，丁意像别的小舅一样被姐姐肚里那看不见的生命所激动。他想：看来从前是太孤单了吧，因而才会那样胡思乱想吧，丁家兄妹头顶上的噩运已扑闪着翅膀悄然离去。

对命运的不测感消失之后，丁意放松下来，他的初恋翩然而至，并跟丁如肚里的婴儿一起成长起来。她是丁意所在学院的实验室助教，上一届刚刚留校，对自己的助教身份好像一时难以适应，举手投足显得分外怯弱。她的头发少而微黄，薄薄地飘在头上，身上总是一件略显宽大的白大褂实验服，终日埋头于长短不一的瓶瓶罐罐。当丁意询问她某个用品所在的位置时，她会像一只正在专心吃草的小羊似的突然抬起受惊的小脑袋，耳朵微微发红，以最短的句子飞快地回答完丁意的问题，然后迅速低下头去，薄薄的头发及时地滑下来，有效地挡住她脸颊的大部分面积，使丁意无法继续观察到她的表情——她越是害羞惊慌，丁意便越是感到一种快意，与这个助教的简短对话使他感到自己像一头大灰狼，会带给别人（女人）一种压力和侵犯，这使他得到一种崭新的陌生体验。从小到大，在家中，由于视力的缘故，由于年龄的缘故，由于性格的缘故，由于丁吉丁祥丁如的强壮活泼，他总是处于一个弱小低微的位置。尽管大家对自己客气、关心，却似乎总带着俯视和隔膜的意思，可现在，哈，这个黄头发的小助教，她有些怕自己！

为了能够增加跟助教待在一块儿的时间，现在，丁意的仪器老是出错，他的手脚总是太慢，或者他的报告书忘了带，要等别的同学做完了他再从头做起，等等。总之，他的实验课会磨磨蹭蹭上到最后，这时候，教授走了，同学们也走了，女助教有些急着要收拾仪器要锁门，可丁意偏偏不着急。他像头真正的不怀好意的大灰狼似的，一边心不在焉地做着实验，一边暗暗地从镜片后面欣赏女助教那不安却又隐忍的神情。

这样的情形也许只持续了一个月四节实验课，可怜的女助教终于承受不了了，她也许鼓了很长时间的勇气，也许打了无数遍腹稿，终于拿出了一个助教应有的姿态。这天的实验课是下午，深秋了，天黑得快，但实验室还没有开灯，丁意正就着窗口装模作样地擦拭一个并无残液的试管。女助教两只手插在白大褂里，这使她看上去显得比较沉着，尽管白大褂口袋里的两只手全都捏出了一层汗。丁意，你最近的实验课怎么老是拖拖拉拉？这大概是她到目前为止跟丁意说得最长的一句话，她的嗓音细细的，却突然带着沙哑，她悄悄咽了咽唾沫，试图湿润喉咙。

老师，你说呢？丁意像个可恶的学生那样慢条斯理地放下试管，但他的笑答完全抵消了语气里的不敬。他几乎是心疼地看着助教。他想：行了，不要再折磨她了，瞧，她的耳朵又红了，不，连脖子都开始红了……

女助教不知该说什么好了，她口袋的手指揉起一团衣服，挣扎了一会儿又结结巴巴地挤出第二句：以后……你可要注意点儿……

女助教的无助模样彻底打动了丁意，他冲动地拉下窗帘，直近女助教。后者则惊恐地睁大眼睛，像等待宰割的羔羊那样愣在那里，一双插在兜里的手完全失去了保护自己的反应和能力——丁意愈加被刺激了，但长期的内敛有效地阻止了他作出更为野蛮的举动。他只是轻轻地抽出女助教的右手，然后举到自己的唇边，轻轻地亲了一下。接下来的发展没出什么意外，女助教被这个窗帘后的吻手礼给征服了，从前到后，她甚至都没有来得及仔细看过这个略微有些斜视的男生。他们成了校园中无数对情侣中的一对，虽是师生恋，但这个老师不像老师，学生更不像学生。但这没什么影响，只会更加促进：他们恋爱了。

如果事情仅仅是这样也就简单了，等到丁意毕业，像他这样的工科硕士，找份工作并不太难，然后，他和女助教会更加相爱直到结婚，或者他们会慢慢厌倦于是分手。

在丁意快要毕业的最后一个学期，半路上却杀出个钱玉叶来。在丁意所实习的涂料业务部，钱玉叶是部门助理，也算是他的顶头上司。钱玉叶的名字很秀气，大概是取"金枝玉叶"之意，可其人其貌最多只能算个"粗枝大叶"——身材健硕，高门大嗓，做事快刀乱麻，有些女强人的意思。这本是丁意最不欣赏的一类，偏偏钱玉叶对他很是青眼有加，提项目、做预算、出报告，样样事都拖着丁意。这样一来，丁意倒是学了不少东西，也出了些成绩。实习结束时，这家公司也就要定他了。丁意到部门经理处去取实习鉴定的那天，钱玉叶突然提出要请丁意出去喝茶。

丁意，你准备留在我们公司？钱玉叶目不转睛地盯着他。丁意注意到，她比往常化了更为精致的妆，但口红的颜色不对，显得皮肤很黑，她的眼神也不对，一个女的，怎么能这么直直地盯着别人。

也许吧，还没完全想好。对钱玉叶今天的意思，丁意有些捉摸不透，但他有预感，这将是个有些尴尬的话题。

我建议你换个地方，我可以帮你推荐一个更好的单位。她的口气还像在办公室，有些硬邦邦的。

为什么？丁意吃惊了，他认为这个女人并无权左右自己的选择。

因为……丁意，我很喜欢你……而我们公司，不赞成职员之间有姻亲关系……我已经帮你看好一家公司，X公司，规模虽然小一点，但薪水比这里高，专业对口，机会也多，你在那里会有很好的发展……钱玉叶一口气地说完。刚开始，她有些不自在，慢慢地，她就镇定自若了，像在跟一个结婚多年的丈夫谈论他的前途。

丁意惊愕得忘记了喝茶，他想不到一个女人竟会以这种方式向自己表达爱意，这种不容置疑的口吻、毫不躲闪的目光！在吃惊之下，丁意反倒像个少女似的低下头不知所措。这中间的停顿非常漫长，钱玉叶若无其事地为他续水，像一个稳操胜券的求婚者。丁意觉得他要是再不开口的话，钱玉叶会以为自己在表示默认。

谢谢……可是，我有了女朋友……丁意小心翼翼地说，他的教养又使得他尽量做出遗憾的表情。他在心中暗自得意这个理由的安全，尽管女助教身量单薄得还不到钱玉叶的一半，但她的存在就是一个最好的理由。

没有关系，人的选择会不断改变的，你最终会发现，什么人才是最适合你的……钱玉叶谈笑间"樯橹灰飞烟灭"，好像她的肉眼已经看穿娇怯的女助教远不是她的对手似的。

可是……丁意反感得都要发笑了，他没见过这么自信的女人，而且她这么不漂亮。

没关系，你考虑考虑，我随时等你的答复。

这次的谈话别的没有什么，本来丁意还在为是否到这家公司工作而犹豫，这下倒很快让他做出了决定：到这家公司工作，跟钱玉叶做同事，而不是别的。

钱玉叶还是魔高一丈，在走廊里碰到前来报到的丁意，她毫不避讳地当着一个勤杂工的面凑到他的耳朵边说：看来，我要考虑换家单位喽。

就在丁意正式工作的第三个月，一年中最芳香迷人的春季，丁如家中忽然出事了：菜花黄、痴子狂。何康被一个突然发病的疯子给砍了。

这个月，何康的新生儿子何小满才八个月，丁如刚刚给他断了奶。夜里，何小满饿醒了，他四处寻找丁如柔软的奶头，可是嘴中所碰到的却总是一只生硬冰凉的橡皮奶嘴。何小满绝望了，他为人生的第一次挫折哭得气断声咽，新做了父亲的何康被折腾得几夜没睡，这有违他一贯健康至上的生活原则，但因晚育而迟来的巨大父爱让他毫无怨言。在丁小满一声急过一声的哭叫声中，他满头冒汗地与丁如一起寻求对策。在更换了几种新式奶嘴都毫不见效之后，这天夜里，当何小满再次因饥饿而半夜嚎啕时，何康忽然来了灵感：知道了，丁如，一定是奶粉的原因，我们应该换换不同种类的奶粉，总有一种是对他胃口的是不是？哈欠连连的丁如对何康这种带有职业特点的设想加以了否定：你以为咱儿子跟你的客人一样刁哪？你没见他一碰奶嘴就让吗？他根本就没吃到里面的东西，你换人参汤也没用！

可何康不听，他认为问题只可能出在奶粉上。在这之前，他们一直买的是那种昂贵的进口配方奶粉，但现在，他想给儿子换一种最常见的国产货，他想起他在做冷点时的经验，在对一些完全不符合国人口味的风味，他总是加以中国化的改进……没准何小满不习惯那洋奶粉的呛鼻子味！可怜的儿子，还是爸爸最了解你……何康越想越激动，虽然已是凌晨一点半，但他还是决定马上就去 24 小时便利店去买桶奶粉。店就在楼下，连马路都不用过，速去速回。你说，不试一下怎么知道我是对还是错呢……他带着可爱的执拗一边穿衣服一边对丁如做鬼脸，同时对正哭到高潮的小满说：再坚持一会儿，儿子，你的痛苦马上就要结束了……

就是在楼下 24 小时便利店的门口，当何康提着一袋奶粉兴冲冲地出来时，一个整夜游荡徘徊不止的疯子突然冲着他举起了一把亮闪闪的菜刀。何康在惊愕之中竟然忘了叫喊，他大概想起了自己长期以来为了维护生命安全所做过的各种努力。他头脑一片空白，机械地躲闪着，同时护着手中刚买的奶粉，儿子还在哭吧，没准这个国产的奶粉他就适应了就爱喝了……据医院最后的报告：何康全身共挨了十六刀，因失血过多而亡。有人把沾了血的奶粉送到丁如手上，人们认为她会很快晕过去，可是没有，她迟钝而周到地谢了人家，然后找来奶瓶，冲了 80 毫升送到何小满的嘴边——后者像有所默契、早有所待似的，腮帮一鼓一鼓地狂吮起来。何小满的断奶终于成功了。

丁如丧夫之痛的恢复期并没有人们想象中的漫长，也许是牙牙学语的何小满更多地分散了她的注意力，她很快恢复了朝气和活力，带着何小满走在公园里，谁也看不出他们母子有什么残缺。其实，何康之死带给丁意的打击也许比丁如更大，后者只不过是挨了一颗迟来的躲不掉的子弹，而丁意，这意味着彻底的绝望，对命运曾怀有的侥幸感现在荡然无存。他知道，他将跟前面三个一样，成为一个刽子手，用婚姻来谋杀另一个活生生的人。

现在，丁意的婚事已经成了熟人和邻居们特别关注的一个焦点，特别是那些无所事事找不到精神寄托的中老年妇女，她们热衷于传播和推理这种富有宿命色彩的预言。一些记忆力很强的女人甚至记起了那张曾被陈列出的兄妹合影：你们记得那张照片吧，说实话，我特地去照相馆看了一下，当时就觉得不对劲儿，那几个小孩子的表情，啧啧，现在想起来，真有些怪瘆人的……一些特别好事者还神秘地警告一些家中有未嫁女儿的朋友：千万不要……当然，这些流言都像太平洋深处的冰山一样藏在水面之下，最起码，还没漫延到丁意原来的大学和他刚刚工作的公司。因此，女助教和钱玉叶，谁也没有听到与丁意有关的不利传言。

丁意在人们的传言中开始运用理智处理他的爱情：首先，独身是不相宜的，这不符丁意的初衷，亦是可笑的，更易成为别人的话柄，但真要结婚的话，具体的对象要三思而行；他开始重新打量出现在自己生活中的两个女人。这一看，丁意倒出了身冷汗，瞧呀，女助教那样子，明摆着就经不起风雨，随便一点什么，都会把她像芦苇似的轻轻折断……而何玉叶，那种旺盛而自信的样子，又是主动地追求自己，似乎值得赌一赌……但是，爱情那玩意儿……难道就这样一天天不明不白地拖下去，不，这对那两个蒙在鼓里的女人是不敬重的，他应该把选择权交给她们自己。

丁意决定发两封一模一样的信给女助教和钱玉叶，在信中说明全部的背景和他的担忧，无论如何，这是最笨也是最实在的方法。丁意已经好几年没有写信了，同样，估计那两个女人也好几年没有收到信了，当她们怦怦心跳着接过薄薄的信封，是否会认为那是一封情意绵绵的情书？丁意被这个浪漫的想象搞得很激动，他跑了很多文具店，才挑到一种符合他胃口的信笺，接着又在整封信的措辞、语气、转承上大费心思。最终，他寄出了这两封决定三个人命运的信件。他可以想象，女助教会无助地梨花带雨，哀叹她不幸的爱情；而钱玉叶，也许会把这看作是另一个装神弄鬼的借口吧……

在丁意举办婚礼的那天，满身撒满金纸片儿的新郎官丁意忽然来了灵感。他把灰扑扑的大哥丁吉、倜傥依旧的二哥丁祥及发了胖的丁如拉到一起，站到请来的摄影师面前，仍旧按照从高到矮的顺序，准备合一张影，他们兄妹的第三张合影。他试图微笑，可是他惊讶地发现，当他直视那黑洞洞的镜头时，一种由内而外的惊惧突然攫紧了他。他的笑容像鸟儿那样扑棱着翅膀飞走了。他回过头去看自己的新娘，以寻求慰藉，目光所及之处却一片可疑的空白。他今天，到底是跟谁结婚来着？

耳与舌的缠绵

1.他们

对缺乏观察力和想象力的人来说，他们只是医院里极为平常的一对。男人坐在轮椅上，脸上带着病人常见的那种厌倦和冷淡。女人在后面推着，从姿态的生硬上可以看出，她并不习惯于这种以照料面目呈现出来的依附角色。如果轮椅是遥控或电动的话，她宁愿与男人并排走，或者走在前面。半坡的高跟鞋咯噔咯噔。

供病人们休息散步的是住院部两座楼房之间的中庭，四周有着刻意曲折的长廊，围着一些植物、假山及鹅卵石。每天上午、下午，他们都要顺着长廊长时间散步，跟其他的那些病人一样，好像这是他们能够打发时光的唯一途径。

男人不是生病，是遇到了车祸。肋骨断了三根，股骨粉碎，双耳鼓膜深度穿孔，听力丧失，正在等待进一步的治疗。

散步途中，他们经常会碰到别的轮椅：高位截肢、视网膜脱落、脑里长了瘤、中风偏瘫……轮椅们在长廊上交错而过，互行注目礼，掂量彼此不幸的分量。

这时候，人们才会发现他们与别的轮椅们略有不同——她，一直在跟他说话，声音不大不小，不快不慢，没有音乐，没有感情，没有广告。拐弯了、歇下了、被小石子绊住了都不停下，像一台接上了永动发条的八音盒。

唉呀，我知道了。一些病友在背后咂着舌头猜测道。这可怜的女人一定是在试图刺激她丈夫的耳膜——就像对付植物人，是吧，她准以为话说得越多耳膜就越能恢复。唉，谁知道呢。

2.他

再一次睁开眼睛，除了浑身有点疼，似乎没什么不对。不过，肯定还是有什么不对，医生们站在周围，像看着一具尸体那样地看着我。

怎么了？我动动手再动动脚，不都在吗。四周安安静静的，安静得像一块严实的巨大幕布，所有的一切都裹在后面。

她走近了，嘴巴撇起来，那是要哭泣的前兆。他们的嘴唇开始翕动，一边把她拉下去。

接着有人来看我了，他们还是那样，像看着尸体那样地看着我，一开始都不说话，接着就相互动动嘴唇，然后跟我拉拉手拍拍肩。最后他们无声无息地走了，像二十年代里的默片，夜晚厨房地面的蝗虫，显微镜下的某种人形菌。

我看见她的嘴向我凑过来，缓慢地一张一合，柔软的舌头在里面上下翻动，脸色渐渐变得绯红。干什么，她是在叫喊？还是在酝酿一个高潮？我好像第一次注意到她的嘴。这张嘴不大，谈不上红润或者丰满，上半部还有一层薄薄的绒毛，不过，无论如何，它是典型的女人之唇。当它们抿起来，两角会出现几丝令人遗憾的纹路；当它们张开，像一个

097

不太标准的圆，并呈现出一个深邃迷人的世界——牙齿若隐若现，舌头翻滚缠绕，喉部悠长湿润……我甚至记得，九年前我们的蜜月期，这张嘴曾经带给我的那种无与伦比的愉悦……

不过，她现在到底是在干什么？这会儿她把脸挪开去一些，笔直地走在我的身后，但我知道，她的嘴还是在一开一合着，交替着不同的形状，她的神情有些可疑，那不是悲伤、焦急、愠怒或者别的什么，准确地说：她没有表情。除了在"说"，她脸上没有别的。就像在嚼一块口香糖。我偏过头去，注意到她的下颌骨、咬合肌，还有脖子处若隐若现的几根发青的血筋。

世界安静了，我终于得以仔细观察每一样进入视线的物体和人了。聋子的视力，就好比瞎子的听力。此消彼长。

不过，真可笑，她到底在说什么？明知道我听不见，她为什么还要说？

3.她

他听不见了，可能永远都听不见什么了。但是我要说，我要全部说出来。重要的只是我说了，因为他听不见，所以我说给他听，这是一直从来没有说过的话。

我想他可能不知道，我一点都不爱他，甚至都不在乎他。当然我想从前我一定曾经爱过他，像任何一个女人爱任何一个男人。不过，真遗憾，现在不了。不知道什么时候，我就不在乎他了。

我们早上来不及说话。上班不打电话，因为没什么话要说，偶尔有事发个短信：他出去吃饭了或者我晚上加班之类。而晚上呢，又总是那样，孩子在做作业，我在搞卫生，他在看股市，把头像鸵鸟一样地陷在报纸里，从远处看去，他像是个没有脑袋的男人。

有时我也会边做事边说一会儿话，但我说了什么，他听了没有，我们两人都不在乎。我说的话都像水倾倒在沙漠里似的，一点痕迹都没有，简直神奇极了——就是我不停地喊他小宝贝或骂他王八蛋，都一样，他一点反应没有。我的舌头就像一个缺乏技巧的肉体，而他的耳朵，则是完全阳痿的器具。

很久了，我们没有过真正的亲吻。他的舌与我的舌已经完全相互隔绝，像阴阳两隔。

更不要说拥抱，两具肉体早已失去性别上的意义，或者说是两根电磁棒的同一端头，每当靠近便会呈现物理性的相互排斥。

哺乳之后，他不再抚摸我的乳房。床上，我甚至不需要脱掉上衣。总是那样潦草、仓促。

这么多年，我没有过高潮。

我幻想有场外遇，最起码，有个性伙伴。

我最中意的是一直给我做头发的那个小伙子，个子不高，可是很有劲，不知怎么的一看就有劲，但是他的手，却又那么温柔。当他抚弄我的头，我的腿就不由自主地夹紧了，整个人往空中飘了……我想我都可以不认识他，一句话都不说，就光是跟他做爱。我需要他的力量和细节上温柔……

还有我们单位里的那个好好先生，奇怪我怎么会对他产生性幻想，不过真的，他一直那么笑容可掬和和气气的，这就让我忍不住想到他另一面，是否，在床上，他会变成一头粗暴的狮子……

我希望我可以有个单独的狭窄的住处，每个星期在那里定期跟男人约会……白天，我们拉上窗帘，隔着喧嚣的市声相互抚摸……然后，我们走出去，像陌生人那样在人流中背道而行……

当然，我知道，这辈子我都不可能有外遇的……什么事都不可能发生……不过，说一说都可以吧……而且是对他说，从某种程度上，这几乎带给我同样的快感——快感的关键在于我的面无表情，在于叙述内容的不堪入耳——他听不见，可是他会陷入猜测、推理与迷惑。

这是没有目的的游戏……他就是一辈子都听不见又怎么样，前面这些年，他难道真的听见了什么？其实，我早就把他当聋子了……反正一样过日子……

4.他

瞧，她在逗弄我！逗弄一个失聪者是罪过，而这个不幸的人还是她的丈夫。不过，一个后天性聋子的智力往往超出常人想象。

我想我知道她在说什么！

这么多年，我太了解她了，像了解自己的睾丸。她是一个胆怯的女人，同时是一个缺乏趣味的女人。她并不笨，甚至可以说得上是聪明，但少股子活泼劲儿。总的来说，她令我厌倦：短头发，旧内衣，秃指甲，晚饭后的饱嗝，一边看电视剧一边发表感叹。但这厌倦是没有恶意的——每个四十岁以上的男人都能明白——像人们厌倦过节，厌倦黄梅天，厌倦天天刷牙，厌倦与陌生人寒暄。

我反对一夫一妻终身制，这是违背人性的。但是没有办法，这世道并不重视人性。只有靠我们自己偷偷摸摸去解决。

在外面，我睡过一个大学生（可能是冒牌的，但的确很年轻，我很满意，最起码她很会害羞，我发现那很刺激我）。外出开会时跟当地的一个搞接待的女孩有过几次。也就这么两个了。这个记录对我这个年纪来说都可以说得上是纯洁了。

当然，她不可能知道。这是我的秘密。谁都应该有秘密。有秘密的人离幸福更近一些。一个人的秘密与她的魅力成正比——甚至，我希望，她也有一些秘密，但是——说句有些嘲弄的话——可能吗？她那么无趣，连秘密也避而远之吧。

这样，从事实上看，在双方的眼里，我们彼此都是忠诚的。不过，忠诚对婚姻又有何意义？忠诚的盘踞往往意味着激情的缺席，这是很显然的。

所以看看吧，一个连秘密都没有的女人，她还能说什么？尽管她的嘴唇在上下翻飞，故意的面无表情——不用耳朵都能听见，她现在说的和她曾经说的、将要说的，都一样，是一堆垃圾，就像我们每天产生的生活垃圾一样。饮料盒子、剩饭、沾有排泄物的手纸、菜叶子、鼻屎、头发、空牙膏盒、破袜子，等等。我知道，她所说的就是那些。

她是等着看我急。可怜的，我不会配合你的，要知道我其实是高兴极了，几乎是要暗自庆幸了——多好呀，我的耳朵此刻正处于失聪状态。这么些年，这些垃圾已经把我的耳管道给塞满了，搞得我性欲低下、耳屎增多、偏头疼时常发作、偶尔还牙疼。这都跟耳朵有关系。我的耳朵受伤了，太巧了，它本来就该关门休息了。也许，我真的应该给它们放个长假，永远不再受苦……一个寂静的世界虽然冷清了点，但最起码不令人厌倦。

5.他们

他们突然成了住院二部的一个谈资。因为他们拒绝对耳朵的进一步治疗。

医生和护士甚至一些闻风而至的外人都出面了：耳膜修复是一个相当成熟的手术，当然，你还要重造一个耳室；不过，利益与风险是成正比的，试一下，胜算的概率在80%以上，最起码，听力会提高，保管比现在强得多……

当然，因为男人听不见，他们主要是对女人说，女人就把这些记下来，又到网上找一些资料。她把这些内容整齐地打印到一些A4纸上，像一个克尽己职的文员似的。

男人看看资料，一页一页的，像在审阅材料，准备签字。不过他没签字，他摇摇头，对所有的人都摇头，几乎是顽皮地幸灾乐祸地摇摇头。他观赏般地一一看着众人不解、惋惜的脸。

聋子的固执令人束手无策，那些深入浅出的苦口婆心无处生根，无数的舌头不得不从翻卷中停下，停在虚空，几至风干。

令人更为不解的是女人，她竟然很快站到了男人的一边，她动作轻捷地找来笔，让男人在一张声明上签字，接着她也端正地在病人家属一栏签字：自愿放弃进一步治疗。

这样，他们不久便出院了，从医院的长廊上消失了，消失在某个小区的某间单元公寓里。

与他们同期的那些病友们要么死去，要么离去，很快，他们被遗忘了，遗忘在人们的舌头与耳朵里。连当初那些莫名惊诧的医生护士们也忘了他们了，毕竟，在医院这个地方，死的在死，生的在生，他们，真的算不上什么。

2005 年 6 月 29 日于南京虎踞北路

木　马

一

1

　　八分钟。八分钟可以说些什么？刘小木一边打领带一边暗忖。弄完了照照镜子，又把西装扒了，换上奎头毛衫——在"八分钟约会"里，他不应当以一个西装男的形象出现，那会约等于中介从业者、保险推销员与新郎官。小木可不愿意，特别是新郎官，那终结自由的可怕身份，最好离他远点儿。现在这样儿多好，约会、性、情感、物质、浪漫、独立，什么也不缺。

　　出门之前，小木再次翻了翻手机短信加以确认，"自由人部落"对会员的联络都是采用短信通知：常府街十六号冷酷天堂西餐厅，晚九点。八分钟约会，费用：男会员八十，女会员五十。新会员免单。

　　八十元，如果在那里逗留一小时的话，从理论上讲，刘小木可以先后与六七个姑娘进行光明正大地调情，多么经济而富有效率的模式，真该向所有缺乏耐心、渴望新鲜的家伙们吐血推荐！不过，效率与效果无关，姑娘，有史以来最不可思议的动物，小木了如指掌却又迷惑不解。也许……嗯……他今天该表现得务虚一点，从而在一群以相亲为潜在目的的家伙当中显得与众不同。

好吧，小木打定主意，今晚要跟她们谈谈玉生。

2

其实，刘小木至今还没有见过玉生本人呢。那孩子在遥远的东坝，地图上找不到的穷乡僻壤。但他每半个月给小木写一封信，歪歪斜斜的字迹，写在从作业本上撕下来的纸上。信里，他总这样叫小木：老大。奇怪，他从哪儿学来这么一个江湖气的称呼？小木在回信中问他，玉生说：我看电视里，一个人想死心塌地帮另一个人做事，都是这样叫的。

他要帮我做什么事呢。小木想不通，自己怎么就需要他的帮了？难道仅仅因为那些"漂流瓶"纸条？

从小时候就开始了，小木爱玩"漂流瓶"。怎么办呢，家里，父母们总忙事业与家务；学校里，全是跟自己同样娇惯的独生子女，各样毛病一应俱全，自私而讨厌，根本成不了朋友。他只能每天缩在单人床上幻想，这么大的一个世界，在陌生地域的某个角落，必定有那么一个人，或男或女，与他同样孤单，正等待他的呼唤与寻找……正是为了那个人，他开始写纸条，装进瓶子，等有机会遇到江，遇到河，遇到海，就盲目而热切地丢进去，让它随水而去……不久，为了增加概率，他自作主张地扩大了"漂流瓶"的外延，矿泉水瓶儿、可乐瓶儿、啤酒瓶儿——只要手边有纸与笔，他都会写一张纸条放到瓶子里，内容大同小异，一连串以我开头的陈述句：我叫刘小木，我是男的，我生于1980年，我很孤单，我在寻找一个朋友，或许就是你，请给我写信，我的地址是……

　　工作之后，为了减少麻烦，他会利用星期天一口气写上许多纸条，放在随身的衣服口袋里备用，每走到一个地方，本城或外地，酒吧里或马路上，只要手里有瓶子，趁旁人不注意，他都抽出一张小纸条儿塞进去……总之，这么些年，真不记得，他到底丢出过多少张纸条了。当然，从来都是黄鹤不返，或许，就算有人看到，也不会当真相信。这是个防卫过当的时代，任何一件事情，人们的第一个反应就是玩笑或欺骗，他们宁可相信那纸条是个恶作剧！

　　所以吧，小木其实也知道，什么漂流瓶，这游戏太过笨拙，本世纪不宜，现在，就是贴身肉搏过的男女，都未必有真情真意，何况不可知的陌生人？但是，那又怎样，他就愿意在这件小事上放纵一下自己，将近三十年的人生，精明冷静到了头，亦无聊无趣到了头，就这样蠢一回吧，谁说不能呢。

　　然而，事情就这么发生了。去年底的某一天，碰上单位组织"送温暖、捐棉衣"，在他捡出来交差的那件旧棉夹克中，不知何时写下的一叠"漂流瓶"纸条，放在口袋里忘记取出了。这旧夹克，与别的旧衣服们，一路颠簸辗转，经过一些富有政治作秀意味的交接仪式之后，到了东坝小学。六年级的玉生与别的孩子站在一起，排成弯弯扭扭的小队伍，接过了那些过时且陈旧的城里垃圾。

　　不过，小木的那件棉夹克，可是"苹果"牌的，不管买衣服还是喝咖啡，他一向喜欢大牌。他知道，社会学家总在说，所有生于八十年代的家伙，一出娘胎就淹进了市场之潮，是物质一代、享乐一代——这说法对吗？小木无意追究，但他想问问，而今，除了品牌上面的 LOGO，现在还能相信什么呢？假模假式败人胃口的玩意儿太多了，随时都会浇得人一头沮丧，他得对自己的心情负责。并且，当玉生成为自己的兄弟后，他多么高兴自己的"品牌迷信"呀，最起码对得起玉生吧？当他穿上自己那件购于上世纪九十年代末的"苹果"夹克，那孩子一定也会体味到正牌货的好处，拉链、帽子、袖口等这些细节上的妥帖与舒服……

3

第一个八分钟，在刘小木说到"漂流瓶"的时候，结束了。那姑娘恋恋不舍的眼光停在他的鼻尖，她准以为小木纯情而浪漫："天，别人都在搞网络，你还在玩漂流瓶？够酷！那些纸条，你现在也带了吗？给我一张？"

"不，不能面交。这得靠机缘，说不定它会在'农夫山泉'里与你相遇。"小木冷淡而俏皮地应付她，一边站起身，开始移向下一个"八分钟"对象。

这是一个戴着齐眉假发的姑娘，假发上别着流行的人造水晶发夹，黑白色高领毛衣，她把自己装扮成了"效颦版"的奥黛丽·赫本，但效果实在太糟。没关系，刘小木继续往下讲，从单位里的送温暖活动到他做工考究的夹克，一直到他在某日突然收到一封信。

"……陌生笔迹、陌生地址，一封信，现在还有人能收到手写信吗？这有多稀罕！我一下子想到了我的漂流瓶！我的那些纸条儿们！天哪，无数张纸条，无数只各种各样的瓶子，这么多年，这是第一次的回应！"

冒牌赫本做个坚决的手势打断小木，她指指手表，表情是"一寸光阴一寸金"的意思："对不起！让我说两句。我的职业是助理会计师，爱好烹饪和K歌；我身高159，体重54，三围26、23、29；我大学里谈过一次男朋友，但没有那种关系；我老家是山东莱城的，父母都已退休……"

悦耳的铃声幸灾乐祸地响起，时间在她父母这里终止了。再见了，赫本小姐，小木想，他是否应当抓紧最后一秒钟提醒她：好的推销员都不是急性子。

4

玉生的第一封信，夹在银行对账单与《大众证券报》之间，像是只呆板莽撞的小鸟，中途折断翅膀，落到刘小木的桌上。

捏着信封，像握住小鸟温热柔软的尸体，小木克制着让自己猜想了一会儿，如同实习记者列采访提纲：来自何处？性别？年龄？会写些什么？热忱的回应还是无情的恶搞？手中的剪刀早等不及了，自作主张地亲吻上信封的边缘，一张有着淡绿格条纹线的作业本练习纸飘了出来。

老大：

你好！小弟我看到你夹克衫口袋里的那一叠纸条了！那样言真意切，真叫我心潮澎湃、彻夜难眠。你是专门放在衣服口袋里给小弟我的吗？你真聪明！走了那么远的地方都没有丢。不过，你何必一下子写那么多一模一样的？看上去，多可怜呀！

现在，小弟我要响彻云霄地回答你：我愿意！愿意跟你交朋友、做兄弟。

自我介绍一下，小弟我叫张玉生，十三岁，东坝小学六年级。我团结同学、尊敬师长，从来不打小报告。我语文比数学好，特别是成语，老师总夸我是活学活用。我貌端体健，玉树临风，但从不给女生递纸条，因为我要等到长大了好好谈恋爱，这方面，小弟我其实很有研究。

言归正传，按照年龄算下来，我应当拜你为大哥。从今往后，你的事就是我的事，"路遥知马力、日久见人心"，你会发现，小弟我是个热心肠的人，只要我认了你做兄弟，你就一定不再会孤单了。

你放心，只要搞到钱买邮票信封，小弟我会经常给你写信的。

再见！敬礼！

小弟：玉生

这信完全出乎意外——是个乡下孩子，稚气而假装老练。而且，只是缘自那些尚未来得及丢出的纸条！以一件搁置了十多年的旧棉衣为媒介！多么解构，多么嘲讽。但恰恰是这份阴差阳错，包括那孩子的热肠热肚，让小木一阵怔忡，好像有什么小东西轻轻地拍打着他的心脏，又疼又舒服。

小木可以想象到那一幕：当玉生回到家，喜滋滋地再次穿上那件"苹果"夹克，调整松紧带，收好帽子，把手伸进每一个明袋，再伸进每一个暗袋……一定就是这个时候，他的指尖摸到了一叠窄窄的纸头，一阵喜悦与好奇，他不动声色，躲到一个无人的角落，打开来，看到了小木不知写于何时的陈旧笔迹：我叫刘小木，我是男的，我生于1980年，我很孤单……

纸条有一小叠，十几张呢，张张一模一样，像个真诚而急迫的结巴。并且，一定发黄了，笔迹都洇开了吧，但没关系，死去的某一瞬间，旧时光里的小木，小木的无聊与焦灼，在玉生的手里，又复活过来。

就是从那一刻开始，刘小木啊，他对自己说，你开始有了一个乡下的小兄弟了。也好，有聊胜于无。这手掌向上、乞讨情感的孤独生活，多点什么，总不是坏事。

小木把头向前伸去，这第三位姑娘以为他要讲个人隐私，也体贴地把头往他这边靠近。她耳朵上挂着蓝色耳环，灯光下非常璀璨。对着这璀璨的光圈，小木对她复述了玉生的第一封信。

从"老大"的抬头开始，她就笑起来，耳环颤抖，刘海垂下。此后的几次大笑，均笑得恰到好处，这说明她至少有点幽默感："我说，这真可以入选年度最无厘头事件了！不过，你得拿出老大的样子呀，给人家寄点邮票与信封！别让那孩子还倒贴钱来抚慰你！"

谢天谢地，总算有这么个姑娘，能听进去小木的话了，而不是急着推销。也许他该向她伸出手，邀请她退出车轮战般的"八分钟约会"，然后他们就可以坐到另一边，光线稍暗的地方。

你叫什么？刘小木今晚第一次询问姑娘的芳名，他相信他的眼神应当足够诚意。

龙猫。随口报了个宫崎骏动画片主角名，一边微笑着站起来，她丢下小木，走向下一个八分钟。

不是我负人，就是人负我。永恒的交往定律。罢了，这无聊的夜晚。小木索然无味地迎来下一个洒了过浓香水的姑娘。

二

1

算是因为龙猫的提醒吧，刘小木给玉生又寄了一批邮票与信封，同时，在信里，他跟玉生提了提那糟糕的约会，因为玉生一直很关心他的终身大事，总以为这便是小木孤独痛苦的唯一原因。有一封信里，玉生还专门谈到这个问题，满口的老成与世故："老大，替我找到嫂夫人了吗？你快三十了，不小了，要只争朝夕呀。我堂叔跟你一样大，今年都生二胎了。老大，你知道吗，现在的计划生育，是计划生二胎，只要弄到二胎的指标，就可以生了……等你找到嫂夫人了，如果想生两个，小弟我来想办法，替你搞二胎指标。"此后，几乎在每封信的结尾，他都会向并不存在的"未来嫂夫人"问好，像是故意给小木压力似的——他准以为自己这一招用得非常巧妙。

小木给他弄得烦，索性跟他实话实说，怕他不懂，就打比方："玉生小弟，烧开水你晓得吧，烧到一百度，就滚开了。如果，拿结婚来比作烧水，我这样儿的——我不是水，而是另一种液体，沸点高，三百度、五百度，都滚开不了，总之，不管喜欢谁，真真假假的，总糊涂不到头脑一热就沸腾就结婚成家的地步，现在你明白了吗。不要管我，我是活该，也挺好……"

这下倒好，玉生见刘小木默认"活该"，自以为抓到症结所在，信一封一封地来了，不知从哪儿找来些半通不通的陈辞滥调。

"不是不报，缘分未到。你一定要坚定信念。电视里有句广告词说得好呀：我能、我可以！老大，要沉住气啊！"

"世上，只有剩饭剩菜，没有剩男剩女。老大，不用灰心，你肯定不会剩下来的。"

"男追女，隔层山；女追男，隔层纸。老大，不如想想办法，让女人主动追你嘛。"

最滑稽的是在最近的一封信里，玉生给小木寄来了用红纸包着的一小撮草灰，信里，他这样解释：

"老大，这红纸包里的灰，可不是普通的灰，是小弟我问'灰娘娘'请的。昨天，我的几个堂姐在家里做法事，请'灰娘娘'。灰娘娘是谁，是土神仙呢，你听说过吗，可能是有点迷信，但迷信这个事情，我爹总说信则有、不信则无。我们就信一回吧。关于你找对象的事，小弟我替你烧了几把香、磕了三个响头，才讨到这灰。

"老大，听我一回，这灰，你一定要随身带着，它就是替你保佑缘分的。有了这灰，你就不要再放纸条了。我不要你再那样可怜巴巴，我希望你早点成双成对过热闹日子。真的，我就是这么跟'灰娘娘'许愿的。

"请你一定要放在贴身的口袋里，不出半年，事情肯定就笃定了。咱们就拭目以待吧。"

玉生，真是难为你替我磕的那三个响头呀，这世界上，哪里还会有人能对我这样子呢。小木当真把那红纸包儿给放到身上了，想想这也挺荒诞的，他从来什么都不信的，偶尔这么信一回，倒也是乐趣呢。

更荒诞的是，就在小木把玉生"请"的草灰放在身上的第二天，他再次碰到了龙猫——上次拒绝他的那姑娘。说实话，也仅仅是因为她的拒绝，他记住了她。

2

"嗨，第二次踏入同一条河流！"小木故意弄得自来熟，老远就冲她热络。

她冲他敷衍地笑笑，显然，她完全忘了。还是那对蓝色的耀眼耳环，阳光下刺人耳目。

"老大！纸条！年度最无厘头候选事件！龙猫！"小木找出那天八分钟谈话的主题词，周围有人停下来看小木。可能他的声音大了些，她离他足有六七米远。

"哦……捐棉衣……那个写信的乡下孩子……"她终于向小木走来，耳环越来越清晰。

谢谢玉生，这次真是帮了个忙，缩短了小木尴尬的时间。毕竟，这次的见面场合不是相亲，而是纯淬的网络活动，西祠胡同老游戏版的版

111

聚。参与者都是些三十岁左右的孤家寡人，四不靠六不着之中，由着怀旧情绪泛滥，网上有帖子怀念童时游戏，没想到一呼百应，一帮人就拾掇着组织大家凑堆儿了。其实呢，也就是跟陌生人一起"杀时间"，好歹比一个人对着显示屏稍强些。

场子上玩得十分热闹，斗鸡儿，滚铁环呀，拍洋片儿，丢沙包，跳橡皮筋、抓石子、跳房子，基本上男的归男的玩，女的归女的玩，真跟小时候差不多。这会儿，组织者正准备把男女们纠集到一起，分成两组玩贴烧饼与丢手绢。一时间，这里举手那里拍掌的，个个脸上都是返老还童的表情，并且还会为了技术性的细节或游戏规则而争执不下，气氛热烈极了。一看就是些闷坏了的可怜虫，晋升呀、婚姻呀、按揭呀、股票呀，好不容易逮着机会忘却一分一秒，个个儿的立马撒泼打滚、放浪形骸。

其情其景，算是喜剧，可亦有悲意，小木一时竟大有触动：为何人人皆觉得旧日时光最为美好？而现时现世又总让人恓惶不安？故而，主要也是为了分散注意力，想找人说说话，他才会在人群中搜寻面孔，这才会发现了龙猫。

见龙猫恢复了记忆，小木也有心情跟她斗嘴了："就怪你，上次给我一个假名儿，要不然，咱们连孩子都该有了，都三口之家天伦之乐了，多可惜！你怎么样，还一个人单飞哪？"

"一人总比两人强，除了在床上。"龙猫笑笑，"你也差不多吧，还跟那小男孩通着信？你跟我，五十步一百步呀。"

"是啊。不过，跟那小兄弟说说话，反倒还有些意思。"

场子上的人这时开始丢手绢了，有些发胖的家伙蹲下来都已经很困难了，他们惊讶地用手揉揉肚皮，好像第一次发现自己已不再年轻。有个装扮清淡的短发女子，好好的正玩着呢，不知想到什么伤心事，撑不下去了，突然痛哭起来，失态地捶着地面，全然不顾身上的一套浅色运动装。她这一哭，像爆仗引子似的，好几个人都溃下来，退到一边去，

112

神情萎顿。是啊，游戏总归是游戏，再怎么装无邪装活泼，还是救不了如影随形的冷漠与冷清。

龙猫脸上也有些萧瑟之意，似是兔死狐悲。小木伸出手去，轻轻揽住她的肩。她没有反应，但也没有抗拒。小木于是跟她耳语："怎么样，不如到我那里，去看看我小兄弟的信?"

这是很明显的邀请辞了，接下交会发生什么，也不足为怪。

这几年，小木总爱混迹于各种不同的小群体，驴友俱乐部、美食饕餮坊、步行者、最爱琉璃、二手加工厂等等，有报社搞的，有网上扎堆的，有商业组织的。大部分情况，他是似懂非懂，并非真的出于特别的爱好——包括上次的"八分钟约会"和今天的这个"老游戏"版聚——说到底，他只是想找一堆人暖和暖和而已：就算是个临时搭建的小客栈，也是好的，会有短暂而仿真的归宿感。并且，就是在那里面，偶尔也会碰上一两个相宜的女伴，交好一两个晚上，完了一拍两散，好像从未认识。

也许在上一辈看来，他们这样，真是太糟糕太随便了吧，但又怎么样呢，小木懒得替这时势所趋进行深刻的剖白或辩解。事情并不复杂，完全是自觉自愿、各取所需，甚至，也不失自然与美好。

在一家自带小乐队的简餐厅，他与龙猫吃了一顿样子漂亮但不足果腹的韩餐，然后依偎着走上周末的街头，还拍了双人大头贴，弄出些心心相印的造型；碰上卖玫瑰的小女孩，他应景地买了，她亦应景地低下头闻闻……这一切，他们相互配合得多好呀，可以说是尽心尽力了，因为彼此都十分明白：事关风月，事情只关风月。其他的呢，没了。所谓的满足感与幸福感，谁会信呀？活该要失传了吧。

香气氲氲的夜色中，不时有神态亲昵的年轻男女擦身而过，刘小木不知道，那里面，有多少对，是像他和龙猫这样的，灵魂无着无落，只听凭沉重的肉身拖拽着与偶然共赴寂寥长夜。

秋季的时候，小木收到玉生从东坝小村寄来的包裹，是地瓜干、玉米粉、花生和大枣。包裹里夹着信，被大枣与地瓜干压得皱皱巴巴。

老大：

我看到你寄来的照片（你说叫"大头贴"的）了，就是人太小了。上面那个跟你脸贴脸的，一定是未来的嫂夫人了，长得很流行呀，你这下再也不会孤单了吧，小弟我真替你高兴。从我们成为兄弟起，我就一直盼着这一天，这下好了，不瞒你说，小弟我心里的一块大石头算是放下了。

不过，你别把功劳归在我身上呀，得谢"灰娘娘"。等下一次堂姐她们请灰，我一定替你还愿，我答应过灰娘娘，如果愿灵了，我要磕她九个响头。

老大，说起处对象，这种事小弟我也是懂的，没吃过猪还没见过猪跑吗？在我们东坝，成双成对的多着呢，他们总像捡到什么大便宜似的，没人处偷偷一个人发笑……所以，我一看你们照片上那笑，就猜出来，是不是刚闹过别扭？可不能这样，好不容易谈上一个，你一定要把握好机遇，实在不行，你就多让着她一点，谁让咱是男人呢；再说，我爹常说，你敬人一尺，人就会还你一丈。你只要对她好了，放心，她会一百倍地对你好，然后你们就一定会越来越好、白头到老，就像我爷爷我奶奶，我姥爷我姥姥。

向嫂夫人问好！

小弟：玉生

小木是故意把他跟龙猫的大头贴寄给玉生的，虽然的确拍得不好，没有恋人之感——就像伪币，假的就是假的，真不了——他主要是想堵住玉生的嘴，生怕他在劳驾过"灰娘娘"之后，再弄出什么别的花样。

但玉生的这封回信，更让他笑也不是、骂也不是：玉生，我未曾谋面的小兄弟，你真是乡下人了！那些"敬一尺还一丈"的道理，做老大的何尝不懂？但关乎情感，哪能轻易主动，示好就等于示弱，就等于甘拜下风，那哪儿行呢，从小到大，我们都是专门等别人敬自己一大丈，再见机行事小心翼翼地还上一小尺的……"越来越好、白头到老"？哈，怎么可能！

小木小心地把这封快要破烂了的信用熨斗低温烫平，又看了一遍才收起。但那些乡下土产，超市都有打理好卖的，他并不稀奇，也懒得蒸煮，想了一大圈，因为别的朋友都不知道他与玉生的故事，要从头讲起多麻烦，只有龙猫知道一二，不如打电话看她要不要。

自"老游戏"版聚巧遇那夜之后，小木与她联系很少，只在周末偶尔发个短信，如果彼此方便，就一起过夜；但相互的交谈，也是些不痛不痒的话题，健身心得、新款笔记本、当红纪录片之类。反正大家都明白，第一次见面就上床的男女，绝对不可能是恋爱对象，故而谈什么都可以，只要不谈情说爱，以避免发生该死的感情事故。就像并道行驶的车辆，可以飙速，但不可碰擦，切记前方就是分叉口，各有各的路要赶。

龙猫一听，是乡下的原生态产品，果然想要，当即就来了。她崇尚健康饮食，对无公害、维 E 维 C、杂粮、粗纤维等的追求，到了成癖上瘾的地步。看着玉生的包裹，她似乎突然想到回报，建议小木给玉生寄钱、寄学习用品、寄衣物。"你白领你精英呀，一月挣得个万儿八千的，这点儿算什么呀。"

"不寄。"小木拒绝她。至今，除了信封与邮票，他没给玉生寄过任何东西，虽然他知道玉生的条件并不好。事实上，这是刻意为之——他与主流的东西一向不对脾气，不愿意把自己与玉生的关系搞成那种"结对子"式的希望工程，太政治正确了，会让他彻底反胃的。

"那么，我们把他接到南京来玩玩好了！所有的费用，我们AA？"龙猫又另发奇想。

嗯，龙猫的这个提议倒也未尝不可，反正生活里没什么新鲜事儿，不如见见玉生。再说，这样，对他与玉生来说，也更加自然些——从一开始，他们就不是捐助与被捐助的关系。或许，在玉生看来，倒是他刘小木，是个乱写纸条乞求友谊的可怜虫呢。

"那得等两个月，他放假再说。"小木算是应下了。

4

就在等待玉生放假的两个月间，他与龙猫之间，又发生了一件巧合得非常不堪的事情。

事情的缘起，说来有些难以启齿。小木一直对 SM 游戏心存好奇，想想现在反正不必对任何人负责，感兴趣的事情去扒着门缝瞅一眼也无妨。他到专门的版面上去看了看，哈哈，着实好玩，从发帖需求来看，不管男女，全是求别人虐待的 S，而愿意施虐的 M 却少得多。有人从心理学家处转贴来解释：现在大家都活得太体面、太成功了，特别是高管阶层，总在做决策、在批评人、在颐指气使，心理反而失衡，故而需要犯贱，要找人来对自己施以肉体及精神的双重虐待，所以，S 总会多过M……

小木想想，自己也算不上什么高管，最多算个空调间里的软囚徒，还真搞不清楚到底更倾向于 S 还是 M 呢，但他喜欢有竞争性的游戏，于是，便加入男 S 的队伍，像雄孔雀开屏一样，用尽各种花招试图吸引中意的女 M 青睐于他。

他主攻的那个女 M，网名叫"镜中花"，有些土气，但她反应很快，也足够敏感，有理解力和怜悯心。与她网聊，小木真绝对是掏心掏肺了，把一些拐七拐八的心事全都倒出来给她看——小木发现自己最近总是这样，越是陌生的人，越会无条件地信任，什么话都想说；但对熟人、同事、同学、性伙伴，包括父母，反倒不行，客气而生分，虚伪极了，怎么也贴不到热心窝。真不知这算是什么毛病，难道也算是都市并发症？只爱陌生人？

聊到一定程度，按照通常的规则，他们是可以见面了。小木这时倒有些不情愿了，因为一见面，必定会玩 SM，而一上床，这种惬意而深入的谈话，显然就要宣告结束了。总之，灵与肉，在他这里，总有些水火不容之意。他实在不敢想象，跟一个女子，交了心又交了身，那不等于全军覆没吗，他不敢下那么大的注，怕输，怕玩不起。

况且，氛围不对，在这种版里，谈心事谈感情简直就是自取其辱，就是南辕北辙。想了想，刘小木最终还是决定随俗，跟"镜中花"把事情给办掉算了，无论如何，就算是冲着 SM 吧。

"镜中花"的装扮像电影里常见的那样，穿着长皮靴和紧身小背心，还戴着半截羽毛假面，完全看不清真正面目。她对刘小木点点头，露出的嘴唇似笑非笑。这倒也好，更陌生了，刘小木非常满意，他放松地趴到床上，他倒真心想知道，这声名狼藉的 SM，到底有没有劲儿。

啪，应当是软皮鞭吧，不轻不重地打上来，一边，他听到"镜中花"开始辱骂。

啪。你个大傻x，真以为你是成功白领呀！狗屁，瞧你那哈巴狗样儿，为了块没肉的骨头，跑得屁滚尿流！到处彬彬有礼，搞文化，搞气质！你他妈的其实还不就是装儿子装孙子，简直就是死不要脸，简直就是天生一个贱胚子，为了吃一口饱饭，你在卖身！你就是个要饭花子，就是个死奴才！啪。我打死你这不值钱的鸭子！打死你这没骨头的面首！

啪。你穿手工西装就牛×啦，你吃法国蜗牛就牛×啦，你看英文原著就牛×啦，你到埃及钻金字塔到巴厘岛度假就牛×啦，狗屁！你其实就是酒囊饭袋，就是行尸走肉，就是苟且偷生，你个猪狗不如的东西，你凭什么拿那么多昧心钱，你凭什么踩着人家的脑袋出人头地、人模人样，你他妈的不就是生在大城市、不就是摊上个好爸爸，不就是混进垄断行业吗？看我打不死你，你到底算个什么东西！

啪。你他妈的，让你生在乡下看看，让你小学不毕业就回家种地看看，让你进城打工看看，让你一个月洗不上澡看看，让你到年底拿不到工钱看看。你他妈的，凭什么呀，你他妈的，你到底花的是谁的钱？享的是谁的福？啊呸！整个一寄生虫，看我打不死你！看我不打死你！

啪。你他妈的，我可怜死你了，你吃得再好，穿得再贵，睡得再高潮，可你懂个屁，你以为这就是生活，这就是目标，这就是人生？你真是舍本求末、买椟还珠，你他妈的，你知道人生应当是什么？你为什么总也高兴不起来，总也燃烧不起来，为什么总也孤独得满世界找人！不是你所说的沸点太低，不是什么道德败坏，不是什么物质害人，不是的！一切都怪你生的时候不对，什么狗屁八零后啊！你本就不该出生，你生下来就是个恶作剧，是个悲剧，是出闹剧！是出丑剧！你就是最大最丢人的那个丑角！

啪。就是因为你活得太舒服了，生下来就掉在蜜缸里，你没下过乡，没下过岗，没失过学，没失过业，你他妈的什么苦都没吃过，所以你不知什么是甜！你没有挨过饿，所有你不知什么叫饱！你没有痛与恨，所以不知什么叫情与爱！你是个弱智、低能儿，你不知餍足，你不知感恩，你不知惜福！你个大傻×，你个浪荡子，你个墙头草，你个水中月，你他妈的活着跟死了有什么区别！你不如让我揍死你算了，怎么样？你要不要死？你该不该死？你现在死不死？啪！啪！

……

刘小木背上及臀部都火烧火燎的，后脖子及左边的侧脸上也挨了好几个耳光，大概早就红得起了印子了。不过没关系，反正 SM 网站上说过的，痛感神经与快感神经是挨一块儿的，要玩 SM，这是必经之路。再说，跟身上的疼痛比起来，是心里头那份奇异的舒坦！不知道"镜中花"这半通不通、排山倒海的施虐辞到底是有所指呢，还是统一的"台词"，但，真的，好像句句都说到心坎上，给骂得畅快极了……从小到大，在家在学校在单位，都没有人这样骂过他；特别是工作之后，大家都是一个赛一个地客气；就是总裁要开人，也是笑成一朵花的。哦太好了，终于有人这样骂到脸上骂到眼里，骂得针针见血，骂得唾面自干了！

真太舒服了！

小木伸手摸脸，忽然惊觉自己满脸泪痕，是疼的还是舒服的？"镜中花"也终于停下来，挨着小木躺下，慢慢摘下她的羽毛面具。

她是龙猫呢。

小木忽然想起，自己并没有面具，她一开始就认出是他的。她咬牙切齿所骂出的那些话，难道是发自肺腑？

三

1

玉生的出场显得颇为隆重，小木和龙猫双双前去接站。

龙猫已经答应他，在玉生逗留南京的五日里，他们是在"处对象"，她就是"未来的嫂夫人"——不知为何，小木坚持要做这个假，似乎只有这样，在玉生眼里，自己才会多一些可取之处。无论如何，他得有点老大的样子，不能给玉生太糟的印象。"反正就当是游戏、是恶搞！这不是我们的最强项嘛。"小木竭力劝诱，龙猫答应了。

上次的 SM 之后，一个多月了，这是他们头一次联络。要不是因为玉生——接他来，是大家当初说好的，加上玉生看过她与他的大头贴——小木绝不会主动找她的。现在，对龙猫，他有心理障碍，这障碍，是羞惭之心，亦是防备之心与逃避之心，对一个疑似鄙视自己的性伙伴，这心态，也算是正当防卫吧。

并且，小木知道：她也不愿意他找她。

那晚，他们只有上半段的前戏，后面的，两人都无心继续。或许是为了有所交待，龙猫大概说了一点她做 M 的动机。她在一家五星酒店做事，那个行业，就算是领班、大堂经理、值班经理，每天也是要跟所有的客人赔笑脸、递好话，谦恭有礼，慢言细语，耐心一百倍，服务一百分……她是给压抑坏了，发现这 SM 网站，真是如获至宝。当然，她得接受相关规则，在痛快的辱骂与鞭打之后，还会有别的……

唉，小木真想堵住她的嘴，其实她大可不必告诉他那么多的。有什么关系吗，有什么分别吗，有什么改变吗——他和她，归根结底，难道不还是陌生人！顶多算是上过床的网友。上床、网友，这两样物事，现在不是普天之下最泛滥的吗。

总之，既然应下了，龙猫也算有些义气，且不管她心里到底是怎么看小木的，反正表面上全然若无其事。车站里，她亲热地趋前挽起小木的胳膊，活像一个已经入戏的群众演员。

出现在他们面前的玉生竟然就穿着小木捐他的那件"苹果"夹克，或许这是他最为体面的出门衣裳吧——老远，小木就认出了那件夹克，好像在人群中看到另一个自己，另一种命运下的自己，正如龙猫那天晚上在抽打时所说过的：让你生在乡下看看，让你小学不毕业就回家种地看看，让你进城做个小工看看……

玉生走近了，手里提着件瘪瘪的行李，身形瘦长而灵活，因是初到城里，怯意与好奇使他显得比信里面要天真许多。小木回过神，他搂过玉生，一种类似于血脉之痛的亲近感油然而生。

120

"老大"。玉生趴在他肩窝处跟他打了个模模糊糊的招呼。嗨,小木笑起来:自己算哪门子的老大呢。

2

按照小木和龙猫的计划,五天,他们给玉生安排的节目非常紧凑:吃麦当劳吃必胜客吃哈根达斯、小影院看大片、海底世界、服装店和书店、游乐场、科学宫、玄武湖划船、夫子庙小吃、湖南路步行街,一个城市所能展示给一个外地孩子的,或许就应当是这些吧。

所有这些玩意儿,小木都是一样样玩过或吃过的,有的还是无数遍,真叫人不厌倦也难……电影院里,小木睡着了。

这不能怪他:同一部片子,就在同一家影院,一周前,小木恰巧看过,跟一个豆瓣网上认识的姑娘。看完电影,他们去了钟点房,递上ID,六十元两小时,一切是多么简捷,像无障碍绿色通道,热情的鼓励与怂恿。

再说现在的大片,哪里经得起看第二遍呢,就像一夜情经不起多夜情。画面喧嚣……但小木还是沉沉地睡去了。直到影片快要结束,小木被一连串地崩山裂的音效惊醒,突然睁开眼,浑身一阵寒凉,像在冰天雪地中独自醒来。他感伤地微微侧过头去,另一边的龙猫,抱着她的外套,也困倦地枕着玉生的小肩膀睡去了。只有玉生,手捧着爆米花筒,两只眼睛一眨不眨,宽屏幕照得他兴奋的脸蛋忽明忽暗。

好在玉生慢慢地自如了,如同一瓶摇晃了太久、终于打开盖的啤酒,一肚子的发现、疑惑与感触酒花似的直涌上来。

"这一块比萨要一百二十块!好家伙,老大你这么有钱呀!你算算看,这一口下去,可就是十块钱哪。老大,快帮我拍张照片,这可能是我这辈子吃过的最贵的东西。我要带回去给东坝的人看!"

"呀,原来电视上拍的是真的,饭店里,那桌上剩下的就白白倒掉!

121

要是我家在这里养几头猪就好了，肯定能肥到一百八十斤！"

"人真多，东西真多，楼真多，汽车真多！要我说，老大，你可真会开玩笑，就算你以前没认识嫂夫人，就坐在这路上看看人看看东西，热闹还来不及呢，孤单什么呢？我真想不通。"

"唉，老大，我还以为你真的很惨呢？太滑稽了！你哪里活得不如意呀，你看看你，我们东坝所有人加在一块儿，这辈子、下辈子都加在一块儿，也没你过得好呀……"

"哦，地铁真伟大！我能不能再坐一趟？你们真幸福呀，天天坐火车上班！坐火车下班！太神奇了，太了不起了，还有水幕电影！大头贴！超市！电梯！自动售货机！电视里有一百多个频道！你们这不是过的神仙日子嘛！怎么就从没见你俩激动过呀？是装的吧？快，别装了，跟我笑！跟我跳！跟我闹！"

小木和龙猫两张嘴都抵不过玉生一张嘴，只好稀里糊涂地顺着他的眼光和思路，疲惫地跟着他装高兴，装得自欺欺人，装得弄假成真，好像他们也是刚刚从乡下上来，头一次看到这庞大而快速的都市——这五天的时间，竟是比任何时候都愉快了，只可惜这愉快，是临时救急的，是纯粹装饰性的，如同镂空花边，不足以用来御寒。

3

而且，真要说起来，这些天，小木其实也没有跟玉生说多少话，毕竟，年龄与见识的差距在这里，小木竟想不出什么合适的共同话题，倒好在有龙猫，女孩子，总是会搞气氛的。

有时候，小木甚至觉得龙猫对玉生好得过了头，不仅亲手替玉生采买一应行头与用品，还笨拙地努力烧饭、做汤，有时，还会突然地搂着玉生，亲得后者透不过气来，爱心泛滥得像中古时期的尼罗河。

"你怎么了？玉生可是我的兄弟，你拿他解闷呀？"小木背地里问她。

"没有！我呀，是想尝一尝使劲疼爱别人的滋味呗，还不错，蛮好玩的。"

"那你找个男朋友往死里疼不就行了，正好给那些老家伙们一个响亮的耳光，省得他们老说现在的女孩子都是野蛮女友！你这不是非典型性的温良贤淑吗。"

"去死！那不可能！男朋友是不能这样疼的，会惯出毛病来的，那我成什么了，保姆？钟点工？吃亏一辈子，才不干呢。再说，我这也是玩过家家游戏，最多只能玩一个星期，看看，现在才四天，我也差不多有些厌了。"

"也是啊。"小木赞同地点点头。她的回答没有出意外。的确，人人都讲究人性与自由，维护一己之利，时代越来越进步了，不会再有痴男怨女了，他不是，她亦不会是，谁都不会是。只但愿这几天能善始善终就好。

但到了第五天，也就是玉生走之前的最后一天，龙猫因为酒店有事，还是提前走了。她早上出门时跟玉生说了一下，说晚上要加班。

晚上，到卫生间洗脸时，小木忽然注意到，龙猫带走了她化妆用的那些瓶瓶罐罐，包括她的隐形眼镜药水。看来，龙猫是就此别过了——根据小木的经验，没有正式道别的告别，基本上便是永别。他与龙猫之间，GAME IS OVER。的确，差不多了，两度一夜情（包括半截子的SM），又共同扮"恋人"生活了将近一周之久，已经太漫长了，超出他们通常的耐心与限度了。

也好，这最后一个晚上，就让自己来好好陪着玉生吧。

小木先得上一下网，上网与吃饭、睡觉一样重要，就算眼睛再疲劳，不看不行的，否则就忐忑不安，怕被世界遗弃了似的。玉生蹲在一边的椅子上看他上网。今晚的玉生也很安静，没有像往常一样，没完没

123

123

了地折腾遥控器巡视那一百多个频道。屋子里静静的，两个人都不说话。

那样蹲了一会儿，玉生突然问："老大，我看……你现在还在写纸条儿吧？"

小木只管拉动鼠标，无数条新闻蝗虫一样从眼前爬过去。这个玉生，不过是个孩子，他怎么就能猜到？哪里又露出破绽了？

但小木不愿意玉生这样刨根问底，每个人的生活都经不过推敲，经不起放大，经不起注目。也许，真不该让玉生来玩这一趟，让他看到这样一个颓废而不可理喻的"老大"，比"苹果"牌旧棉衣还不如。

"嗯。有时写着玩玩，写成习惯了……没当真的。"小木切换到体育版，跟娱乐版一样，丑闻多过新闻。是了，玉生一定是翻过他换下来的衣服，那里面或许碰巧又有没用完的小纸条儿。

"对，江山易改，秉性难移嘛，这道理我懂，你说不定会写上一辈子呢。只是，我觉得……你跟未来的嫂夫人……"玉生故意吞吞吐吐，盯着小木的表情，随时准备打住。

"我们怎么？你倒说说。"一小块一小块的色情广告像乌云似的在屏幕上飘来飘去，但玉生在那，他一条都不能打开来看。不看也罢，一堆皮囊一堆垃圾而已。

"你们这对象，处得真不得劲。跟你说过的，咱没吃过猪肉，猪跑还没见过吗？我们那里处对象的，谁也不像你们这样。但到底哪里不对，我也说不清。总之，真要对劲了，你哪里还会再写那些可怜的纸条呢？"

"小兄弟，你的疑惑，我无法解释，因为我也闹不清呢。不过你刚才有句话倒说对了，真的，我就可能会玩一辈子漂流瓶游戏呢。这个业余爱好，多么高雅、多么无为，真他妈太棒了。"

"啥叫无为？"

"嗯，也说不清楚，大概就是永远在寻找、永远找不到的意思吧。

你是九十年代生的对不对，等你再吃个十年饭，到我这么大，你就会知道了。这么说吧，打个比方，人身上的各种东西，有的越长越长，比如头发与指甲。有的越长越老，比如胃、肾、肝呀什么的。有的越长越松，比如皮肤与牙齿。有的越长越弱，比如，你我的小弟弟，哈，跟你开个玩笑。但心呢，我们的心，是越长越空的，什么都无所谓了，这个呢，就是'无为'，听得明白吗?"

"噢。"玉生空洞地应了一声，可能并未完全明白。

小木侧头看看玉生，那孩子也正抬眼看自己，不加掩饰的同情和伤心，像小溪水一样地流出来，流到 17 英寸电脑显示器上，流到缺乏生气的公寓里，流到楼下乱七八糟的大街上，流到街对面拉着窗帘的万家灯火里。

哗，小木好像听到全世界都塌成一团烂泥。

4

送玉生上火车，自然是小木一个人去了。玉生看看四周，动了动嘴，终于还是没有开口问出"未来的嫂夫人"，聪明的孩子。

小木看看表，今天路上车子顺，竟然还有四五十分钟呢。因为快要过年，火车站广场对面的游乐场增加了不少项目，花花绿绿的大型充气玩具乱人耳目。"走，老大带你去玩一会儿。"

小木替玉生买了套票，自己只坐在长椅上看他玩。从木头桥到海盗船、从小飞象到山洞车，玉生玩得满头大汗，脱下外套交给小木，最后又坐上了旋转木马。因为客人没有坐满，机灵的小老板热情地鼓动小木也坐上去，玉生更在一边使劲起哄。他总盼着老大跟他一样兴致盎然。

也好，多少年没有坐过这玩意儿啦。小木补交了十块钱，爬上一匹木马。

白的、蓝的、粉的、绿的，木马们一高一低地随着单调的电子音呆板地旋转，转了一圈，回到原地，再转一圈，仍在原地。小木感到头开始昏乎乎的，心脏跳得没了规则，肤浅的满足……四周的世界同样变得轻浮起来，水一样流动着，人们的身影像面粉那样搅拌翻滚，鲜艳的色彩如同蜂蜜，黏稠着越拉越长，大人孩子的呼喊与叫声，碎片一样溅落在地……唉，伟大的木马，多像小木的生活呀，在永不停止的速度之中，在喧嚣的世界之中，旋转着原地不动、徒劳地等待时光一秒秒消逝……

小木忽地出了一身汗，有种失足坠落、万劫不复的恐慌。他下意识地捏紧双手，发现左手上竟抓着那件购于九十年代的旧"苹果"棉夹克。恍惚中，他摸索到内侧的口袋，伸手进去，果真，他碰到一叠小纸条儿，熟悉的尺寸，熟悉的纸质。不知是玉生保留着的旧纸条儿呢，还是他这几天从小木这里找到的新纸条，反正，也没什么区别吧，上面的内容，十几年了，从未变过。

"我叫刘小木，我是男的，我生于1980年，我很孤单，我在寻找一个朋友。或许就是你，请务必给我写信，我的地址是……"

2007 年 2 月 26 日

一道眉

1

主妇的早晨，无疑是人间最低级的战争……"读"稀饭、拿牛奶、煎鸡蛋、整理床铺、替女儿梳头、给他找领带……但今天，从天而降地，不合时宜地，她想起了一个奇怪的小问题：很久没有听到别人喊自己的名字了。是不是他们都忘了自己叫什么了呢。

赵莉。赵丽丽。赵莉丽。赵小莉。赵艳莉。难道自己也忘了。或者，根本就没有区别，四十出头的中年女人。姓名算什么？难道还会出现在两片多情的唇上，出现在一个缠绵的梦中？

单位里，他们叫她"赵姐"，用那种平淡的腔调，偶尔带些虚构的热情。难得碰上什么开心事儿了，有人会把她夹在那两个年轻的姑娘里用轻浮的语气一路喊下去：快来领东西啦，伍小姐，夏小姐，赵小姐——喊到她这里，大家就一起快活地哄笑起来，像听到了一个什么小段子似的。

他呢，更简单，不管是打电话还是在家里，一律是省略了抬头的，像做爱省略前戏一样，直接就是祈使句或疑问句。今晚迟点回来。我的那件立领衬衫呢？

萌萌么，小时候是"妈咪"，嗲声嗲气的，然后是"妈——"，喊得越是亲热就越是有什么事要求着妈妈了；到这几年，又变成"老妈"了，连亲热都不装了，开口必定是有事要办的。也不能怪她，功课那么多，妈妈的名字很容易忘的。

然后是邻居，楼梯拐弯口碰到，以最小的幅度相互点个头，可能连姓什么彼此都是茫然。

还有，女儿学校的老师、同学家长，不过，她们总是这样开头：李萌妈妈……

对了，乡下中风多年的老父亲，他那正在走向坟墓的花白脑袋，还记得女儿的名字么？或者，只是小名：红蛙。多么古怪的乳名，她自己都快要记不清了。

2

终于把父女两个整整齐齐地送出门，她才半松一口气坐下来吃早饭——什么都冷了。萌萌剩下半碗稀饭，一只包子只咬了一口，鸭蛋的黄被谁掏空了。她不太在意地一样样吃掉，像个破碗橱似的全部收拾进肚皮。这样也好，她吃得很高兴，省得再往后面剩了，剩到最后，还是她吃。

一边吃着，一边还捧着碗四下里拾遗补缺：捡起萌萌掉在地上的头发；垃圾要带下楼扔了；窗户得关上，收音机刚才预报有雨的；拿点虾米出来泡泡，晚上回来烧开瓢冬瓜。

看看表，唉哟！她不会像年轻的姑娘那样尖叫，只是把碗往池子里一堆，冲到卫生间洗把脸、换身衣服，大概描个眉梳个头，照照镜子，不到两分钟，拎上垃圾袋也就出门了。

3

没有迟到，甚至她都算来得早的。那些姑娘们最会迟到了，一阵风地踩着点子进来，天天儿地衣服不重样，还都化了妆，头发湿漉漉的，小嘴红艳艳的，睫毛翻翘翘的，浑身香喷喷的，个个都鲜亮诱人极了，真不知她们哪有那么多工夫折腾。坐下喘口气，她们开始泡咖啡喝牛奶，又拿出小镜子补妆，顺带着相互评头论足一番，一边拿出早点开始慢慢享用了。

头儿偶尔进来巡视，左看看右看看，被她们的衣服和香水搞得心烦意乱，也会爱恨交加地假装生气：噢，你们有时间描眉毛，就没时间吃早饭了！

那当然。她们含着吸管娇咯咯地笑起来：不化妆，毋宁死。

赵丽莉有些讪讪的，说不出是羡慕还是看不惯。她看看自己，不要说化妆了，连穿什么都不往心里去。算了，到什么山头唱什么歌，到她这个岁数，不是别人看她，只能是她看别人了。

一边想着，一边把报纸拿来翻翻：婴儿奶粉质量，儿童弱视防治，少女早孕，毕业生求职指南，民工性压抑，企业家过劳死，白领亚健康，老年人抑郁症，RAIN已有女友，钟丽缇的丰胸秘诀。唉，报纸也不好看，连报纸都不是给她这样年纪的女人准备的。

什么是给她准备的呢？妇科门诊、室内菜场、上门清洗油烟机、央视八套连续剧、洗衣粉广告。也许吧，赵丽莉自我解嘲了一下，结束了胡思乱想，开始专心工作了。她是出纳，不能分神的。

快到下班的时候，头儿进来了，站到两位姑娘中间，打了个响指：晚上请客户吃饭，你们两个，来陪一下。这可是个大单子，得吃好喝好玩好。

赵丽莉看看头儿，他像所有的人一样，走进这个房间，就站在那两个姑娘办公桌的中间，不偏不倚，左拥右抱。两个姑娘中间，这个房间的黄金分割点。

不行嘛，人家有个约会，挺要紧的。夏小姐说话喜欢用"人家"，凡是该用到"我"的地方都用"人家"。"人家"一边说，一边嘟起嘴，大概刚刚补过唇彩，亮红得像颗草莓。

唉呀，那怎么办呢？那伍小姐你可一定要来哟，不过，一个女孩子么太少了……桌上净是大男人气氛不谐呀，喝酒也没劲，唱歌什么的也不好玩。

头儿抓抓头，眼睛空洞地在办公室四周飘来飘去。唉，有些事情，有些场合，就是得用些女色，健康地科学地文化地运用。

人家难得有点私事嘛，再说，夏小姐伸长脖子看看四周，不是还有赵姐么。

哦，对对，有赵姐。头儿的眼神像蛾子似的轻飘飘地停在她身上，若有所思。对的，还有赵姐么。那也行，待会儿，小伍和赵姐你们俩先去订座，要两瓶白酒，唔，就五粮液吧。你们俩先吃点面包垫垫吧，待会儿可是要喝酒的。

赵丽莉可没空吃什么面包，她第一个动作就是抓起电话向他告假，用抱歉的惶急的语气。那边果然感到突兀、震惊、难以理解：我今晚也有事呀！你出去吃什么饭呢？还陪客户？算了，要么就去吧，难得一次。吃完就回来啊，饭后活动就别参加了，那些 K 厅 D 厅桑拿房棋牌室什么的你可能都搞不懂……赵丽莉连忙一声声应下来，也觉得自己出去应酬有些荒唐。

接着又婉转着口气打电话给老人，安排何时何地接萌萌放学，孩子晚饭的问题，作业的检查签字，与萌萌爸爸的交接问题，等等等。

是啊，她这样子，出门吃顿公家饭真是最麻烦不过了。也难怪头儿根本想不到她，这其实还是照顾她呢。

那边伍小姐呢，更没工夫吃面包了，头儿前脚走，后脚她就钻到洗手间，一会儿出来，像变魔术似的，头发高高盘起，横条T恤换成了紫色的高领无袖衫，手腕上、耳朵根、脖子里都多了些亮闪闪的坠子，脸上更是红白分明地重换天地，着实夺人眼球。

夏小姐假意喝了声彩，接着又不甘示弱似的，连卫生间都没去，在办公室就脱了外套，露出里面的吊带紧身衣，又从柜子里拿出一条宽宽的披肩，别有风情地往肩上那么一搭。

赵丽莉刚刚从电话里抬起头，眼前这两位像突然下凡的仙女似的还真让她看得有些眼呆，想不到平常晚报上登的那些"正装、晚装两相宜"的白领小贴士，她们还真是轻车熟路地在实践着呢！唉，现在的女孩子，真会装扮自己……正暗自感叹着，伍小姐在一边有些不乐意地推推她：别再盯着别人看啦！要不，赵姐你也把脸搞搞？

赵丽莉有些不好意思，又有那么一些些动心，毕竟，难得参加一次客户接待，也不要弄得太寒碜了，上不了台面似的。不过，她们小姑娘的化妆品，自己哪能真就随便用了呢，早知道今天有事，也放一管口红在包里就好了。

刚想着怎么回话呢，那边伍小姐看看表，突然性急地一叠声地叫起来：唉呀，我们得走了。那馆子可俏得很，去迟了就订不着好的包间了。

好在赵丽莉一向是行动迅速的，马上就毫不留恋地断了"把脸也搞搞"的念头，把账本、现金、支票簿什么的收收好，拢一拢头发就站到门口了。

倒是伍小姐，换系祥高跟皮鞋又费了些时辰，临了又掏出小圆镜左照右照，看上去连她自己都爱上自己了。

5

三个客户一进包间，赵丽莉还真有些傻眼，那中间稍胖的那个，不是高中隔壁班的学习委员么。那时赵丽莉也是学习委员，两人还经常说说话呢；甚至，似乎还有那么点朦朦胧胧的什么。不过，他现在是胖了不少，要不是他那对略微上吊的眉毛，还真是认不出呢。看来，他现在发展得不错，是今晚主要的"客户"呢。

刚想着上去打招呼呢，头儿、副头儿拉着伍小姐先迎上去，一片热烈的寒暄声，夹杂着伍小姐甜美天真的笑声，赵丽莉连插嘴的工夫都没有了，只得不远不近地跟在他们身后，一边对着虚空微笑着。

寒暄一圈毕，头儿回头看到她，又答哈哈地加了一句：这是咱单位赵姐，专门管钱的，财神娘娘呀。

那三人也笑哈哈地用眼睛扫扫赵丽莉，点点头分头落座。赵丽莉发现，吊眉毛根本没有认出自己。咦，自己其实一点没发胖呀，难道女人的二十几年就这么不禁过，连脸皮都变成另一个样子了？算了，等会儿再说，等酒喝开了再找机会认吧，她可不想故作什么矜持，主动认个老同学有什么关系，说不定，对单位的业务还有好处呢，既然头儿看得起，出来陪个饭也不能完全没有作为吧。

赵丽莉以前没怎么跟伍小姐吃过饭，印象里她一贯是傲气、娇气的，平常话也不多。没想到，酒席上的她，像换了个人似的，风格豪放，四处出击，妙语连珠，耳边的坠子晃得人眼花缭乱，小腮上薄薄一层粉色像上了层透明釉似的。

132

那些男人们也仗着酒后性乱，黄段子一串串的，并借着碰杯的名义满口伍姑娘伍小妹伍小蜜的乱叫，轻浮之相扑面而来。特别是吊眉毛，还闹着要跟伍小姐喝交杯酒，一共四种喝法，一会儿穿胳膊，一会儿绕脖子，一会搂腰肢的，把伍小姐一个大姑娘家折腾得云鬓微散，双颊如烧，连赵丽莉都有些看不下去了。不过也只有她替伍小姐感到难为情，其余的人，都半张嘴嗷嗷叫好呢，尤其是头儿，像是这出戏的总导演总策划似的，一边留心着众人的反应一边暗中推波助澜，简直得意极了。

　　相较而言，赵丽莉的这个角落是最冷清的，她边上坐的是个司机，吊眉毛几个人也只是在一开始时象征性地敬了一下她和司机，像是完成了一道外围程序似的，然后才集中全部火力和精力去跟伍小姐斗酒耍欢。要说起来，赵丽莉其实还是能喝些酒的，每年除夕家里十几口人一起吃团圆饭，轮流互敬，她从来都是一点感觉都没有，这点，连丈夫都夸她深不见底呢。本来，她还想今天帮着单位多喝几杯的；现在看来，也没她什么事儿。

　　这女人喝酒呀，其实不光是喝，更主要是给别人看——失却姿色的妇人，四处邀酒，那便显得粗了、恶了、让人犯堵了；大姑娘闹酒，那才有意思呢，有看头，又有想头，有味道，也有说道，怎么着都是一道风景。

　　这么一想，赵丽莉心中便淡下来了，索性埋了头只管吃菜。这些菜，真做得挺精致，味道也很正宗，可惜没有人细细品味。他们的注意力根本不在菜上，也可能是天天吃啊吃的根本不在意了。说起来是吃饭，这会儿大概只有赵丽莉是真的在吃饭吧。

　　慢慢地主食和果盘上来了，这饭也终于算是吃得曲终人散了。头儿四周看看，又跟吊眉毛商量着说了几处地方。赵丽莉听听，都是特别富丽堂皇的名字，估计就是丈夫在电话里说到的那些饭后活动场所。她有些担心，万一喊她去，恐怕比吃这个饭还要不自在呢，要么，就先主动跟头儿或伍小姐打个招呼吧。

她看看头儿，正埋着头高一声低一声地跟什么人打电话呢；旁边的伍小姐也拎起包到卫生间去了；对面吊眉毛呢，趁机剔起牙来，动作不雅，毫不掩饰——反正伍小姐不在，给赵丽莉看到有什么关系——赵丽莉这一看，是愈加不想再留下来了，这同学认不认也没什么特别的必要。

于是她期期艾艾地犹疑着想等机会跟头儿打招呼，一边有些心疼地看看满桌的菜。唉哟，浪费得还真不少，那糯米点心和印度飘饼，基本都没动呢。

头儿这当儿正好打完电话，一合上手机盖就跟吊眉毛表功：马上到，咱们的夏小姐直接去海云天等我们。待会儿呢，男女先分开洗澡，然后在负一层的 6 号包厢会师，唱她个闭月羞花，跳她个沉鱼落雁。嗳，我跟你说，我们夏小姐，可比伍小姐还要大方劲爆哟。

说到后面，他声音低下去，好像突然注意到赵丽莉，后者正盯着饭菜发呆呢。他忽然体恤起来：赵姐，要不您先回去吧，我知道你家女儿下半年要中考呢不是。来来，把这两份点心带回去，还热乎着呢，给小孩做夜宵正好，现在的学生，不容易呀。别客气！来，服务员，这里给打个包。

赵丽莉一阵轻松，可是又有些失落和不舒服：一群人甩着胳膊出来吃饭唱歌玩乐，多洒脱的事啊，最后自己倒打个包先拎回家，那像什么话呀。她一心想要回绝了，可看看那红枣血糯糕，正好是萌萌顶爱吃的，嘴中一软，也就顺口应了，伸出手接过两个饭盒。

6

回到家，他还没回来，她倒感到一阵庆幸，又有些淡淡的恨。平常他天天到十二点之后才着家，自己难得出去，怎么就没本事也一直玩个大半宵。

婆婆在一边皱着眉看看她：唉哟，怎么搞的，一身的烟味？于是又解释一番。想留婆婆住下，可是后者执意要走，只得又陪老人下去叫车，一直送到路口。

回来赶紧热了牛奶，连同点心一起送到女儿房里。看样子萌萌是刚刚洗过澡，脏衣服扔在地上，水印子从卫生间一直踩到房里，想要唠叨，又怕影响了女儿情绪，还不如赶紧收拾了。

萌萌嘴里塞着糯米糕，一边含含糊糊地说：爸爸刚才打电话回来还问你的呢。我说老妈，你以后可别出去了，奶奶都快七十的人了，要路上出了事还了得。萌萌一口大人腔，一听就是从爸爸那儿学来的。

唉哟宝贝，那我就一点夜生活都不能有了？赵丽莉看女儿吃得欢，又挺高兴，看来，这次打包，没有白丢人。

老妈，真逗，你还夜生活呢。你的夜生活不就是在家里么，再说，你呀，一到十点，不就开始打盹了。

果然，到十点半，萌萌睡了，卫生全搞好了，衣服全晾出去了。赵丽莉坐下来想看会儿连续剧，一边等他回来的，眼皮儿倒开始打架了。得了，还是洗洗睡吧，不是过夜生活的命。

站在镜子前面，大概看看自己，还是老样子。突然，倒是想起件事，为什么今天吊眉毛完全没认出自己呢？自己跟从前不是差不多吗，又没拉双眼皮儿又没垫鼻梁，不都是原部件么，最多，因为眉毛太淡，每天描两笔而已。

唉呀，她凑到镜子前面，想看看自己是不是看错了——怎么搞的，今天眉毛怎么只描了一道呀，左边深右边浅，特别明显，看上去可真滑稽！

赵丽莉这下倒不瞌睡了，回想起早上，肯定是惦记着拎垃圾袋下楼了，竟然描了一半就结束了，真啼笑皆非。

135

不过，也奇怪呀，这一整天，就没有人发现自己脸上不对劲么……早上，有五六个人来财务报销……中午，还跟她们打了一圈牌，对了，晚上，晚上还跟那么多人团团坐着吃了顿大餐，那灯可是明晃晃的……怪不得吊眉毛没认出她呢，可能他根本都没有细看她呀……再或者，是别人看见了不好意思说……不对，伍小姐夏小姐她们应该说的，出门前她们不都在"搞脸"么？就是头儿，也应该暗里提个醒呀，这不也是在丢他的门面么……就是刚才回家来，婆婆和萌萌怎么也都不说的呢？自己家人，有什么不好意思的。再或者，更大的可能性，唯一的可能性——谁都没有仔细看过她的脸。

也就是说，今天一整天，竟然都没有人好好看过她这个人，看过她的脸，看过她的表情，她的眼神，她的喜怒哀乐。

赵丽莉现在真的是一点都不困了，她想把眉毛补齐；想想，又停下来。

有什么意思呢？这两道眉，就是一辈子这样一深一浅，又有什么关系？谁会在乎呢？有谁会在意呢？

正怔忡着，大门的钥匙响了，他回来了。

照例是涨红着脸，酒气，鼓着肥硕的肚子。

鞋子。袜子。外衣。领带。皮带。裤子。一路走一路脱下来，仰头便栽到床上。刚刚抹过的地板上又有了汗湿的脚印子了。

给我来杯蜂蜜水。唉哟今天又喝多了，现在的小姑娘，越是漂亮的越能闹，我们男人都不是对手哟……

赵丽莉端了蜂蜜水，站到他面前。她在想：也许，今天，最后一个人会发现她这一深一浅的眉毛的。

他接过，仰头就喝下了，把碗搁到一边，顺手把她拉倒到床上，一边关灯，一边把她往下压。

等一下，别，你能开了灯……好好看看我吗？

136

上面停下正在扯衣服的手，有些不耐烦：干什么？你不是不喜欢开灯吗。算了，睡吧睡吧，其实我今天都累死了。

正午的美德

一

1

同样是色情描写，比起那些大众故事里的粗制滥造，圈圈更喜欢《洛丽塔》，同样的，她还喜欢《情人》，甚至可以说，正是这两本书——在这所工科大学里极为流行的名著普及读本——决定了她对性的全部憧憬。她想，她的第一次，应当与一个比她大得多的男人，像亨伯特·亨伯特，几乎可以做父亲的；并且，应当在正午，像法国少女与她的中国情人一样，用窗帘勉强挡住强烈的光照，但可以清晰地听得见外面嘈杂的市声，人们在室外来来往往。她与那个男人在一起，默不作声，床单上突然涌起大量的皱褶，像人们永远也说不清楚的心事。

就在昨天，她发现了一个理想的地方。

晚饭后，她跟同宿舍的几个女孩子在校园附近散步，她们一边走一边吸奶茶，一边抱怨即将开始的求职之旅。找工作，准备几百份一本正经的自荐材料，去挤那些饺子锅一样的招聘会，穿上所谓的职业装去参加走过场的面试，像牲口一样站成一排等待粗暴的体检，以试用期的名义被利用被欺骗被榨取劳动力——这让所有的大四学生都要发疯——光凭这一点，圈圈就可以绝望到想去死。当然她不会，她会一直这样被动地活着，怀揣一点点微小的梦想，给生活打开小小的缺口，比如，性。这是她大四这年的一个计划。

圈圈挽着同伴的胳膊，一边心不在焉地放眼四看，在路边的一个旧小区门口，忽然看到一块牌子：大字是"钟点房"，下面的小字是"安全卫生 价格优惠"。她停了一秒钟，心中忽有所动。仲春里吹来一阵轻佻的东风，刘海挡住了视线。她决定明天一个人再来看看。

第二天，她着意挑了明晃晃的正午。一个中年妇女接待了她，不知为何，这中年妇女并不那么热情，甚至，她有些严厉地盯着圈圈，尾随着圈圈参观整个房间。

老式的穿衣镜。花纹陈旧的床单。窗头柜上的塑料花。大卷的廉价手纸。卫生间里裸露的电线与管道。开始生锈的花洒。

一切都是如此粗糙、放荡、生硬，简直正合圈圈的心意。

多少钱？

一小时二十，两小时三十，预约请打这个电话。中年妇女递给圈圈一张小小的纸片，上面用圆珠笔潦草地写着一行数字。

好极了，二三十块钱，相当于一份麦当劳、一次"洗剪吹"，就可以把第一次这样干净利落地交付了。圈圈把那纸片小心地收起来。

回过头，发现中年妇女仍然皱着眉不高兴地盯着她。圈圈有些哑然失笑，难道我很像一个暗访记者么。

　　凤珍并没有把圈圈当成暗访记者。她只是不大喜欢这个女孩子，特别是她自得其乐的表情——当然，自从做了这生意，这样的表情，凤珍是看得多了，但一般都是男的出来找地方，看环境，然后问价钱，有的还要还价，然后他们就开始露出那种乐滋滋的、快要吃到什么好东西的表情——可是，她是个女的呀，好像还是个学生，竟然也这样沾沾自喜！

　　当然，现在的人都没有脸皮了，我凤珍也算其中一个吧。出租钟点房，简直像开妓院一样，门一关，那里面简直要多下流就多下流，没有一分钟是闲着的！什么声音都有！连凤珍这样岁数的，听了都想呸呸。

　　可是，她呸什么呢，有什么资格去呸呢！算算看，这多划算呀，一间十五平方米的房子，要是整月出租，最多才四五百块；可是这样一小时二十块的弄，就算每天只有三笔生意，一个月下来，也要有一千八百，而且，一到周五以及双休天，何止是三笔呀，要预约才能排得上的……

　　每到月底，凤珍数数钱，有些高兴，也有一点恶心。可是，就算她不出租，周围的邻居也都出租。他们说：这叫靠山吃山，靠水吃水，靠了这一片的大学城，不出租简直就是傻子嘛！再说，如果没有这一千八百，光靠那五百块内退工资，她怎么供她儿子上大学呢！

　　凤珍丈夫死得早，就有这个儿子，去年考到了武汉上大学。上大学——哪是儿子在上大学呢，是钞票在上大学。每年六千块，那是要交到学校的，一分不能少，儿子的伙食费买书费服装费手机费还得另算……好在，儿子一出去上学，空出这间卧室来，开了"钟点房"，倒正好可以赚出他的学费和生活费了——这一进一出，像是早就安排好似的，她并没有更多的选择。

这样想想，凤珍慢慢又安心下来。她想：等儿子毕业了，找到工作了，她就不做钟点房了；说不定，这间屋子，将来儿子还要在里面结婚呢，不能搞得太那个了，要早点收拾干净……

3

你们看看！报上都怎么写的！"大学城被钟点房包围"，人家记者都去明察暗访了，一个大版登出来！我们这些联防队员就当真是吃干饭的？这样下去是要掉饭碗的！

队长特地买了七份晚报，然后很用劲地甩到每个人面前。到了小金这里，他的火气大概已经到达最高峰了，他索性把报纸一直摔到小金的大盖帽上：你，不是一直喊着没任务嘛！喏，这件事，跟着老钱，你们两个，去抓一抓、查一查，弄出几个典型来，震慑震慑！打击打击！别让人家以为联防队员都是摆设！

小金把报纸带回家，不过家里已经有了一份。这是本市发行量最大的晚报，打架杀人强奸偷情，什么乱糟糟的都有，于是人们都很喜欢。小金也蛮喜欢，睡觉前躺在床上看看。

"接到群众热线举报，记者装扮成情侣来到小区……钟点房的广告纸牌随处可见……小区附近，不时有形迹可疑的男女相携出入……小区大门正对工业大学的后门，学生们进进出出……记者进入房内，里面陈设简单……床单上带有可疑的污秽，在一个角落里，还扔着一团粘成块的卫生纸……"

才看了一半，小金发现：他下面起立了。不过，也许不仅仅是因为报上的这些描写，还因为那些同事们的打趣。

上午，队里的会一散，小金正发着呆，老钱却漫不经心地哼起曲子来，见小金表情凝重，他拍拍小金的桌子：小公鸡，该笑才对！到队里两个多月了，还没见过真家伙吧！这次，开眼荤的时候到了，哼，我带你破几个门，让你看看那些真刀实枪的场面……

另外两个家伙也都冲着小金挤眉弄眼的：大胆点儿，执行任务么，该看的要看，不该看的也要看……那里，可都是大学生开房呢，水灵灵的，又没经验……应该比那些老妓女养眼多了吧……

小金把拉链拉下来，索性让下面伸出来。是啊，他是个小公鸡，正是鸡冠最红的时候吧，特别是最近，一听到这种事儿，就控制不住，不明白意志力怎么就这样薄弱了，是不是跟这份工作有关系呢，整日里所见所闻净是些七荤八素的事情：贩黄碟子啦，赌钱脱衣服啦，露阴癖啦，暗娼啦，同性恋厕所啦……好像世界上就只有这些事似的。

不过，那些事情，也都是听说而已。这次的"钟点房"才算是小金真正意义上第一次领到任务，虽然只是跟在老钱后面，他还是感到极其郑重的。可是，一想象到那些可能发生的场景，不知为何，他却预先就有了一些沮丧——

小金高中一毕业，家里就托人找了关系，好不容易进了联防队，虽是彻底离了学校，但对大学生，总还是羡慕的，比别的人要多份感情似的……可是，那些大学生，小金算算，跟自己也差不多大，他们真的就那样随随便便？租个房间就那个了？然后，自己跟老钱像个天兵神将似的，突然打开门，出现在他们面前？这种事情，怎么叫人心里这么不舒服呢……

二

1

就是在上课的时候，圈圈也会伸到兜里去摸摸那张写着号码的小纸片。毕竟是大学，没有人再管她们在课上的小动作，不仅如此，就是完全不上课又怎么样，就是一整天不在学校又怎么样。一切都像完全失控，一切也都像可以由自己掌控。这过度的自由以及权责自负的压力，让圈圈总有着想狠狠砸烂什么贵重东西的冲动。是啊，那就砸烂自己吧，还有比这更好的发泄方式吗。

不过程先生——他那种年纪的人，不大会理解她吧。对于处女的性，他大概会觉得很严重的，像陨石一样，砸下来，地球上一个巨大的坑。可是在圈圈这里看来，第一次，就跟水痘一样，出了就好，出了才好。而且，处女之贞，这里面有种东西，陈旧、沉重、碍手碍脚，像是个不得不解决的问题，一个必须跃过的栅栏。只是，她想自己决定时间和对象而已。

这种想法有些突如其来，好像到了大三的下学期才像暴风雨一样在某个夜晚破窗而入。而在这之前，从激进而闭塞的高中过来，她简直就是个卫道士，连恋爱都不想谈的……可是，好像说变就变了，现在，她觉得，所谓的贞节就是一块愚蠢的沼泽地，愈是死守，愈会深陷得拔不出来。她的同学，乃至她的师弟与师妹，都像在比赛似的，全都跳出来了；一跳出来，他们的神情与做派都变了，好像从此参透了人生真谛。

说是从众也罢，说是意志薄弱也罢，总之，圈圈也同样相信，她只要也走出这步，接下来的一切也就好办了。以后，她或许会增加一些斗志，什么都不怕了，去找工作，去求人，去假笑，去被拒绝。就算是有恐惧，那恐惧已是有了底气了，舍得一身剐。

但是，到底怎么跟程先生说才合适呢？说起来，她与程先生的认识，并无什么新奇之处，似乎并没有太多的感情因素。是一次酒宴，因他是她打工单位的客户，当然她得多多敬酒陪酒，不知怎的，一下子就醉了，然后他送她回学校。

就这么简单。他们开始了同样简单的关系，程先生话不是很多，只是时常约她出来坐坐，听她说说大学里的事情、宿舍里的事情、打工的事情等等。他似乎很喜欢听这些东西，总是那样耐心地坐着，微微带着笑，然后点些圈圈爱吃的菜，两人一起慢慢地吃。他偶尔也会抱抱圈圈，却不带太多的肉欲，反倒是有些伤感似的。

圈圈不明白程先生到底在想些什么。她只是一直在等，她希望早点结束这种不清不楚的状态，她愿意早点跨过那该死的第一步，然后，像别的同学一样，与一个成熟的男人成为那种通俗的没有创意的情人关系。总之，圈圈不想去了解程先生，去罗曼蒂克地谈话，像模像样地深入对方的内心。圈圈认为那样做，意义不大，说到底，她又不是在找一个丈夫。

2

程先生收到圈圈的短信，这让他突然停在马路当中，前行不得。

"我们一起去开钟点房吧。"一句祈使句。

程先生往乱糟糟的街头看去。几个跟圈圈差不多大的女孩子正坐在小摊子上吃着面条。他想起圈圈也是这样的，喜欢吃街头的麻辣烫、羊肉串、冰淇淋，她的胃口总是那么好，有些兴致勃勃的热情劲儿。跟她在一起，程先生感到一种生活的趣味，一切重新变得新鲜起来似的——每周见上她一面，看看她，抱抱她，像从充满压力的生活里透到水面上呼一口气，然后，才有勇气与力气重新一个猛子扎下去……不知道，这是不是就算是一种婚外恋，但最起码，到目前为止，程先生还可以心安理得：从人们通常所理解的角度来看，他并没有事实上的出轨行为。

但是，对圈圈，他到底有没有想过那事儿呢？

程先生看着圈圈的短信，看了一遍，退出，又重新打开，再看一遍。似乎在这样不断重复的动作之中，他可以得到一个神谕的答案。

他不否认他方才一下子涌上来的兴奋。他是个正常的男人，不是吗？有软弱所抵不住的诱惑，不是吗？他甚至想到圈圈的腰和臀，那种单薄里有着处女所独有的性感。可是，几乎与此同时，中年人的谨慎却如发黑的礁石那样挡住雪白的浪头，兴奋像潮水一样，很快又退下去。

他忽然不愉快地想到圈圈正在上下求索的求职之旅，以及在晚报上经常能看到的那些报道：陷阱啦，交易啦，等等。他想他还不够了解这个女孩子。一个人永远不会足够了解另一个人。世上没有无缘无故的爱。世上没有免费的午餐。一失足成千古恨。这些通俗的警句名言像泉水一样突然涌出，并变成一根根小棍子，咚咚地敲起他的后脑勺。

大街上，阳光像炼锅里的铁水那样热乎乎地淌下来，程先生却感到一种阴恻恻的凉意。他想了想，决定不回圈圈的短信。同时，他替自己几秒钟之前的兴奋感到淡淡的羞耻。

3

程先生的沉默在圈圈的意料之中。她老练地、有些自以为是地想：是啊，他哪里就有勇气明明白白地应允了呢，他只会装作不明白的样子，然后顺水推舟……这样，他就没有责任了，就好像完全是被动的了是吧……或者，他是不是担心这种关系的成本与风险呢，比如贵重礼物呀、帮忙找工作呀什么的……可是，他最后会明白的，她圈圈从来没想过要把第一次的性当作投资，像做什么买卖或交易似的……算了，随便他怎么想，圈圈唯一想要的只是——她计划中的理想的性。

圈圈于是重新拿出那张已经有些发皱的纸片。嘁，一张多么平常的纸片呀，没有人会想到，这会关系到她的生命中的第一次，走过这张纸片，她将会不再是她……好像有那么短暂的一瞬，圈圈心里疼了一下，但她立刻冷酷地有效地遏制了这种苗头——难道还会犹豫吗？难过吗？舍不得吗？像个乡下丫头似的！她鄙视地笑起来，一边拨通那一行有些潦草的数字，事实上，她已经背得滚瓜烂熟。

……您所拨打的号码是空号，请核实后再拨……

圈圈惊得要跳起来。那个女人，搞什么名堂，她简直气坏了。就像碰到一个拙劣的愚人节玩笑。或者，就像好不容易翻过一个艰难的山

145

头，前面将要出现良辰美景的时候，却发现那根本就是一个梦。

圈圈立刻就出了校门。她要上门去预订。这件事，她一定要一鼓作气办到底，什么都不能影响到她的计划。

圈圈很快找到了那个中年妇女，带着消费者那种理直气壮的怒气。

呃，没注意……可能写错了……对不起。那女人目光曲折地看看她，显然，并不真的感到抱歉。

喊，你天天用的号码，怎么可能写错！你是成心写错的对不对？不想租给我是不是？圈圈想起她小时候想要吃冷饮吃棒棒糖，妈妈总是串着小卖部的人一起骗她：没有了，卖完了，真的没有了——那种所谓出于好心的欺骗，其实是多么拙劣，令人不适！

那女人低下头，没有再说话。但听得出，她是暗自叹了口气，然后，有些机械地重复着圈圈的预订：下星期五，四月二十二日，中午十二点半到二点半。

就这样，要付定金吗？圈圈带着些挑衅的口气。她不喜欢这个女人的神情，这哪里是做生意的做派呢。

女人摇摇头。

不要再搞错了，再跟电话号码似的，害得我白跑一趟。圈圈掉头便走。

走了几步，却发现那女人还跟在后面。圈圈猛地停下来回过头。

那女人有些讪讪的，自知这话说得是有些不合时宜的：你这样……父母要是知道了……

圈圈不禁冷笑，这女人的好心肠实在可笑：嗳！我说你，卖香烟的还要管人家的肺么？

那……是跟男同学么？她有种被强迫着的好奇似的。现在你们大学里……男生女生都这样吗？

这个，你应当比我更清楚吧……现在是什么时代？全世界的大学生都这样……再说，我们不这样，你们哪里有生意呢？比如你这间房，就替你挣了不少钱吧？

圈圈冲女人的房子努努嘴，现在她觉得这个女人不那么讨厌了，或许，是她的神情之中，有种似曾相识的忧戚。这让圈圈想起了她的妈妈。是啊，要是妈妈知道……该死的，为什么要想到这个……

我这间房……是赚了一些……还不是为了供儿子……他跟你们一样，在武汉念大学……我每次看到你们这样，就会忍不住想，他会不会也这样，跟女生出去租房……

他大几？

大二。

那不会。

真的？女人显出无限信赖的表情。他真的不会吗？

是啊，现在不会，但再过一年，他肯定会……圈圈跟她开了个小小的玩笑，然后她就走了。她不想再跟这个忧心忡忡的女人闲扯下去了，这种闲扯会削弱她的战斗性。她希望她能够明朗、愉快地实施她的计划。

在回学校的路上，圈圈把时间与地点详细地发到了程先生的手机上。

按下发送键之后，圈圈感到有些躁热了，于是脱下外套，搭到手臂上。她慢慢地走着，一边往路两边看看，看到那些仲春的树，它们开始长出嫩绿的新叶子了。那种绿，嫩得那样天真无邪，让圈圈都看得心疼起来，她突然想起了童年。唉，童年。

4

老钱懒洋洋地翻动着墙上的一个挂历。今年是狗年，整本挂历全是各种叫不出品种的狗，怪模怪样的。

小金，我们哪一天行动比较好呢？老钱一张张地看着狗。狗东西，

147

全是狗东西。他骂了一句。

您看吧，我随便，我也没有经验。

哪里有什么经验……不过说起来呢，也是有一点点窍门的。比如，要挑节假日或双休天、周末，一到这样的时候，那些狗男狗女的就开始不安分了……具体的呢，中午是比较好的，因为真正到了晚上，他们反倒会到宾馆里开房了……你想想，这种钟点房，其实真是很低级的，一听上去就是鸡鸣狗盗之流，抓到了又能怎么样，我呀，主要是想让你长点见识……这样，这个周末我外甥请我喝酒，咱们就下个周末吧，放在星期五中午，二十二号，你听我的没错，一准能在被窝里堵他们几个光大腿……到时候，就怕你眼睛不够用呢……

呃……我要准备什么东西吗？记录本？笔？

不用那么复杂的……这种行动，纯粹是家常便饭，就那么回事儿嘛，走走过场……就像咱队长说的，主要是震慑震慑，打击打击……让那些狗男女出出丑……

老钱骂骂咧咧地走了之后，小金仍然盯着那狗挂历发呆。他忽然变得有些多愁善感起来。这种行动的偶然性让他有些恍惚，老金的手指那么一点，于是，时间被确定了，然后，他们将随意地选取一个小区，随意地进入某间钟点房……而里面的那一对"狗男女"，在那么一瞬，将被暴露在陌生的居高临下的眼光里……

小金再次看看月历，还有八天才是四月二十二日。那对"狗男女"，他们还不知道吧，他们将在那个被闯入者选中的钟点里约会，那被诅咒的、被做过记号的钟点……

世界上有些事情就是这样奇妙，一部分在明处，一部分在暗处，然后，它们在某点相遇，而一些人生活中的细节，将就此被打上火热的烙印。他们的记忆，从此将会有了染上耻辱的胆汁，像洗不去的暗渍——床，以及床笫之事，将会在相当一段时期内，成为他们不能触及的伤口……温情与美好就此消失，尴尬与怨忧或许将如影随形……

三

1

这顿午餐，意想不到的难以下咽。程先生几次都吃得停下来，像是胃突然疼起来似的。今天是星期五了，二十二号了，到底去还是不去。

这一个星期以来，他都被这个日子折磨得坐卧不宁。他对自己的意志力和判断力失去了全部的信任。他感到他简直像白过了四十五个年头。到底该怎么办呢。

圈圈所说的那个地点近得很。叫个车，起步价就到了。在这个混乱的周末中午，那些同事们会像以往那样一边抽烟一边打牌，或者捧着一摞报纸昏昏欲睡。没有人会注意到他的动向，他只需按照圈圈短信的吩咐，去，推门进去。然后，坐在那里唯一的床上。一切就是那么简单，就像他昨天晚上特地，不，应当只是下意识地用香皂洗澡、用护发素洗头似的。洗澡的时候，他像洗另一个男人，那感觉真怪。

当然，程先生还想到，他之所以要去，是要跟她好好谈一谈，去拦住她，去开导她：她不应当这样，她不必要这样，她不能够这样。程先生都可以做她的父亲了，他完全有责任给她一些忠告和劝阻。而且，再进一步说，就算自己不去，以圈圈的性格，那种女学生的冲动和疯劲儿，她或许还会约了别的人去。她要做一件事，会一头走到黑，直到做成为止，因此，程先生必须去，他得做那个挡住子弹的人——这样想着，程先生感到自己的胃好受一点了，不那么疼了。他甚至添了一碗食堂的菜叶汤，慢慢地喝下去，看看时间差不多，才喊了辆车往大学城方向去了。

推门进去，圈圈已经在房间里了。她坐在床上，看到程先生，猛地站起来，动作太过迅速，意识到有些不妥，又重新坐下来，但笑容仍是有些过度。

程先生这一看，胃又疼起来，真正地疼起来。他感到，圈圈其实真的是需要谈一谈的，她对自己的所为全然没有把握。他立刻紧紧抓住了这正义的恩泽，这美德的光辉。他感到很愉快。

圈圈，你这样，是为什么？跟我好好说一说。程先生坐到床的另一头，这屋子没有凳子，他只得坐在床上，姿势没办法庄重。

不为什么，又不是考政治题，都要有个为什么。圈圈飞快地说。您坐过来一点，像以前那样，抱抱我吧。

圈圈根本不想谈话。她的道理跟程先生解释不通——如果程先生也是个大三或大四的男生，他就不会这么成熟得这么无知了，感觉还这么好，以为他什么都能解决，都能沟通。

程先生看看圈圈，她今天穿得很用心，露出了脖子和一小块胸脯。这才是仲春，她刚才一路上过来，应当是有些冷了——也许就是出于这个理由，加之被圈圈拉了一把，总之，程先生真的坐过去，轻轻地抱起圈圈。但他清楚，这会儿，他只是有些怜悯这个孩子。这个世界到底怎么了呀？应当珍惜的东西人们都毫不在意。反之，对那处处可见的钱呀好处呀，却像疯了一样相互争夺。

一到程先生胳膊里，圈圈就顺势脱下外套，露出里面的内衣，一件粉色花边的胸罩。她有些喘气似的，一边看表一边说：时间是两小时，我们可以在这里待到两点半，您上班迟一点儿没关系吧？我下午反正没课。

圈圈，把衣服穿上吧……我真的不想这样……你根本不知道你在做什么……几年以后，你会后悔死了，会恨死了我……

圈圈根本不听程先生的。她默不作声，神情专注地把程先生的手拉到她的胸前，然后，又开始帮他脱外面的西装。

程先生闻到一股淡淡的肥皂味儿，不知是圈圈身上的还是自己身上的。肥皂是洁净的味道。可是，真该死，程先生承认，这味道在此刻简直像催情剂。他顺从地伸直胳膊，让圈圈脱下他的西装，还有衬衫。现在，他上身就完全是光着的了。肥皂味儿更加香浓了些。

2

换上便服，老钱似乎就不那么像老钱了，少了点气势似的。他穿了件家常的灰色夹克衫，头上光秃秃的，脑门后一圈头发被大盖帽压成了一道箍。小金在后面跟着，下意识地也摸摸自己的后脑勺。到底入行太短，连箍的影子都没有。

他们一前一后地走在那个曾被晚报曝光的小区里，3幢，4幢，7幢，8幢。

小金，你喜欢单数还是双数？报一个来。

呃，单数，5。

好吧，我喜欢双数，成双成对，2。

咱们就查5幢2单元吧，从一楼一直到五楼，碰上老鼠是老鼠，碰上耗子是耗子。

老钱往地上吐口痰，有点摩拳擦掌的样子。小金看着也学他，用劲往地上吐了口痰，现在，他也感到胸有成竹了，行动之前的别扭与沮丧也消失了，就像一个真正拿到试卷的学生，事实上已经不再害怕了。

凤珍站在北阳台的窗口。只要屋里有客人她就习惯性站在这里，一边拣菜一边张望。她很快注意到了那两个男人，一边走一边指点着。

他们走路的样子有些大模大样，这不是普通住家户或外面房客的走法儿。特别是那个年长些的，一定是便服的大盖帽儿，哪一路的还搞不清楚？大盖帽儿现在有很多种，她不大能分得清楚。

凤珍立刻跑到里屋，把房屋租赁许可证、治安责任书两样东西找出来。这是她早就办好了、随时备着。"钟点房"这种生意，她特别请教过别人，只要有了这两样证书，只要不租给三无人员，是不犯法的。她倒也不怕查，只是，难免会惊动了里面的房客，总归是不大好的，会影响生意的。因为，安全和隐私，是那些客人们最看重的，何况是学生，脸皮本来就薄……

凤珍重新走到窗口，却发现那两人进了对面的五幢。她按按心口，庆幸又躲过一次。不过，也说不定，如果他们还要往下查，那就难说了。她看看时间，才过去二十分钟，那两个人可能才刚刚脱衣服呢，或许，还没脱吧，女学生么，总归是要讲究些情调的。

不过，那两个人……想到刚刚进去的那两个人，那个不知羞耻的姑娘，真叫凤珍生气——这样做也就算了，但她竟然不是跟大学男生，而是跟一个年纪那样大的外面的男人，这不是糟践自己吗？当然，这种情况并不少见，甚至可以说很多，但凤珍还是感到一阵阵的不舒服，她仍然在想那个老问题，上次跟那女孩子谈过的……唉，她的父母，一定像自己一样，都以为孩子在外面上大学是如何的辛苦呢，于是想着法子苦钱，忙不迭地供钱……现在的孩子，怎么这样没心肝了，他们把父母的心都当成泥疙瘩了、当成石块儿了吧……

突然，凤珍想到一个主意，当然，这算不上是什么主意，甚至只是个坏点子而已，损人不利己——她想，趁着他们还没怎么的，她要把那两个人喊过来，让他们把门给破了，让那女学生办不成那事儿……可是，这是坏自己的生意呀，三十块钱肯定是打水漂了，还两头不落好，就是大盖帽也不会领情的……不过，要他们领什么情，凤珍只要那个女学生的父母亲领情……

3

程先生仍在劝说，有些力不从心，或者说他并不长于此道，他这种陈词滥调根本触动不了圈圈的心。她的心，虽然年轻，但因了对前景的渺茫，已像包菜一样，裹得很紧，也很冷。

现在，圈圈已经麻利地脱下了她的牛仔裤，然后，几乎是马不停蹄地，她解开了胸罩带子。于是，一对小巧的乳房完整地呈现到程先生眼前。那小小的粉红色的乳头像两只无知的眼睛似的，看着程先生。

——正是这两只眼睛，让程先生停下了进一步的絮叨。他知道他已经像陷入沙地一样陷入了这个场景，这是无法用语言去沟通、更无法用语言去摆脱的场景。

现在，他自己的身体也感到了凉意。他想了想，重新轻轻抱起了圈圈。他赤裸的胸膛触到了同样赤裸的少女的乳房。几乎在同时，像是上帝对他的怜悯与支持，他感到自己的身体终于平静下来。在这真实的接触中，欲望反而退潮了。

但他仍然抱着少女，他慢慢地抚过她的背，仔细地体味那光滑中的生涩。他决定，他拿定主意，他有把握：在接下来的时间，直到两小时结束，他就要一直这样抱着圈圈。他愿意通过耳语告诉圈圈：这也是性，这就是性，最美妙的，最新鲜的，一去不返的。

圈圈听着程先生的心跳，一开始，那是快速的紊乱的，但慢慢地，它们匀称了。圈圈靠在那颗心上。这是颗富有情操的、懂得克制的心吧，可是圈圈并不感动。这显得很没心肝，可是，是真的，没有感激。她只是在悄悄地思量——她失误了，在最不可把握的"人"的因素上。如果喊上一直对她有好感的师兄，情况一定会顺利得多，说不定，此刻，在这张床的床单上，已经有了一团血迹，像梅花一样小小地绽放着。

而现在，就只能这样了，不会再怎么样了。她的计划失败了。事情不顺利，这甚至给她一种不好的预感。她对她的将来感到更加厌倦和惝惘了。

但当程先生的手抚上她的背，圈圈发现，自己有泪珠掉下来，它们竟然那样大，滴在床单上，快速地洇成一团模糊的印迹。多么绝望的时光——他们会一直这样依偎着待下去吧？在冰凉中相互慰藉，然后平淡地道别……或许，将永不再见……

4

你说什么？老钱的眉头皱得像片失去水分的树叶，高低不平的。他瞪着面前这位因为爬楼梯而气喘吁吁的中年妇女。

见凤珍还在顾着喘气。小金便把她方才的话简明扼要地重复了一下。老钱，她是说，她那边的钟点房里，有一对人正在……她让我们去查一下……

你、让、我、们、去、查？老钱仍然大惑不解，他算是个老联防队员了，可这样主动邀请上门的人还是头一回。难道这里面有诈？调虎离山？声东击西？他脸上表情没有变，心里却一下子崇山峻岭起来。

呃，我手续是齐全的，租赁许可证、治安责任书，我都全的，我没什么问题……只是那两个人，我没有看他们的证件……现在他们就在里面，刚进去不久……你们，能不能快一点，现在就去，查一下证件什么的？凤珍有些讪讪的，无法自圆其说的样子。的确，以她的身份，这话儿有些经不起推敲。

你是说，那两个人，比较可疑？可能有情况？小金替她着急，就帮着她总结，同时，拿眼睛看老钱，他还皱着眉在想什么呢？刚才，他跟老钱从一楼查到四楼，几乎一无所获。开门的房东好像比他们还要狠，证照齐全的恨不得摔到他们脸上，没有证照的就说那房里是亲戚是朋友，死活不让进门。有一个满脸络腮胡子的甚至拿出把菜刀来上下挥舞：我家里一家三口，两个下岗，儿子找不到工作，开个钟点房你们还要来查，你们还让不让人活命了？再查，再查我就跟你们血拼了……现

154

在有这个女人送上门来要他们查，还不如顺水推舟算了。

也许老钱也想到了同样的情况，或者是他想将计就计。总之他终于展开眉头，并像小伙子一样立刻跳起来，对凤珍一偏头：行，那就去一趟，趁他们刚刚入港，逮个现的，再耽搁下去，说不定都结束了，除非他吃了伟哥……

凤珍家就在5幢的对面。他们三个人跑过来，不过两三分钟，就到了凤珍家，很快地穿过客厅，站在那间朝南的卧室门前。三个人的呼吸都屏住了，姿势僵硬着，像三根盐柱一样。

老钱回过头竖起指头，贴在门口听了听，听不到什么。于是又蹑手蹑脚到厨房找了一个玻璃杯，借助了技术，却仍然一无所获。他回头，有些洋气地抖抖肩，低声嘟囔了一句：妈的，一定是个阳痿。

他突然伸出指头节，节奏分明地敲敲门：你好！我们是红树林街道联防队的，例行治安检查，请配合一下，开门出示证件。

里面仍是一片寂静。凤珍咳嗽了一下也大声说起来：那什么，你们就开个门吧，没什么事的，就看一下证件……这次的房钱我不收了……

寂静，像是无声的拒绝。或者，是带着嘲弄的宽容。

小金感到他嗓子痒痒的，替里面的人感到着急……里面是不是正忙着急慌慌地穿衣服呢……如果，那是一对初尝禁果的学生，他们娇气的露水一样的恋情，会一下子零落到泥土里吧……小金背上冒起汗来，他头脑有些昏，这到底是什么样的事情哪！谁让他站在这里了？他凭什么站在这里呢？老钱凭什么那样理直气壮呀？

对不起，再不开门我们就开啦。老钱短促地警告一句，突然发力用脚踹上去。身姿矫健，几乎可以说是优美。

等一下！让他们自己开！小金惶然地叫起来。

同时，凤珍也在一边口齿不清地大喊：姑娘，快穿好衣服！这一刻，凤珍好像有些后悔自己的莽撞了。

但来不及了，老钱那训练有素的一脚上去，凤珍家的老式门锁应声滑销了。

　　床上像石雕一样偎着的一男一女，身子光光的、白白的，就那么毫无遮拦、无动于衷地映入了他们的眼帘——要知道，正午的阳光总是过分明亮，不谙人情世事，就像那些突如其来的美德。

　　　　　　　　　　　　　　2006 年 4 月 11 日于方圆绿茵小区

盘尼西林

1

从很小的时候就开始了，我一直愿意自己脆弱得像条细细的红线，像刚冒出的细嫩芽儿，惟脆弱若比，才能感知最轻微的风。后来，我果真如愿，成年后，我多情而敏感，对于美，有着近乎病态的痴迷。尽管，作为一个男子，这并不能算是种良好的品质。

2

盘尼西林。

盘——尼——西——林。这四个字，我第一次听说，才虚十岁，但记忆深刻，她开合着湿润的薄嘴唇，跟我母亲摆摆手："我回去吃盘尼

157

西林了。"听！就是这个，盘尼西林，多么稀罕，多么洋气，多么神秘！

每次她一转身走远，我就会盯着母亲追问："盘——尼——西——林，那是什么？"能让她那样一个标致的人物惦记着每天回去吃，那一定是样好得不能再好的东西！

母亲神情古怪，怔怔地站在原地，望着她一步步走远。我知道，母亲一定也注意到，她走路的样子多么奇怪，跟我们所有的人都不一样，她好像是在一根窄窄的扁担上走，特别仔细而缓慢，两只小腿交叉着向前，屁股若有若无地左右摆动。

"盘——尼——西——林，那是什么？"十岁的孩子，不问清楚决不罢休。

"别问了。问她什么事儿！记住了，不准问她的事！"母亲小声地责骂，生怕被她听到。

其实我并不真的在意"盘尼西林"到底指什么，我只是想再一次证实母亲对她的态度——每次提到她，母亲都会表现得愠怒而无可奈何。她还会反复地告诫我：不要跟她说话！不要到她家去！这真奇怪，我的母亲，她一贯与人为善，门前经过的每一个乞讨者，她从不会让他们空手而过。

3

这位经常使用"盘尼西林"的年轻女人，来得很奇怪，好像是一夜之间从天上掉下来的，掉到小村子里，掉到我们家隔壁。隔壁人家没什么人，只有一对年迈的老夫妇，他们对外宣称这是他家的干儿媳妇。可是……有人见过他们的干儿子吗？没有，甚至没有听说过！

因为地理位置的优势，村人们喜欢聚在我家的院子里谈论这个年轻女人。

她，实在是太好看了，也太妖精了，皮子那样白，奶子那样大，屁股那样扭……有些男人会用粗鄙的语言，他们咬牙切齿、痛快地说出来，听着的男人也会下意识地咬牙切齿、觉得痛快，并跟在后面重复：是的，皮子白，奶子大，屁股会扭。

而女人们则会从细节上加以补充：她的十个指头尖得能掐死人，红红的……她的耳坠子好像有许多副，从来不见她重样的，还是真货……她其实不是有多漂亮，而是妖，是骚，眼睛会飞……

谈论够了她的长相，大家才开始谈论其他的相关情节：我听说，她是从上海来的……那边开始关妓院了，她就是从那里面出来的……

狗屁，都解放两年了，这是新中国！全中国该关的都关了，怎么现在才轮到她？

你知道什么？先关的是首都北京！上海么，那里的妓女，啧啧，是全国之最呀，人又多，不好弄的，所以迟到现在……

那么说，他家还真有个干儿子？在上海把这妓女给收拢了？他也不嫌脏！

哪里，不是什么真的干儿子，是一个什么有钱的情种呗，舍不得她去参加妓女改造劳动，于是千辛万苦好不容易寻到我们这个乡下，先寄放着避一避，大概以后总是要带走的吧……

这人脑子进水，有那个钱，好人家的姑娘多着呢！

说不定，人家就是好个这口呢……床上的事情，都说不准的……

他们在瞎扯的时候，我母亲每每睁圆了眼睛听得十分仔细，像是完全忘了我，偶尔会警觉地四处张望——像打瞌睡的人突然惊醒，发现我也张着嘴在一边歪着头听呢，便用那种愠怒而羞恼的语气大声地赶我出去。

但年纪小有年纪小的优势，我以玩弹子、滚铁环的形式在院子里四处走动，一边慢慢地再次靠近……谈话在同一个主题上不断地重复，每个人都试图发表一些大同小异的观念。因此，即使只是断断续续，我仍然能弄清楚他们所掌握到的全部情报。但对那个反复出现的"妓女"一

159

词，我是完全陌生的。从他们多次的讲述中，从他们讲述这个词的复杂表情中，我似乎可以感知：妓女，那是一样馋人的、永远都让人惦记着，要想吃的什么玩意儿，却又不能随便地吃，可能，就像猪油或者芝麻末，偷吃了就一定会被发现，会拉肚子……

不过，光是说妓女妓女的，她到底叫什么名儿呢，为什么没有人弄清楚这一点。

4

"你想知道我的名字？"她露出稀罕的表情，蹲下来看着我。我也看着她，第一次这么近距离地看她。她真的是美极了，完全符合我幼稚想象中的最高标准。

才是五月份，正过着端午节，要"吃了端午粽，才把棉衣送"呢，但她已穿上一件夹单的中袖袍子，粉紫的碎花，比外面的艳阳天还要乱人眼目。一股香气从她的领口飘出来，我嘴里马上涌出一大口口水。真怪，她又不是糖。

"嗯。想知道，要不然我怎么跟你打招呼呢。"我故意放慢语速，让自己显得郑重。

最近，我终于发现了一个瞒着母亲单独找她的好机会。正是麦子集中收割、脱粒的季节，因为要"抢天气"，男女壮劳力都处于一种待命而动的状态，队长指到哪里，就要打到哪里。每到这种收割季节，学校也要放"忙假"，大小孩就可以下地帮忙了；而半小不大、像我这样的孩子，则会集中在一些老人那里，看管着不要下河，不要碰刀，不要玩火。但老人们，哪里会看得住我呢，而且，我每次都会注意把握时机，决不溜出来太长时间。

"那么……我来想一想啊,我叫什么呢?"她抬起头,用手托起腮,我注意她手里还捏了块湖蓝色的丝手绢。"我叫宝贝儿,我叫心肝儿,我叫花魁,我叫头牌,我叫好姐姐,我叫好妹妹……我有许多名字呢,不知你喜欢哪一个?"

我感到她没把我当回事儿,这真糟糕,我着急得都要冒汗了,但我还是想跟她继续这样说下去。她说话的声音,就像她的腰,细细的,飘来飘去,一会儿左,一会儿右,实在好听极了,我想只要我回答了她,她一定还会跟我多说两句的:"我……我喜欢你自己最喜欢的那个名字。"

她把丝手绢握到嘴上,一连串地笑起来:"你这个小弟弟,真会讲话。这样吧,你就叫我姐姐好了。我喜欢你叫我姐姐。"

"我叫你盘尼西林姐姐行不行?"我自作聪明地学着她的语气,说出那四个陌生而神秘的字眼,故意不动声色,她会发现我多么聪明的!

"哦?盘尼西林,你知道那是做什么用的吗?"她停下笑,好像有点吃惊,研究地看着我。

"是……一种香烟的牌子吗?"我大着胆子猜。我想,她这种模样,好像应当抽烟的,像在月份牌里看到过的那种女郎,她们歪在美人靠上,一手支颐,一手半悬在空中。

"哦!有意思,一种香烟,没错,你很聪明……"她不太真诚地夸奖了我一下,有些犹豫。显然,我猜错了。

"你不问问我的名字吗?要不我也说几个,然后你选一个你喜欢的?"我故意讲傻话。我渴望再次看到她用湖蓝色的丝手绢捂到嘴上笑。

"你么,不就是小弟弟么,小弟弟……"她果然再次捂着嘴笑了,但这次笑得跟方才不一样,我听得再次冒出口水来。我注意到她的眼波忽然流转了一下,往我的下身扫了半眼,然后,接着轻声地娇笑。

161

5

多年以后，有一次，我喝多了酒，有点晕乎乎的，不知怎的，就跟到我家来玩的一个朋友说起我十岁时的那位"盘尼西林姐姐"。

我记得那天也是端午节之后，外面同样是五月的艳阳天，暖风从窗外一阵阵吹入，我仿佛又回到了十岁那年，闻到她脖子的香气，看见她粉紫色的中袖袍子，手里的湖蓝色丝手绢……于是，我就开了口，一五一十地说起我跟"盘尼西林姐姐"的那些对话。

那朋友自斟自饮，听得津津有味，等我说得告一段落，他眯起眼睛笑话我："天呐，怪不得，你在十岁上，就被一个'鸡'给开始启蒙教育啦。"

他嘴里说出"鸡"这个刺耳且败兴的字眼，突然间让我勃然大怒，我一把抓起他的酒杯，"啪"地扔到地上。

那朋友很吃惊，眼神茫然而受伤，他显然想不通，为什么我突然翻脸！妻子从厨房闻声而来，两只手在围裙上不知所措地搓动，她把朋友拉到一边，低声对他解释。他们一起回头看看我，像看一个缺乏自制力的精神病患者……我长叹一声，颓然坐下。地面的碎片里有些残酒，残酒慢慢地洇开，那颜色令人悲戚。我暗中掐指算算，我的那位"盘尼西林姐姐"，如果还活着，也应当已是齿摇发疏、不堪一阅了吧……

二

1

我小时候，父亲长年不在家，他在部队里。在那里做什么呢？全中国都解放了，坏蛋都打光了，你还在部队干什么呢？十岁的我似乎问过

2

他，他回答得模糊，他用"保密"和"纪律"来解释他终身的职业，总之他就没完没了地待在一个不为人知的地方，做着不为人知的事情。或许那是另一个星球吧，他每天都在用神奇的望远镜监视地球上的生活，谁知道呢，这种神秘性一直保持到他死——某日，传来他被流弹射中的死讯。何时、何地、何故，皆语焉不详，他就和他体内的那颗子弹一起，完美无缺地消逝了。但那已是我十三岁时的事情了，要说我多么伤心，这不够诚实，毕竟，他在我的经验里，实在太过抽象。当然，长大以后，出于世故之需，我会在一些需要的场合，提到父亲，带着不太诚恳的自豪与尊敬。

父亲长年不在家，这只是一个小小的背景，但可能正是它，决定了我生活的许多细节与走向，你接下来会知道，背景其实往往也是未来的前景。

2

端午节都过了半个月，但我们家的粽子还没吃完。一直都这样，包饺子、包粽子、煎茄夹子、煎藕夹子，各个时节的吃食，我们母子两个都会吃很久。这种节俭而克制的感觉我很喜欢，就像与几个孩子一起吃糖块，当别人的舌头上都空空荡荡，可你的齿间还有一块晶莹、亮闪闪的小固体，那种独享的甜蜜！

早晨，我与母亲，为了最后一只粽子反复推让。我说她要出去做工，肚子容易饿；她说我是小孩子，要长身体。母亲开始喝稀饭，我则开始动手剥粽子，说我们可以平分。一片细细的粽叶顽固地粘在我手上，我舀了一勺水慢吞吞地洗手，仔细地抠去手指上的一粒糯米。母亲扛着连枷（一种用来打麦子的农具）在门口不耐烦地催促，她急着要到公社的大晒场上去，那是要算工分的。

最终她等不及，先走了，让我等会儿自己到集中看管孩子们的老人

163

家里去。

"好的。"我平静而厌烦地作答，不敢显得诡计得逞、如释重负。等她一走，我就急忙忙把水泼掉，对着镜子整理好我的衣服，然后，快活而无限幸福地端着我剥在碗里但没舍得吃的那只赤豆粽子，往我隔壁的"盘尼西林"姐姐那里去了。

那应当是我第一次有意识地想要取悦一个异性，完全是不加追究不加思量的，真是发乎天然，宝贵极了。短短的路程，我走得心潮澎湃，对她的反应充满期待：端午节都过了这么久，没有人再会吃到粽子的，虽然不是纯糯米的，但它毕竟是一只货真价实、令人垂涎的粽子，不是吗？我从小就喜食粽子，所以推己及人，认为"盘尼西林"姐姐一定也会喜出望外，体味到我的一片赤子之心。

3

她惊讶地先看看我，而不是碗里的东西。都这么迟了，母亲一天的工分可能都挣下四分之一了，她却好像才刚刚起床，歪坐在一张小榻上发呆，一件短短的白色毛衣——那是毛衣吗，为什么全是洞洞眼——搭在肩上。

"喏！"我冲她伸出手去，把碗举得高一点，我庆幸自己来得真巧，"正好给你当早饭吃！"

她这才注意到我的碗，敲起手指来懒洋洋接过去，然后定睛看着："包得这么大呀！我从前吃的粽子，这一个能分成六个！"

那当然，母亲做吃食，一向粗枝大叶、删繁就简二月花，或者这并不是她一个人的特色，我们这里的妇女，都是这种风格。大粽子，大馒头、大包子、大肉片，吃起来最过瘾不过。我自豪之极，点点头，接受她的夸奖。

"我最讨厌吃这种疙里瘩瘩的东西了，什么糕呀团呀饼呀的，不好

164

消化，我胃不大好……再说，这么大，哪里会有粽叶子香味！而且……"她突然吸吸鼻子，警惕而不悦，"而且，你闻闻？你不知道吗？它都馊了，馊得厉害，不能吃的！"

我举着碗的手收回来，放到很低，低到我的裆处了。她不看我，只慢条斯理地站起来，往里屋走去："小弟弟，跟我过来。"

我伤心吗？感到羞愧吗？完全蒙了吗？一份刻意准备的礼物谈笑间灰飞烟灭、一文不值！

不知道，我抬着头看她，一扭一扭地，像走在一根狭窄的扁担上，小白毛衣轻轻地飘动。我忽而又觉得，她这样对待我、对待那只粽子是理所当然的，她是什么人呀，她是吃"盘尼西林"的，她是穿粉紫长袍的，她是用湖蓝丝手绢的，怎么可能跟我喜欢同一样东西……反之，若她果真感谢不尽地吃下这枚粽子，我说不定还会失望、会若有所失呢！谁知道呀！

唉。这古怪而曲折的心思！我站在原地，对碗中的粽子凝神注目，意味深长，荒诞感突至：这碗里，到底装的是什么呀？

在房门口，她招招手，把我喊进去，然后，从小条桌上搬起一个红漆的大盒子："来，咱们吃些真正的好点心。"

大盒子，像一个新世界，突然在眼前打开。那里面的东西，我一样没见过，陌生的香味扑鼻而来。这一定就是"盘尼西林"吧？

……像她每天所做的都那样，正跟我母亲说着什么呢，突然想起来似的，转过头，淡淡地瞟一眼我母亲，神秘而骄傲：我要回去吃盘尼西林了。

4

我的手伸向那点心，手与点心之间，距离突然被无限拉长，像橡皮筋那样，我伸过去，再伸去，终于，在接近终点的瞬间，我艰难而决然地停下。

我想起母亲愠怒而无奈的眼神，她罕有的严厉禁忌："不准问她的事，不准到她家玩！"她与我相依为命，她给我的一切照料与疼爱……而现在，我欺骗她，去不可去的地方，见不该见的人，把她省给我的粽子作为不被认可的赠礼。欺骗一件叠加着一件，简直罪过重重，而我以前从未如此！

我面红耳赤，感到自己背叛了母亲，似乎有着不可告人的罪恶……可这罪恶到底是什么，如此空荡荡、不可捉摸……

5

我突然想起一些事情，小时候的，关于母亲的。

有一些夜晚，当我醒来，会看到母亲坐在黑暗中的床头。不知为何，她常常无法入眠。我伸手过去推推母亲，却碰到一大片光滑燥热的皮肤，无边无际——母亲好像是裸着身子的……朦胧之中，母亲俯下身来轻轻地拍我，催我入睡，我无法知道，她还会那样一直坐多久。

还有一次，是个夏夜，我与母亲坐在晒场上乘凉。为了省油，我们没有点灯。可能是快要下雨了，闷热之极，没有月亮，四周黑沉沉的。我那时几岁呀，也许只有五六岁，穿着一条旧纱布裤衩，躺在一张小竹床上半梦半醒。母亲在一边替我赶蚊子……因为四处无人，她也脱了上衣，坐在那里，徒劳地想要等一丝微风……我快要睡着的时候，好像听到有男人在附近说话，非常轻而小的声音：求求你了，就这一次也好……难道你就甘心长年累月这样待着，不做那事儿，你看看，你男人都完全把你给忘了……

我害怕之极，眼睛都不敢睁开，我只惦记着不知道母亲的上衣有没有穿上……

"怎么了？快尝尝，这可是上海滩义利公司一流牌子的饼干。""盘尼西林"姐姐递过来一块被烤成金黄色的心形饼子，上面沾着一圈迷人的白糖粒子。

我突然丢下她，跑出来了。我把我的碗以及里面的粽子都落在她那里了。"嗳，小弟弟，这是我送给你的，怎么不要呢——"我听到她在后面拖着细细叱怪。

的确，今天可能不是一个适合赠礼的日子。

三

1

在我三十多岁的那几年，我曾经特别迷恋电影，可能那也是国产电影最为兴盛的一个阶段。

坐在电影院里，周围常常是嗑着小袋瓜子的年轻人，他们在黑暗中悄悄拉手，也有个别大胆些的会迅速而胆怯地彼此亲吻，迈出恋爱生活中值得纪念的重要一步。我坐在他们中间，从头至尾一动不动，不吃零食也不东张西望，在别人看来也许显得郁郁寡欢，实际上我全部的心思都集中在屏幕上。我还瞧不上那些在电影院里一心二用的家伙们呢——到现在，我都保留着对影像屏幕的无限尊重，哪怕看任何一部烂片，只要开了头，都不肯中途放弃，就像有些敬惜字纸的农妇，舍不得扔掉半张纸片。

那时候，我的口味似乎过分博爱，好似刚刚从荒凉的戈壁进入人工小树林，任一片叶子都会让我发现它与众不同的美。《玉碎宫倾》里的林芳兵，她的侧面有雕塑感。《白莲花》里的吴海燕，那是真正东方特色的樱桃小嘴。《红牡丹》里的姜黎黎，当她在奔驰的马背上回首，其风尘与贞烈，所有观者都会为之屏气。《大桥下面》的龚雪，不够漂亮，但她淡淡的忧伤深得我心。《少林寺》里的丁岚，那身装扮，最具有甜美之气……但博爱往往意味着，还没有碰到最爱，这往往让我怅然若失。

每当电影结束，屏幕上还在滚动着演职人员的字幕，人们总爱争先恐后地踩着一地的垃圾出门。这是国人的习惯，那般无情无义，好像全然忘了刚才所感受到的欢喜与激动。他们只迫不及待要抛下电影院，重新进入闹哄哄的世俗生活。我则不然，我会一直在那里坐着，直到屏幕完全黑下去，黑得单调而丑陋。我会一往情深地睁大眼睛一直盯着屏幕，想象一个我最满意的演员。真的，这么一想，她果然就出现了，在没有背景没有观众的屏幕上，只为我一个人表演，她笑，她忧郁，她跑动……

突然有工作人员在地面扬起一阵阵灰尘，穿着蓝大褂的他们总有着一模一样粗暴的嗓门：嗳，早散了，怎么还在这里！想赖下一场啊？

突然被打断的我显得有些失魂落魄，几乎是落荒而逃……在撩起出口处沉重而油腻腻的厚布帘子时，我重新回头看看空荡荡的屏幕，突然想起来：刚才，我所看到、最为满意的那个演员……她是"盘尼西林"姐姐！

2

在我送去粽子的第二天，"盘尼西林"姐姐到我家来还碗，一只空碗，那只馊掉的赤豆粽子当然早已消失不见。母亲把脸转向我："这碗……"

我急忙扭过头去，生怕母亲从我的眼睛中看到什么。"盘尼西林"笑笑，假装不在意我的窘态，她变魔术一样，从身背后拿出几块点心，形状像梅花，放到空碗里："这个，给你们俩尝尝。"

母亲的注意力被集中到碗里的点心上，她口吃起来，两只手在围裙上搓动，消受不起似的，还有内疚或是别的什么："妹子，这……"我看出来，母亲在瞬间对"盘尼西林"产生友谊了。

晚上，母亲把点心放到我的床头，把其中一块掰成四份，让我一边吃一边睡。那时候，我们总是相信，睡觉前吃好东西是最划算的，可以放在肚子里慢慢养着，养一整个晚上，从而得到最充分地享受和吸收。上海奶油小点心的滋味，至今舌尖犹存；或者，之所以那点心能够好吃到那种程度，只是因为，它经过了"盘尼西林"姐姐的手，她的香气亦已融入其中。我在饼干与"盘尼西林"姐姐的香气中满足无比，慢慢睡去……

3

可能是在梦中，或者是我中途醒了，我看到"盘尼西林"与母亲一起坐在床头，她们把脚都伸在被子里捂着，上身披着外套，倚在枕头上。她们头靠着头，不知在说些什么。她们声音很低，而且，我竟是不大听得懂……我努力地分辨那零星听得清楚的字眼：客人，一天三四个，戒指，手链，各种各样，换姿势，太脏了，生病……这全是"盘尼西林"的声音，听听那些词句，似乎应当是一些不大好的事情，可我听她说话的腔调与语气，却有点我所费解的情绪，比高兴再高兴一点，比激动再激动一点……

我悄悄抬起睫毛看母亲，更奇怪了，她也变得极其陌生了，一贯贤良多礼的脸上，现在几乎完全相反。那种表情，太古怪了，我依稀记得，父亲回来探亲的几个晚上，我夜里起来小手，母亲与父亲仍然醒着。当时，母亲从被窝里抬头看我，似乎就是这种表情……母亲两眼闪闪发亮，只管眼巴巴地盯着"盘尼西林"，好像她正跟着"盘尼西林"进入一个什么完全陌生的国土，她急切地想要倾听后者的引导与讲解，有时还催促几句，或者询问具体的细节"真的呀！一共几个人？你疼吗？那后来呢？"之类。

她们到底在说些什么呀，我怎么也弄不明白，但有一点我很感欣慰：最起码，母亲已完全接纳"盘尼西林"了，我以后，可以心安理得地与她交往……这太好了。我重新睡去，并试图接着刚才的梦做下去，在梦里，我吃着她的点心，还吃到她拿点心的那只手……

四

1

成年以后，我常常注意到环境与故事的反差，反差其实是另一种更有力量的激素——我的意思是，大部分时候，人们喜欢在和谐的环境做相应的事情，比如，在花红柳绿的小河边拍照，在灯光温暖的茶馆里谈情说爱，在冠冕堂皇的地方讨论利益问题等等。那样的搭配，只能算是比较保险而已，但效果肯定不是最好。

想象过吗，在肮脏的货船码头与一个单身女人接吻！在讨价还价的菜市与一尾濒死的鱼合影！在嘈杂的街头与朋友坦白你的性故事！我常常都会有类似"浑不搭"的奇异幻想，并坚持认为，这样的"浑不搭"才具有真正的激情，才是生活所要赠予我们的珍品——这种不大说得通的见解，如果真要追根溯源，可能还是跟童年记忆有关，跟我与"盘尼西林"的交往模式有关。

2

五月六月，在五十年代的乡村大地，新中国的新气象如火如荼，到处都是一派热火朝天、只争朝夕的景象。男人女人们早早地赤上脚、挽起了裤腿，有种大干一场的架势。有人喜欢在弯腰收割时打号子；有人喜欢跟在牛车后大声吆喝；有人走在路上会突然唱起土戏；有人一脚踩到毛毛虫或小青蛙，却快活地放声大笑，叫旁边的人来看那血淋淋的场面。这是五月的乡间，万物开花，万物生长，有种令人坐卧不宁的意思。

我与"盘尼西林"，却只放下帘子，坐在她屋子里。外面再怎样闹到天上去，里面还只是一片小小的静。室外热闹、昂扬，室内冷清与淡淡的颓废气、遗世独立，着实不搭调——我明确地感受到那种不谐，并为之激动不已。好像这正是我所喜欢的落差，所中意的气氛，所向往的场景。我的小心脏乱跳不已，十岁的少年，敏感之旅的第一段航程。

她用她的私藏来招待我。一开始，是吃的。

她把小点心们分门别类放在小碟子上，然后一样一样地详细介绍。星牌奶油巧克力、五香豆、梨膏糖、蝴蝶酥、沈大成青团、干丝红枣……配合每一样点心，她都要说起一个与小点心有关的人。是什么人第一次买了这个给她尝，那是个什么季节什么天气，他们当时说了些什么等等。听上去，她要么是记得一清二楚，要么是忘得一干二净，现在只是在重新编排而已……

不管是真是假吧，我并不打算说穿，因为我并不在意。我喜欢看着她的手：食指与小指高高翘起，无名指微微半张——我其时尚不知，这是一个标准的兰花指。每样点心的小故事讲完之后，她才用大拇指与中指取起一块点心，她先尝半口，又递给我，让我在她手上也咬半口，接着，她再吃半口，我吃半口……那样小一块点心，我真可以一口吃三个，但到了她的手心里，多神奇！我就愿意这样慢慢儿地吃了，哪怕是一粒一粒地吃……

有时候，她也会让我喂她，而这，往往是我最手足无措的时分。我上身不够长，得站起来，还得再往前挪几步，才能把点心送到她的嘴边。她眼睛看着我笑，红嘴唇轻轻张开一条小缝，那模样，再也没人有她那么美！

我总在担心，她的点心哪一天就会全部吃完。可她悄悄笑起来："不会，你不知道吧，我的朋友很多，他们总也忘不掉我，总有人给我往这里捎呢……"

"那么，'盘尼西林'是哪一种？怎么从来没吃过？"有一次，我大着胆子问。毕竟我们现在已经很熟了，看她这样大方，向她请求吃一次"盘尼西林"并不算太唐突吧。

"哦！哈哈！哦！哈哈！"她前仰后合地笑起来，让我浑身发热地笑，她的脚都要跷起来了。见她这样，我也感到高兴。突然，她以一个很快的动作站起来，到柜子里拿出一个茶色的小药瓶，一边摇晃着让里面发出声音一边递到我面前。我注意到，上面写的全是字母一样的东西。"喏，这就是'盘尼西林'，进口的外国货！就是你以为的高级点心！"

看那模样，我这才明白，原来那是药，原来姐姐是生病了，她一直病着呢！那我可不答应，我情不自禁地扑上去，抱住她，我的个头儿才刚到她的胸部。我仰起头，神情一定十分殷切："姐姐怎么了？哪里怎么了？"

她把我轻轻抱住，低下头也看着我："小弟弟，没白疼你，虽生在这小户人家，还真长了副宝玉心肠呢！我病的那个地方呀，不好告诉你的，不过你放心，我不是有'盘尼西林'吗，暂时死不掉的，估计也好不了，说不定就是慢慢坏了、烂了……"

她慢慢地好像沉郁下来，一言不发地抱着我，紧紧地。我感到憋气，想脱身，却挣不动——她搂住的好像不是我，而是另外一个什么不在场的人，或者，搂的就是她自己而已……

3

点心的故事之后，"盘尼西林"姐姐开始给我讲她的衣服。

仲春，外面的阳光软绵绵的，总有各种各样的小虫子嘤嘤地飞来飞去，令人躁动而困倦，稍微动一动，就会热得穿不住衣服，但母亲讲究"春捂"，仍给我穿着薄棉袄。

"盘尼西林"姐姐一边笑话我，一边从她的衣柜翻出她的衣服。她的床上，现在已经摊了一大堆了，各式各样的中袖、短袖、无袖的袍子，一些长长短短的披肩，还有几套浅色镶边的洋装。

讲衣服要比讲点心麻烦一些，她总要一套套穿了，才肯说出跟这衣服有关的故事。每到换衣服之时，她总叫我转过身去；还不放心，又往我头上扔一件毛衣。有了毛衣的掩护，我会悄悄地睁开眼睛，从那网格眼里往外看。

毛线网格眼的世界——那样疏而漏，像是隔着放大镜，或是穿过万花筒。事实上，我能瞅见每一个细节，并且，那细节还被划分了、放大了、夸张了……但我并不回过头去，我宁愿看不见她，我宁愿只听听那些声音，她的皮肤与绸布摩擦，她的胳膊从袖管里穿过，她的头发从披肩上滑下。然后，我听到她的腰肢在微微扭动，她一定是在照镜子，左顾右盼，等她自己完全满意，她才会一把从我头上捋下毛衣："呆小孩，呆弟弟，转过来，看姐姐好看不好看。"

当然好看，她穿什么都好看极了。她的臀窄而翘，腰肢往里深深地陷凹，上半身她故意地挺拔向前，而颈子两边的耳坠，配合地一亮一闪。

但我那时多笨多拙呀，总张口结舌说不出什么，只傻乎乎地看着她慢慢地在我面前转着圈子，头微微后仰着，像在倾听远处的曲子，同时还摇着她的身子，一直摇到往事里去。每件衣服，她在哪家店铺所选，又是哪位大师傅所裁，她第一次穿着它，见了什么人，发生过什么事……她的眼神远而空，好像一直看到她的前生与后世。

翠绿碎花的袍，大红的衫，冰蓝的斜襟，桃红的套装，纯白毛绒绒的披肩。

这些，对一个十岁的乡村孩童，是多么艳丽而深刻的刺激。我至今可以记得那些颜色与样式，记得穿在这些衣服里的"盘尼西林"姐姐。她其实不是在展示衣服，而是在展示她所有的风月之情，她曾经的熠熠风华。她舍不得远离了，生怕自己会生疏了，这样，哪怕观众只是个不解风情的农家小男孩，她也还是愿意这样，临水照花，纵容自己一脚跌进粉与脂的往昔里去。

真应当感谢那些！我所有关于性感的启蒙，可能就是来源于她。我终身都喜欢皮肤白皙、修长偏瘦的女性，喜欢讲究衣服搭配的女性。最好，她们还要有一点点媚气，偶尔会让手指翻翘、让腰肢扭动。不只是关于女体美、关于服饰美，还有其他，十岁的我，因了那些触目惊心的感观，第一次升腾起一种温柔而凄清的爱意，类似于崇敬与疼惜……所有那些场景，像是烙铁一般，已打入了我的趣味之中。

此后的漫长一生，直至现在，对于美丽的事与人，我都会不管不顾地缠绵不止。"美"，是我终身的磁场，尽管生命本身诸多坎坷、历经困苦与荒诞，但时时刻刻，我都会突然感觉到"美"在瞬间的降临，那是残酷生命的唯一饰品，是慈悲上苍的精心布施。

五

1

母亲与"盘尼西林"姐姐的友谊,奇怪,总在夜间,总在我睡下之后。

她们之间的好,不像别的妇女们,会在一起纳鞋底、洗衣裳、蹲在树阴下喝稀粥,说起小鸡苗的死、小猪崽的肥,说起晒场边上坏掉的篱笆之类,总之,一边做事情,一边谈论那些极度现实却又让人瞌睡的事情。

而母亲与"盘尼西林",她们似乎总在深夜里、在床帏间、在我昏睡之时、在世界不相干扰之际,她们的友谊才有了生长的土壤与空气。她们像两只飞翔的夜鸟,总在我梦境的边缘出出入入,一边窃窃私语着我不大懂得的非日常话题。现今回忆起来,从那些朦朦胧胧、零星听来的片断里,我想,她们的谈话,跟"盘尼西林"的柳巷生涯有关,又跟我父亲的长期不在场有关,还跟我母亲高度自制的性格有关……

总之,这样的友谊,对"盘尼西林"而言,可能并无什么特别,最多是她有种倾诉与展示的需要;但对母亲而言,小时候我尚不知,而今看来,不亚于是给她另外撩起了一幕放纵感官的窗帘。我感到,好像恰恰是因为与"盘尼西林"的交谈,在后者所描述的种种烟花场景的刺激之下,母亲的生活开始裂成了两半。

白天,她依然跟从前一样,是个身形结实的公社女社员,因家中没有男劳力,她经常混在男人里面干重活,以图挣大工分。她穿的衣服完全没有样子,质地总是粗粝,以结实耐脏为第一要务,而颜色似乎是没有的。我从来不记得,母亲曾经穿过大红、纯白或鲜绿色的衣服,总是灰蓝、铁色、褐色、土黄之类。她俯身在大地上干活,好像便与大地上的谷物们的枝秆融为一体，无法分辨……我记得她粗粗的小腿，浸没在混浊的水田里，上衣沾满干结了的泥浆，掉了色的头巾上沾着麦芒或稻壳。男人们好像不大注意到她，或者说，她尽力把自己的性别藏匿起来。她就是一个社员，而社员，没有男女之分。

而晚上，一开始，当然，只是"盘尼西林"来做客的那些夜晚，摇曳的灯光之下，母亲似乎变成了另一个她。她把头巾摘掉，学着"盘尼西林"那样把头发散下来，梳到一侧，这让她的面部线条似乎变得柔和了一些。她穿着淡色的内衣，或许是发了黄的白。总之，模样干净，那干净里似乎有所期待……

不过，她永远不会期待到什么。在所有的村人、在她自己的心中，她已经是定了型的一个人：一个社员而已。但是，也够了，"盘尼西林"淫邪隐秘的往事，于她而言，已有画饼充饥的效果。总之，灯光下，母亲的头像在帐子的拐角处折成两半，她一动不动，满意地聆听，聚精会神、舍不得丢下片言只语，似乎这便是赐予她一天劳作的最好滋补。

2

而"盘尼西林"不来做客的那些夜晚，母亲的表现，在我看来，是更加异样了。

她总是先唤唤我的名字，低一声，高一声，以确认我已经睡着。然后，她会仔细地拉好窗帘，回到屋子中间，慢慢地脱了外套，又脱了衬衣，再脱了小汗褂子，直到露出她白白一大片的上半身。然后，她把床头柜上那面有了蚀斑的旧镜子举起来，一手托着油灯，一手拿着镜子，左右移动，一点点地照着自己。

我睡在侧面的一张小床，略略睁开眼，恰好可以看到她手中的镜子，只看到半片——灯光不够好，镜子不够亮，我亦不敢放肆，但那模

176

糊、紧张的短暂一瞥，却实在让我印象深刻——直到今天，我还记得母亲的乳房。我不知道，有多少男子，像我这样，在小时候有意无意地瞧见过母亲的乳房。十岁的年纪上，说懂也是懂了，说不懂也是全然不懂。我屏住了气，一动不动地盯住那半片镜子里的一切。现在想来，母亲的乳房可能算不上多美，轮廓大而模糊，有些下坠，两个黑黑的乳头有些突兀，缺乏应有的美意。我当时，完全是给吓住了，惊吓得痴住了，眼睛无法移开。

我看不到母亲的眼光，她在审视、打量自己胸部的同时，在挑剔吗？还是自豪？她到底想要看到什么？发现什么？不得而知！

突然，母亲放下了油灯，从镜子里，我看到了一只手，轻轻地抓到乳房上去，缓慢而带着劲儿地移动抚摸……我当然知道，那是母亲的手在抚摸她自己；可是，从那半片镜子里看去，多像另外一个人的手，多像有另外一个人正从后面拥抱着母亲，轻佻地揉弄她！

我紧张不安，终于承受不住这种难以描述的景象，闭上眼睛不再观看……我听到母亲突然放下镜子，很快地钻到她的被子里。她被单下所铺的是晒干了的衰草。那些干草们，也突然激动了起来似的，发出细细碎碎的摩擦声。那是母亲在翻身吧，她似乎在持续不断地翻身，她的喉咙里甚至发出一阵细细的呜咽声……这种哭泣，听上去为什么又像是一种压抑住的笑，好像有人在呵她的痒，搔她的胳肢窝……

3

最近几年，我曾花许多时间流连在各种大大小小的画展里。在那些良莠不齐的画展上，我经常会看到正面、侧面的各种裸体女像，并且，有那么一种潮流，模特儿总是笨拙而结实的，不求美，而求真实与普通。这些人体画，也许在手法和创意上，并无丝毫特别之处，但我常常会停在那里，怀着极为复杂的心情专注地凝视那些裸体的陌生女人。她

177

们的身形与胸部，一次又一次唤起我遥远的回忆，关于我的母亲，她的白天与夜晚，她与"盘尼西林"的友谊，她被"盘尼西林"唤起的性饥渴，在父亲长期在外的那么多夜晚，她与她锈蚀了的镜子，她与镜子里的那个身体……

六

1

直到现在，离开乡村很久，在各个时分的收获季节，我都会有一种特别的激动之情，像是远离大海的鱼干，仍旧可以感受潮汛所至的月亏月盈。大地上万物生长、果实累累的欢腾景象似乎也总能准确地击中我的身体。

五月份的麦子，它们尖而金黄的芒针刺得整个月份都令人浑身刺疼、坐立不安。油菜籽与芝麻们的成熟期短暂得犹如爱情，如果不及时收割，它们会在最快的时间内爆裂开来，把芬芳的滋味白白赠予脚下的土地。八月份，瓜果们懒洋洋地挂在枝藤上或躺在地上，任人采摘，任虫蝇与禽类叮咬吞噬。十月份，大豆沉重的外荚变成低调的黑色。秋风中，妇女们围着硕大的围兜，像挺着大肚皮，从坚硬的外壳中摘起轻薄的白棉花——那感人的色泽，像是米勒的油画；严冬里，从厚厚的雪地里挖出碧绿的冬青菜，像从沙漠中掬起生命之泉……我真的有过这些甘美的记忆吗？或许只是一种常识之下的想象？我不知道。

我有时会长时间地坐在阳台上，尽可能地极目远眺，像要穿过一大片丛林般的时间，再次回到大地的怀抱，用手指蘸起被人们用铁锹不小心铲破的汁液放到嘴中深情地吮吸——山芋的汁液，黄色，甜而黏；嫩玉米粒的苞浆，轻轻用指甲一碰，白色的汁水，初奶一样喷出；芋苗或山药的皮下分泌液，带着苹果拔丝般的黏稠，手掌触及之处，立即发

178

痒，痒不可耐，像在跟你开一个笨拙而陈旧的小玩笑。

我们母子与"盘尼西林"姐姐的交情，可能也算是另一种令人发痒的小果实。这果实，光滑好看，色泽不同寻常，温情而艰涩，充满种种误读与想象……这果实好吃吗，没办法知道，它不宜剥开，不宜食用，不宜种植……它的一生就始终只能是一枚果子。

2

"盘尼西林"与我们做邻居，前后算算，可能也只有大半年。到了秋季，她与我们一家，其实也就是我与母亲两个，已分别建立了不为外人所知的情谊。

春日头，夏之夜，秋暮中，我与母亲，必定有一个人，与"盘尼西林"在一起，用各自的方式，在美的边缘，在寂寞的边缘互相抚慰。

我是说，盘尼西林，在我这里，她可以自由自在地诉说她的秘密细节，我是最好的、最安全的听众与观众，她的风情可以不至荒疏。我在"盘尼西林"那里，亦可获得我最好的性感教育，接近爱与肉的体验。而母亲，她的良家生计，与"盘尼西林"的青楼往事，这里面的相互弥补之道，这里面的猎奇之心，虽是不大体面，却也是可以理解的……这样的三角形友谊，添一笔太肥，减一笔太瘦，我们三个，好像就这样安逸地沉浸其中了——一般都是这样，当人们处在某种稳定的情境中，总是无知无觉，以为那一定会永远止境，却不知，离歌已悄悄唱起。

3

我并没有看到那个戴礼帽的老年男人，但母亲看到了。

戴礼帽的男人在黄昏时分来到，他的帽檐下压，加之暮色浓厚，不要说面孔，甚至猜不出他的年龄。显然，这便是人们纷纭传说中的那位"干儿子"了，他礼节性地到前屋拜会了两个老者。母亲说，他一边走着，一边从胸襟的口袋里往外掏东西，明摆着，是在付钱给那名义上的父亲母亲了。

很快，他向后门走去，走到"盘尼西林"房子里，他一定是带来了什么消息与变动，或者有关前程的出路。总之，"盘尼西林"好像突然就哭起来，嘤嘤而哭，那声音，长而轻柔，有如水草从我腿上滑过，然后又如炊烟一样，慢慢淡下去了。

天色完全黑了之后，"盘尼西林"已收拾好她所有的东西了。两只大藤箱，一只小拎包，她穿着一件黑色的长披肩，完全是出远门的样子，完全是一去不返的样子。戴礼帽的男人让人在村头叫了辆牛车，现在，那牛车，带着牲口特有的粗鲁与臭气，就停在我们家门口斜对过了。

"盘尼西林"走过来，走近我们，这是道别的意思了。我与母亲，呆呆地倚在门边。我不知道我有没有控制住我的表情，但我知道母亲并没有哭，因为还有一些前来闲看的邻居，也三三两两地站在一边，看什么小戏似的。

"盘尼西林"递给我们一个小包袱，她也没什么表情，也许因为夜色太重了，我什么都看不清楚。母亲暗中捏捏我的背，我伸手过去接过包袱，指尖好像碰到她的指甲。我好像突然才想起来似的，她有一手细而长的指甲，不知用什么特别的东西，染成厚厚的红，但那红，到我们这里来了之后，开始一点点剥落了，这样，她的手伸出来，像被雨水打过的芭蕉似的，残红委地。

牛车固执而慢慢吞吞地远去了，我们都没有说什么，可能也并没有什么好说。等人们都散尽了，母亲才把我叫到房里，她拉上窗帘，打开包袱。里面，是一盒整整齐齐的点心，可能我都已经吃过，但母亲，必定从未尝过。母亲拎起点心盒子，匆匆地看了我一眼，似乎有点失望。突然，一条湖蓝色的丝手绢突然轻飘飘地滑出来，一直滑到冷冰冰的地上。母亲如获至宝，认为这才是给她的离别之礼，她用太大的劲握起那条薄绢，紧紧地贴到脸颊上。但我觉得，母亲可能弄错了，这手绢，一定是给我的，让我晚上睡眠时放在怀里做梦用的。

2006 年 12 月 16 日

种戒指

秋季，棉花收获，玉米收获，花生收获。而我们麦子，特立独行的麦子，还只是一粒粒野心勃勃的种子。老女人高高举起手播撒，从她光秃秃的指间，我们坠落进懒洋洋的大地。

播撒的老女人步调踉跄，因为她有一双小脚，她曾经以此为资本，骄傲地嫁进了家境殷实的男方。可是，正因为有家有产有吃有穿，现在她成了一个典型性的大富农，人人喊打。所有的贫下中农们，人家都可以在墙上贴忠字、刷红色标语，但她家的门楣与窗棂，屈辱地空空荡荡。不仅如此，就在昨天，两袋烟功夫，她家所有的绸缎衣裳、珠花簪子、绞银手镯、镂金耳环、洋大头，全都被抄走啦，哈哈，听说那是她从结婚后就开始攒的，打算留给孙子孙女们的……瞧，这老女人多会打如意算盘，多会过日子似的，可算来算去，全没啦。

我听到老女人突然瘫下来，烂面条似的，她滚到地上，捂着嘴巴翻着身子叫唤：我的簪子、我的手镯、我的耳环、我的洋大头哪……

她的眼泪鼻涕和成一团流畅地淌下来，一直淌到泥土里，淌到我们身上。哭吧滚吧，哦呀，多么舒服，一撮黑土，一把眼泪，秋风软软，这正是我们萌芽期最中意的养分。

——十月下地，三月抽穗，五月收割，六月燃秸。麦子的一生，连头带尾，九个多月，跟人类在子宫里黑乎乎的时光差不多。大地上仅有的时光，从绿油油到金灿灿，轻浮地随风摇摆，沉甸甸地相互亲吻。这一茬麦子的所见所闻，有着你意想不到的荒唐与精彩。

当第一阵冬风从我们头顶的电线杆边打着唿哨穿过，我们冒出的绿芽儿就从星星之火进入燎原之势了。

我知道，老女人有一床绿色缎子的被面，被抄掉了，可是现在，看看我们，真要比她的被面子漂亮多了！从浅绿到深绿，从毛茸茸到肉嘟嘟，我们这样的绿，是肥厚而结实的绿，替整个大地都盖上一层绿缎面被子啦！多么浪漫主义！

可老女人不满意，还是整天哭哭啼啼的，为她失去的宝贝们哭泣。每走到一个房间，想到这房里曾经有过什么，而现在，又失去什么，她便开始抽噎，还像打摆子似的浑身发颤，这真令人烦躁，连她男人都受不了啦。他从前不曾打过女人，可当他发现家中竟然连一床像样的棉被都找不到时，第一阵冬风里，他对老女人举起了巴掌，像贫农那样，粗暴地打起了女人。

"死女人，我叫你嚎丧！我叫你嚎丧！"打了一会儿，老男人举到半空的胳膊突然停住，接着拐了个弯，接二连三地给自己扇起了巴掌，"打死你这狗日的富农！作孽的东西！狗日的富农！"

这家的年轻女人，也就是小媳妇啦，可能不喜欢听到扇巴掌的动静，她悄悄捂着嘴巴跑出来，跑到田边，跑到我们身边，这才迫不及待张开她的樱桃小嘴，"哇"的一大口，吐出一团尚未消化的饭食。哇，哇，她接着又吐了两小口。

这样的情况并不令人吃惊，接连一个星期，几乎每顿饭之后，她都要跑到我们这里，朝我们的头面上吐出她刚刚吃过的饭菜。白白黄黄，拖着长长的黏液，我觉得有些恶心，兄弟们倒也习以为常，他们说：这就跟猫屎、鸟粪差不多，挺滋润的。

听到媳妇的吊呕声，老女人突然一抬手，挡住老男人仍在空中挥动的巴掌："等一下再打，让我听听她的呕吐声。你知道吗，我一听就知道，是肚子坏了，还是肚子有了。我还能听出来，是男的，还是女的。"

老女人神秘地竖起耳朵，瞧瞧，真是封建流毒！还这么重男轻女。

"去，儿子，去看看。"

这家的年轻男人一向有些愚笨，在老女人的催促下，他慢吞吞地追出来，没轻没重地拍着小媳妇的背：你，是有了吧。

都是你干的好事。小媳妇脸红起来，把男人的手拉近她的腹部，这真是非常俗套的画面。

但是，等一等。有了？有了！

像听到严厉的口令，所有的麦子一齐掉转头去，盯着她依然平坦的肚皮。这么说，当我们成熟、当我们变成面粉、当我们做成饺子皮，他们就会新添上一小口人丁啦。

哦，新鲜童子尿、奶香大便，有兄弟遗憾而羡慕地叹口气，我们下一茬麦子可真赶上好时候了！

不必怨天尤人，我们这一茬的运气也不算太赖。最起码，晚上很热闹！

你知道，那些连绵不断、纵横交叉的电线杆们，像富有气势的巨型蜘蛛网。每到深更半夜，这蜘蛛网便会突然抖动起来，电流声嘶嘶响起，接着，是喇叭里一个亢奋而疲惫的声调：各位社员请注意，立即集合，立即到大社场集合，传达毛主席最高指示！传达最高指示！

电线杆的颤抖开始传染给大地，我们能听得一清二楚。在突然的一

184

激灵之后，各家各户床铺下面的麦秸秆们开始相互摩擦，发出睡意犹存的窸窣之声。这些麦秸秆，通常就是我们前一茬或前两茬的兄弟。人们喜欢用麦秸秆铺床，漫漫长夜，瘦骨嶙峋的身体紧紧贴着我们试图取暖。

在大喇叭的一声紧过一声的催促声中，他们开始起床，摸索着把腿伸向冰凉的裤子，用手抓一抓头发，忙不迭地就冲到屋外，生怕落在旁人后面。人们在黑暗中奔跑，惊骇的指头偶尔相触。

多么美妙的夜晚，为了抄近路，无数双脚踏入麦田，从我们身上践踏过去——别替我心疼，你们难道不知道，贴着地面的麦子是最不怕踩的，越踩我们越会长得快、长得绿、长得肥。啊，太舒坦啦，那些泥巴鞋，高一脚低一脚，纷乱地，仓促地，像小鼓点一样敲打，像拳头一样按摩，踩一下，我们就挺一下，一边快活地呻吟，真是无与伦比的享受！

最高指示？那是什么，我们不管，但真的，请来得再多一些吧，最好每天，都让他们在黑暗中慌乱地一路小跑，在我们的身上富有节奏地踩踏……

社场上，人群慢慢地聚拢在一起，煤气灯照得大家的脸色分外白净。最高指示还没到，人们就像我们麦子一样，沉默地站得整整齐齐，先朝主席像深深地鞠躬，接着齐声背诵此前接到的各条语录，一边暗中整理扣错的纽扣或穿反的鞋子……有人自作聪明地在年轻男人耳边解释：最高指示，正在从北京出发，一级一级，一级一级，走楼梯一样，正往下面走……

年轻男人无心关心那从北京楼梯一直走下来的"最高指示"，他把手悄悄地放到小媳妇已经微凸的肚皮上，试图传递某种安慰与鼓励。哦，真可笑，他以为他的手是无所不能的电线杆吗？没有用的，年轻女人正在大口喘气，两眼绝望地上翻，徒劳地想要抑制突然涌上的呕吐感。

当喇叭里突然宣布最高指示已到，她终于一张嘴巴，吐出晚饭所吃的红薯稀饭。薄而透明的汁液在煤气灯下变得五颜六色，穿过所有社员的头顶，一直抵达黑洞洞的大喇叭，形成一个极其优美的弧线。

彩虹。

我对旁边的麦子耳语，它立刻心领神会，把关于这一奇景的定义交头接耳地传达下去。太美了，我们这一茬真赶上了个好时光。

有一天夜里，最高指示传达完毕，人们乌鸦般慢慢散开。有人打出半个哈欠，又小心地用手接住，要把剩下的半个带回被窝。漆黑的夜，走动的人群没有影子，像是一把图钉，一枚一枚地向前移动，每到一处黑黝黝的房屋，就有几个人停下，悄无声息地进去。

而老女人，跟着家里人进了屋之后没多久，等到四周鼾声响起，她又重新拉开门出来了！这真奇怪，我们几乎全被惊醒：她想干什么？

老女人走路的样子非常奇怪，好像屁眼里插了根棍子。她一扭一扭地向我们走来，走到我们中间。十二月的麦田，板寸头一样，庄严肃穆，暗中妖娆。

她一路走一路扭着头东张西望，没关系，没有人，全都跟死猪一样睡着呢，除了我们麦子，没有人看见你，你只要告诉我们：你想干什么？

老女人不说，她伶仃的小脚从田埂边开始丈量：一步、两步……八步。

换一个方向，这下我们懂了，所有的麦子都张开小嘴，优美地齐声合唱：一步、两步……八步。

这样，从东往西八步，从南往北八步，两个八步的交界处，黑咕隆咚当中，老女人从怀里摸出一把小铁铲，开始挖洞，她的手抖抖索索，几个兄弟由此遭殃，被挖得身首异处。

挖洞做什么？麦子们疑惑地交头接耳，难道，今天晚上所传达的最

186

高指示——深挖洞、广积粮——给了她什么特别的灵感？

嘘，别急，往下看嘛，我真不喜欢兄弟们这种沉不住气的模样，好像什么世面都没见过似的。

瞧瞧，好戏才刚刚开始：挖完洞，那老女人开始解裤子。

看上去，她要小解了？这太不符合逻辑了，她床头，不就有个红漆的陪嫁马桶吗？算了，不管那么多，这不是可以白看一下女人屁股嘛！众小麦们一个个美美地张开嘴巴，准备迎接热乎乎的甘霖，像是漫长冬夜当中的一小份夜宵。

但是，不，情况有变化——屁股是看到了，却没有夜宵。老女人的大腿紧张地绷着，接着，从私处，她掏出一个折叠得整整齐齐的小手绢。

哦！我知道了！天哪，世界上所有的麦子，没有哪株会有我聪明！

我知道了，她准是想在地点种下点什么！就跟当初高扬着手撒麦种一样，她是来种什么东西了！那小手绢里包着的一定是什么稀罕种子。

果然，在把小手绢包袱放进洞中的最后一瞬，老女人停住了，她犹犹豫豫地打开手绢，打开一层，还有一层。

我趁机迅速地瞥了一眼，在两层手绢中间：妈呀，是两枚金戒指，黄灿灿的！把整个黑洞洞的麦田都要照亮了似的。瞧瞧吧，这个富农老女人，还真狡猾呀，家里都抄成那样了，竟然还给她藏下两枚金戒指！

老女人嘴中念念有词：土地老爷，这是我家最后的东西了，是我们的结婚戒指，家里怕放不住，你替我先收着，等过了这阵，我再来讨还……土地老爷呀，我没别的指望，一是留住这两枚戒指，另一个呢……是让我抱个孙子！

这是什么话！这个时候，还在念叨孙子，太可笑了。再说，她怎么单单就把戒指托付给土地爷呢，把我们麦子当什么了？白吃白喝吗？明明埋在我们身子下面，将来要靠我们关照的，却招呼都不跟我们打一个，反去跟那八竿子打不着的土地爷作揖，这算怎么回事？

我们激动得窃窃私语继而大吵大闹，欲表忠心，要替她做守卫，但她毫不理会，只低头默默地把手绢放进洞里，然后又忙活着把土重新填平，并找到那几株早夭兄弟的残骸，把地面粉饰一番，最终才摸着黑走了。

现在，她走路很轻松，不扭屁股了，当然，我们也不再目送她了。说实话，她真让我们生气。

哼，种戒指，还要抱孙子，她想得可真美。

小媳妇的肚子慢慢大起来，她的呕吐症状自动消失，反之，她变成了一个胃口太好的女人。每天下午，晚饭还遥遥无期着呢，凛冽的寒风中，她会跑到田里转来转去，像逛商店那样，眼睛四处滴溜溜地打量，但这个时候，能打量到什么呢？她看看我们绿绿的秆子，眼光失望，甚至暗含怨恨，这真让我们百思不解，我们哪里得罪她了？

当她的眼光流转到田埂边上，那说不上漂亮的眼里突然又充满了真挚的感情，几乎是情意绵绵了，她艰难地蹲下去，两只脚难看地往外叉开，大肚皮快要坠到地上。她不管不顾，用手飞快地往深处拨弄，指甲里很快塞满泥土，裤管上全是泥灰，但最终，她手里多了一块瘦瘦的白萝卜！或者，被铲去半块的红薯！

这就算是伟大的收获吗？瞧瞧她那轻浮劲儿！小媳妇像是胜利者一样扫了我们一眼，一路咯吱咯吱地啃着就回去了。

唉呀，就算是孕妇又怎么样呢，她真缺乏常识，真目光短浅，等着吧，等到那天，她会明白的，比之那些粗俗的红薯与萝卜，我们才是真正的好东西！

冬去春来。我们现在开始蹿个子了，挤挤挨挨，比肩接踵，有些发育早的家伙甚至暗中抽起了青涩的穗子，软绵绵的穗芒像是婴儿的胎毛，弯曲着一点点舒展。

而这时，玉米呀、油菜呀、芝麻呀、蚕豆呀，万生万物都在四周直喘粗气，眉来眼去地日生夜长。每年的春天都这样，整个大地都春情勃发，拼命勾引着男女老少，扑到它的怀抱去吮吸浓稠的乳汁。

但这几年情形有点不同，人们似乎不像从前那样钟情于大地了，他们总在成群结队地忙着别的，拿着小红本背诵，往身上别金灿灿的像章，在胳膊上缠红色的布条，对着一张画像反反复复地早请示晚汇报。一到晚上，还聚集到社场的大谷仓里开大会开小会。其中的一些倒霉蛋，比如，老男人老女人，作为村子里最标准的富农，总会被拖出来万夫所指、千人唾面。他们被牛车拉着，头像夜晚的向日葵那样垂到地上，后面跟着一大群人，敲盆击罐，蔚为壮观。

老女人的日子很不好过，她的家与院子，都被抄家的人掘地三尺，翻得都可以撒种子长粮食了，戒指呢？你的金戒指呢？人们指着她大声质问。

她的头被压到裤裆里，但我们可以瞧见，她那满脸的鼻涕眼泪里，竟然还有一丝小小的得意呢。是啊，她一定是想着她种在我们麦地里的那两枚金戒指，嗨，她准以为自己聪明极了！

天气终于揩燥起来，这是我们一生中最好的日子。

雨水一阵一阵，我们巧夺豪取，争抢着吮吸水分与肥料。

烈日一阵一阵，我们随之转绿变黄，芒刺在一夜之间变得坚硬刺人。

热风一阵一阵，我们翻滚着此起彼伏，像满腹心思的人，千言万语无法开口。

收割季节几乎是掐着指头就要来了，"麦子争青打满仓，谷子争青少打粮"，有急性的人开始磨起镰刀，月光下，镰刀反射出寒凉的光。这光，一下刺到老女人的眼了，半夜里，她两条腿都抽起筋来，弯缩得像烧熟的虾子。

挑了一个月色模糊的夜晚，老女人开始绕着我们转圈子，像杂耍演员走场子似的，转了不知多少圈，把我们的眼睛都看花了。转什么呢？哦，明白了，现在的我们，长高、长大了呀，她的小脚没法踏进麦田，什么从东往西八步、从南往北八步。哈哈，她没法数了，她找不到地方了！我们咕咕咕笑得前俯后仰，这下可有热闹看了。那可爱的小花手绢儿呀！

老女人脸色白了又红，红了又白，脸上的肉一跳一跳，但她比我们想的要聪明一些。她的两只金莲忽然有了主意，健步如飞地奔到附近的河滩上，一下子拖来两根长长的竹子，平放在地上，分别在上面走了八步，做上记号，然后，力大无穷地把这两根竹子往我们头上交叉着一搭。大汗淋漓的老女人眯眼盯着两根竹子的汇合处，抿着嘴笑起来：是了！

像一个初学游泳的人走在水中，她奋力把我们往两边拨开，我们头顶的芒刺一定弄得她又酥又痒，还沾了她一身的麦花儿，但她奋不顾身，坚定地一直走到两根竹子的交界处。然后，像母鸡那样庄重地蹲下来。

老女人开始向下挖去。这是收割季节的大地，泥土干燥而坚硬，我们的根部紧紧纠缠——算了，一丝恻隐之心闪过心头，我跟兄弟们使使眼色，我们松开脚下的根，让她的双手得以顺利进入泥土，摸索那条美丽的花手绢儿。

像在水中取鱼，井中捞月。往东摸，往西摸。往南摸，往北摸。几乎把我们的根下都摸了个遍，她的手与胳膊，忽然像橡皮筋那样，拉得无限长了。我敢拿我的脑袋、也就是我的麦穗，跟你打赌，她已经摸到田埂的四边了，并且已摸到隔壁的田块，包括隔壁的隔壁，她无限拉长的胳膊已经摸遍这一整块麦田了。

但是，没有。她根本就摸不到那条美丽的花手绢儿了。

哦，我的土地爷呀，我的天老爷，我的阎王爷呀，快告诉我，我的戒指到哪儿去了……老女人口中胡乱念叨着，一迭声地追问，头几乎要埋进地里去了。

瞧，她又把我们给忽视了，土地爷、天老爷、阎王爷都有份儿，她为什么就不能问问我们呢？她怎么就不动动脑筋呢？种下去的东西，怎么可能还在原地摸得到呢，它早生根发芽、破土而出、开花结果了呀，这个蠢女人！

咯咯咯，所有的麦子都笑得花枝乱颤，肚子发疼，但我们就不告诉她，谁叫她不问我们呢。老女人继续埋伏在麦田深处，像青蛙准备冬眠，她死命地贴近泥土，鼻子眼睛嘴唇上全都沾满泥灰，那笨拙的模样，真把我们逗得可乐极了。

月光在我们的头顶慢慢移动，偶尔有云朵轻佻地飘过。这样的月色之下，美美睡上一觉会特别地养精神，谁都明白这个诀窍。尤其是快到收割期，这时的麦子，就像出嫁前一个月的娇娃娘，决不能熬夜，否则，哪里来的精神气儿，哪里来的颗颗饱满……行了，睡吧，不能老这样盯着老女人吧，由她去挖吧，就算她真的变成青蛙也没关系，反正等天一亮，她就会回家去的，她会跟别人一样，把镰刀磨得亮亮的，搽上一层油，等着最高潮的收割期。

真没想到呀，等我们重新睁开眼，一边伸懒腰一边睁开眼，那老女人还趴在我们中间呢。

难不成在麦地里睡了一夜？我揉揉眼睛仔细一看。嗬！可真有趣儿，这老女人，浑身到处都挂着金戒指呢！她用我们的身体——麦秸秆，黄得恰到好处的麦秸秆，卷成了一个又一个金灿灿的戒指！想不到，老女人那个干瘪模样，居然还是心灵手巧的呢，瞧那些麦秸秆戒

191

指，还真是像模像样呀。

哦呀，我们一下都激动极了、自豪极了，世界上，谁知道我们麦秸秆还会有这样奇妙的用场吗！真是太棒了，谢谢你，老女人，你虽然又老又丑，成分是富农，还这样愚蠢疯癫，可是，我们麦子是最讲良心的，好就是好，孬就是孬，这回子，我们谢谢你！

我们群情振奋，热泪盈眶，几乎是赏识地看着她。

老女人这个早晨看上去真不错，完全像一个成语：穿金戴银。她把戒指戴在大拇指上，戴在中指上，套在每一个脚趾上，还挂在胸襟的一排锁扣眼上，总之，我们看不到她了，我们满眼看到的都是耀眼的金戒指！

老女人也跟我们一样欣喜若狂，满身的戒指呀，她看了这个又看那个，爱不释手，心满意足：找到了，我找到了。

清晨的阳光有着蛋黄般的柔和色调，温情脉脉地照着老女人。

可能正是在那些麦秸戒指的挑逗下，我们一下子完全成熟了，硬硬的芒尖有的都开始脱落，而高天上，却极不配合地开始布满乌云，远处传来雷声隆隆。这可不得了，"麦收有三怕：雹砸、雨淋、大风刮"，人们一下子紧张起来，把红宝书与红袖章暂且放到一边，所有的镰刀在当天就开始出生入死，咔咔咔地把我们齐脖子斩断。

——不，我们一点不疼，我们乐意着呢，我们个个儿都伸长脖子在等待这个瞬间，这是我们一生中最值得记取的纪念日。

唉呀，如果麦子也会喝酒、也能喝酒，而不是被人们酿成酒，我们真该喝点美酒才好！真该喝得酩酊大醉才好。风光的日子就要来啦，收割之后，经过脱粒与碾磨，我们会从木讷的麦穗一步一步变成亲切的白面，变成各种吃食。人们会用充满感情的语气提到我们，用含情脉脉的目光注视我们，会白天黑夜地惦记我们，会用牙齿与舌头颠来倒去地亲吻我们，我们会变成全世界的宠儿。

老女人一开始也是下地的，但她一下地就用麦秸秆折戒指，折得满地都是，被人们在脚下踩来踩去。她见了，就要鬼哭狼嚎地叫：戒指，我的戒指！

搞什么名堂？这不是混工分吗！人们就把她拖回去，让她跟小媳妇儿待在一块儿。那小媳妇，肚子正大着呢，人却越发地伶仃，像瓜秧上结了个硕大的冬瓜。她整天嚷饿，老鼠似的，总在家里四处翻箱倒柜。老女人却是熟视无睹不闻不问，只小心地抱着她的一团戒指，像老猫衔着新生的小猫，神情诡异地东躲西藏，每隔一会儿，就张罗着替戒指们另换一个隐蔽的地方，真十分忙碌了。

收割后的大地，像癞子头，深一块浅一块，难看极了，幸好还有麦秸秆——我们留在大地上的下半身，干燥柔软，体态轻巧，妇女们一把一把地弯腰收拾，散发汗味的乳房反复地垂向大地，那无力而无知的风情，令我们百看不厌。

现在，麦秸秆们被堆成一个又一个的圆形麦垛，带着稍尖的顶点，像大团大团的新鲜牛粪，在初夏的晚风中散发出令人馋涎欲滴的干草香。妇女们一边擦汗一边抬头欣赏麦秸堆，脸上留下道道褐色印迹，她们浑然不觉，只笑嘻嘻地嘲弄老女人：瞧瞧，这些麦秸秆，能给她做多少戒指呀，够全世界的女人戴了！

但那成为笑料的老女人现在不做戒指了。要知道，她终于学会动脑筋了，她现在想明白了，她埋下去的戒指，跟麦种子一样，结戒指了：那两只戒指，在泥地下的那些日夜里，它们先是像冰一样化成水，又像水一样变成气，然后，慢慢从地里升出来，升到半空，升到我们的麦穗里，长成一串一串，躲在麦穗里，等到辗磨脱壳时再恢复原形，重见天日——她会收获到像麦粒一样无穷多的戒指。

这完美的推理给了老女人以强大的动力，她天天坐在大队社场上，没日没夜地盯着我们被割下来的麦穗，盯着从脱粒机里出来的麦粒，盯着麦粒压碎后变成的面与糠……她那样目不转睛、一丝不苟地看着我们，像看着性感的男人，把我们从衣冠楚楚看到赤身裸体，从镇定自若看到面红耳赤。哦，你信不信，我们被她看得——哦，太刺激了，太高潮了。

有人认为这疯婆子大概是要搞破坏，也有人认为她可能是饿坏了，总之，为了让她远离伟大的革命生产成果，或者，是出于对她疯癫的歉疚，有人称了几斤白面，记到她家账上，把她给打发回去了。

就在这里面吗？戒指就在这里面吗？老女人大声地扭过头询问，人们不理她，只管用力地把她往家里拖，像拖一个不省人事的醉汉子。

哦！白面！脸色萎黄的小媳妇老远看到老女人，一下子伶俐地站起来，好像她肚子里面装的只是气球，而不是一个快要足月的婴儿。她两只泪水涟涟的眼睛忽然学会了拐弯，老女人走到哪里，她的眼光就拐到哪里。老女人在屋子里绕来绕去，她的眼光也就绕来绕去地织成了一张花纹精美的薄地毯。

小媳妇，你这会子该识货了吧，跟你常吃的那些瓜呀豆的比一比，它们算什么？看看我们，看看这又白嫩又细腻的面，多么高级！绝对精华！冬去春回，披星戴月，迎风纳雨，饮露食霜，我们是白白受苦的吗，我们图的还能是别的吗。

小媳妇真聪明，她一下子明白我们的意思了，瞧瞧她的眼睛，她看到的不仅是白面，还看到了白面的七十二变，烙饼、馒头、花卷、饺子、面疙瘩、面耳朵……哦呀，全在空中飘来飘去，像下起了一场白花花的漫天大雹子。

老女人拎着面粉袋，左三步右五步，前两步后六步，像蜜蜂在跳它们谜语般的舞蹈。她跌跌撞撞，寻寻觅觅，真真假假，最终成功地摆脱掉小媳妇视线的跟踪，在茅房后找到一小块不为人知的空地。黑黝黝的泥土上，除了虫子与苍蝇，除了落叶与狗尾巴草，再没有眼睛盯着她了。

好极了，老女人兜底提起袋子，把面粉一股脑全都倒到泥地上，细细地一层层翻寻拨弄。"我的戒指呢，我的戒指呢，你们快出来呀"。

黑的土，白的面，在老女人双手的揉弄下，慢慢地，那一小块地，成了混沌而富贵的灰色，叶片与草籽点缀其间，像是精心设计过的斑斓图案。

真长见识呀，这老女人，她给我们制造了一个奇妙的旅程，这样，当我们从种子变成面粉，竟又可以与大地重逢了。如此富有创意的结局，对麦子王国来说，前不见来者后不见古人。哇哈哈，真是躬逢其盛，何其幸也！

突然，我们听到一声尖利的叫声，几乎要划破所有人的耳膜。我知道，那是小媳妇的声音，看来，她会拐弯的目光终于找到老女人了，并为眼前奇异的画面所震撼。

这声尖叫，像是一根迅速燃烧的炮仗引子，它引爆了小媳妇的大肚子，一汪清亮的羊水几乎应声而出，顺着小媳妇的裤管流淌下来。仓促之中，有人抓起一大把麦秸秆往小媳妇身下塞去。天哪！羊水，我们小心翼翼地凑近了闻闻，发现它散发出麦芽糖一样甜津津的味道，这是个好兆头，会有喜讯从天而降的！

一些妇女开始进进出出地奔忙，小媳妇继续尖叫，一边涕泪交流，不知是想念那些消失在泥土中的面粉，还是为她腹部持续的绞痛。年轻男人和老男人都从地里赶回来了，家中人满为患。厨房里，我们被塞进灶膛，变成粉红色的火焰舔着锅底，热烫烫的开水咕噜噜沸腾起来。

老女人天真无邪地在一边袖手旁观，眼珠在每个人的脸上搜寻破绽，偶尔小声嘟囔一句：我的戒指……那许多戒指，肯定都被你们收割了去，在你们的白面里，你们吃面条时会卡到，吃馒头时会咬到，吃花卷里会呛到……

小媳妇单调漫长的号叫，突然在高音处戛然止住，像悬崖勒马。她四周的女人们却一齐闹哄哄地叫唤起来：好了，出来了，是个小子，瘦小子！

消息被一层层往外传，外面地上蹲着的老男人与年轻男人站起来，木讷地重复：是小子，瘦小子！

满地乱跑的儿童们拍起手无意识地叫喊：是小子，瘦小子！

老女人抬起她红肿的眼睛，鹦鹉学舌般也跟着嘟囔：是小子，瘦小子！

突然，她的小脚快速地挪动起来，双臂有力地拨开那些忙得披头散发的婆娘，一直冲到小媳妇跟前。在小媳妇疲惫张开的双腿间，她看到了那湿漉漉的粉红肉团。等不及旁人阻挡，老女人眼疾手快，一手伸过去，没轻没重地拎起来，在蜷曲着的下肢间，她看到了男婴的小雀雀。

哦！老天爷呀！我抱孙子了！

老女人忽然间两眼清澈，像水洗过的天空。她稳当当地抱起肉团，重新拨开人群，像冲过千军万马，一直冲到灶堂。她跪到地上，捧起一大捧最黄最松的麦秸秆，富有技巧地拼命揉弄，把我们的身体揉得绵软而芬芳，然后，才小心翼翼地，爱怜地，喜悦地，擦拭起男婴身上的黏液与血水，一边口齿清晰地大声吩咐呆立着的众人：去，熬红糖粥！去，染红鸡蛋！去，扯红棉布！

众人这才如雕塑般复活，僵硬地四处走散，却见老女人不知从何处掏出一个最为精巧的麦秸秆戒指，努力地噘着嘴巴，翘着不成样子的兰花指，把它套在男婴的小雀雀上，大小刚刚好。

2007 年 2 月 5 日一稿 、2007 年 3 月 2 日二稿

企　鹅

1

快！快！快！一切要快，除了做爱。前面三个字，写在我的橙色冲锋衣背后，写在我的橙色摩托车上，还写在我的橙色挎包与橙色棒球帽上。后面一句话，哈，是玩笑，当然不必写，那是常识与理想，大家都懂，都在努力。

我蛮中意这一身橙色行头，耀眼地冲在街头，像被扔出去的流星弹。根据从公司发来的一条接一条的短信指示，我左拐右拐瞄准目标，以最快的速度向前方燃烧，直烧到循规蹈矩的传达室，烧到树阴浓郁的旧式小区，以及两街相交的拐角……类似的任何一个地点。人们老远就躲开，或者迎上来。"快快快！"不需要名字与称谓，他们径直这样喊我，这也是我最喜欢听到的呐喊，恰似时代的浓缩与精华。

一声刺耳的几乎是恶意的急刹，我支下摩托，掏出单册，用橙色杆的水笔在橙色底纹的三联复写单上记下他们的地址，接下他们要送的物

197

件——领带、游泳馆计次卡、等待签字的合约、一只吊儿郎当的学生书包、笔记本电脑、公司资质与意向投标书、户口簿、两瓶颜色难以描述的药、四张两寸正面免冠彩照、一叠装订得比书还精致的投职简介……诸如此类，我可以连续写上二百个绝不雷同的玩意儿。快快快，送到某处！交给某人！

十块，二十块，三十块。根据重量大小与距离及时限要求，我收钱，然后，突兀地踩下油门，留下一串嚣张的尾气，不可一世地扬长而去。

2

我的很多同学都过分介意工作，愿意奉献出从肉体到灵魂的一切构成，以图在某个屋顶下步步为营地天天向上，并认为那关乎生活品质、人生计划之类虚无缥缈的东西，哈哈，我藐视这些老气横秋的想法！以一个毕业即失业的小屁儿大专生，也许，我本应虔诚地追随那噩梦般没完没了的招聘大会，如同迎接社会给我们的头一个耳光，打完了左边又抢着送上右边……最终得以钻进某些队伍——伪肩章的灰色制服（税务？地勤？安检？），藏有领垢的白衬衫黑领带（保险理赔？基金助理？房产中介？），条纹衬衫加红色背心或其他的花哨小丑服（酒店调酒师？电脑卖场理货员？VIP 会所楼层领班？）。算了吧，正是二十啷当的好日子，何苦来哉，A 角 B 角或 C 角，反正是跑龙套，都是一样的混世，还不如我这样凶猛些更自在！踩着摩托的风火轮，鲨鱼一样，在充溢二氧化碳的干涸大街上疯狂流窜，以这鲜亮刺目的橙色去愉悦或冒犯所有温饱知足的人！

当然，快递跑街，听上去，这是不大妥当的人生（可你说说看，什么才叫妥当？忽如一夜春风过，多少坟头添新土，人生，本身即是无常，妄说什么安稳！），收入也不太令人满意（可对金钱，真正感到满意的人大概也没几个吧，人之欲念啊，无边无际），好在我的用度有限，衣服反正一年四季都是橙色，通信费是公司出的，除去那该死的租房钱，主要的也就是应付各样的吃喝：婆婆皮肚面、春来牛肉锅贴、蒙卡尔羊杂碎汤、哈尔滨水饺、京口酸菜鱼，每样都香！

只有一点不大好意思——记得上政经学，别的差不多忘了，倒记得一个"恩格尔系数"，说某人或某家庭，总收入中用来购买食物所占的比重越大便越穷：40%-50%为小康，50%-60%为温饱，超过60%即为贫困……哈哈，这么一算，我倒也真算是典型性的大穷人一个。可这又怎么样，细细想，哪个不是？从早到晚，不就忙个一日三食五脏六腑！众生皆然，彼此彼此吧！

哦，请等一等，我想我还是有精神消费的，逛淘宝算不算？到名人博客抢沙发算不算？最主要的，我还看电影呢，只要逢上我的休息时间（关于我奇妙无比的休息时间，下文再说），我便直冲影院，挑上一部过气的便宜片子，然后全心全意、美滋滋地陷进那软绵绵、低而后倾的座儿里，让无边的黑色包裹我小小的橙，如同太阳沉入无边无际的宇宙！休息天与电影院，多么经典的搭配，好比西红柿炒鸡蛋。我抱着最小筒混合奶油香与明矾剂的爆米花，一眼不眨地盯着颤动的银幕，笑得像个时髦的白痴！

瞧，这是我的生活，多么恰如其分！滑溜得像刚刚从鸡屁股掉下来的沾着鸡毛的蛋。

3

但如果硬要从这鸡蛋里挑点儿什么骨头的话，倒真有一个，我的接线员。

说接线员，得从我们公司的说起。我们公司叫"鸡毛快捷达公司"，简称为鸡毛公司。当初取这名字，大约用的是"鸡毛信"的出处，老板准以为很别致很有趣儿。可是，接线员一张口：您好，鸡毛公司，听听！多经不得推敲！可怜啊，那些接线员，一张口就是鸡毛，几百遍几千遍的鸡毛，我真替她们感到难受，一天下来，准连牙缝里都是鸡屎味儿！

公司统共有四个接线员，每个人负责五个像我这样跑街的摩托车手，四五二十，切西瓜一样，把整个城市切成了红通通直滴水的二十大瓣。我们便在各自的西瓜瓣上，工蜂般一刻不停地跳着繁复的舞蹈，并在短暂的停留中采撷或投递物件；每隔两小时，我们回公司汇总各人的收揽活儿，再分配属于各人的投递活儿……

负责给我发指令的那个接线员，姓章，章小姐，所有的短信都是她发给我的，平均每天五十条左右，最高峰时会有八十条。想想吧，我可真像她的一条狗，她随便冲某个犄角旮旯努个嘴，我就得儿得儿地冲上去啦！可与此同时，我又有另一种奇妙的感受——她与我之间，其实，是一场高烧不退的热恋，我们必须时时刻刻保持秘密而紧张的地下联络：中西医结合医院住院部第三病区王二；芦席营 82 号大院四栋 502 室张三；新世纪大厦 C 座八区石人工作室李四……啊不不不，这只是表面化的遮人耳目的密码而已，像国际间谍们最爱使用的代码法，经过我的破译，她所发给我的实际上是：爱你。亲一口。心肝。想死你了。床上见。

我也经常支下橙色摩托车，站在嘈杂的街头给她打电话，询问某些不够详细或者虽然很详细但我仍然认为不够详细的地址。听听，她永远在线的那一头乖乖地等着我，那么好听的声音！那么温柔那么耐心地与我说上好大一会儿话，这多么感动人，我甚至在她挂了电话后还长久地舍不得合上手机……

可是，现实容纳不下任何美妙的遐想。

在公司第一次见到她，我绝望而恐慌，结结巴巴几乎透不过气来：你就是……

她的确是章小姐，但不是章子怡的章，也不是章含之的章，而是章无盐、章大嫂的章，最起码45岁了，不事打扮，饱经风霜，满脸纵横，浑身丘壑，一股勤勉的吃力相。

她从忙碌中抽空看了一眼表情僵硬的我：是啊，我就是……听听，那正是多少次在我耳畔响起的声音啊！

与她的第一个照面之后，我随即挪开了我的视线，并打算永远都不看她第二眼了。我诚心诚意地恨起她！某一瞬间，杀了她的心都有，为什么她的声音那么甜美？为什么是她每天发五十条短信给我？为什么我一打电话总是她接！为什么我是与她而不是任何别人保持着这种相依为命般的紧密联系？我敢说，你要是我，只会比我还恨！

4

但我不能让这种恨影响了我的生活，生活是无辜的，我可不能给它摆臭脸，反之，我得对它笑，一直笑，笑到它不好意思为止。

然而就在刚才，当我这么使劲儿咧嘴笑时，对面的人吃不消了，她突然皱起眉头，摆着脸，很不客气地死盯着我。

这个她，是W公司门厅的接待小姐，模样好极了，好得就像章子怡与章含之的章，符合我的一切理想，但真可惜，她永远只穿那一身儿灰色西服，然后，站在那张小小的白台子后，接待来访者，对所有的陌生人献上微笑。任何一个时刻，狂暴的下雨天，刺眼的烈日天，饥饿的上午十点半，瞌睡的下午三点半，只要我去取快递，她就永远把那笑脸像面具一样套在头上。我敢确信，她的微笑一定已通过ISO9002国际标准认证：两唇间露出八颗牙，嘴角下延伸线的夹角为125度，下颌内收，与脖子夹角为75度……

可是，让我说句老实话吧，一个国际标准的假笑，简直连假币都不如！太让人沮丧了！现在可好，我终于见到她拿掉笑面具的模样了！我直直地回瞪着她，笑得更开心了。

"总笑，笑个什么劲？"她一边整理手上的电话簿，一边低声责问我，仪态上还保持着某种优雅劲儿。

这问题问得好。

"你也总笑，你笑个什么劲？"像是空谷回音，我模仿并反问她，声音同样低低的，并把头侧向她；要是有人从远处看来，准以为我们在商定一个周五的约会。

她更恼了，紧紧抿起嘴唇，后悔跟我搭了话。恰在这时，来了一个客户模样的人。她丢下我，八粒牙，125度，75度："请问先生找哪位？您有预约吗？麻烦您填写会客单。"

我眼睁睁瞧着，忽然感到一丝悲意，几乎打了一个冷颤，我居高临下地替她心疼起来。这个所谓的工作，大概还是从千军万马中好不容易抢得的吧，可是看哪，她站在这里，如同提线木偶，连表情都不属于自己……同样是二十啷当的好日子啊，我这么自由自在上奔下跳，而她，像木桩一样站在这里，永葆恶心的假笑，大概一直要笑到老。老成我的那个章大嫂，那时连这假笑也没人愿意看了，只能用声音再去换一点微薄……

我吞下快到嘴边的口哨，轻手轻脚地撤了，连到大楼外发动摩托都尽可能地压低轰鸣。摩托车呜咽着汇入杂乱的车流，正是下班的高峰期，慌不择路的人群如同无序逃亡的溃军，令我更加感慨万分，突然涌上一个类似江湖行侠般的念头：这个，我得想个招儿，让那可怜的姑娘真正地笑上一个！哪怕就五秒钟！

嗳，你会笑话我吗？嘘，可别笑，你说不定也经常会这样呢，找一个与己无关的目标，发现其甚于自己的困境，从而得以获得某种超脱与解脱。试举一例：冬夜，没有空调的破出租公寓，半夜冻醒，可是，打开电视，正瞧到企鹅，瞧，那家伙更惨！连间草房都没有！注意力这么一转移，得，不冷了！况且，本人的生活现在如此顺溜，实在没什么好操心的，我的四肢，我的心肠，我的精力，都过剩着呢，简直要打瞌睡了，正巴不得有桩事情好让我耗一耗呢。

5

生活就此更加抖擞起来，我决定每天在 W 公司的接待处多耗上一小段时间。所谓的一小段，其实最多也只能是五分钟，片刻光阴片刻金，对我们鸡毛公司来说，最基本的职业道德就是快快快，任何一个分秒的停留与浪费都是最可耻的贪污与渎职……但等一等，究竟什么是"浪费"？这可是个值得商量商量的词儿：长久地打量冬日里凋谢的枯枝杈儿，陪伴将死老狗的最后一口气，路口凝视漫长的红灯，站在水壶边等待凉水的沸腾……你能说得清楚，这里面哪样叫做浪费？哪样叫做节省？唉，生活啊，根本经不得推敲经不得追问，不如就使使小性儿由着自己吧。

看了看表，十五点三十二。我倚在她的接待台一侧，她不看我，只仇恨地套着假笑，对着前面的某处虚空。我一时想不出该说什么好，我是属于速度、属于路上、属于各种物件的，哪里会什么说辞儿？唉，没办法，只好仍旧掏出我的橙色三联单，拿出笔，像要填写地址，可是真他妈的，该写些什么？

好在咱的恩格尔系数里也有文化的构成，毕竟不是头脑空空，一下想起最近在听的歌，周董的……"落款中署名悔你伤过谁/不忍看宣纸内晕开的泪/我在你的周围你没感觉/泼墨中的山水你画了谁/我摊开卷轴上人物描写/我从未拥有过你一整夜/他却有你手绘的体贴"。

方文山的歌词曲折忸怩让人似懂非懂，但这不重要，重要的是我正写着什么！很得体很有范儿不是吗。在歌词的顶端，我增加了一个抬头：致灰色蘑菇。是啊，我自作主张赋予了她一个绰号。看吧，她一整天固定在这个接待台后，半步动弹不得，可不就是棵蘑菇么。

再次看表，十五点三十七，快快快！我得走了。我的手机上已经重叠了好几个小信封，这是我亲爱的章姓接线员发来的甜言蜜语……快快快！

我猝然起身离去，之前的最后一个动作是把橙色三联单默默推到她的面前，动作里的滞重像是交付举世无双的身家性命。她从假笑中挣扎出来，用眼角冷冰冰地扫向我，但我已不能与她对视，灰色蘑菇小姐啊，只能用我后背上"快快快"三个字与你仓促吻别了——我私吞的五分钟，已经超时。

6

晚饭的时间虽然不算充裕（二十分钟），可是我还是喜欢坐在明亮的人多的地方，选择一个视野不错的角落，要上一份吃的，用十分钟解决，然后点上一根烟，往四周看。

我喜欢看人们吃饭的样子！他们边说边吃，说完了再吃，吃完了又说……一直盯着看，可以获得一种无与伦比的安详感。当然我不会看得太久，手机已经在震动了，晚班要从六点跑到夜里十点。这样的时刻，仍有不少家伙需要"快快快"。两张夜总会入场券、一盒麻将、一串钥匙、一本驾驶证，有次，甚至是一罐刚刚炖好的雪耳燕窝羹，那真他妈的是一份根本不抵饱的矫情夜宵。

打开章大嫂的情书："明天早晨你休息，中午十一点后开始跑。"

这么说，明天可以歇会儿。对，正好阐述一下我别致的休息时间。总的来说，它可以命名为哲学意义上的偶然，通俗说来，则类似于赌盘上的数字，从无任何规律可循——你想想，二十个大西瓜瓣，了不起的科学划分啊，每天都要有人去跑的不是嘛，否则鸡毛公司的信誉何在？而如果你去休息了，请人来顶替，别人哪会像你这样熟悉地形？而如果那人非常熟悉并可以顶替，又再要你回来做什么？但总而言之，你放心，只要有可能，我第一时间通知你休息。鸡毛老板非常诚恳地解释过这件事。

是啊，他说得没错儿，所以我得碰，碰上我的这一片西瓜瓣突然出现了几个小时的低量需求，老板便迅速通知章大嫂给我留言，如同一个墨西哥热吻般粗暴得让人猝不及防："从现在到下午五点你休息。""从现在起到晚上十点你休息。"诸如此类的吧，说实话我不在乎，就是休息又怎么样，未必就强过在大街上奔跑。现在这样多带劲，非常富有喜剧性和悬念感！好像我的前方被埋下了无数地雷般的小蛋糕，搞不好就一脚踩上去……咻！嘣！挺美！

捏着手机，我条件反射般地想到了明早的第一场电影，8：50分开始，是啊，亲爱的与国际接轨的电影院，就像我的亲娘老子一般，永远、永远对我敞开着，任何一个时段走进去，都有一间热烘烘的放映厅可供我直扑进去……在那许多成双成对、三五一伙的家伙们中间，我多么与众不同！一个人，永远都是一个人！看什么从不重要，重要的是，我找了个舒服的黑暗地方！

明天的电影，我想一定会有床上戏，最起码会有吻戏。到时候，我会配合着剧中人，把手背贴近嘴唇，在黑暗中发出一阵又一阵响亮的吮吸——何以突然涌上如此的激情？啊，听我解释：就在刚才，一想到黑暗中的电影院，一个奇妙的启示涌上心头！为什么，为什么我不能把灰色蘑菇与章大嫂合二为一？每天，其实正是蘑菇她本人在给我发短信，与我通话，无比温柔地对待我。我们之间，有一条以章大嫂为媒介的无形之线紧密相连：她是放风筝的人，章大嫂是线，我则是终点的风筝，在肮脏的大街上幸福飘荡。

很棒，这想法很了不起！

我颇为不耐地合上手机，几乎心急火燎地盼望着明日清晨的快点到来，盼望着上午那两个半小时的休息早点结束，然后，跑街的时刻再次到来，我的手机重新被无数条短信烧得滚烫滚烫！一串又一串曲里拐弯的地址正代表着蘑菇姑娘长篇累牍的绵绵情意——哪怕我为此跑得满面尘灰，像战马那样咻咻累倒在十字路口。

7

歌词的抄写持续了半个多月，不，或许是三个月——我只对分钟或小时这样的单位有敏感的概念（单程揽投最大时限 25 分钟，鸡毛公司集中交货频次每 2 小时一次，午晚餐时间 20 分钟，最长休息时段 3 小时），而对一周以上的时间，我就根本无所谓了，再说这也是咱二十啷当岁该有的大方劲儿，计较个什么嘛。一年半载的算什么，我前面有的是年纪！就是给她永无止境地这样抄下去又有什么关系——就像是撅起屁股伏在摩托车上，使劲儿蹬油门，一直一直地往前开，直开到寰宇的最边边儿上，嗖地飞入黑洞……

"这空间温度被移动我情绪在汹涌/我节奏开始放松用舞步将爱拉拢/毛细孔起哄被纵容身体在争宠"。

"照节拍/手放开/静下来/像一只天鹅把脚尖掂起来/讲究速食的这年代/也可以很天真地说爱"。

这些狗屁不通的歌词除了押韵之外没有任何别的意义，可是，真神奇！它们以固定的旋律每天在我耳边私语，然后排着队，被我用不成样子的字体挤在橙色纸面，竟就此产生了一种洗脑般的特效，以至于每一次写上"致灰色蘑菇"这五个字的题头，我的情感都会发生一次强烈的自我催眠，好比平地万丈高楼，好比一夜春回大地！我确信有某些东西正在超音速生长。

……这个，该怎么解释？也许，是每天那五十条短信在作祟，每一次打开，我都会一阵心醉神迷，忍不住饱含深情地阅读并记忆：石婆婆巷 22 号金鑫公司售后部赵某某；光华门红旗街 25 幢 104 号钱某某；昆仑路百子亭后 16 号 605 室孙某某……接着，我忠心耿耿地以最邪乎的

206

手段闯红灯、抄近路，在堵得如同便秘的车流中横冲直撞，在身后勾起一串串妒忌的咒骂。

　　但别误会，这其实跟爱情毫无关系。我本人最清楚这一切的起因。前面打过那个比方的，我只是把她当作我被冻醒后所见到的那只企鹅、比我还可怜的家伙……真的，仅此而已。我之所以纵容并放大一切的幻想，只是因为，这橙色的生活，毕竟有些干巴巴的，我在跟自己玩儿，得让自己玩儿……

8

　　一个全新的五分钟，没等我铺开纸笔，她把一叠装订得整整齐齐、足有三分之一本《新华字典》那样厚的橙色三联单推到我面前，当然，没忘了戴上她的 ISO9002 微笑面具："请问先生您到底想要干什么?"

　　"呃。"我语塞，看着她毫无生机、笑得弯弯的瞳仁，一阵天赋道义感的压迫，又想到时间有限，嘴舌愈加肿胀不好使，索性往最粗笨里去，"我想……约你出去见个面。"

　　一分钟过去了，我在心里掐秒表。她继续保持微笑，脸部的每一个线条都纹丝不动，像最热天气里的垂柳枝那样。这没有风的世界啊。

　　现在是两分钟了……两分钟的尽头，如同地狱的尽头，她终于有所行动，以一个外交性的手势再次移动那叠橙色歌词："请先生拿走您的东西。"可我能听出，她的口气并不是 ISO 的，她使了很大劲儿在控制她的嗓音……

　　手机在兜里一阵阵震动，时间啊，请停一停，或许这正是关键的转折点。可恨我的嘴舌为什么只会吃吃喝喝，大学时老师曾逼着我们朗读、演讲、竞选，并说将来找工作面试需要这一套，当时我多么顽冥不化啊! 为什么想不到还有别的用处!

　　惶急之中，我无奈地再次俯向橙色三联单，把最昂贵的时间花在原始的一笔一画上。致灰蘑菇：任何一个晚上，十点半，新街口德基广场地铁出口。

得走了，可怕的五分钟像绞绳一样套在我的脖子上，越收越紧。我来不及也不愿意等待她对这一约会的答复。无所谓的，来与不来我都会等的！十点之后，鸡毛公司就进鸡窝了，下面的时间就归我。我从不争分夺秒，我只犯愁我大把的时间如何打发，一寸光阴一寸金对吗，那我便是视若粪土一掷千金。

快，快，快。我重新汇入车流，向着任何一个晚上的十点半笔直地开过去。多么好啊，从今天起，下班之后，我会像别人一样匆匆忙忙，赶往一个地方。等人，或被等——这很重要，这说明我与这个世界有了瓜葛。

9

究竟我等了多少个晚上，一个月还是半年？嗨，早跟你说过，我记不清比较长的时间。所谓的"快快快"，太可笑了，那只是大家的说法而已，只是外面的说法而已，跟我本人的内心，狗屁关系没有。

10

本人的内心到底跟什么有关？可能，只是一些声音、一些短信而已——

早上，打电话回鸡毛公司，突然发现电话那边是一个陌生的声音。"章大嫂呢？""她病了。"干巴巴毫无感情地回答。

我的头脑"叮"的一声炸了，那么我的灰蘑菇呢，她如何与我保持最紧密的联系？她与章大嫂实际上是一个人对吧？章大嫂只是一个掩体，是一个虚构，是上帝对我的考验，事实最深处的核心其实是她本

208

人！章大嫂消失了，那么她也就同样不存在了！可我的蘑菇啊她正是我与这个世界唯一的联系，是我的绳子！如果她断了，我将万劫不复地坠入黑洞，无人知晓地死去！

失魂落魄，牵肠挂肚。我没有力气再踩动摩托，我辨不清东南西北，我像醉了酒的人那样在大街上打转转，怎么也开不出一米地！不行，我得看到她！我得想尽一切办法抓住她！

我知道，这不是五分钟可以解决的问题，最起码需要半个小时的往返，半小时又怎样，就当是一个加长的豪华版的五分钟吧。谁规定五分钟就是分针走一小格，而不是时针走半小格？世上有这个法律吗？没有！那就让我来定义这个五分钟！

什么是风速啊，那也比我慢得多；什么是光年啊，那也没我与她的距离长。满裹着一身的尘与埃，我来到她的接待台，像从土堆里钻出来一般。

她好端端地坐在那里。

她抬头看我，像衣服只穿了一半，她的 ISO 微笑只套到嘴唇，还没来得及武装到眼睛，她违反国际标准地瞪视我：快快快？我们公司上午并没有快件……

你……什么地方不舒服吗？我喘咻咻地掏出一大把常用药：阿司匹林、黄连素、扶他林、沐舒坦、阿莫西林。这是我刚刚从药店以打劫般的鲁莽买来的。

她低下头，没说话，把穿了一半的笑接着穿完，后来想想，又脱了。她抬起一张光光的没有 ISO 的脸，好似从不认识我似的看着我。

瞧，她准是发烧了。头疼，想吐，浑身没力气，她没跟任何人说，可我就是知道，我在内心无比欣慰地笑了！

她终于开了口，语气别扭，像有人拿枪指着她："那个，晚上十点半……可以早一点吗？"

"我十点才下班。"

"那么周末？"

"我没有周末。"

"那么你哪天休息？"

"这个……我说不准。"

11

如这些日子里的每个晚上一样，我把摩托车支在路边，在德基广场地铁出口处的台阶上坐下，正对着一坛华丽的彩色喷泉。这里是城市的中心，有数不清来历不明、去向不明的漂亮女孩，以及许多依然清瘦、已然发福或永久肥胖的男人。他们以各种搭配组合出现，出现在西餐厅的落地窗后，停车场入口，ATM24小时自助服务区，亮着小灯泡缓缓上升的透明电梯……如此繁华餍足、鲜肥欲滴，让我看得心满意足，油然而生一股伟大的激情：这是我的世界，我是它的主人与占有者！瞧啊，是我！坐在这里，这样的悠闲快活！无忧无虑！

最重要的是，我知道：她今天就会来了。

等会儿，我将带着她欣赏这一切，指给她看那些男人与女人，用同情的语气推测他们的生活与经历，像城市的上帝那样指指点点评头论足，并教会她如何从中感知莫大的欢乐……甚至，我可以跟她谈谈我的"快快快"，那各种各样的快递物品，某种程度上，我总感到它们具有跟人类相匹配的气质：公事快递，坚硬，老，颇为狡猾，形式大过内容，只是用速度表示态度，或是压力的转移；私人快递，则明显地不谙世情，带有悲剧性，背后总存有急迫或一团糟的事件、神经质的寄件人、奋力一搏的绝望动作……

……可能，我不小心睡去了、并在做梦吧。重新睁开眼，发现天空斜斜地飘起了雨丝，四周的地面亮闪闪地倒映着五颜六色影影绰绰的人影，在离我最近的倒影里，有一小片瘦长的灰色。

我略感羞愧，幸好亲爱的橙色衣是防水的，还有很不错的橙色棒球帽，这样，我仍然可以蛮洒脱地一跃而起。

"走，带你看电影去。"我脱口而出，好像那真是我的地盘——我想把她带到只属于我的地方。

"不了，还是走走吧。"她看我的眼神有些奇怪，似乎她站得比我高、看得比我远。这让我感到模糊的不安。

"你原来学什么的？"她问，轻声轻气，但绝不是我想象中的羞涩。

"呃，专业吗？淡水养殖。"我有些不情愿地回答，我从不跟人提这个。不是羞耻，而是觉得毫无意义：这城里哪里有大片的淡水需要我去养殖。

她却若有所悟地点点头："怪不得你现在……我学的是商贸英语，好歹挨到点儿边……"

"你接待时要讲英语？还是你的微笑是英式的？"不知哪里来了一股恶气，可能是她的那种语气惹恼了我。所谓的专业，算个什么鸟东西，不过是在学校里所戴的一顶象征性的破帽子而已，一毕业就要扔掉的。专业与工作，工作与兴趣，兴趣与赚钱，赚钱与消费，消费与需要，需要与内心——永远都是"不对口"的。有什么好说的呢。

她没理会我的讽刺，多宽容似的，只侧过头盯着我的冲锋衣，转移话题："你看你，都下班了还穿着这身！大老远的就能看到，还怕别人不知道你是干什么的呀……"

"瞧你这身灰！这才难看！你为什么不能换上一条漂漂亮亮的连衣裙！"天哪，我为什么跟她说这个？我本来想好的那些话呢？怎么全忘了！只是，我实在是想不通，她怎么会觉得橙色不好看呢。

"我……是故意这样穿的！意思你自己想去！反正，你不总是叫我灰色蘑菇吗。我看你啊，是……橙色气球！"看来，她并不欣赏那个绰号。

211

"你还笑面虎呢！那么可恶那么烂的假笑！"

"你是快快快！连名字都没有！"

"你是ISO9002！懂什么意思吗？要给你解释吗？"

"你是鸡毛！满天飞！轻飘飘！"

"你是'先生您好'！你是'请填写会客单'！"

"你是'请提供联络电话！'你是'请填写三联单'！"

……

我们慌不择辞的互相辱骂，用一切不贴切的比喻，去恶狠狠地诋毁、作践对方……但是，瞧，她什么时候笑起来了，哈哈大笑，露出了太多的牙龈，眼睛挤得成了一道缝，看上去都难看了、都粗鲁了！这么说，我实现我的计划了？我让她开心大笑了？

可为什么呀，我突然感到一阵疲惫，像是从很远很远的地方跑到了终点，却发现根本不是我想到的地方。

12

"得！不闹了。你知道，我为什么要来吗。"她突然停下脚步，站在路灯下的树阴里，笑像打火机的火苗那样突然熄灭了。而我，则停在盲道上，条纹变成点点，这是提示盲人的脚：前方要拐弯。

"因为我昨天给你送药了。可你猜猜我为什么知道你病了吗？"我神秘地压低嗓子，压抑住快要蹦出来的心跳。好！有转机了，我终于想起我要说什么了——接下来，我要给她讲讲这被划分成西瓜瓣的城市，讲讲我悬疑的后现代派的休息时间与我的电影院，当然，还有我骏马一般的橙色摩托，其风驰电掣的离去、惊若翩鸿的停留；不，最主要的，我要讲讲鸡毛公司的章大嫂，特别是她与章大嫂的内在联系，以及她们一起发给我的那么多条甜蜜的短信……太好了，这肯定会掀起新一轮的高潮，她会再次笑得喘不过气的！

"当然不是！你胡闹什么！我昨天根本没病……"她的视线越过我，往我身后看去，好像在谈论一件跟我们无关的事。她完全不可亲近了。

"但是，我为什么还是来了？"她停顿了一下，自己往下回答，"因为……因为我能想象你的每一天，永远在路上，奔啊，在灰尘与尾气里，你真的只是一只橙色气球！什么都没有，不知到底要飘到哪里……想想看，你过的是什么日子！连个休息天都说不准儿！你为什么还装得乐呵呵的？"

"而我，你也看到的，干干净净地待在办公室，喝水，接接电话，填点表格。"她竭力说得平静，但仍可以听出一股真诚的满足，以及成功过滤掉的同情，"我知道，你一定是太渴望我这样的生活了，以至于你以为你喜欢的正是我这个人……所以，你使劲冲我笑、弄那么多歌词、那些药、还有每晚十点半在地铁口，可你想想，我们两个，怎么可能！这就像……"她晃晃脑袋，可能想打个比方，但最终只是再次摇摇头，漂亮的小卷发富有弹性地摆动着，在空气中划出微型的弧线。

"不过昨天，我终于说服了自己。我想，就见一下吧，就好比你是我的一个大学同学，一个老乡，一个校友。我能想象，这个见面，对你是有意义的，会帮你度过这最为糟糕的一段儿，最终，你会另起一行、好好加油的对吧？"

她终于把目光回到我脸上，眼睛里浮现出明朗的光泽和救赎般的笑，为自己终于说出了真实想法而一阵轻松：这是整个晚上她最为美妙的表情了——嗬，这么说，整个儿颠倒过来了吗？我微微低下头，用力保持沉默，没有丝毫的愤怒与嘲讽，或是有劲儿的反驳与进一步的声明，怎么说呢，而是当真表现得像个感恩的、感动的、连间草房都没有的南极动物，正置身于广袤的寒冷——

噗！不偏不倚啊，她如此这般地刺向我，恐怕，我从此不再会飞得那么高那么快活了。别啦，前面那些没心没肺的日子，我的热心与无边无际的爱。也许，从明天起，我就该五体投地、虔诚地皈依这伟大的社

213

会，远离这贫瘠而自由的大街，进入配有饮水机与复印机的灰色建筑，成为一个实用的面目混沌的男人。我将积极进取，我将与为人善，我将好好赚钱，我将好好老死。

"上车吧。"邀她坐上我的摩托车后座。轰！我一脚加到最大的马力，开得飞快，比鸡毛快捷达还要快。不管怎么说，要赶在明天早晨到来之前，最后一次让我的橙色疯狂地飘起来，越飘越长，长到覆盖掉整个大街，整个城市，整个宇宙——这景象，还怪美的呢。

2009 年 2 月 8 日　一稿

2009 年 2 月 18 日　二稿

2009 年 5 月 27 日　三稿

伴 宴

看来这一次是让不过去了，得找她"谈话"。

仲熙半是期望半是忧焦——说实话他是最愿意找她"谈话"的，哪怕是为着一个注定不欢而散的题目。

她姓宋，单字一个琛。以"王"作偏旁的字，通常与玉器有关，仲熙明明知道，还是特地翻了字典：琛，"珍宝"之意。这位珍宝姑娘是琵琶手，据说祖辈是大家，族中弟子好玩，器乐上个个都有专擅，若能同堂，拉出来起码能站满半边台子。包括一干亲戚，也大多与民乐沾边，最不济的，也是调音师或在器乐厂做松香。

仲熙的扬琴，高二才学，后来虽是进了艺院，专业上只能算个半吊子。所以，对宋琛这种带有童子功的世家出身，总觉得有些神秘，况且，宋琛这个人，怎么说呢，她真是不好说的一个人。

她模样挺好看，但这好看颇有争议，因她眉眼较硬，五官十分浓

215

烈，总之相当西化，若走在繁华大街，十分相宜。但她是弹琵琶的呀，这味道就明显不对了，往台上一亮相，是要减分的。

她业务也好，是团里一顶一的"大牌"，从省市到国家，能拿的奖都拿过，除了德艺双馨奖——就算她有一天资格够老，也绝不会拿到。不知怎么搞的，宋琛的人缘相当不好。这大概缘于她对个人隐私莫名其妙的高度屏蔽：她在团里，没有要好的女友；平常与众人对话，从不推心置腹，永远保持在社交寒暄的尺度，有时甚至连寒暄也省略，只说些必要的工作之事。这就叫人不舒服了，业务好就可以这样拒人于千里之外吗。所以，连带着，人们对她的业务，也不大肯褒扬了。

同时，由于她的冷淡，还造成了一种奇怪的陌生感，人们天天见她，却总说不上是真正认识她，比如，她的私人状况。除了年龄，去年28、今年29、后年30，这个是清楚的、可控的，但别的，却一概囫囵：有男友否？已婚否？已离婚否？在分居吗？另有新男友吗？可真气人，这方面的来往与离合，她从来只字不提，填表时碰到婚否之类的格子，亦毫不理会地空着；家庭成员一栏，永远只写父母二人。若有人故意问起，她要么轻蔑一笑，要么信口胡说，用很低级的谎言来敷衍，像是着意嘲弄对方的智力与好奇心。这一切就让人更加愤然了：有什么不能说的啊，谁比谁更金贵啊。你当你是生活在西方啊，一个搞民乐的，怎么着也该讲点中国的人情世故吧。

仲熙从文化局调来民乐团时，宋琛就是这么个背景与现状。介绍别的乐手，钱主任最多花五分钟，但讲到宋琛，钱主任倒足足说了半个钟点。所以，从一开始，仲熙就记下她了，不过，对她的这种种作为，倒也没大惊小怪。仲熙前几年在文化局，跟各色各路的艺术界人士打交道多了，他是知道的，这种"夹生"（金陵土语，不合作之意），乃艺术人士的专利，算不上什么大毛病，再说，也正因为人与人各不相同，这世界才有点意思嘛！

此外，还有一个小小的原因：仲熙三年前的离异，除了至交亲朋，

216

一般人，他也是从不提起。所以，某种程度上，他理解宋琛，说不定，私生活上，她也的确是有难言之处吧。

真正一起共事，仲熙慢慢发觉，这个宋琛，虽然有点怪气，但总的来说，很讲道理：合情合理的分内事，她十分认真；反之，则寸步不让。仲熙其实倒喜欢如此，怕就怕那种忽左忽右、缺乏原则的人物。

直到碰上她拒绝"伴宴"，仲熙才意识到，宋琛是个问题。

2

何为"伴宴"？这是团里约定俗成的简称，详指"给宴会伴奏"，具体说来，就是一席或数席的重要宴请，主办者邀请民乐团现场演奏一台音乐会，以助清雅之兴，使吃饭活动成为更艺术的娱乐、更高档的社交……若干年前，伴宴一般都是政治任务，级别约摸为市宴、省宴，在座的总有党和政府的领导人物，且半数涉外，有展示民族艺术瑰宝之意。乐手甚至要政审，众人为此突击排练、加班迟归，皆无怨言，反倒甚觉荣耀，因为日后说起，他们曾经为"某某"、"某某某"或"某某·某某某"奏过一曲。

但近年情况有变，因所谓体制改革之故，民乐团得自己"找饭吃"——这个比喻，简直全无斯文，仲熙十分反感，但上上下下各种场合反复提及，他也就渐渐麻木了认同了，何况他还得带头去"找饭吃"——替团里上下的工资、奖金寻到出处！

唉，说实话，民乐的饭食，难找极了，现今谁有功夫、谁又有那个静气坐下来听一曲《渔樵问答》或《蕉窗夜雨》！到各处去联系演出，十有八九都是婉谢的，要么就问他有没有"十二乐坊"那样可以在台上边拉边扭的女队班子？唉，这当中的辛酸与委屈，不说也罢。总之，到最后，贵贱不遑挑，细小不敢舍，连"伴宴"也成为乐团上下老小的"饭食"之一种——企业主的周年庆，多金者的婚庆典，谈判方的鸿门

217

宴，等等。只要有钱，民乐团无不贴身而上，弦动琴响，务求主客尽欢。

而伴宴一旦落到此等地步，对乐手们的自尊，便有了普遍意义上的打击。特别是碰上那些宴客，他们不再是从前的宴会聆乐者——吃饭几无声息、曲终必要礼节性拍手、只在两曲之间才相互致敬，而今，他们是各席面间奔走不息（名为"打的敬酒"）或数人同时敲桌干杯（名为"集体过电"），同时大声倾谈，以段子取乐，击掌哄然大笑，更不要说接电话、喝交杯酒、醉了乱嚷的，总之其景堪比闹市，全然不管台上的弦唱箫吟。

也曾有乐手为之冲冠一怒、抱琴而去，但又怎么样呢？隔几天还是要捏着鼻子上台。故而，大部分乐手都还是"懂事"与"配合"的，放下小我，服从大局，以"找饭吃"为第一要务，上了台只管垂着眼皮伴装自我沉醉。况且，也就是一台拼盘音乐会么，曲子都是经典选目，大家早已熟腻之极，真正奏来，并不耗费多少精力。算了，世事已至此，不独民乐，各样自命或被命为"高雅"、"严肃"的艺术，都是曲中求直、苟且偷生的，还有什么好说的。

也只有她、这个宋琛，从头至尾，一直是固执地保持着"大牌"的底线，抵死不肯"伴宴"。谁也说不动她，提到那两字，简直像剥了她的面皮、折了她的风骨。好在团里另外还有两个琵琶手，也能应付过去了，反正谁上台谁拿演出费呗。

这样，过往所有的伴宴，包括大小商演，从上一任团长手里就开始默认了——不喊她。只是，从组织纪律、集体主义的角度来看，作为一个业务尖子，她这等于是在公然对抗"创收"，把自己与众乐手拉开层次，总之，影响不大好。

况且，目前的问题是：周五的这次伴宴，负责付钱的客户点明就要宋琛登台参演。

"客户?"坐到仲熙的办公室里,才听了半句,宋琛就冷笑起来,果真是大牌的脾气,"也对,所以我们团还有市场开发部、第三产业,而乐队呢,干脆叫流水车间好了。您呢,就是老总、CEO,可别再说自己是团长。"

仲熙望望她,就让她说两句吧,只要最终能答应就好。这次的客户,真的很有意思,说只要宋琛肯出来,他们还会介绍许多圈内的老总们来"照顾"民乐团。同时,在谈好的"伴宴"费之外,还特别暗示,会另外给宋琛本人一个大红包。换作别人,这"红包"会算个砝码,但她这里,仲熙决定提都不提,难保那只会把她推得更远——跟宋琛打交道,有种与众不同的挑战感,这反倒给了仲熙一种莫名的兴奋,要真能说得动她该多牛气!

"人家老总点明要听你的《十面埋伏》,说明是个行家呀,是个知音!自古以来,士为知己、女为……"仲熙开始编,这个角度肯定比"红包"更适合宋琛,许多恃才傲物的人,都会对知音网开一面。

"哼,这也叫知音?那全中国人都是我知音。不论谁,初次见面的,只要一听说我是弹琵琶的,对方就会一边点头一边说,哦,《十面埋伏》!《十面埋伏》!蛮好听蛮好听!"宋琛活灵活现地模仿起那种假充内行的神态,逗得仲熙差点笑起来,同时也暗自后悔,刚才该讲她的得奖曲目《霓裳羽衣》或《飞花点翠》就好了。

"你知道吗?那公司,不是一般的气派,人家本来打算请省歌舞团弦乐队伴宴的,那边连曲目单都准备好了,全是崇洋媚外的世界名曲。多亏我们这边的钱主任会办事,中国气派呀、民族精粹呀、传统经典呀一通轰炸,总算把这笔业务给抢了过来。"仲熙知道搞民乐的往往会跟西洋乐叫劲,他便故意无中生有,想激发宋琛的好战心,"而且,钱主任还跟我说，这家公司，因为是总部，所以每年都要搞元旦迎新、中秋茶会、新春团拜、VIP感恩宴之类。若这次伴宴弄得好了，会成为一个长期的高端客户，最起码，咱们每个月的福利就有了呀！"仲熙知道自己满嘴商业气味，但这会儿是故意如此，他就不相信，这个宋琛真是个不食人间烟火的；下个星期就是端午节了，到时发嘉兴肉粽与高邮双黄蛋她会不拿？

"反正我不会去的。"宋琛突然收了话题，全然不顾仲熙方才的一通说教还余音未绝。她站起身，仲熙以为她要告辞，她却站到窗户边往院子里看。

那个位置，仲熙也经常站。

民乐团的院子原本就小，加之现在有不少乐手买了车，里面更是挤挤挨挨，有人甚至嚷着要把两棵长了多年的柏树给移走。唉，每次站在这个窗口，看到那些锃亮的车子以及匆匆来去的乐手，仲熙心中也说不清是喜是忧。总的说来，民乐团是庙穷和尚不穷，很多乐手都在私下里带学生，虽然课金比西洋乐要低不少，但若是有些名气，也肯吃苦，外快还是可观的。搞创作的人呢，则在外面替人编曲子，节会庆典、店歌会歌之类——真正临到自己团里交待的差使，反倒成了兼职似的，草草应付了事。这些公私夹缠的情况，仲熙心中十分清楚，但也不忍下快刀禁行。说到底，他感到自己并无充分的理由与充分的底气，就算众人每天八小时齐齐坐在团里，又哪里去找那么多的演出项目去保证大家的荷包呢。民乐呀，有时狠心想想，真像个老妇人，唉，本便是一日闲过一日、一日枯似一日的。

大约是见仲熙一直没有回答，窗前的宋琛又不咸不淡地加了一句："我之所以不去，也不是冲着你，是冲着外面。"

"外面是哪里？"仲熙倒也不急了，不知为什么，他总还存着一种朦胧的希望，觉得自己最终是可以说服宋琛的。

"于我而言，琵琶之外，都是外面。"宋琛顿了一顿，却又另外讲起别的，"唉，乐是什么？你一定知道这句，'王宫悬、诸侯轩悬、卿大夫判悬、士特悬'。从小，家里人就跟我讲这些，我也一向信以为真，所以，是无论如何不肯走下来去伴宴的，请你理解。"

仲熙知道宋琛讲的是周代礼乐制度——悬，大略是指编钟之类的古乐。周代等级庄严，"乐"乃至高享受，不可随便举之，什么人可听什么级别的"乐"，都有严格规定。宫悬，即四面挂，此为王者特权；次之，为轩悬，即三面挂，是赐予诸侯的；而判悬（对挂）与特悬（独挂）则是分别为大夫与士所定的界限，万不得逾越……

仲熙听得明白，宋琛此话听上去像是自我辩解，其实，当是在讥讽自己吧——把民乐自高堂大雅弄得如此等而下之，乃至侍奉起一帮大嚼大吃的酒囊饭袋。可是，这又哪里是仲熙的错，由来已久矣，这"礼崩乐坏"连孔子都徒唤奈何呀。

但仲熙也不愿辩解，最主要的，他能感到，她对民乐的挚情，完全偏执于高雅一端；要让她转了弯上台伴宴，确乎是难于登青天，就好比是让一个专门吟诗作赋的人去搞有偿报告文学，完全说合不了的。

但不行，今天还是得说合！仲熙暗中咬牙，不是怨她，而是恨自己，为什么偏偏是个狗屁团长呢，得说各种言不由衷之辞、做各种不情不愿之事——这是世上每个人都会面临的迷局。况且，就算他肯让步，团里也没有人可以宽容她的洁身自好，凭什么为了她一个人的坚守，就要碍了整个团的利益，这对别的乐手而言，是不公平的：技艺虽有高下，但当初，哪个不是夏练三伏冬练三九过来的，从汗到泪到血，谁没流过？谁不想堂而皇之地万众瞩目、扬名立万！而今，别人都放下身段了，她怎的就不能放下！

想了一想，仲熙决定还是找她的软肋处说："其实，宋琛，我懂得你的意思。但我们的民乐，不是要你这样去关起门来殉情的。你得先让她活才对，她活了你才能活。你若真把民乐当了你的命本，什么伴宴不伴宴，商演不商演，这些牛角尖都不必钻。君子能屈能伸，大道迂回求

221

索。我觉得你的想法，太过狭隘了！你再考虑考虑吧！"

宋琛此时已走到门口，听了这话，停下站了一会儿，却没回头，终于还是走了。

她的这一停，让仲熙感到：可能还有希望。

4

仲熙复又站到窗口，看宋琛青灰色的裙子从排练房廊下一直消失在器乐室之后。她的背影，值得长时间盯着看——比看她的正面要安全得多。仲熙早注意到，宋琛不喜欢明媚的颜色，哪怕就是演出服，也是冷色调，红、黄、橙这些从不上身。一直看到那青灰色的身影消失，仲熙忽然间若有所思，想到个小主意。

他把钱主任喊了来，后者一进门便眼巴巴地盯着他，见仲熙的表情，绝望地叹口气："没谈拢？真是的，连你的账也不卖！怎么一点人味没有的，有本事她住到月亮上去！"

仲熙摇摇手，让钱主任介绍介绍这个点明要宋琛上台的客户。

钱主任先是不解，只喃喃地开始絮叨："嗳，是的呀，我当时也奇怪，就算宋琛在咱们圈子里算个名家，但社会上一般的人，哪里会知道她。不过我见到的人也不是老总，是秘书，小年轻儿，一开口就问我们团是不是有个叫宋琛的，我说有是有，但她不伴宴。于是这小家伙就买东西一样跟我讨价还价，中途出去接了个电话，回来后口气更牛，说只要宋琛肯出来，便如何如何，许下一串诺言，反之呢，就什么都不要谈了。没办法呀，我只有答应下来，人家出的那个价钱，多好的一块大肥肉！我要拒绝了简直就是犯罪呀！咦，对了，仲团长，莫不是，那家单位的老总看上宋琛了？"钱主任脑袋忽然一低，面上露出一种通用的亲狎表情。

仲熙一阵不快，被冒犯了似的，又觉得自己莫名其妙，何况未见得

222

钱主任就是妄加猜测，于是也就顺势往下说："这样，你的人脉一向最广，去打听打听，到底怎么回事，弄清楚了我们也好主动一点……"

"万一就是那么个情况，这不等于就是宋琛给我们惹的事情嘛，这样，我们反倒可以拿住她，上台还是不上台，她直接去跟对方谈好了，省得我们为难!"钱主任太聪明了。聪明得话这么多、说得准确而露骨，让仲熙都替自己的念头害臊起来。唉，许多事，想得，做得，偏说不得。多少人，在世间痴滚了几十个年头，都弄不好这个分寸。

仲熙想起方才与宋琛的对话，她倒是"会"说话的，一百句里，肚子先吃掉九十九句，只把最后一句，骨头一样吐出来。要有机会，仲熙真想与她好好长谈一下，恐怕她不会相信，他仲某对民乐的爱之深、痛之切，并不比她少。

5

当初在艺院，仲熙的方向是音乐史与理论研究，除了扬琴，别的也玩过几样，均是粗通而不精。但那几年里，终日浸淫，或听或赏，对民乐的喜欢，已深入骨髓。无数个清风明月之夜，他在校园里独自走路，远远地听各处传来的缥缈乐声，总是慨然系之。京胡的愤而激越、箫的无限留白、梆笛的哑涩胆怯、哪怕就是木鱼的"笃笃"两声，都让仲熙为之牵肠挂肚、心神俱往——民乐的大底子，是一个淡墨写就的悲字，如同老人回首世事，欲说还休，但细节的表现与起承上，却又吵闹亮丽，有种随意的天真之气。尤其是这几年，经过了婚姻离合之变、事业起伏之变，仲熙的心境，越发沉郁，越觉得这民乐里的好，与自己的人生哲学颇为贴合，其妙处，难与人细说。

故从文化局下来主持这日渐式微、摇摇欲坠的民乐团，别人只当他是遭到发配、事业进入低谷——多少学民乐的都在往外转，他反从机关大院往里转。仲熙却感到别样的称心，满心期望就手按照自己的理解去革新民乐，使之起死回生、大放异彩……但没过多久，他即意识这一雄心的浅薄：民乐，如仅仅作为个人之好，仍可以像最初一样美轮美奂；但若作为一个乐团、以物质实体的形式来求生存，就不对了；甚至，仲熙总时不时感到一种似曾相识的暮夕之气，那是什么？

仲熙捂着脑袋想，对，在文化局，有一阵子，他曾经参与过"申遗"工作，看了不知多少早已死去、正在死去以及必将死去的"非物质文化遗产"：高台狮子戏、手工骨牌灯、雕花天鹅绒、阳腔目连戏等等好几十项。各处报来的介绍，均写得密密麻麻，真正下去一看，能知晓会演做的，大都已是豁牙瞽目之老人；就算尽力扑救，所得的约乎也仅是片鳞只爪或以讹传讹、将错就错之作；最可叹的是，"抢救"下来之后，仍不免束之高阁、录于典籍，并未获得生存与流传的新生。

对此，仲熙总存有深深的迷惑。固然，祖上所玩耍戏弄的各样奇巧技艺，做子孙的应当谨严收录不误，就算画虎成猫，也算是一种心理安慰。毕竟人类受文明教化甚深，已无法忍受任何艺术的失去，故而各地皆执念于"申遗"，并以为是功德无量之举。但有一点也要清楚，艺术的此消彼长，也循着物竞天择、适者生存的理数。一个时代便有一个时代的欢娱，失去了彼时的土壤与情境，就好比没了魂魄，再怎么勉力维护，还是一团枯槁的肉身，离祖上那清新活泼的乡野真趣已是天壤之别！

民乐里，仲熙也同样感觉到这种逼近而来的暮夕之气，所以，他一直拼着命地接洽各种商演，表面上是为了生存与经济，实际上，也是一种恐惧与抵抗。他宁可民乐这样粗俗泼辣、不尽如人意地活着，也好过于无人问津、孤芳自赏中凄惨地死去！

唉，有机会跟宋琛说这些吗？如果她真能理解到仲熙之一二，也许反倒可以明白，那以退求进的"伴宴"，其无奈与必要……

6

仅仅一天后，钱主任就带来了打探得来的结果。其时仲熙正在审定节目单，下面报来的单子上已赫然把宋琛的琵琶独奏排在第二位——第一曲通常是合奏，在宴席开始之前就要出来的，相当于暖场，第二曲才是主角。

钱主任拖着步子进来，虽是邀功但也显得失望："关于那个老总，我费了不少劲，转弯抹角，查是查到了，可是……"他居然卖起关子。

仲熙不答话，只盯着钱主任。他不喜欢这个关子，因为他的确想卖这个关子。

为什么会这样？仲熙自问，真要为着伴宴本身，他大约不至于此吧。是的，承认吧，比起团里其他人，自己可能更加好奇宋琛的情感生活，甚至想透彻地研究，进入她的内心世界，了解她的爱恨，看到她私下里放松恣情的真面目……那么，这是有点喜欢她？他诘问自己，很快发现这问题毫无意义——

虽然自己而今复又单身，但宋琛的具体状况不明，况且她对自己，大约并无特别的好感；最要紧的，就算她有好感又如何，自己在机关里混迹数年，此刻又身为团长，要懂一切的利害与原则——与一个富有争议的大牌乐手，怎么可能！

但是，唉，人之为人啊，总有情难自禁的向善向美之心，而宋琛，她的模样，她的脾性，她的格格不入与固执行事，就恰好这样吸引他！此种情感的真实灿烂，正与其微小与虚无相当——只需暗中收藏，不必求对方任何的确认与回馈。有时候，人与人之间，就有这种若有若无的东西吧，这也正是生活比较有滋味的一部分。

只是，那个客户，真的会是宋琛的一个追求者吗？甚而用上了这种老派而蹩脚（叫堂会？赏红包？）的套路，这让仲熙泛上奇特的感觉。

在瞧不起与嘲笑之后，他又希望那人"是"！这就说明宋琛的魅力、琵琶的魅力、民乐的魅力，一切美好事物击中世俗的魅力。

仲熙走神了，走了一个挺漫长的神。

终于，钱主任自己沉不住气，把嘴一撇说道："没什么！那家公司的老总是个女的，四十多岁，没什么特别的。并且，据我掌握的情况，她压根不喜欢民乐，女强人么，一心扑在事业上的那种……"

仲熙有些愣住了，一个女的？这里面会有什么吗？奇怪呀！

算了不必追究，有时候人就得相信简单、迷信简单！

仲熙说服了自己，同时也松一口气，这样也好，免得真要去跟宋琛谈论她一直讳莫如深的情感生活。再说，那些所谓的情感瓜葛，未必真就能"胁迫"到宋琛，说不定反而会让她彻底翻脸，把合作搞砸了，不仅她不上台，整个团都上不了台，演出费全泡汤……这样倒好，装个直心肠子，就当那客户只是心血来潮、附庸风雅吧。

钱主任耐心等仲熙消化完这消息，又换了略显诡谲的表情，递上来几页文件。仲熙一看，是市里的"五个一"重点人才推荐表——如若被荐上，会拿到专业津贴、被组织出国考察、脱产培训之类，有若干的好处；每隔三年才会分到小小民乐团一个名额，也算是政府对民乐人才的一种"泽被"。

钱主任放到桌上，见仲熙视若无物，于是重新拿在手上，不吐不快的样子："也是巧，今天刚收到这个通知！仲团长，你看，从专业水平看，宋琛是团里的头号人选，虽然她群众基础差一点。但瑕不掩瑜，所以呢，我建议，咱们团就报她，但有个条件，让她小小地回报一下团里，上个台嘛……"

仲熙埋着头听，完全听懂了钱主任的话外音。唉，一桩交易接着一桩交易！对方可是宋琛啊。

其实，这次伴宴，宋琛若真不肯去，这笔业务黄了，也就算了，毕竟上了台也是要演的，强扭上去，反是弄巧成拙，影响演出效果——有

226

些事，必要时，不如抱着顺遂的心态，退一步便罢了。

但想想钱主任吧，当初为了"拉"到这笔业务，多不容易，将要看得见的丰硕收益招摇在前，却一下子栽倒在宋琛手上。不仅他要跳脚，全团上下也会升腾起各样怨气。这对宋琛将大不利——仲熙实在不愿意那样。无论如何，大家现在都同在这民乐的小船上，只可一心一力才对。

这样一想，对钱主任提出的"建议"，也只有默认了。如果处理得当，不那么赤裸裸的，也未尝不是个办法。再说，这样，他又可以有事由再找宋琛"谈"一次"话"了不是吗？

也奇怪，就算经常会在团里见到，他竟仍然有些想念，想与她独处。

7

料想不到的是，这第二次"谈话"，倒是宋琛主动约的仲熙，以一个简慢的方式：快到十一点，才打个电话，问是否有空中午在民乐团附近的茶馆见面。

仲熙自然是答应了，同时又觉得失落——这种仓促的约见，说明自己在她心目中完全没有一点份量。唉，她将永不会知道，自己竟会那么在意她。

宋琛仍是一身不起眼的灰绿色衣裳，但她五官鲜明，反而另有一种特别的味道。没有常见的寒暄与矜持，宋琛自作主张要了两份简餐。她显然是有话要说。

仲熙随身带上了"五个一"人才申报表及伴宴节目单，像是两份指向同一标的的合同似的，只觉得放在口袋里十分碍事——其实，真正碍事的是他自己的身份与心理感觉。他暗自慨叹：要是这会儿，能以另一种身份、另一种心境，与这个引人遐思的女子这样临窗静坐，随便聊聊

227

他最喜欢的敦煌古曲，会多么好……

令他略感安慰的是，宋琛的确是个很好的谈话对象。比如下面的开头，就像一篇文章的引子，顿时让仲熙感到和风扑面，心境为之跃然。

"其实，你到我们团之前，我就听过你一曲《苏武》。"

仲熙一听连忙摆手，差不多要脸红了。他知道宋琛有个舅舅专司扬琴，自己跟那老人家是根本没法比的，而且，他回忆，那支曲子，当众敲得很少，可能是某次同学会上的即席之奏，完全登不得大雅之堂，哪晓得她当时正在座下。

宋琛等他说完一堆表示惭愧和谦虚的话，忍不住笑了："咦，我刚才只说听过，并没有夸你敲得好啊。"

见仲熙更加不安，宋琛连忙往下继续："不过，你敲得很有风韵。我舅舅常说，扬琴这个器，一般人都以为，关键是在节奏快慢、点子的切分，对准确性的技术要求高过其他器乐。其实，真正的妙处倒恰在准与不准之间，其快与慢，要与曲子的意境相贴——欢腾畅快处，奏者一味求精准，反显得蠢相；滞重沉郁处，就算慢上八分之一拍，也是好的。这是我舅舅的歪歪理……而你那天敲的《苏武》，手一听就生，还有几处错音，但好就好在，如同水墨画的写意，里面的意思你'写'到了，复古拟古，曲风纯正。所以，我当时回去还跟舅舅说，今天倒看到一个懂得民乐的。"

仲熙被夸得有些醺然，内心十分高兴，因为刚才性急多话，这回索性只以一笑回应。

"所以，不用你多说，我也能理解，你到了团里，带着他们一起折腾，弄些钱、弄些市场、弄些影响，也是为了救民乐于濒亡。可是，我总觉得这样子下去，是背道而驰，对民乐的伤害多于补救，反会使之愈发低廉轻贱……"

"愿闻其详。"仲熙想，这顿便饭，宋琛是要给他洗脑了。

"也没什么详。"宋琛却又把另外九十九句给咽下去了。吃了一会儿菜，她摸摸左手几个指肚上的老茧，也不看仲熙，像是自言自语："从小到大，没有游戏，没有电视，没有伙伴，永远都是一天六个小时地练，除了年初一与生日可以放假半天。这么些年，只与琵琶守在一处，虽是小了点，但心反而大了。许多事情，比如打扮、吃喝、金钱，于我而言，也只是清水穿肠，不留痕迹。总之，我什么都不在意的。"

仲熙留心听，她方才，只说"打扮、吃喝、金钱"，却没提到"男女"。他真有心想问一问，那方面如何呢，也是清水穿肠吗？

他想起她在台上的演出：黑漆漆的舞台，只一束白光打在琵琶上，她的演出服是冰蓝的长纱裙，如一朵莲花缀于天幕。她双目微闭，脸色处于半明半暗中，全部的精力只在十指，一曲《诉》里，具有多么惊人的柔情蜜意啊！若胸中没有缠绵，绝不可能奏出那样的衷肠！其实，这曲子是近人据《琵琶行》所作，重在技法繁复，夹弹、半轮、带起、泛音、绞弦，但意境稍弱，失之凄切。可宋琛指端的流淌，却让仲熙怦然心动、为之神往，这样的女子，怀抱的是怎样的娇痴怨嗔！什么样的人才能走到她的心中并占有一个小小的位置啊！仲熙记得自己当时呆立于台下，心中长叹息不已。

现在瞧瞧，她这双修长的、弹尽婉转与崎岖的手，可不就在眼前么！他多想轻轻地握上一握、亲上一亲啊！这不是亲她本人，而是亲一种与她相关的东西；这跟肌肤无关，只是一种情绪，一种需要！

见仲熙表情异样，宋琛觉察到什么，她抬起头，把眼睛正对着仲熙亮了一下。奇怪，她什么都没说，可仲熙却清清楚楚地感到，那亮，正是明确地要驱散他任何的胡思乱想！瞧这女子，多聪明，会巧妙而友善地阻止那个种子发芽。

宋琛继续正襟危坐："哦，刚才扯远了。其实，我就是想跟你说，这器乐，有三相：声、音、韵。这三者，有境界上的递进关系，可谓发乎心、忘乎情、得乎性。但你让他们整日价去敷衍那些闹哄哄的场面，能弹出来什么？下面又能听到什么？只能是'声'，连'音'都谈不上，所谓'知声者众，知音者稀'，更不要讲'韵'了！这哪里对得起祖宗传到我们手里的器！"宋琛似有一点激动，说罢往后一靠，完成此行的既定任务似的。

仲熙给她续了点水，一边点头。真要反驳宋琛，他同样可以讲出一百个理由来，可是他知道宋琛的，根本不必长篇大论，不如学着她，咽下九十九句，也只挑最要害的来说吧。

"你说的，都对。我只问你一句，若你是团长，一团人的工资福利、吃喝用度摆在跟前，还有离退休干部的工资与高额医疗费等等，你还可以这样关起门来，以乐为食，追求最深的精髓？宋琛啊，皮之不存，毛将焉附？我得先把这一大家口养起来再说啊！弄不好，这里上顿不接下顿，这小小的民乐团是会解体的！到时，我们恐怕连白日梦都无处寄托！"

宋琛虚虚地盯着仲熙，似有一点小小震动。

走之前，仲熙把列有宋琛节目的伴宴节目单递给了她："你看看，合不合适？"他自认为这话说得是有些技巧——不合适的，可以是排序，可以是曲目，也可以是演奏者，就看宋琛怎么改了。

"五个一"人才推荐表他仍旧捂着。这两个东西他真没法同时拿出来；或许，他是有些天真的自我期许，他对她，是以情动之，以理动之，大不必以利诱之。

8

一般来说，两个人的争辩，最后发言并结尾的那个似乎能占到一点记忆惯性的便宜——以此来说，中午在茶馆的谈话，仲熙并不能算是输在宋琛手下。可是，真奇怪，一整个下午，他都在想宋琛的那段话。关于器之"三相"，她所讲的，像一根小肉刺，让他百般地感到不适……

他想起团里的另一个"创收"项目：古都雅韵风情音乐会。

这是通过文化局向旅游局好不容易争取到的一笔大"生意"，而后者也是特意照顾"没米下锅"的长乐团——让"古都雅韵风情音乐会"作为本地旅游项目的一个保留节目。只要是跟旅行社来的外地游客，都会被组织统一观看。逢上旅游旺季，每日两场；就算是淡季，一周也要三场。仲熙对这个长期而稳定的业务还是比较满意的——全团工资有二分之一要指靠它呢。

有时他也会到现场转转，情形当然不太乐观：那些衣着花花绿绿的各地游人，总是抱着骚动兴奋的过客心态，全然没有安坐的心情。他们最大的乐趣便在拍照与交谈，并东张西望目尽所见，以不枉此行。更有孩子四处乱跑，家长勉强拉住，用那种勤于教诲的口气指点台上：喏，记住，那个圆圆的有洞的是'员'（是'埙'，许多人只念半边字），那个叔叔吹的叫小号（其实是唢呐）……仲熙往往看得气闷，便转目至台上。

这一看，更糟，连再看第二眼的勇气都没了——即便是那短短的一眼，他已能强烈地感觉到，乐手们是怀着怎样木然的心情在演奏；不，可能比木然还糟，是压抑与恶心。这怨不得他们，每天三次啊，像磁带一样，永远是那一套经文化局、旅游局共同钦定的保留曲目：《茉莉花》《春江花月夜》《姑苏行》《金蛇狂舞》……再好再好的东西，就算是天下最美的那三个字，无穷无尽翻来覆去每天只用同一种音调在规定的时间用规定的方式说出来，且倾听的那一方完全无动于衷，谁不会发疯啊！

仲熙索性闭了眼。是啊，如果是外行，如果粗心一点听，所有的曲子都是驾轻就熟、流丽婉转的；可是他知道，那早已不是音乐了，只是一堆声音。正如宋琛所说，是器之三相里最低的一层，正是这种谋求稻粱的惨淡经营，让数千年来绵延下来的民乐仅留下一个"声"的外壳！

这样一想，仲熙不禁悲中从来，又伤心又激愤，在一种自我惩罚的情绪之下，他忽然觉得，宋琛去不去俦宴，此一步甚为关键，是关乎节

231

气、关于精神的大事，往左走往右走，有巨大的隐喻与象征。

那么好吧，就这么定了，不管后果如何，同意她不去、支持她不去，永远不参加任何廉价或不廉价的商演，就让她作为最后一朵自由的小白花吧，孤傲地别在民乐团寒凉的衣襟上！

——此决定一做，仲熙反倒觉得一阵轻松，心情如暴雨突降后的澄明。他决定暂且不想：该如何向钱主任自圆其说，解释自己的反水。

9

可哪知，仲熙这里刚刚艰难转身，宋琛却也兀自回头了。送回节目单时，她用与拒绝"伴宴"同样轻巧和目中无人的语气："那个，我去了。"只在用词上，还不肯提"伴宴"二字。

仲熙吃惊地看她，她却不回看，只顾低头用手指点节目单，欲与仲熙讨论节目的顺序与内容。那意思是，她既是参加了，就希望一切都像点样子。

宋琛用铅笔做了一些修改，她认为这节目单不能算一篇好作文——一场音乐会，也是要求"豹头猪肚凤尾"的："两头的么还行，但中间的几支曲子，怎么都那么绵啊，虚飘飘的，完全撑不住嘛。"

"噢，那个啊。"也是，她这是头一次参加伴宴，不知道具体情况，仲熙压下心中的其他疑惑，先对她解释，"伴宴，就要讲究一个'伴'字。开始的曲目自然要先声夺人，主客双方往往在此际步入宴会现场，但一旦客人们酒杯端起，我们这里就是奏仙乐也入不了他们的耳啊。故而，中间的曲子就以慢曲为主，音色轻柔，恰如背景乐一般，若有若无，绝不可喧宾夺主，有扰客人的胃口。这样一直奏下去，直到快要终席，人家吃得差不多了，才会有闲情把注意力转到我们这边，他们会点些曲子，甚至会是通俗歌曲，也有时是我们自己来一个高潮，比如《花好月圆》或《步步高》，最后皆大欢喜……"这里面的小小门道，仲熙一直在做，并没有谁要听他解释，但今天这样明白地说出来，心里还真是有些酸楚。看看，这都落到什么份儿了！唉，也怨不得有些乐手，把"伴宴"干脆叫做"墙纸"，说他们晚上是去做"墙纸"了。

宋琛边听边点头，倒也不见得怎么样感触："想不到有这些讲究。那么，除了《十面埋伏》，我还得另备一两支曲子，以防到后面被点到是不是？"看来这个宋琛，一旦决定要做什么事了，这个认真劲儿！可这种事，放在她身上，多么令人惭愧！心里真觉得对不起她！

仲熙就势把话说回来："怎么回事？你为什么又改变主意了……其实，我后来也想通了，我们堂堂一个民乐团，总得坚持点什么对吧。如果那个客户真喜欢你的琵琶，就应当专门去听你的音乐会才对……"

宋琛摇摇头迅速笑了一下："呃，这个，乐舞侍宴，自古有之。再说，我就算上了台，也还是在我自己的世界里。我啊，自有我的玻璃罩，可以挡住一切。"

仲熙没有勇气开口再往深里追问——宋琛的这一决定，究竟是为重温民乐古风还是为了帮他一把？也许是兼而有之，特别是后者，她自知不可能呼应他的情感，故而只有这样回报？不，这样很不好，情感上，他可从没要求她什么，都怪昨天在茶宿里有些失态……可是再想想，也好，她若肯怜悯，便是懂他、体恤他！这与爱之间，便只是一步之遥了！

仲熙百感交集地看着宋琛，谢也不是，推也不是。这个困扰他多日的难题，此刻一下子有了好的结果，却又说不上是高兴还是失落。他多想能够轻轻地抱一下宋琛啊，知己一般的，难友一般的。

10

晚宴是六点半开始，但仲熙要求乐手们五点半就要吃了晚饭全都到场。这是一个仪式感的问题，也是一个心理问题，正因为全团上下对伴

233

宴都极为不屑，仲熙愈加规定严格，以此做一个反方向的张力，不至于大家坐到台上都松塌塌的没有样子。

而这一次，仲熙去得尤其早，跟服务员们一样早。那些女孩子正在忙着布席，一整个气派的大堂，总共八大桌。仲熙台上台下绕了好几遍，不管怎么说，这是宋琛头一次伴宴，仲熙希望不要出任何差错。同时，他仍然还存着一份好奇，想早点看看这家公司的女老总，为什么她偏偏死活要宋琛出场呢，这件事想想还是有些蹊跷的。

女老总当然不会早到，倒是宋琛，比其他乐手来得都早。仲熙趁机给她再打一个预防针："……最好的演奏，就是要做到目中无人，不管下面贩夫走卒人仰马翻，都只当是与己无关。"仲熙还是怕她适应不了，这可不是音乐厅或大剧院。

宋琛什么脑袋，自然听懂了，她笑起来："你放心。所有的情况，蜘蛛都跟我说过了。"蜘蛛是另一个琵琶手的绰号，因她十指特别修长，故得此号。"好了，待会儿我就去换衣服了。你不要笑话，我选了最吓人的大红。因蜘蛛说客人一般都爱看琵琶手穿红衣。"

看着宋琛似乎是很轻松的背影，仲熙感到一阵难过。是啊，今天这是她的头一次伴宴，但仲熙绝不敢说是最后一次。许多事情都是这样，既是有了第一次，为什么不能有第二次第三次……唉，从此，宋琛也会成了一个伴宴的乐手吗？

仲熙一时感到自责和怆然，但此时此地毕竟不宜抒情。不多久，乐手们都到了，各就各位，化妆、更衣、备谱、调弦，一阵琴动弦响。而外面大厅里的签到迎接之声也渐渐哗然起来。很快，钱主任匆匆引着一位咖啡套装、身形偏胖的女人过来——就是出钱的衣食父母啊。仲熙马上满脸是笑，介绍、寒暄、相互致谢，然后仲熙告退，指挥上台。在宾客们一阵阵涌入落座之际，当晚的伴宴，以一曲合奏《节日》开场了。

仲熙坐于后台一侧。所谓的台子，只有三级楼梯高，离席面也很近，他可以斜着看到台下。他再次打量那女老总。

的确，太平常了，胖得平常，女强人得也平常。看来，真的没有什么。就连宋琛上台演奏，她也没有多加留意，只忙着与客人应酬，中途还掏出手机，一边打一边带着淡笑瞟着宋琛。

这样看了两支曲子，仲熙不禁有些昏然，索性起身到后台。宋琛果然在那里，另外尚有几个独奏的乐手在候场，也有刚刚下来的在歇着。要在平常，这里往往是发牢骚的最好地点；今天，大约是因为宋琛的出场，倒显得有些静默。宋琛仍跟在团里一样，谁也不理会，只独坐一边抱着琵琶。

仲熙站在那里，却也无话，总不能祝贺宋琛演出成功吧。

本以为这一晚大概就是要这样无话下去，忽听得前台有人急急走来，是钱主任，见到仲熙，他急忙把他往边上一扯，眼神从宋琛那里虚虚地掠过。

"女老总说，她有个重要客人刚刚才到，而且她先前也没注意到宋琛上台，所以……要宋琛重来一遍，还弹《十面埋伏》！"钱主任脑门子上全是汗，他也知道这话说不出口。有这样的吗？事先不是都有节目单的吗？就算要演员返场也不是这样返的。

仲熙跑到侧台，照钱主任的指点看，主桌并没有增加任何人，只在靠门口的边桌上，有一个新来的男人。"就是他，我刚才问过迎宾小姐，只有他是刚刚赶到的。"

仲熙细看，那男人面容白净，衣着散淡，倒不像官场中人，且神色灼然，有点坐立不安。他左手拿手机，右手在上面不停地写信息，根本无暇往台上瞧一眼。

"什么鸟重要客人！别听她的！"仲熙一到后台，就放开嗓子骂了一句，一口回绝。几个乐手马上围上来打探。宋琛恰好临时走开了不在。

钱主任顾不上避人了，在一边急得高一脚低一脚："我当时就表示为难的。可女老总说，只要宋琛再登台，这次咱们团整个出场费翻倍，宋琛的红包另算。"

"有这等好事啊！"乐手们纷纷感叹，又惊又喜，"反正闭着眼就能拨拉一遍的，我要是宋琛，上去十几趟都可以啊。能叫返场，也是种荣耀嘛，只要每次费用都翻倍！"唉，听听这话，仲熙简直要发火，可也不能怪乐手们眼皮浅不晓得自重，而是，怎么说呢，"伴宴"这件事，本质上就是来赚钱的嘛，还有什么好矜持的！

不知什么时候，宋琛进来了，大约早听清楚原委，没有半点犹豫，就开始戴指套："行的，那帮我补一下妆，上去就是了。"她没什么表情，既不是委屈也不是高尚，反正，平常极了。

钱主任欢喜不尽地称谢不迭，一圈人也都捧场地哄笑，说要集体请宋琛吃饭之类。总之，人人都对宋琛刮目相看。

仲熙却嗒然无语，颓然若失，感到无颜再看宋琛。他往远处站了站，恨不能藏身至某个巨大的阴影里。他忽然想起宋琛说过的"玻璃罩子"，看来，今晚，她真是把自己罩得刀枪不入了，故而再怎么样她都是不在乎的。

这时有人冲着宋琛殷勤地提醒："你刚才出去时手机响的，响了好多声。会不会有急事啊！"宋琛这时已端坐到化妆台前，不领情地摇摇头："要上台了，再有急事，也顾不得了。"

钱主任早在那里绕着圈子等了，她捧着琵琶，静了一会儿，站起身便上去了。

11

"叮叮叮"一串，清冽而凄绝的拨弦出来了，仲熙不由自主也跟了上去，站到钱主任一侧往台下瞧。

台下那女老总，却仍是随随便便瞟着台上，仍在跟人碰杯，毫不为意，神情举止中的轻慢，显得有些夸张。这让仲熙十分不解：她不是要死要活让宋琛重新上台的么，怎的听也不好好听？其他各桌的客人也是依然故我，奔走敬酒，一波波把宴会推向高潮。仲熙于是往后头看，看那新来的客人——

那男子正泥塑般一动不动盯着台上的宋琛，虽说四周个个喝得面红耳赤，他却是脸色发白，且那表情全然不是欣赏与陶醉，而是无法形容的痛心，似乎不忍看，可又愈加要看，而愈看又愈是不忍。

仲熙忽然感到不妙，可不妙在何处，却也说不清楚。他回头看台上的宋琛，她全不知情，只是微眯着眼，面色恬然，半掩在琵琶之后，方然物外，超逸尘世……

七分十四秒。《十面埋伏》的七分十四秒过去了。

宋琛仍旧闭着眼，照以往的经验，这应当是掌声起来的时候，当然现在没有，但宋琛依着她的老习惯，静候了一分钟，等自己的魂魄从某处归来似的，然后才慢慢睁开眼，也不看台下，只一手提着裙边起立，一边向台下欠身致谢，打算移步下台了。

掌声这时突兀地响起，差点把仲熙吓了一跳。一看，竟然是女老总，她一个人站了起来，大声地拍着巴掌。仲熙惶惑不安地盯着，不知这是什么意思。

女老总兴致十分高涨的样子，走到她方才致欢迎辞的麦克风前，用一个很漂亮的外交手势示意宋琛仍旧回到台上坐下。

她拍拍手，又拍拍麦克风，下面于是静了许多，不少人的鲍汁泰米饭刚吃到一半，仍旧接着吃——凉了再用，味道就走样了。

女老总回过头，定睛看了会儿宋琛，接着隆重并充满激情地向所有的宾客介绍她：几岁开始操琴，几岁开始获奖，某年获某项，某年到某国演出……简直像一个演出经纪人似的滔滔不绝、如数家珍。

仲熙愈发吃惊，身边的钱主任又在扯他的衣服。仲熙侧头，钱主任却冲台上努努嘴——台上的宋琛，表情有异，正目不转睛地盯着台下。仲熙顺着她目光看下去。

她看的，正是那新来的客人。后者也已情不自禁站起，与她呆呆地

237

对看，半是哀告半是绝望。很显然，这位姗姗迟来的"贵客"，并不欣赏女老总所安排的这个"惊喜"。

仲熙移开目光，心中叹息一声，没有别的可能，此人，一定就是宋琛一直隐而不揭的"男女"事，她炽烈而秘密的爱……这是意料中的存在，可仲熙仍然感到莫大的苦涩。他曾一万次地好奇，宋琛的心灵归宿究竟所在，可真正看到，却又觉得刺目和伤心，最后的幻想完全被打破了！

那台上，女老总演讲正酣："……各位各位，千载难逢，百年不遇，能有机会聆听到这样顶尖的艺术家为我们演奏，我建议，咱们每张桌子点一支曲子怎么样，一共来八首，这是很吉祥的数字！我相信，我们年轻漂亮的宋琛小姐一定不会让我们失望的，而同时我也可以保证，我的回报也绝不会让宋琛小姐失望的。请大家随意，尽情点你们最喜欢的曲子！一切我来买单……"

闹剧就此拉开序幕，为了给女老总面子，显示他们的活跃，一群人嗷嗷大叫着表示赞同，并争先恐后地叫着曲名：《青藏高原》可以吗？周杰伦的《千里之外》！来一个《月亮代表我的心》……

仲熙只觉得全身燥热，想要冲上去拉宋琛下来，钱主任却拼死拽着，并在耳边说："你别急，她会弹的，我听蜘蛛说，她连通俗歌曲的谱子都一并要了去准备的。"

这不堪的场面，宋琛竟皆视若无物，只带着一种奇异的解脱般的微笑，穿越崇山峻岭般盯着台下的那人。而只要有人报出曲名，她便礼貌地点点头，两手抚弦，好像随时会应声而动。

嗨，这个钱主任，还当真要等着宋琛弹！仲熙愤然地甩开他，正打算冲上去，却看见下面的局势略有变化。那站在最后面的男子，缓慢而引人注目地行动起来，他穿过一桌桌酒席，一直走到女老总边，祈求般地小声说了一句什么。那女老总却随意而坚决地摇摇头，反而一把拉住他，面带幸福微笑，用半倚半挽的方式绑架着他，把他逐一地介绍给主桌上的客人。那些客人立刻满面堆笑地向他们二人敬酒，而女老总，则亲昵地把自己的酒杯替男子一直端到嘴边……

直到这时，谜底才算真正揭开。仲熙决不敢再看宋琛一眼！

看来还是钱主任最初的判断最为准确。这女老总，的确是看上了宋琛，早就看得好好的！她准确地抓住了要害啊，知道用什么最具破坏性的方式来对付宋琛……而他仲熙，又是个多么愚蠢的同谋，以拯救民乐的名义，以顾全大局的暗示，并夹缠着欲说还休的暧昧情意，一趟又一趟地，最终把宋琛拉到这里，让她穿上这样的大红纱裙，这样低下头颅，为心上人的妻子伴宴，弹奏这样一曲《月亮代表我的心》！

仲熙双目酸胀、气不可遏，只觉得脑袋里嗡的一声。他真想径直大步走上前去，真想去使劲敲打立杆话筒，发出刺耳的嚣叫声，然后尽他最可能的粗鲁，用最大的声音宣布：狗日的伴宴到此结束！永远结束！你们好好吃吧！

当然没有。

仲熙只是站在原处，两只手礼貌地对捏着，面带谦和微笑，笑得甚至还挺像样子呢。

12

深夜的大街，行人已是稀少。仲熙陪着宋琛默默地走。关于晚上的一切，她什么都没说，而他，也更是什么不好说了，难道说"对不起"？是谁发明了"对不起"啊，世界上还有比这更没用的话吗。

街对面的 24 小时快餐门店还开着，时髦的红橙色里有种隔世的温暖。仲熙想带宋琛过去坐坐。

进入长长的地下过街通道，仍有几个乞讨者在坚守，其中竟还有一个拉二胡的，穿得破破烂烂，手法极为流俗，拉的好像是刀郎的什么歌子，在带有回声的通道中撕扯，几近刺耳。按说，这种卖艺求乞的场景也不是头一次看到，但今晚、这会儿，更让仲熙感到巨大的沮丧，给打了两个耳光似的，又臊又恼，好像那个拉琴的就是他自己，如此委地成泥、令人羞耻！

想想这一个晚上吧，他们都品尝了什么？某种程度上，她与他，也都是乞讨者吧，乞讨爱，乞讨尊严，乞讨宽容，乞讨知音，以及一些不可能的幻梦……

宋琛默不作声地陪他站着，听那响亮的弦音，隔了一会儿，才慢慢地开口，仍是平常那若无其事的语气："想起来我有个亲戚，曾发痴想要改进民间器乐，因为总有人说民乐的发声不及西洋器乐精准，在音域及和弦上有诸多缺憾，无法表达深刻复杂的内涵云云。当然，他后来的研究是不了了之，但倒发现一个有趣的现象，古器乐的材质，总取于天地自然，比如笛与箫，乃竹；埙与缶，用的是土；鼓用了皮革；磬，为玉石；而响板，仅是两片脆木而已；此外，还有苇膜、蟒皮、马鬃……"

仲熙不知宋琛意在何指，但也不禁顺着往下想：也是，声无哀乐呀，这些古器，从来就是这么自在的，高于庙堂，或低在陋巷，都与它本身无关，正所谓近者自近，远者自远……推而言之，与物、与情、与人，世间万物，皆当如此——这样看来，宋琛的平静竟是真的。她日日与民乐厮磨，心智的弹性，已得其一二了。

念及此，倒让仲熙感到一种苦涩的欣慰。直听那二胡拉完一整支曲子，他们才走过去，淡然地走进混沌的夜色，跟别人一样，没有任何施舍。

2008 年 7 月 9 日　初稿
2008 年 9 月 14 日　二稿
2008 年 11 月 19 日　三稿

240

今日忌有情

【提词人语】 知道吧？每天一睁眼，你当日的活动背景便已设定，帷幕已撩开，妆容已上好，你的台词，也已替你写就。站在大幕一侧，我是你无所不在、忠心耿耿的提词人。

每刻皆有既定的戏份。上司面前，你殚思竭虑；孩子面前，你道德洁净；与爱慕的异性，你肉身颠倒；对候机厅的陌生人，你冷酷扮神秘；宠物前，你乃具有伟大意志的灵长类生物……

事实上，你也知道，这种种，皆不是真的。你、我、他，只不过是在履行某个片断的戏份！

所有的表演都是一次性的，也是重复性和交叉性的——此一场景，你是主人公，他们乃龙套或观众；换一个地方，他们是大明星，你则成了陪衬与小人物。

天为幕、地为台，这是无边际无始终的人间表演场，大家一起蒙着眼儿、昧着心儿，往前走、往光里走、往黑里走、往虚空里走。

不过，嘘，该你上场了——

第一幕

她一进来，老程就看出，跟在单位大不同，她是隆重的。衣着、发式，包括香水（这种情景，总有既定的构成不是吗），只是表情没配好：迟疑，游离，一进门便下意识地四处打量……

老程于是放弃了设想：像少年人那样轻狂地激吻，含糊的情话中，一边扯衣服一边滚上床。这放弃，也是如释重负的，他怕自己学不像，反弄坏了。

"坐吧。怎么样？还好吧？"发现自己采用了日常用语，老程感到轻微的沮丧。

从办公室到这个酒店，跨过了多少心理屏障与道德折磨啊。那极其曲折的过程，漫长得让他先是佩服自己，然后蔑视自己。

其实，也不是有多么喜欢她。说到底，大约只是因年纪渐长，需要给枯燥的岁月一份慰藉，对将要疏远的性事，来一个贴合世风的收尾，打破可怜的零记录。这么的，他才决定，选中今天，趁着妻子出短差，从多年的看客转为主演，让自己也来扮一回偷情人。

作为女主角，经过可以理解的反复与磕磕绊绊，她最终接受了这戏份。是啊，她也到了性别意义的尾巴上，这么些年，一直出演"某人妻"、"某人母"与"办公室某女士"，所以这一次要加油，要演好，没有 NG 的机会，一次性的胶片，一小时三十分的约定长度——这是办公室的午休时间。

她呼口气，用一种调皮的表情笑了笑，边理发梢边偏着头："给我倒杯水呀。"这是设计好的一串动作，太流畅了，反显僵硬，但总归，是积极的。

倒水的时候，老程想起在书上看到的一个细节，颇为销魂：男人把一口红酒喝到嘴里，通过吻，极缓慢地搅拌着舌头喂给女人。可这水，

242

是刚烧的，很烫！

端上水，注意到她表情又不对了。她坐到椅子上，掏出手机，翻到日历上，犹豫着小声开了口："我……我只知道是星期三，没注意到今天是九月二十四。"

"怎么？"难道日期会有问题？他往窗帘处看看，好像那里站着今天的导演，可以替他释疑解惑。

"九月二十四，他的最后一天。"她仍是小声，一边合上手机，眼圈红了，非常真实的红。怎么回事？

老程知道她那个丈夫很健康，有时到单位来替她拿水果与色拉油。那么，那是谁呢？在这个时候冒出来，跟此情此景有关系吗？不在场的九月二十四的死者，要把这个中午给弄砸了吗？

但只能往下接。"谁啊？"

"初恋。"她闷闷地吸了一下鼻子。37岁的女人，初次偷情的酒店里，忽然为初恋的忌日而潸然。她撇下呆滞着的男主角，顾自拉上少女时期的帷幕，让自己回到了二十年前。

第二幕

"啊，都二十四号了，九月！嗳，你记得，我们一共认识了多少天？"CICI用倦怠的鼻音，一边把裸着的肢体弄D形、S形、X形。

这会儿，小程顶不愿开口，不愿睁眼，不愿动。况且，她问得太抽象了！这种交往，他哪会留意去记什么相识的天数！但既是这样问了，当是整数吧，蒙一下看看！"四十天。四四如意。对不对？"

CICI哼了一声，换成B形，探索身体造型的无限可能。"错，扣一万分。"她用主持人的声音宣布，然后停下来等小程追问。小程一声不吭，假装困倦得睡去。CICI于是用手做刀，往小程那里砍："长点记性啊，说不定它都比你记得牢。我们认识了二十五天十一小时又……二十八分。"她煞有其事地看看表。

小程缩了缩身子，唉，这是哪部港片的烂桥段吧，真可恶。

"找死啊！无动于衷是吧？"CICI一巴掌就拍上来，唉，不独服饰与发型有流行版本，连性格也有"范儿"——这几年，她们奉"野蛮"为最潮。

但这样也好，如标签式的即时贴，是再次的提醒与确认：他们乃有型男女，正进行最IN的快餐交际。

"饶命饶命！我错了，再扣一万分。"小程拉起被单蒙上脸卖乖，他懒得再配表情。

"哼！那快说，怎么纪念？"CICI又如某个明星般噘起嘴，脑袋上的红蓝双色挑染一阵摇动，两只手在空中作劈打状的定格。

"我有个主意，我们来拍照好了。艳照！"小程心里突然使了坏劲。他想整整这个CICI。真的，她的这些装腔作势让他有些烦了，不是喜欢学明星嘛，那好，学到底！

第三幕

老程偷偷看看表，快一点了，她仍在断断续续地回忆另一个世界的初恋：他坐在教室倒数第二排。他上自习课喜欢吹口哨。他穿条纹运动服最帅。车祸时他才19岁，最是风华正茂……

她真的完全拿错台词本了。

老程的台词本则为空白。他该说什么？瞧这！暧昧的地点，不在场的死者，岁月的呼啸，真是一出烂剧！他想起生活中其他的时刻——糟糕的瞬间总是这样：时间、地点、人物，这里面，任一样搭配错了，当天的演出就会砸满烂西红柿。

老程站起来，想要轻轻搂抱以予安慰，但又觉得不对。这会儿，任何一丁点儿的肢体接触都极不适宜。老程只得再次给她添了一次很烫的开水，坐到对面的一张椅子上，并从犹豫与懊恼中说服自己平静下来：算了，今天就这样吧，谁说开了房就一定要那个的。

念头一旦放下，老程竟感到有点瞌睡——他一向是睡午觉的。他瞟瞟那张平整宽大的床，要能躺一躺也好啊，她尽可以端正地坐在那里继续悼念。

"……每年的这一天，我都记得特别牢，我会单独纪念他。我有我的仪式。"她信赖地仰起头看他，额上一排抬头纹，语气却像女学生。

困意中，他不那么友好地猜想——大概，她的仪式是：一天不笑。翻看二十年前的班级照。三餐素食。不跟丈夫同床。也包括，不跟情人约会。

终于，意识到老程长时间的沉默，她从独角戏中惊醒了，哽咽了最后一声，扭起手里的纸巾："……你知道我为什么……你吗，因为你长得跟他一个模样！真的，只有我一个人知道，你们简直太像了！"

老程听出来，她在努力地转场，从苦情剧转为情色剧，虽然这两段的衔接有点生硬。"所以，瞧瞧，我就这么不管不顾的！当真跑到这儿来了！"她侧过身去，眼睫毛抖动着，半睁半眯。这正是她最吸引人的一个角度。

老程接受到她的信号了，他催促自己振作起来，这会儿正可以走过去一把搂住她吧！一切仍可以照原计划进行，时间还来得及！

可是奇怪，他发觉自己懒洋洋的，没了起初的兴致。真怪，这是为什么呀，快抓紧时间！想想看，他与她之间，能一步步走到这个中午，对他们这个年纪，多不容易！说不定也是最后的机会，怎么能放弃？

时间不怀好意地流逝，甚至还在加速。

她不安了，或者是为将功补过、加速进程，突然用方才擦泪的纸巾扇起脸："有点热吧，你热不热？"

她的这句话有点急了，也粗了。热——脱衣服，唉，老程心中一阵叹息，随即涌上来一股怜爱，也可以说是对彼此境况的同情。他伸出

245

手，轻轻替她解开外套，指尖触及她肩膀的白腻，老程感到，那个感觉，来了。

一段喧嚣的音乐突然大响，《革命人永远是年轻》，这是老程手机的定时呼叫。

第四幕

"拍照！真的？"CICI张大眼睛，突然的兴奋让她瞳孔放大，一改方才的慵懒，她腾地跳下床来，拖鞋都顾不上穿，披上一件浴袍，对着房间里仅有的一片立式镜就摆起姿势。从嘴角、眉梢到腰肢与脚尖，每一个造型都可以追溯到画刊或网络的出处，那惟妙惟肖的拷贝，着实令人叹为观止。

小程微眯着眼，抓紧时间作片刻小憩，不理会CICI一个接一个抛出的疑问："嗳，相机是可以自拍的吧。你的PS技术怎么样，一定要把我的脸拉瘦一点！要露点吗？什么尺度呢！晒在哪里最好呢？哈万一给顶起来，那咱可大发喽！"

没多久，CICI回过神，她抛掉袍子："得了，你是在逗我对吧？嗳，真诚一点好不好？这可是纪念日！"她一脸的怨尤，像按了快退键，把自己倒回去，一直倒到她母亲那一辈的伦理线上。

"那……"小程迷惑了，弄不懂CICI为何突然翻脸。她不是一向以最OPEN自诩的吗？怎么换定位了？

"你得正儿八经有点表示！"CICI继续盯着小程，那执着劲儿十分陌生，倒是把他的瞌睡给赶跑了，这问题，该接什么词好呢？

"啊，Ladies and gentlemen，为了隆重纪念我与CICI小姐相识二十五天十一小时又……三十四分。"他也装模作样看看表，一边想词，他要搞一下气氛，"我决定带CICI小姐到韩国做整容手术，嘴唇整成安吉丽娜·朱莉，法令纹整成张曼玉，脚踝整成林志玲……"

CICI 打断："不行，说严肃的、正式的。"见小程愈发茫然，她大度但冷漠地提醒，"你就不会山盟海誓吗？"

哦，原来她今天想玩这一出。小程放下心来，这个好办。他甩一下头，背起周星星那段倒人胃口的千古名句："曾经，有一份爱情摆在……"

"别来这一套。要原创！"CICI 不依不饶，半丝笑容都没了。

"啊……非要这样？"小程有些不耐了，情话从来都是抄袭，哪有那么多肺腑之言。"要不你先说一句，示范一下？"他认为她头脑里肯定也是空空。

CICI 皱皱眉，坐下来，她看着镜子里的自己，也看着镜子里的小程，看了好一会儿，才慢吞吞起头说："我要与你白头到老。"

哦！懂了，张嘴就来。小程于是也看着镜子里的 CICI，一字一句地说："我要与你长相厮守。"

"我们一见钟情、一生牵手。"

"我们永结同心、永浴爱河。"

"我们相亲相爱、相濡以沫。"

"我们海枯石烂、天荒地老。"

……

他们的声音在小房间里回荡，并莫名其妙地带起了回音，像是在渺无人烟的山谷。

第五幕

记事簿定时呼叫，这是手机诸功能里老程最为依赖的一项——记忆力像生锈且腐朽的栏杆，越来越不可靠：周四签合同要穿正装、游泳卡月底到期、职工医院体检时间、干洗店取衣服……的确，《革命人永远是年轻》很煞风景，可哪怕这会儿他已脱光了衣服，还是要看一看——

那必定是件很容易忘记、但最好不要忘记的事。

手机上闪着三个小字：母生日。

哦，倒真忘得一干二净，今天是老妈妈的生日。照每年的习惯，晚上要全家一起吃长寿面！妻子赶不回来，但儿子要喊上。

重新合上手机，老程发现，下面那娇气的感觉，像羽毛一样，又飘走了——老母亲的形象这会儿真不该出现啊。她齿摇发稀、形容萎顿，七十一岁上中的风，卧床已有四年……很可能，这就是她屈指可数的最后几个生日！老程突然间心虚之极，如一脚踏空，坠入一种童贞式的、对母亲的热爱与畏惧……

不，不能做这个事。最起码今天不能。

她没有觉察，仍在顺应老程刚才的启动，开始脱剩下的衣服，一边大胆地乜斜着老程，不太熟练地抛出她的风情。

来不及考虑太多，老程急中生智地和衣上前，囫囵着抱住女人，以阻止她更多的动作。

他紧紧地搂着，搂着她与自己的一堆衣服，以及衣服里面两具四十好几、当不惑却仍有惑的身躯，一边对她耳语："今天，我要陪着你一起，静静地怀念他，那个跟我长得很像的他……"

她在怀里变得僵了，然后一耸肩，嘤嘤有声。

老程突然明白，许多难以定义也难以挨过的边缘时刻，人们为何愿意拥抱——彼此可以不用看到表情。

缺乏弹性的、惆怅的拥抱尾声中，老程的思路已远远飞离这间光线不足的午间酒店。他用力提醒自己：回办公室第一件事，记着给儿子发个短信，那是个天马行空的货，要提前招呼。老母亲最疼这个独孙子了。

第六幕

你来我往、争先恐后的山盟海誓像老家具一般，具有庞大的体积，屋子里慢慢拥挤起来，挤得他们沉入了空洞的小角落，几乎无法动弹。

活该冷场！怎么好讲这些古董的词呢。完全不搭嘛，小程摇摇头。

枕下的手机响了一声。CICI 精神一振，马上扑过来——不知她凭什么获得这样理所当然的权利。"上床"的确是条奇怪的绳子，男人一旦跨过去，就被圈成了女人的私人领地。

"晚上六点奶奶家饭。你买生日蛋糕。数字蜡烛：75。"CICI 一字一句地念。

唉，冗长的家宴，没劲的对话，陈旧的仪式……可小程这次很高兴来了这条短信！他就势翻身下床，掩饰着轻松，懒洋洋地用脚尖挑起裤子，边穿边亲 CICI 耳边的菱形耳环："看来，我只好先闪了，蛋糕得预订。你再乖乖睡会儿……"

"我也要一起去。"CICI 一个打挺，也勾起她的蕾丝边内衣，毫不含糊地穿起来。

她哪根筋扭坏了，怎么能跟回家见大人！小程把牛仔拉链上下拉了几回，决定把这处理成一个笑话："也行，你得带个生日礼物——我奶奶早就想抱重孙子！"

CICI 不理会，三下两下穿戴整齐，又对着镜子弄起脸，完全势不可挡。

小程张开嘴巴，这又是哪来的版本？"给我一个理由先！"

"咦，还要什么理由？我们刚才不是发过誓了？在天愿做比翼鸟、在地愿为连理枝。奶奶她老人家的高寿，我当然要去啦！再说，今天也是我们的纪念日嘛。" CICI 的表情怅古怪，不像恶搞，但也不是当真。

"好啊好啊。"小程接受了，他才不怕哩，多大的事嘛，22 岁了，带个女朋友回家算个鸟！当然，老家伙们准会吓一跳，但没事，他们最终会看出来的，她啥都不是。

CICI最终弄好脸，但脸上什么都没有，这正是她追求的所谓裸妆效果吧。小程仔细看看，那人工的自然，竟有特别的清新，忍不住轻轻吻了一下CICI的睫毛，猛然间发现，是湿的。

见鬼，她刚才哭了？被那些古词古句给感动了？操！

他们穿得整整齐齐，一起上了大街。但小程觉得，身边走着的，不是方才那个网名CICI的快捷式女友了——从遣词造句、到神态举止，CICI像是上了一层釉，其新面目处处透着"白头偕老"与"至死不渝"。

CICI皱眉挑剔所有的蛋糕样式，最终，她指着一张图片："我们订这个。"蛋糕上一个硕大的桃红色寿桃，围着一圈艳绿的花边，并撒着金色小珠，惊人的俗气。"老人家会喜欢这个的。"她十分肯定，那是一个未来孙儿媳妇的语气。

要等半个小时。他们只得出来，继续在大街上走。迎面看到无数对男女，或一前一后互不理睬，或一左一右若即若离，或搂搂抱抱贴面而行。小程忍不住浮想联翩：是否，那些人也跟他们一样，只是在互相配合一种情境——恩爱、吵嘴、矜持、放荡。这让他感到模糊但沉重的不安……

继续往前走，经过一个服装店，CICI若有所思地停下，扯着小程进去，果断地选中一套米色裙装，替换下身上的T恤仔裤。一下子，她看上去十足的温良平庸，活脱是要谈婚论嫁。

小程心头一阵乱，虽然他明知道CICI压根不可能是那个意思，但她何必弄得这么煞有其事！幸好，她的头发来不及搞，还是红蓝挑染——有一个破绽就好。

对了，还有花！CICI老练地与花店老板讨价还价，一边在插花卡片上写"福如东海、寿比南山"。小程伸头看了一眼，落款处她签的还是网名 CICI——这一条也算靠谱。最起码，他真的不知道她姓甚名谁，这就对了。怎么样都没有关系嘛。

第七幕

除了几样熟食，老程还在巷口精心挑选了几个红通通的柿子。这是老母亲最喜欢的水果，老程每年都买，作为一份固定的小礼物。但自中风之后，她就总是把柿子放在末头看。"吃不出味道了。"她口舌不清地说。

老程进了门，仍跟往年一样，桌上是一盘三鲜豆芽（俗称如意菜，生日必吃）、一碗煎豆腐（母亲吃得动）、一大盘青椒炒鸡蛋（就面条最香），水面放在灶上。钟点工走了，只两个老人在等。

老程坐到母亲跟前，把柿子从塑料袋里拿出来，红红地捧在手上，给母亲看。母亲用半边脸笑了笑。老程说要剥，父亲拦住："空腹不好吃的"。老程于是摸摸肚子，像小伙子那样精神："饿死了！"一边到厨房去下面条。"不要扯断啊，越长越好！长命百岁！"老父亲高声叮嘱，他听力日下，说话很大声。

——到目前为止，所有的细节与对话都与往年基本相同。看着在沸水里慢慢变软的生日面，老程十分心安。想想刚刚过去的中午，一阵正确感的满足。

面条出锅时，小程与 CICI 出现了。是父亲去开的门，老人愣在门口。

CICI 灵活地主动招呼老人，一边往里走，花呀蛋糕呀一起往老母亲跟前送。

老程已听出有外人，手里却要忙着往碗里装面条。面又长，分身不出……伸头一瞧，是个身着正装但头发很怪的年轻姑娘！什么意思？为什么总是有莫名其妙的闯入者（他想起中午那个被追忆的初恋小男生）？难道今天的幕后导演是个被收买了的冒牌货？

"带个朋友来一起来玩，加双筷子呗。"小程进来端面，大大咧咧地跟老程解释。

"哦……"老程瞪视小程，想用眼神表示他的立场：这是家宴，又是老人生日，怎么随便就扯女孩子来了？小程根本不看他，一转身便出去了。

几秒钟前，老程还感到自己是个很不错的正经儿子，但现在，又觉得自己是个缺乏控制力的父亲——他搞不掂自己的儿子。或许，这些日子，一直在忙着推进那个"午间约会"，以致忽视儿子了？他感到一丝不痛快，对生活的不痛快：为什么，他稍微分点心就会出岔子！

客厅里，老父自认为已搞清楚情况，满脸的喜出望外：瞧孙子多能干，都带上女朋友来给奶奶祝寿啦！他乐颠颠地照 CICI 的意思，正满屋子找广口玻璃瓶插花，没有注意到母亲在嘟囔着拍打轮椅——她有事情。

老程放下面条凑上去，母亲压低声音，勉强能听得清："有这么重要的客，也不早说！快，帮我去换身衣裳。"

母亲的前襟是有点脏，但等会儿一吃饭还会脏的。为了这个不知其实的陌生姑娘，真犯不着另外换！老程犹豫着，老人却固执地一个劲儿地往房间里努嘴。

老程只得把母亲推到卧室。一堆大同小异的衬衫里，母亲挑出另一件碎花的——几乎跟原来那件没甚区别。

替半身不遂的老人换衣服是一项工程，老程很快出了一身汗。当然，这汗不光是为了换衣服，他还在动脑筋想问题：回去后，最好就在今晚，要抓紧时间，跟儿子好好谈谈，年轻男女，不能胡来，再怎么玩，切勿越了雷池……但是，他真的能够说得很好吗？现在形势不同了，谁来替他准备一页自圆其说的高明讲稿？可以阐述逆流而上的道德观？

CICI 插好了鲜花，又机灵地喷了一层水。人造露珠在灯光下璀璨，置于餐桌的顶头，十分艳丽。老父亲一个劲儿地盯着看，十分喜欢。母亲出来了，也盯着看。两个老人都笑眯眯的，室内一团喜气的光泽。

这让老程忽然感到一阵抚慰，心中的不满弱了下去，连忙招呼 CICI 和小程坐下趁热吃面条。也是，就一个朋友嘛，放轻松吧——严以律己、宽以待人，不能拿这一辈的标准去要求下一代，再说，自己这一辈，嗨，也已是可疑了……

父亲不吃，他要先替母亲喂。面条太长，父亲又不肯夹断（寿面怎么好断！），于是碗里连着筷子，筷子连着嘴里，一会儿推进去，一会儿滑出来，口水与汁水混着，那情形，着实让旁观者觉得不堪。母亲新换的衣服更快地脏了。

CICI 似乎这才注意到老母亲是半身不遂，她盯着老父亲手中的筷子，又看老母亲吃力抿住面条的嘴，眼珠动也不动，简直入了神。看了好一阵，她突然碰碰儿子，小声说："白头偕老。"小程一愣，装着没听清，只顾低头呼啦啦吃得喷香。

老程倒是听清了，可又疑心自己听错了，那红蓝头发的小姑娘冷不丁说这个词干什么。

点蜡烛，许愿，唱生日歌，切蛋糕。老母亲半躺在那里，大约一直在暗中计较她襟前新添的油渍，明显地心不在焉，好似这一切皆与她无关。

老父亲却一丝不苟，用一只很小的勺子挖出蛋糕，往母亲嘴里喂："总要吃一点的，是你生日！75 喽！"

CICI 也在吃，她特意地与老父亲的手保持着同一个节奏。母亲吃一小勺，她吃一大口，嘴边白白的，沾了一小圈奶油。

253

老程在一边看着，感到一丝突如其来的伤感：他想起了妻子年轻时的样子——这还是今天头一次想到枕边人，他替她过第一个生日时，她也曾经这样吃得满嘴奶油。唉，时光，像打在脸上的耳光！

现在，与生日有关的节目都上演完了。大家显得有些无所事事。小程勤快起来，自告奋勇去洗碗，以逃离现场。老程也打定主意，就算心里软了，也不能跟这姑娘太热络，他得像一个严谨的、有传统的父亲。他再一次庆幸起午间的清白，并想到了那个二十多年前的早夭少年，他现在很感激他。

但生日得热闹才是，老程眼睛扫来扫去，又扫到那几只柿子。"吃过饭了，我现在剥给你吃吧。"瞧，这又是一句老话儿，记得前面几年的生日面后，他也总是这样劝一句——他不忍心老母亲只是看着。

"哦……"母亲却没有像以往那样以吃不出味道为理由拒绝，她动了动可以动的那半边身子，突然冲CICI歪起半边嘴，吐字十分清晰："你来吃一个。"

CICI似乎正有此意，她嫣然一笑，也不洗，拿起一个柿子来便剥皮，等那有些颤巍巍的果肉露出，便用她年轻的雪白的牙咬上去，甜美的汁水在她的齿间迅速迸开来。

母亲紧抿着嘴唇，甚至还屏住气，全神贯注地一直看着CICI一口口全部吃完。

"甜吗?"老母亲最后问，用她的半边脸问。

老程掉开头，他看见老父亲眼角挂着两滴泪。

洗好碗的小程正好出来，一进入客厅，便隐约觉察到一种静谧、亲密而凄凉的气氛，不由得轻下脚步……他不明白，CICI何以会像一个真正的家里人一般，那样自然地沉浸其中——她正举起一只鲜红的柿子摩挲在奶奶枯纹密布的颊上。

第八幕

重新回到街上，户外的凉风很爽快，CICI 忽然晃着脑袋笑起来，彩色的头发被滚动闪烁的广告灯罩上一层魔幻派的色泽。地铁入口处，她轻挑地拍了一下小程的屁股："怎么样？还要到我那里去吗……"

一听这口气，小程就明白，CICI 转场了，她又跳回先前的版本去了。"好哇。"他也兴起，抱起 CICI 打个旋儿。可与此同时，天知道为什么，心里却像滚落下一堆石头，响声过后，十分空落。

"嗳，帮我看看，这里好像一直有什么东西？"CICI 指指后背。

小程一摸，原来是衣服标签，刚才忘了剪掉，加之这上衣稍大，CICI 竟一直没注意到。

"哦，不要扯，正好可以去退货呢。你说退不退？"CICI 抬起眼来盯着他，好像这是挺要紧的大事。

小程连忙大声作笑："哈哈当然退啦，一次性的嘛！退了咱们倒可以吃好几顿必胜客呢。"

离他们百米外的巷子口，老程倚在一段老墙边，目送着小程与女孩搂搂抱抱的背影，脑子里却依然看得见父亲脸上的那滴泪。两相对照之下，老程突然涌上一股强迫症般的柔情，这是一种稍纵即逝的珍贵心境吧。快抓住！他掏出手机，极想给什么人发条热乎乎的短信……

不，"不能"给她发，"应该"给妻子发——他被自己的这个想法给感动了，自己还算个好丈夫不是吗。

可是，写什么呢，他与妻子之间？这冷不丁的。想了很久，几乎绞尽脑汁，却仍然想不到合适的话，总不好道"晚安"吧。在一种怨恨且委屈的情绪中，老程放弃了——再说，她明天也就回来了，发这个短信反而不自然吧。

老程于是合上手机，趁着夜色尚好，回家里去了。他的步子，平常得像任何一天。

【提词人语】好了，白天过去了，好歹算是一些人的纪念日呢，不是你的便是他的，而交叠着的夜戏又将要接着再上……不过，不会有什么要紧的内容，咱且歇息去吧，漏掉几幕仍可以照旧续上——反正翻来覆去就是那些弄假成真、以假乱真的残章片断，唯一要记得的是当今这皇历上的宜忌事项，您还不算太困吧，我且来念给您听听：今日，宜撒谎，宜撒娇，宜暧昧，宜做爱，宜约会，宜宴客，宜误会，宜热闹，宜寂寞，宜耍酷……忌有情。

2009 年 9 月 27 日初稿
2010 年 1 月 13 日完稿

256

字　纸

1

有谁会在大号后擦屁股时产生一种暴殄天物的快感？老申会。坐在雪白的马桶上，他慢吞吞、仿佛无穷无尽地抽出那绵软的卷纸——上面印有花纹、有香味，还裁好分割线了呢。这是什么样的生活啊。

老申和老申的屁股，忍不住掉头后顾了。

那个时候，普通的乡下人家，纸总归是罕见，难得见到些纸片片，早被大人搜罗了去引火、卷烟或作其他冠冕堂皇的用途，哪里轮得到用来擦屎，不作兴的……那用什么？你可能猜不到，用麦秸秆、用苞谷皮！麦秸秆不太好用，在手里搓弄胡乱团一下，但还是四面八方支棱着，擦得皮疼，且不干净。玉米皮则好得多，晒干了去掉水气，那种枯仍是润润的枯，擦完了在茅坑里跟粪便一块儿沤着，春天来了一起做肥料，尘归尘土归土，倒也不错。

但是，老申的屁股也用过真正高级的东西。小时候整天在外面疯玩

257

呀，小便可以就地处理，碰上要办大事了，赶不及回家，总就近找户人家解决，一般都会受到欢迎：免费送肥嘛。

他蹲过老师家的茅坑，惊喜万分，那擦屁股纸，是学生的油墨试卷，有的答案写得圆满，有的极为寒伧。每张试卷都被均匀地裁成四份儿，老申喜欢在其中挑选带有分数与姓名的那四分之一：哈，李红国100分，陈爱莲53分，全都用来擦屁股！擦得真开心，连屁股眼都笑开花了。

他还蹲过会计家的坑，是旧账页——有点硬，但揉一揉也就好了，边揉边瞅，账页的红绿细格子上，零星能看到一排排斜而瘦的数字，几百？几千？几万？少年老申用指头点点，却数得糊涂，嘻，一样，再大的数目，全进茅坑。

最气派的是田小茂家（是叫这个名字吗，已记不清，但不重要了），他爷爷是村干部，他家竟然用旧报纸擦屁股！软软的、油墨香香的呀，《新华日报》《农民日报》，在北京或南京做成的报纸，供人们学习时在喇叭里念的报纸呀，那么千里迢迢！那么威风凛凛！老天爷呀，竟全被剪成连环画那样大小，塞在臭烘烘的茅坑边！

从前到后，老申只到田小茂家蹲过一次茅坑。正是唯一的这次，把他给震住了，老申腿脚蹲得发麻，那印满黑色铅字的报纸片片拿在手上，怎么也下不了手往屁股后面送——这么这么的文化啊。

正是寒天腊月，震惊与心疼中，老申感到他的臭腚也基本风干、无需再擦了。他麻木而沉痛地提了裤子，小心地挑了三张（老申不贪，他只拿了他擦一次屁股的量）没头没尾的报纸，一直带到家里，等没人处慢慢地琢磨上面的字，正面琢磨完了琢磨反面，对被剪掉的部分加以合理或不合理的想象，胡乱猜测可能的来龙与去脉。每玩一次，结果似乎都不同。其中有一张，还能看到一角照片，一堆手捧碗筷的人影之上，好像是一条标语："粮食供给食堂化、肚子再大也不怕。"

……多么甜美而令人心儿发颤的回忆。可跟现在一比呢，那又算个什么！老申几乎是伤感地瞧着他手中的手纸，那么的白，白得富丽，白得天杀的。

2

所以，如果真要追根溯源，老申对字纸的热爱与崇敬，就是打小从屁股蛋子上落下来的。他这一辈子，后来虽说也进了农具厂，虽说也能识文断字，但在旁人及他自己的意识中，终究还是个粗人，整天盘弄的尽是些铁器家伙，对于纸啊、字啊这些东西，还是怀着原始的疼惜与追慕之心，有点像单相思。

好在现在不必相思，字纸日日相伴——儿子孝顺，自把老申接到身边，怕他孤单，便订了几份报纸。可这样一来，字纸，却又像发大水似的，让老申都有些吃不消了呢。特别是碰上他不太理解的内容，真像啃硬骨头似的，口水滴嗒嗒直掉，还吃不到一口肉。比如昨天，有半版，全都是情感测试题，光题目就叫老申眨巴着眼睛费思量的，比如第十一道题——下列地点，你愿意在哪里跟初恋情人接吻：1、地铁；2、广场；3、壁球训练室；4、游泳池。

慎重地推敲着、斟酌着，跌跌爬爬地做完二十道测试题，老申浑身都是汗。对照后面的计分表，老申看到了与自己对应的分析结果：成熟稳重的你极有异性缘，但要克服保守的倾向，大胆进攻……

老申把老花镜推上头顶，摇摇头：臊情！不过这结果不重要，重要的是做完这二十道题，今天的三份报纸就全部看完了。像个刚从题海里钻出来的高三学生似的，老申又累又困，一瞧，又是十二点多！瞧这时光飞逝、岁月蹉跎的，老申现在对这些成语很熟悉，报上用得可多了。

老申看报纸如此慢而辛，主要的原因，是他的阅读习惯。

一，但凡是看有字儿的纸片片，必要桌椅伺候，腰板挺直，表情恭恭敬敬、坐得方方正正，像吃什么了不得的大餐。

259

二，他不喜欢浪费。除了股市行情表与分类广告他慷慨翻过，其他的，诸如宠物医院、天天作文、微博排行、潮人服饰等等，哪怕内容跟他半毛钱关系都没有，也必逐字逐句细小不舍。"不看完哪行，像糟践粮食似的，对不起人家那白生生的纸、密麻麻的字呀!"

三呢，老申他不会默读，不论懂与不懂，均需得用手指在纸上移动着，双唇翕动发出声音，否则，便一个字也看不下去。

好了，有了这几个毛病，加上报纸现在那么多叠那么的厚，不到深夜十一二点才怪。

但老申很满足，在三份报纸的长途跋涉之后，尽管双目酸胀，腰背皆硬，满脑子沉沉甸甸，但他确确实实感到自己有份量了，有如饱食过后的困倦。这肿胀的喜悦与成就感，很幸福。

看过的报纸，老申总对缝对角仔细叠好，码到阳台上。三种报纸，他分门别类地码，按照时间顺序，纹丝不乱，方方正正，像三张矮板凳，一天天变高，变成三张高板凳，又变成三张高台子……

3

旧报纸么，连小孩子都知道，跟过期面包一样，隔天就完全没用，最多是卖废品。儿媳有时要抽两张用用：到公园去垫在屁股下野餐，剥毛豆时摊在台面上放壳，收纳真皮包时做撑里……"不行，不能拿!"老申会忽地从房里冒出来，天兵神降似的蹦到阳台上护着报纸，神情紧张："我，我还有用呢。"

嘁，堆旧报纸!当什么宝贝!有赏玉弄石、养狗玩猫的，你这个老爹，倒好玩，偏偏中意这堆一文不值的废报纸，还占地方。儿媳跟儿子牢骚。

儿子摸着头沉吟，想替老爹挣面子，便抬出个古雅的大幌子：其实啊，这是老辈儿的传统，叫做"敬惜字纸功德无量"。有些不识字的，为求来生圣贤，就在佛前请愿，"向吾还字债，俾尔继书香"，然后终日身背竹篓，走街串巷，拾捡字纸……总之，一切字纸最正宗的归宿，是积存整齐，到专门的"字纸炉"由尊者焚烧成灰，在象征意义上，就好比是"黛玉葬花"，质本洁来还洁去……

儿媳听了咯咯大笑，觉得有些意思。原来是复古呀，现在也蛮流行的！既如此，那就由着他吧。

还别说，这老申看报，效具很好，不知不觉的，他肚子倒真的有点水墨了，涉猎甚广，如同杂家。有时儿子媳妇聊天儿或争论起个什么，老申会在一边冷不丁插上一句。这一句，像踩鼓点，准；又如抓痒，解苦。若有人搭话，往下接，老申保管有一百句在后面等着呢——亲切权威，深入浅出，用语时尚，十足媒体腔。

儿子乐了：咱老爹，看报纸的修为了不得啊！信息海洋，他如鱼得水，百花齐放，他出口成章。

儿子一夸，老申也忍不住略有得色：瞧我，不太像个半截子入黄土的人吧！哼哼，不信，你坐下来跟我侃，没我不知道的，存款准备金率、外包业务、台岛形势分析、反式脂肪危害……

儿子敷衍地笑笑，心下觉得甚是滑稽。也好，算是老爹一个寄托吧。

儿子不接茬，老申亦不强求，只兀自沉浸其中，他深感自己是在以最正确的方式度过他的晚年——远远胜过那些只知含饴弄孙、强身健体的同辈。在"字纸"的引领下，像坐在大船上乘风破浪，他永远不会被这个火热多变的时代所抛弃……

4

大方向对了，老申愈加投入，甚或愈演愈烈，其对字纸，何止是痴缠，还弄得有些贪婪了。

不管家里家外，但凡入眼的纸张字物，哪怕只是催缴费通知单、按摩椅说明书、食物卡路里含量表，均如守财奴见了碎金散银，一概收起保存。若是出门在外，各样的公共场合，那些免费派送或自取的纸头：城郊生活新主张（凭此单购房优惠一千元！）、降脂理疗仪功能推广书（免费试用、100%有效）、资生堂肤色调查表（收回答卷，送护理小样一份）、纳斯达克口语培训报名表（欲报从速，前十名八八折）、家乐福邮报（新鲜！劲爆！）等等，一般人都是满脸厌烦、避之不及，老申却喜得抓耳挠腮，笑眯眯地双手接来，或是在人群的胳膊与腰肢间挤来挤去，面带得色地伸手自取……每次出门，一路上积攒下来，上下的口袋都会鼓鼓囊囊，手上还抓着卷着，如同猎人出行、满载而归。

　　回到家，因有了这些收获，他吃饭时便开始坐立不安，食不知味，脸上挂着克制而秘密的兴奋，有些心荡神移，一等到有整块的时间自己独处，便小心地关上他的房门，一个人在里面慢慢消受——任一张纸片片，照老申的理解，都有巨大的信息含量，只要用心读了想了，背后均有千言万语、千秋文章，是当下世事的浓缩精华或浓缩糟粕……

　　老申越读思路越宽、天地越广，大有登泰山而小众山之意，有时不免自大，猜想自己的渊博程度，恐怕真如世外高人、寂寞盟主，天下大势无一不晓……他有心与什么人较量一番，但周遭低头抬头所见，均只把自己当作个混吃等死的老头儿！老申索然：算了，那字纸间的辉煌、这胸壑里的高深，或许只宜独品。

　　可老申并做不到真正的独品，最起码，在空间上，他影响到整个家了。

　　现在，家里的阳台已完全被老申的报纸与废纸片片们给占领了。那些纸张，从三个堆到六个堆，再到九个堆，个个儿的都差不多跟老申本人一样高了，码得格格正正的，像一排士兵方队，笔直地站在阳台上，蔚为壮观。左邻右舍瞅见了，楼上楼下瞅见了，在居民楼里四处走动的破烂王们尤其地瞅见了，一个个仰着头眼馋——这笔大生意不知会被哪个有福的给"吃"了！常有冲动者在楼下按门铃，操各地的方言兜揽说合：废报纸有卖？

明明老申能听见，儿媳妇每次都要大声地转述，恨不得连破烂王们的急迫心情都一并放大：废报纸有卖？

不行，我得整理整理。

也行，那您尽快整理整理，得空咱卖掉。

类似的对话重复到大家都不耐烦时，老申也是识相的，果真开始整理了。

他搬张板凳坐在阳台上，弓身勾头，消失在一人多高的纸张堆后面，只闻听窸窸窣窣。纸堆儿，一张张矮下去，再一张张高上去，所谓整理，只是把废纸堆儿从此处挪到彼处而已……如此这般进行了三天，到第四天，老申找到儿子摊牌，叹口气，态度诚恳、略带羞涩。

难办啊……恐怕，这些报纸啥的，一时半会儿不能卖呢。

怎么的呢？儿子不解，伸头往阳台上看看，黑黝黝的废纸堆像一群同谋。

我这几天边整理边看，唉呀，人老了，记忆力太差，报上的消息、纸片片上的内容，全忘掉了。我必须找时间从头慢慢再看一遍，真的，或许还要看两遍三遍，要不然，多可惜，好比肉骨头没啃干净，就这么给扔了，浪费呀……你们得等我，等我全都把它们消化透，只剩下骨头渣子了，你们再去卖好了。

哦，这样啊。儿子沉吟起来。不能说老爹这有什么不对，谁说报纸什么的一看完就得扔呢，谁说它们不能够温故而知新呢。儿子于是做媳妇的工作，后者也算是通情达理：怎么办呢，就再等等吧，难不成还为这堆破烂跟老人翻脸不成。

这样，为着对承诺的践行，一方面，老申开始"温故"旧报纸；另一方面，每天三份新报还得一版不拉——老申的日阅读量，像大跃进时期的亩产量，惊人了。

但老申读得极为愉快……今天的，上个月，一年前的，所有的资讯统统打乱了拧在一块，如同将酒、果汁与调料混杂，味道奇特，老申感到自己好像长了前后眼、上下眼与左右眼，从各个角度看到所有这些日子的背影、侧影与倒影，还有立体透视图，既"真实、鲜活、来自最前沿"，又"惊悚、荒诞、由你信不信"，有趣极了。

老申直看得人物两忘，不觉中把战线拉得相当长、场面铺得相当大了。那些被重新激活的报纸与废纸片，如同散兵进攻平原，蚕食般地占领越来越多的区域，卫生间、餐桌、沙发、门厅、卧室……字纸的海洋，信息的海洋，洪湖水浪打浪，长江后浪推前浪。整个家都惊涛拍岸，给打成汪洋中的一条船了。

儿媳开始苦恼了：这老公公，怎么的了？老年痴呆？强迫症？破烂癖？还没完没了呢！这可怎么办。

5

不要急，就好比咱们脚下的路，该拐弯的自会拐弯。事情的转机来得出其不意。

这天，儿子到书店找点业务书，想到老爹的爱好，就也带上老申。

好家伙，楼上楼下走了一圈，那排山倒海满坑满谷的书，一下子把老申给打中了。财富励志、名人传记、物流管理、公务员考试、经典译丛、青春动漫、大众国学、教辅教材、健康养生……他脚步迟疑着，一排书架一排书架地慢慢往前蹭，随机停在某处，拿起一本，翻到某页，用手指点着读。许久，放下，拿起另一本，再翻，再指着读。如此反复，动作缓慢、无力。

但在书店这样的地方，老申那种读书法子自然是行不通的。果然，到儿子选好书喊他走，那胡天海地成百上千排书架中，老申才碰了九本，并且，仅仅是"翻"了一下、"指"了几行。他什么都没看懂、都

264

没明白。

儿子拉他走，却发现拉不动了。老申的身子歪着，脸上的表情也歪着，简直像是中风，那模样，说不出是愤怒还是伤心。他固执地站着，不能移动，好像哪里有了内伤，没红没肿没疙瘩，最高明的医生都瞧不出。

儿子不拉了，走上前："看中什么书了？我替您买呀。"老申却自行活转过来，他喉咙管里一响，嚯里像高烧病人一样发出腥味："都没看中……多了，太多了。"

"多怕什么的！我来带你看这个！"儿子可怜起老父，真得让他开开眼界才是！

他扯着老人又转到电子书专区……汉王、方正、纽曼、kindle、i-pad、sony，各式的中英文招牌如城头大旗猎猎招展，几个身着太空服的促销姑娘热络地抓住他们，争分夺秒口若悬河：……辞海天下、云中图书馆、电子书包、亚马逊后备书库、日更新1亿原创文字、960种免费中外数字报刊、太阳能不间断阅读……

"听到没有，日更新1亿字！960种免费中外数字报刊！你说说，什么叫多！多又算什么！哈哈，不得了！真发达！"儿子灵敏地抓住这串数字，带着生逢盛世的豪情。

"咕。"老申小声地吞下他含了很久的唾沫，像被最后一根稻草压垮的老马，他抬起沉重的手臂扯扯儿子："咱回吧。"

回了也就回了。老申却明显不那么活泼了，眉眼有点空洞了。报纸虽还是照看，广告纸片儿虽还是照拿，但那虔诚劲儿却明显弱下去，更了不起的是，无师自通！他竟一下学会了默读与浏览，一份报纸，哗哗哗翻着，跟任何一个老练的阅读者一样，不过五分钟，哗，看完了；然后，马虎而倦怠地叠了，再马虎地堆到阳台上，神情散淡得很。

同时，他经常偷偷往书店跑，一去就呆半天，从不买什么，但每去一趟，人就缩小几分，像被抽掉一根筋——老申不肯说他的去处，还是儿子有次不放心跟踪了才发现。

如此这般，两三个星期下来。凭着女人的直觉，儿媳有个愉快的预感：老头子的毛病可能要好了。这下，她终于可以卖破烂了吧，那废纸堆儿，白天挡光线，到晚上呢，黑团团的排在阳台上，看了怵心呢。

她让儿子去探探口风。老申心下明白，倒也不避："我知道你们俩急我，我也急我自己呀。嗯……还是认了吧，我这样的，就该着养狗养猫、混吃等死。"

儿子困惑了，这老爹不是喜欢字纸吗，就像一个喜欢吃的家伙，看到酒肉大案本该眉花眼笑的，怎么倒败了胃、泄了气？

想不明白，老头子也真是怪里怪气。

儿媳挺开心地劝儿子，算了，不明白就不明白吧，人与人，天生隔肚皮，就算亲老子亲儿子，哪能真的心连心呢。她只关心一个问题：这下，报纸总应该是可以卖了吧。

6

收破烂的自然一喊就到，兴奋而克制，如同中了大奖，还喊了一个帮手，浑身散发着油汗味，站在阳台入口，手里转弄着绳子与秤，磨刀霍霍。

老申闻风，略显惊慌与畏缩，但并无任何阻拦之意。毕竟，是他自己这头先懈怠下来的。

"哈，收报纸哈，您二位坐。"他勇敢地面对现实，像要跟破烂王拉家常。

"不累，不要坐。""二位"诧异地对视，这老头，太客气了哈。

"这个，你们收了旧报纸啥的，都送到废品站？"

"是啊。我们也就赚个差价呗。您这量多，价格好商量。"敢情这老头儿是想讨价还价。

"到废品站后又到哪里去呢？"老申好像要嫁姑娘，非要把去姑爷家的路线问个明白。

俩破烂王对瞧了一眼，这个，他们还真说不好，谁还想那么多呢。

"这个，我在报上读过，我来告诉你们……然后呢，这些旧报纸就从废品站给送到造纸厂。这造纸厂干嘛呢，就进行粉碎、脱墨处理，再到化浆池打浆，然后再把这些浆料上夹板网、压榨、干燥，最后卷纸……"说到这里，老申脸上慢慢亮起来，眼含着一种挺高级的笑意，"再着呢，就卷成一大筒的新闻纸了，就直接运到印刷厂了，然后印啊滚啊，套色彩印，对开裁切，得，最终流出来，就又是崭新的日报晚报或广告纸片片！"

"这个，咳，唉呀……"破烂王嗫嚅着，他们回头瞅瞅女主人。儿媳也听得颇费思量，这老头子，到底要玩什么花样。

"所以呢。你们把我这废纸收回去了，几个轮回，一个大循环，它们还是要回到我这里来，你买了卖，我卖了买，转过去又转回来！你们倒说说，这有什么意思？不是无聊嘛！"老申好像越说越明白，原先的畏缩退下去了，顽皮而得意地，他紧盯着俩破烂王。

"那您老，到底什么意思嘛！"儿媳沉不住气了，也觉得有些丢人。

"哦，很简单，为了不必要的劳动与消耗，我的意思是，大家都不要忙了，这些纸头不如就原地不动吧。您二位估计一下，这堆纸，倒腾一下你能落多少钱？钱我这儿给你，就当我用钱直接去买新报纸了——懂我意思吧，咱们省掉中间环节，直接交换！"

他又把头转向儿媳妇："从今往后啊，你们不要再替我订新报纸了，我也不再另外搜罗纸片片儿。可这些旧的，一张不卖，明白吗？总之到此为止，不进也不出，就这些堆儿，归我。"

儿媳以为老头子在赌气，可看他的神情，好着呢，打通了什么关节似的，神清气爽："真的，不开玩笑，这些也足够我翻来覆去看到死的；能在死之前把它们给看透了，也算对得起它们喽。"

267

两个破烂王犹豫着，虽是送到手的大便宜，但便宜不是这样占的，他们对望一眼，摇摇头，提脚走了。儿媳虽有些懊恼，但想想看，也罢，事态总算是进入可控状态了。这阳台，就当是老头子的字纸炉好了。

7

人散了，屋子里分外地静下来，老申隐约含笑，移步换景，一个人转到阳台上，那八九堆一人多高的报纸，如世界上最微观的丛林，他侧着身子在其中轻手轻脚地走，挤挤挨挨地走……那些字纸，为感知遇之恩，忽地软化了、变形了，飞散开来，如同悬浮在半空中的黑色颗粒，粗粝、烂漫而窒息，倒衬得老申的背影有了几分飘逸之态。

当我们谈起星座

1

有个熟人，叫大林，才四十多，冷不丁的，竟死了，以那样的方式，像一个小心翼翼的耳光，无声息地打在我们赤裸的脸上，倒也没什么特别的痛感，毕竟，嗯，真的蛮忙的，尤其我们这个圈子。

……每个地方，都有各种小圈子，而每个小圈子，其基本活动方式就是不同名目的聚会与饭局。你晓得的，到处都是这个样子。我们都习惯并需要这样的圈子。

大林呢，算是鄙圈的，也忘了认识多久，反正看上去也是有模有样的。我们这圈子就是这样的，大家都煞有其事地混着，若干年下来，便都有"份量"、有"格局"了，常会摆出一副懒洋洋的表情，被别人这样地介绍：新锐画家某某，知名编剧某某，领袖诗人某某某，首席设计师某某之类的。介绍到大林时，常常会发现他不知钻到哪里去了，可能是在替大家点菜、找服务生要空调遥控器什么的，就算好不容易逮到，他会滑稽地一碰脚后跟、站得笔直，伸出两根手指贴着眉毛，敬个微型的西式礼："诸位好，我是来打酱油的。"大家哄笑："我也是！我也是！"嘿，谁不是呢。

大林长着一张溜圆的脸，黑粗镜框，人缘好极了，不论新朋旧友，再"格色"再"端"的，他都能逗弄得对方走下云头。聚会时，他一般负责搞气氛——一个像样的聚会，是需要角色构成的，咳唾成玉的大人物、豪放的买单人、抽风的酒鬼、壁花美女、持不同政见者、插科打诨的等等。大林呢，约摸就是最后那个角色，他掐掐捏捏的懂点测字与释梦；擅长用文雅的方式讲荤腥段子；还有点小丑风格的表演才能，模仿某位名人模仿一个结巴什么的，能让大家欢乐得胃口大开。哪次聚会没他，那真像是高汤里少了一小撮盐。

近些年，弄顿热腾腾的"高汤"越来越不容易了——大家都熬过了寒酸的季节，或多或少地阔了，彼此反不若从前那般亲密无间。比如，这个大佬与那个大佬，不知什么缘故，不对路子了，且各有各的拥趸，场合上虽也共同露面，但那面目里的生硬，蛮让旁观者难受的。再比如，好好的搞个创意吧，这几个只想要媒体效应，那几个却图个真金白银，有的想沾点主旋律的好处，有的则恨不得把反骨支在脑门子上，几种想法一搅和，到最后就弄成了四不像。当然还有其他更多的小麻烦，关于介绍的先后、发言的安排、采访与见报的篇幅等等，更不用说某个异性不均匀的荷尔蒙作用等等——其实也不奇怪，都是艺术家嘛，"难搞"就是他们的特征。

这样的时候，大林就有点作用了。他上下左右跳跳，暖场，救场，甚至让大家笑场。就算他把所有的宝都要完了，总还会有最后的救命稻草：星座。这真是屡试不爽的万灵妙药，一旦席上尴尬或是僵持了，大林就会不动声色像是无聊地问起身边的姑娘——她毫无疑问相当漂亮、并有着同样漂亮的无知，你知道的，圈子里永远都会有不断加入的新鲜人，像流动的河水一样冲刷着我们这些生了青苔的石头们——嗳，小某，你信不信，我能猜出你的星座？

"不可能吧。第一次见，就能猜得出？"姑娘的明眸在桌子上流转，灯光下这一张张保养优良、牛又极了的脸，她可仰慕多时了呢。

"对，是挺难的。"大林真诚地盯着她，"那不如，我猜你喜欢谁好不好？"

小某的脸，得体地红了："那算了，你还是猜星座吧。"

大林于是拉起姑娘的右手，一点不色情地看了许久，无聊中的我们都在无聊地等。大林最终慢吞吞地说："你的手……真白。"

哈哈，我们笑了。大林不笑，仍旧拉着那手："我知道了，你这个星座跟金牛座最合的！在座的，哪位男士是金牛？"

星座的小火苗，一点就燎原了。马上有人自动认领或相互指认，又有半老的男人假装生气，说大林欺负他不懂得星座不星座的。大林连忙认错，并开始扫盲，以席上各位的星座为教材，分析其性格强弱、扑朔迷离的桃花史与令人感慨的命运曲线……星座学真跟红楼学一样深不见底，甚至可具体到每日运势——大林在手机上找到专业网站，输入某人的星座，并配合其生肖、出生时辰以及血型什么的，然后一本正经地逐字念出：你明天出门一定要戴绿色饰品（眼镜也算）；午休时间可能会遭遇暗恋者表白；建议逛名品店，会碰到心仪货品打折。

瞧，是有点意思吧，席上哄哄然狂欢了。人本来就是自恋的动物，艺术家更是自恋之王，有的还会延伸到自己的旧恋人、未来的追求者、某个同行（对手）等。一时间，各种细嗓门粗嗓门都在抢提问权：那白羊座的下月运势如何？你替我测测下个星期的社交禁忌？嗳，我！摩羯的速配星座是什么？

对照、惊愕、拍大腿——碰杯、喝酒。怀疑、笃信、一声叹息——碰杯、喝酒。桌上如火锅烧开了一般……大家都那样天真、投入、欢乐，好像这茫茫人世间除了星座值得信赖、还算有趣、还能一谈，别的就全是他妈的狗屁。

271

当然也有人嘀咕："什么星座不星座的，我从来不信！我工作室最近忙死了，专程赶过来就为听这些？都是大林闹的！"

"行啦，这年头谁还一本正经谈话啊，就是互相打发打发、搞个气氛呗。就算大林不在，也同样会有人聊起星座的，全天下都这样，所有聚会都这样，不谈星座别的还谈什么呢。再说，星座有时也蛮灵的，就是男女相亲、填大学志愿、单位招聘什么的，也要分析星座的，你别老土了。"

"哼。"这位抿住嘴，想想还是不服气，"我就不明白，这大林到底干吗的，不能写不能画的，就这么无事劳地瞎混？"

"没听过'社交名媛'么，我觉着大林就是这么一朵很正点的交际花。"有人插话，他手里正翻着一本死厚死沉、180 克铜版纸的设计杂志。他翻到封三，用指头点着由露肩礼服、手袋、名表和珠宝构成的"爬梯"照片。

这位于是低头凑到杂志上去，把眼镜推到头顶研究了好一会儿美人图，思索片刻："我们这个圈子，都应当是'家'嘛，谁说大林不是呢，他是社交家。"

闲聊的这几位，的确是一等一的"大家"。作曲家的歌五年前上过春晚，影评家则是"金扫帚"票房毒药大奖的独立影评人。他们虽则嘴中刻薄，这不过是圈子里一贯的表达方式，其实跟大林都是好朋友，家里侄子找实习单位、车子年检或身份证挂失什么的，都是大林替他们搞定——弄艺术的人，最是面嫩，又藐视社会规则，世俗能力总是弱的，尤其讨厌等人、找人或是与人理论；大林呢，并没什么社会关系，大事办不了，这些恼人的小事，绝对可以一手包办。所以，也对，就算是社交家吧。

……大林后来也听到这个玩笑了，索性直接拿来用，做了一张花哨名片，自称"非著名社交家"，在圈子里发着玩。

"这个顶适合你！你看我们还做不了呢。"大家弹着名片发笑，知道

272

他才不会把这个当回事儿。大林天性乐观，从不摆死脸。不像圈子里的大部分家伙，为了艺术或非艺术的烦恼，搞不好就"low"了，脸色总那么难看，情绪总那么愁苦，强迫症、抑郁症、失眠症、梦游症、亢奋狂想症什么的简直就是日常装备，谁要没有，那还真是没得艺术前途了。

2

现在回想，大林还真是不辱"社交家"这一名号。目下遭逢盛世，所谓文化大繁荣，活动委实太多，诸如新书发布、名人对话、拍卖品预展、中韩水墨记、两岸书家会之类的，简直没完没了。其实是"老三篇"，大家都不耐烦极了，这个借口出差，那个托病不便，反正总有人缺席，倒是大林那四喜丸子脸绝对一场不落，笑容可掬地晃来晃去，如及时雨一般——可接待记者，可带头鼓掌，可替众人拍合影，可与音响师沟通，可签字代领车马费……一天天的，大家对他都有感情了。

而圈子里的社交感情嘛，就像我们与星座的关系，你懂的，又不可能当真疼到肉里戳到心里的，就是一种含含糊糊的场面上的热闹感觉。

不知大林是否也意识到他已经拥有了我们的"关系"。总之，就在不久前，他居然"策划"起一个"大爬梯"了，几乎邀请了我们这个圈子里所有的大人物与中等人物，并巧妙地暗示，这是一次单纯的"同好雅集"，并没有润笔费、剪彩费或随便什么费。

不消说，我们相当意外，乍一接到邀请，简直有些酸不溜丢的，他算老几呀，一直跟着跑跑龙套的，现在竟占起我们的便宜？开玩笑，我们哪是随便请的，省图书馆的演讲都推掉了；开玩笑，5000块以下的出场费根本都不考虑的呢；开玩笑，多大的官员都不放在眼里，还怕得罪大林吗。

不过，那些小器量的念头也就是一秒钟的事，大家毕竟都是成熟的理性的动物，想想大林也曾帮过忙。虽然是些芝麻绿豆的提不上筷子的忙，可他毕竟在圈子里混了这么久，哪怕仅仅是出于人道主义……再说，越是平常人物，越是不要怠慢了，传出去会显得太势利了。而且，这种事情，一次性的买卖呗，就算大林再有本事操办，以后是断断不可能再把他面子的。

可能大家的心理都差不多，彼此暗中打听一番，"你去不？你要去的话那我也跑一趟吧！""烦呢，地方很偏，都没听说过！"

聚会地点确实远，出了市区上绕城高速要开很久，下来再穿过一大片树林，弯弯绕绕转过一个大水库，接着又是无边际的人造湿地……最终，大家坐定，环顾一番，嗬，这地方可以呀，远离尘嚣、别拥山水自不用说，也太实在了，桌椅，器具，摆件，墙上地上顶上，包括侍者的制服与卫生间水龙头，全像码着美元欧元或支票。这是什么主儿的地盘哪。

看到桌上的嘉宾名单，大家更吃惊了，大林这场子搭得很"屌"呢，绝对跨界，绝对"高、大、全"，有多年不出山的老家伙，有新崭崭的当红炸子鸡，有的连我们也只是听过大名。大林何德何能，能凑成这么个局呢——稍后大家有空咬耳朵一碰，哦，原来大林运作这个"场子"是有一套"方法论"的。

比如，圈子里最有影响力、画作被旧金山亚洲艺术馆收藏的 A 老，完全不可能请动的。可 A 老有个忘年交，年方 21 岁的研一女生小B，大林先跟小 B 讲定（她跟大林一样，是星座专家，两人常有业务探讨），通过小 B 去搞定 A 老；而 A 老一定下来，与 A 老地位相当的著名作家老 C 觉得他不去的话，反而不对了；A 老与老 C 一出来，画坛文坛别的画家与作家 D、E、F 们便不会推托了……再往周边推，以每个人为圆心进行涟漪般的扩散，版画家 E 与设计师 G 是同门师兄弟，而概念摄影师 F 与女诗人 H 一般喜欢出双入对。同时，他们分别又有交好的昆曲名角 I、出版界大牛 J、言论公知名人 K。如此这般，这般如此。

想想也有点感叹呢，随便换作我们哪一个，恐怕都没有这么周全的耐心与巧心。社交力也是生产力。

但看今天的大林——起先他是站在拱廊的台阶处，照应着四面八方的漫长寒暄，一边极为恳切地挽着这个老某、挽着那个某老，把他们一一带入，他那富有仪式感与历史感的架势，像有最长的红地毯铺着，像有一百个镜头与闪光灯对着，像在进行网络视频与卫星直播，让观者都陷入某种荣幸而高雅的情境……这会儿，他守在签到厅，带点小淘气地，给这个伺候着笔墨，夸赞其女士的帽子或某男士的烟斗，或是赞叹谁谁引起争议的新作，浑身散发着头牌司仪般的熠熠光彩。

妈的，今天简直是他的大喜日子啊。我们远远地观赏，感到一丝助人为乐的欣慰感。

只是这个聚会的主旨一直隐而不露，现场看不到横幅、主题墙，也没有海报或"易拉宝"，没有不停播放的企业形象片，没有人手一份的集团画册或项目策划书，总之，没有任何信息可以说明此次活动的性质与目的。我们如常地闲聊，心中却暗中思量，世上绝没有无缘无故的雅集，真不知大林要打我们什么主意呢。

聚会渐至好处，葡萄酒苏打水冰块，蛋挞慕思草莓，侍者高举着托盘跑来跑去，还有一个器乐四人组在一侧很有分寸地搞情调。

会所主人姓蔺，蔺相如的蔺，四肢孔武，面相粗放，反倒像武将的后人。在大林的引导下，着马球衫的蔺总在各个台席间穿行，大林挨个儿地替宾主作着流光溢彩的介绍。这是他的强项，他对我们太熟悉了，随便谁在哪个旮旯获过什么破奖，再冷门再拗口的他都能吹得像诺奖似的，惹得蔺总一阵阵惊叹，极其谦逊地递上名片敬称"大师"，邀请各位"大师"以后到他的会所做客——他另外还有几处风格不同的，大家看哪里方便就好。

而关于这位蔺总，大林避重就轻，只说蔺总对艺术很关注、搞点人像摄影什么的。哦，摄影。大家点头。大林顺便就蔺总的摄影装备进行了重点介绍，光是那些个镜头，就够惊人了。

我们啜着红酒，用指尖拈半块曲奇，仍在相互嘀咕，竭力想要摸到这个聚会的脉络所在。

"这位蔺某肯定是赚钱赚得无聊了，就玩艺术圈呗。"这样的人，现在也多，常以"金主"的身份到我们圈子里来打几个照面，搞点艺术或貌似搞点艺术，顺便洗洗钱。

"现在什么人都搞摄影！他那个哈苏，他妈的我都没摸过。放他手上，东北人怎么说的，白瞎了！"说话的连连咂嘴。

"哈苏！他真有钱玩哈勃呀。"

"切，专攻人像摄影，我看是替小三小四拍拍写真吧。"

"等一等，我晓得了！"有人轻轻敲敲桌子，表情突地严峻了，"搞不好这场鸿门宴最后是替我们拍照片吧。"

开玩笑！我们可都是有影响力和公信力的，难道想拍就拍？版权在哪里？使用权在哪里？如作商业用途又怎么说？有人当即百度，查到这位蔺总下面的子公司，业务范围涉及医药、房产、保险，保不准最后会拿大家的肖像去弄些铜臭熏天的事来！

众人胡乱猜测，有人埋怨大林做事不知轻重，也有人觉着大林可能也不知其详。当然呢，其实也无妨，都是场子上混的人，这么多年下来，说"不"的资本与技巧已经越来越高了，尤其对我们宝贵、苦短的艺术生命来说，更该在必要的时候坚定地说"不"。哈哈，这位蔺先生到最后肯定会白欢喜一场的。至于大林最后怎么交待，管不了那么多了。

这么一盘算，大家反而心安了，只管举着美酒热络畅谈，一位书法家还上去抚了几把古琴，昆剧院的当家闺门旦则起舞为其助兴，气氛真是越来越洽好。所谓社交嘛，就是这样的，越是没有下文，上文就越要显得热火。

这样深度配合着的气氛一定让大林很是受用吧，他如小火把似的热气腾腾地四处走动，跟各个桌子的"兄弟们"开玩笑、抢蛋糕、互相点烟、不时仰头大笑，掀起快活的波浪，十足烈火烹油，左右逢源的轻佻劲儿——算了，由着他要吧，不是给面子么，给到底，反正也没下文。

那位蔺总在不远处举杯吞着酒、一边机械地拿坚果下酒，像在思考人生要义，姿势如同某个俗气的电影镜头。再仔细点看，他其实一直注意着大林，眼神里竟有着几分沉痛。大林呢，偶尔回看一下蔺总那个方向，带着点羞怯的胜利感。搞什么名堂呢。

时间慢吞吞地过着，人们各自闷头打电话、玩 iPAD、四处走动到外头透气，再拖下去就要散黄了，不如赶紧图穷匕见吧。终于，有人拍话筒了，一看，是蔺总。

蔺总另一只手仍举着酒，脸还是白的，舌头不算大，脚步也稳，依然极其谦逊，以他的那种方式："各位大师，有缘千里来相识，今天真是蓬荜生辉，蔺某实在是三生有幸，能够与各位大师欢聚一堂……在此，我要隆重感谢大林！大林啊，过来，来这边，咱们要喝一杯。"

大林此前是在跟几位年轻女士研讨塔罗牌，因蔺总发表宏论，便停下仰头聆听，猛听得喊他上去喝酒，大林显得意外，他那一角的人连忙起哄架秧子地推他上去。是啊，喝呗，早喝了早散，大家都忙，还有别的场子要赶呢。

大林于是跑上去，手中还捏着几张花花绿绿的纸牌，表情也没收拾好。其实蔺总喊他上来，大概只是为了抒情吧。蔺总对大林举举杯子，又转向话筒："各位大师有所不知，借这千载难逢的机会汇报一下，我跟大林从光屁股就认识的，小学中学一路过来的同学，大林书念得好，名列前茅是老师的心头肉，我呢，名落孙山是老师的眼中钉。我家老子一看到大林的脸就打我屁股，打得屁滚尿流……"大家配合地拍手。一位编剧小声评价："他成语掌握得不错。"

大林也在笑，略显不够自然。

"可讲实话，我不服气，成绩有个屁用，对不起，各位大师，我讲粗话了。我的意思是，谁最能混才是硬道理，现在你们看看。"蔺总看来还有点演讲的艺术，他戛然而止，像演员谢幕般地平举起两只手臂，把下巴半抬起来，指向这个金碧辉煌的会所，从左边移动右边，又从右边移到左边，手上的大酒杯晃荡着，可以看到里头红酒的"挂壁"颇厚，像最微型的帷幕一样慢慢垂挂着——座中刚才有位教授替这酒估过价，一瓶起码人民币四五千。他中途溜到地下酒窖转了一圈，回来显得有些愤然，咕里咕噜说了一长串谁也听不懂的酒牌名。教授曾应邀在澳大利亚讲学过两个月，回来后便以红酒品鉴专家在圈内闻名。

蔺总的上等红酒在每个人的杯中晃动着，大家这回没有拍手，现场一片寂静，好像听到流金淌银的无声巨响。是啊，从内心而言，大家黑头发熬成白头发、白头发熬成没头发的，图的什么呢，差不多也就是能像这位蔺某一样，抬着下巴，做个牛叉的谢幕动作。可是，他这么赤裸裸地以大林为参照物来夸耀其成功，实在太粗鲁了。大林好歹算我们的人哪，而且"鄙圈"一向是以视金钱若粪土而区别于世人的，最起码姿态上是如此。蔺总来这一出算是什么？喝多了，肯定是喝多了。

大林极度地抱愧而难堪，手里几张塔罗牌都给捏得软了，一双眼睛在粗框眼镜后面冲大家直赔眼色，有些可怜。

气氛有点胶着，蔺总却像演员似的，表情猛地一换，动作很大幅地把酒杯直举到大林鼻子跟前："大林，怪不得你死不肯认输。今天我算明白了。看来你真是吃得开的！结交了这么多响当当的大师、名人，绝对了！还真是没有吹牛，一分钱不用花，一喊人家就来了，老子我认了！来，敬你！"蔺总冲杯子戳戳大拇指，系领结的侍者紧步上来替他加满，他仰起脖子，像倒啤酒似的，从喉咙管里直灌下去。

哈。大家哑然，但还是拍起手来。原来如此，大林搞的就是个主题阙如、只需面子到场的聚会嘛，真是的，还害得我们刚才好一阵猜度……这样也好，我们倒替大林挣了个上风呢。看看，艺术毕竟还是艺术啊，四两拨千斤，大林只要沾点边，那蔺总就算有再多的会所、别墅也得"认"。

"嗳，大林你酒杯呢？拿来，满上！"蔺总抹着嘴角直嚷。

大林正满脸是笑，笑得两边的肩膀都在抖，却没声音，还真没见他这样笑过呢。他手中的塔罗牌掉地了，被他的脚踩住了，他都没注意，只管全力以赴地笑，然后接过满满的酒杯子，同样喝啤酒似的仰头便倒。

另一侧的小乐队很有眼色地提高了音量，欢快地奏起了拉德斯基进行曲。大家站起来拍手，有的还跺脚，他妈的活像在中国版的维也纳金色大厅。

如果感到高兴你就跺跺脚，如果感到高兴你就跺跺脚，如果感到高兴你就跺跺脚。

3

理论上，大林成为圈子的主角，应当只有这么一次吧。乏味如生活的，照旧乏味；繁荣如艺术的，仍然繁荣；腐朽如社交的，继续腐朽……事实上，不久之后，他又一次成了中心，不，这么说不是很准确，应当说，是他的名字成了中心。他的名字，发出了类似于电动自行车的刹车音，震荡了慵懒的空气，震荡了我们的耳膜、视网膜、心肝肺与大脑皮层。

是的，如开头所说，他竟是死了。

直到最近的一次聚会——为新开张的画家村捧场，大家才得知这个消息，人像往常一样不太齐，有的到上海办签证，有的去深圳布展，有的说是在家闭关。不过少了大林、这个初次的同时也是永久的缺席者，感觉颇是怪怪的。距大林出事已经快十天了，不少人还不知道。

他从他家所在的 19 层阳台上跳了出去，具体一跃的时间应为凌晨三点多。阳台上有个植物枯萎了的小花盆，里头戳满了一层新烟头；他手机里最近的通话记录是前一天晚上十一点多，一个编导找的他。说什

279

么的呢？编导无辜地摊开手："请他替我儿子找个物理补习，他挺正常的呀，我想要南师附中的特级，他说好第二天答复我的……"

"可惜，我要有他的电话就好了，他就跳不成了。"我们当中的音乐台 DJ 叹息一声，音质如醇酒，"那晚我在外边儿喝得多了，本想着喊大林来帮我开车回去的，妈的，翻了好一会儿手机，发现没存他的号，还想找你们谁问呢，想想都两点多，怕你们睡了。冷风里站了一刻钟才打到车。唉，要找到他电话，以他的热心肠，一准会来替我开车的，就不可能跳楼了。"隔了一会儿，他严谨地补充，"最起码那晚不会跳。"

"想想啊，那晚我干嘛了。"策展人摸摸他新发型，"对了，那晚我刚剃了这个光头，你们看看，我这头型，蛮好的吧。夜里头失眠，就走明城墙去了，我一边走还一边乱想着，要是策划一个全体艺术家的光头造型、在墙头暴走，月光下，无数的光头模糊地起伏、飘浮，那绝对牛×啊。你们相信吗，我当时还真想到大林的，你们这些家伙忽冷忽热的不好说，但大林肯定会第一个响应我，把头发给剃光喽，他那脑袋饱饱的，光头正合适。唉，再也看不到大林那圆头圆脑的了。"

毕竟处了这么些年，大家不免一阵嗟叹，同时百思不解：大林那炭火般的好心肠，红花绿叶的好性格，怎么会起了这种堪比行为艺术的念头呢。

反正这场子还得撑会儿，媒体都还没撤呢，不如谈谈大林好了。是不是工作上出什么事了，啧，问了一圈，竟没人说得清他在哪里"高就"。有说他是哪个出版社的美编，有人记得他做过平面设计，还有人说他在少年宫做培训，带中学生上水彩课。

可能是性格缺陷吧？有人大摇其头："我们谁都有缺陷，大林还真没有。"

"不同意。"另一位反驳，"你们想想，他这个人哪儿哪儿都好、一直一直都好，不可能这样的嘛，除非他是装的、是遮蔽性的。这才可怕呢，轻轻一戳就会破。"

那不如就再要壶茶，咱们找找看，什么东西戳着大林了？

于是扑向废纸篓似的，比赛看谁眼尖心细，尽可能地多扒拉出一点大林最后阶段的碎片片……大林要知道我们这么尽心，肯定会蛮高兴的吧。我们似乎可以看到他那四喜丸子的脸，黑框眼镜闪动着，他从某个角落里站起身来，热络地替我们张罗着，去叫服务员泡一壶新茶去了。

编剧说，用穿越式的架空语气："以前不知道他抽烟的，最近他身上有烟味了，很重呐。"

新派四格漫画家则忆起件怪事，几天前托大林办个急事，大林罕见地隔了很久才到，鞋子上全是黄泥，他吭哧着解释，到东郊的小树林去转了一圈。一个人到那荒地干吗去了，漫画家随口问。大林脸上一红，表情艰涩，只打个哈哈，回避了。

"啊，对了。"正拿"爱疯"对着咬了一口的榴莲酥拍特写的微博名人突然插嘴，"上次大林搞的那个聚会，他表现有点夸张，尤其是最后那一通笑，你们不记得吗？我当时还拍照了，回家仔细看看，发现他笑得相当瘆人，删了。"

那聚会已过去蛮久了，他要不提我们还真忘了，毕竟，新聚会像春天的花瓣一样层层叠加着，旧的场景则像秋天的叶子那样掉落着，哪里记得住哟，这也是必需的新陈代谢。

"那聚会不是史无前例地成功嘛，一分钱没出，就纯粹为撑个面子，那么奢侈的大阵容！"

"没准大林回家倒头一想，这个了不起、成功的聚会，统统都靠大家呀，他仍然啥都不是。"这话听得人蛮舒服的，有几位不由自主地点头，坦然承认自己的光芒效应。

"不会吧，大林跟我们又不是一天两天的，真要自卑，早千疮百孔、死多少回了。"

"行了，想那么复杂！保不定就是抑郁症。我最近还研究了下，这种病就是平常比哪个都好，一发作就是个寻死觅活、全世界都拉不住，越是成功人士越容易抑郁，自我期望值高嘛，就是好到天上他仍然觉得自己很怂！你看看，那些私企主、教授啊、明星什么的，自杀率可高了。"

"大林肯定不算这一类的吧。"有人不信，好像得抑郁症也是要有资格证书的。

大家胡乱凑着话，聊天儿就是这样的。"嗳，有人去送送他吗？"这倒问得有点冷不丁。想想呢，大林平常对待我们，那么赤诚，好比一个无条件的、忠心耿耿的追慕者。

还真没呢，随即各自解释。消息来得太迟了。嗨，我当时正好人在西藏呢。我还以为是个谣言呢。我倒是想去的，没人张罗呀。咱也不认识他家，不知怎么联系他家里人……

有人问："嗳，对了，大林结婚没啊？有孩子没？父母在南京吗？"

大家互相望望，语塞中感到一丝惊讶。奇怪，真是对大林所知甚少啊，平常他净是逗趣，很少说起自己，当然，也没人当真感兴趣……毕竟，他就是大林嘛。

"就是有老婆，也不会对大林太好的。女人，那是多势利的物种！"拿过文华表演奖的京丑不知为何发起感慨。他离婚多年，并坚持不婚。

"就是有孩子，也一样势利——小孩长大的第一件事就是比老爸。我们这么些年，不都是在替小孩卖命。我倒宁可大林是个老光棍呢。"

"哦，我！我到他家去过。"咬着雪茄的策展人突然举手，"也不是特地；我笔记本突然中毒，大林带我去找电脑公司挽救文件。要知道，我有许多很棒的灵感都在电脑里。记得中途在他家停了一下。"

策展人皱起眉，竭力回忆。"不过，真忘了他家具体住哪儿了，也忘了他家里有些什么人，因为我只在客厅站了一会儿。想起来了。"策展人忽然嗤嗤笑了，"他家里有个类似博古架的木柜子，装得满满的，我翻了翻，尽是些邀请函、拍卖目录、展品图集、嘉宾证、活动议程什么的，有的上面还有些乱七八糟的签名儿。大林把这堆垃圾都好好收着呢。你们这些家伙，就从没人送过他一字半画的？"

大家抢着摆手："他没开过口呀，字画得对方讨要的，哪能赶着送。再说，总以为时间长着呢，谁想到他会走呢！"也有人叹息："这方面，大林最自觉了，多少外人到圈子里混，不就想白拿些字画！"

"其实，我们算是都见过大林最后一面了——想想上次那次聚会，基本都去齐全了嘛。"

"啧啧，你别说了，听着心里发毛，好像那个聚会就是大林自己弄的告别式似的。"

话说到这里，好像被冷风呛住了。大林这无法辨识、戛然而止的命运，让大家心里有点不得劲。有人咳嗽一声，谈起上一轮保利秋拍的行情，气氛勉强死灰复燃……好久没吭声的电台女主播却又打断，颇为生硬地让我们"等一下再谈业务"，她环顾众人，慢吞吞、别有用意似的问："嗳，我说，这么些年，咱们都是朋友吧？"

那还用说。铁哥儿铁姐儿们呀，钢钢的。大家自然如是说。

她露出一丝下了圈套的短促笑容："那我问问，除了我的工作，你们了解我什么？知道我多大？家住哪儿？结婚了还是离婚了？我身体怎样心情怎样？我的梦想是什么？如果我突然出事了，你们这些家伙也不知道到哪儿送我吧？"

给她这么一问，大家似乎也耸然一惊，彼此错开眼神。有人忙俏皮地打岔："你跟大林比什么！他不也说自己……是打酱油的。你都得过两届金话筒奖了，我们都是你粉丝呀。"

"切，粉丝。我们互粉。"她冷漠地一笑。这些词，真说得太多、听得太多了。

另一个的回答机智些："行了大才女，你说的那些都属于女生的超级隐私，谁敢乱打听啊？不过，我知道你的星座哎，你是'太阳落在狮子，月亮落在金牛，上升在天蝎'对不对？大林有次特地替你分析过，你看我都记得一清二楚！"

女主播并不领情。"撇开大林，就说我们几个！"她随手指着身边的动漫大师，此人最近火速蹿红，在国内的 3D 设计领域，排位绝对靠前："他总不是女人吧，你们了解他多少？不许再说星座。"

大家看看设计师，仍是语塞，很快有人胡乱说他白酒能喝一斤，有人说他微博开了三个。倒是设计师自己出来打圆场，对女主播举举杯子："别顶真了，这个太正常了，出来混嘛，都是赤条条的，没有人会随身带着户口本、结婚证、日记、药方子、愿望清单或凌晨噩梦，婆婆妈妈的像个杂货铺……"

"你们就只知道我的星座，我也只知道你们的星座！我们彼此之间，跟与大林之间，有什么两样！"女主播竟然哽咽了，"可是，真该死，我偏想不起大林的来了，你们谁记得的？要详细一点的，月亮和太阳的都要，我来查一查他跳楼那天的星座运势……"

不知谁叹口气，用干巴巴的声音安慰她："看看，你还真以为星座算个什么呢。"

"好了好了，难得聚聚，不如还是聊聊保利秋拍吧。"有人费力地重新拾起方才的话题。

时间有点迟了，今天的场子要散了，服务生开始搬弄桌椅，把烟灰缸、杯碟、残酒什么的往塑料框里扔，卷起雪白的桌布和金色围幔……刚才还十分体面、摩登的现场眼看着便恢复了本来的粗鄙。

我们也纷纷起身、拿起外套、轻松地伸展肢体。像以往的这个时刻一样，伴随着对杯盘狼藉、曲终人散的厌倦，内心里却总会升腾起一种被火苗所灼的孤独感。大家像往常一样亲热地大声道别，相约着"哪天有空多喊几个鸟人好好喝上一顿"。

　　2012 年 2 月 29 日一稿、2012 年 3 月 2 日 二稿、2012 年 11 月 21 日四稿、2013 年 2 月 12 日再

隐秘的人文向度和小说家的专业精神
——鲁敏论

施战军

如果生逢那个群星辉映的文学时代，2007 年，一定如六十多年前曾有过的"徐訏年"一样，该叫做"鲁敏年"。这并非刻意将昔比今，有鲁敏扎扎实实的成果可以作证。在这短短六七年时间里，鲁敏的作品尤其是中短篇小说遍布于各个重要的文学刊物；到了近两年，得到的好评正如水到渠成，所受到的关注也似清亮的涧溪积成蔚蓝的湖泊。这些不容忽视的作品，表明作者既在建构着不可复制的多变的个人叙事方位，又有着一以贯之的人文定力。若是没有巨大的写作乐趣驱使、潜心诚爱的小说素质的养育和纯正的专业精神的生成，是难以企及这样令人神往的佳境的。

一、经验与经验之上的"成人礼"

鲁敏个人创作的演进、她所经受的心神的嬗变过程，是近些年来整体写作趣味及基本创作方位调整的极好的写照。

从作品在影响较大的刊物上发表的时间上看，鲁敏几乎可以算是标准的新世纪作家。2001 年初在《小说家》上发表短篇小说《寻找李麦》

开始，接下来这一年底《十月》杂志著名的推新人栏目"小说新干线"一次发出她的两个短篇小说，之后两三年，鲁敏的中短篇小说已经出现在了《人民文学》《北京文学》《山花》《钟山》《花城》《当代》《青年文学》《小说界》《莽原》《长城》《芙蓉》《长江文艺》等刊物中，而且屡屡被转载、被选本收入、获省市奖项等，这表明她的小说获得的认可的广泛性，遍地开花的态势也更显示了这位出手不凡的青年作家的实力和潜质。

在那个时期的鲁敏的小说，仿佛在努力训练小说的叙事本领和内心的承受力，表面上看有一定的叙述实验色调，而故事层面的悲情设定带有较为明显的青春意气。《冷风拂面》《紊乱》《把爱情泡茶喝了吧》、《温情的咒语》《轻佻的祷词》《摇篮里的谎言》等小说从标题上就可以揣摩出作者的叙事温度和对情感与人际的态度。但是，我们还是能够从凉意与纷扰中，透见纸背的温良，捕捉克制的怜惜。

多数年轻作家在写作初期，在作品中往往要先确立个性，在技艺方面热衷于"与众不同"，一不小心就成了炫奇作怪；关于人的理念，基本上都建立在阅读和个人经验之间，对人间的理解，习惯上趋于善解"变态"——"丑"、"恶"、"坏"的合理性似乎就是"人"的合法性，酷烈的人性冲突即代表深度，弯曲如墙角投影般的人性状态即代表丰富。这其实是一种新的无难度写作。这大多其实是在重复前人或者心仪的父兄辈作家在幼稚时期的人性观与写作习气。一旦这个阶段历练过后，有的人变得更为迷茫，因为他并不具备对基本人性的把握能力，找不到接近永恒力量的支撑点，因而创作也难以为继，即便继续写下去，也只是一种终极感空无、精神垮塌的一再昭示，给人的"概念化"印象甚至重于直接演绎主流意识形态主题的写作。

而另外一些人则有了新的顿悟，找到了属于自己的"别开生面"的区位和取向，表达既与己相关更与普遍的人性生态相关的文学意味，创造状态的自由自主，必然要激活天性中艺术质感的生发，所叙写的是越来越贴近让自己真切动心的文字——人物、情境、关系之下，愿景不再是若有若无而是以隐秘的状态确有似无。应该说，对"常态"人性进行探照，之所以曾经被放逐，正是因为它的难度，下落的写实和超拔的想象之间，前者当然更为轻而易举，但是，"美"、"善"、"好"被刻意遮蔽后，文学的终极指归则必然无从显露。"邪"的想象力越发达，这种想象越显得简单、廉价和轻浮，而"无邪"的叙事则越加构成对优秀作家想象力的考验。在创作者群落里，会优雅飞翔地对天机和地缘知情会意的作家总是罕见的，我们容易遇到的更多的是爬行于表象甚至埋伏在地沟里的写手。

在这样的情形之中，鲁敏的小说显出了格外珍贵的特质。

我们能从短篇小说《未卜》中领略鲁敏一部分作品中的早期"先锋文学"的遗韵。美好长相的兄弟姐妹的合影，表情中含着悲哀的婚姻和生命的劫运，最小的弟弟眼见得一个个灵验，巨大的恐惧的阴影笼罩着他的人生。同是相亲故事，后来的《暗疾》就更结实和深刻，不注重定数之动，而是将长辈的"病"对青年女子梅小梅的影响作为她扭曲型成长的力量，体现了纯正的"先锋精神"。姨婆的便秘、父亲的呕吐只是影响了她的相亲成婚，而母亲过于仔细的记账则将她刺激成了一个"购物狂/退货癖"的精神疾患者。她上班之余穿梭于各大商场的时装区，疯狂选购，买回从不上身，过后再去退货。没有经济损失、外表足够体面、表情不可一世的梅小梅，严肃、傲慢、乐此不疲地重复着"购物——退货"事业，与家中那个乖乖女判然有别，成了内心充满报复快感的另一个人。母亲记账是贫破生存的隐喻，生存压力之下，每个人都可能有基于贫迫极点的恐惧，这种恐惧让人算计微小的收支，甚至耽于对"苦"的精神依恋，母亲的名言是"如果生活不苦，那怎么算是生活"；而梅小梅的信条则是"不是仰头接过别人的灰尘，而是把灰尘洒到别人脸上"，以致于她在相亲这件事情上也要一再重演购物广场上修炼出来的戏剧——"之所以见面，只是为了拒绝"。父亲的口音标示着新的社会阶层的底层身份，这种身份也是刺激梅小梅在"高层"商场扮出富人模样做出有钱人架势的背景。

和《未卜》一样，《暗疾》有着一个极具爆发力的结尾，但它不再是冥冥之中的宿命的结果，而是从环境关系深入到自我异化心灵的承受极限下手，明显地将"人"而不是"命"推到了惊心动魄的临界点。这种文体的自觉意识，一直延续到也是不久前发表的《风月剪》里，后期"先锋文学"的风韵在这一代作家笔下不仅有了语体的接续，还具有了血肉丰满的更为及物的当代精神。

"一度，由于从小的阅读经验，我对西方式的叙事手法、结构处理、探索性等较为迷恋，体现在创作中，则是对人性中浑浊下沉的部分非常敏感，喜欢穷追不舍，看世间为人为事，如何失信、失德、失真，力图处处写得惟妙惟肖、不依不饶，似乎那种刻薄与刺刀见红便是功德圆满的写作。"①鲁敏今天说出的这段话，与其说是"觉悟"，不如看成坦言。对鲁敏来说，这不必非要鼓足勇气才能说出口，只需平静陈述。仔细看鲁敏前几年的作品，并不同于一般的以"浑浊"写"下沉"，而是经由"纯洁"被磨损和被蛊惑，于是身心不由自主地被刻写得"斑驳"起来的渐变过程，写出人性中令人绝望的部分，流露出对"天真"不再而又无从修复的痛挽心意，这也是她之所以从夜影婆娑之地能够转向光线摇曳之境的艺术和认识基础。

《白围脖》是最早给鲁敏赢得荣誉的作品，用父亲遗留的日记与女儿忆宁的讲述穿插连缀结构为这部中篇的互文形式。前者主要记录了父亲与情人"小白兔"的可谓热烈、曲折而无悔的婚外恋；后者则是女儿一方面记述"小白兔"来索要日记和围脖的过程，另一更主要的方面则是描写自己婚姻之外的生活遭际。父亲的日记无形中变成了她的婚外情指南，本来企望一场打破沉闷得到身心俱欢的生气的爱，但收获的却是无关诚心与守诺的欲望的躁乱。如果说父亲那个时代还有情爱悲剧可以使庸常无聊生活的一潭死水产生波动，那么在女儿这一代已经失落了悲

288

剧感的基础，参照物已经迅速古老，如今找不到了与参照物等值的情爱关系，父亲的情爱经历真正成了令人无法复制的传说。作品结束时候忆宁喊出"爸爸，我想你"，从理念上看，这是一个追求情爱终得虚空的当代人撕心裂肺的体验表达。小说的深刻意味本来已经慢慢地写出来了，这一声振聋发聩之喊反而削弱了叙事力量。小说的局部还现出叙事节奏把握上的耐心不够，比如，为了能够使忆宁的故事尽快过渡到模仿父亲的阶段，作者让她从即将中考的小小少女猛然长大成婚后少妇，在叙事上跳跃得有点迫不及待，读来令人有应接无措之惑。

前辈给后代的直接与间接影响，命运和氛围暗示中的焦虑，现世生存给身心带来的困顿及压迫，在鲁敏的小说中有着开阔的观察视野和明敏的艺术感应。

鲁敏的敏感在现实题材创作方面表现得更为突出。《正午的美德》证明了作家从社会新生活机灵地探取活的资源的才情。世风吹乱了年轻人的方向感，迷局一般的未来使他们的身心提前陷入了迷失的惊恐状态之中，也让家长处在惶惑担忧的爱的困局。大学校园附近蜂起的钟点房也是这世风的一个表征。面对即将到来的就业，女大学生圈圈无从把握，惶然中她觉得唯一可以把握的是自己纯洁的身体，她决定在尚未落进染缸之前把身体送给自己愿意交付的人。圈圈从认识的为数不多的异性里选定了厚道的中年人程先生，她故作镇定地仔细选好了钟点房，女房东凤珍则是一个在外地上大学的男生的母亲，正是这位并不坏的母亲将圈圈的冒险推向了不堪境地。她出于某种母爱的敏感并不情愿出租房间，联防员到来的时候先是顾虑而未透露真相，然后又追回联防员主动报案。当小金等以治安的名义撞开房间的刹那，凤珍立即后悔起来。凤珍这个人物让我们看到滋味复杂的当下人心，而圈圈的成人仪式则是破碎的和消极的，从作品字里行间弥散开来的是无辜更无告的成长的悲哀。

鲁敏的小说里有追问在故事的背面——是什么搅混了人及其生活？

一般来说，人们愿意把外因推给特定"时代"意识形态的强势影响，而鲁敏则更注重情境和性情、心理、行为对人的综合作用，不规避人的本能欲望，透悟那冥冥之中的不可理喻的命运，那时刻摇摇欲坠于人头之上的冲动和终于落下来的恐惧感受更是她要抓牢的把手。通过这样的结构和叙事，她不仅仅呈现了混乱的人间世事本身，还挖掘出在细节、情节之下的隐秘秩序，体现斑驳中一种清晰的辨认，不露声色地探究这混乱的来由，最后，是虽然弱小但分明不绝如缕地坚韧存在着的自我抗争意识。

"在绝望的境地里继续抱有希望的人，比别人更接近星光灿烂彩虹高挂的天空。"②尽管我们看到的主人公几乎都是被搅混的"人"，可她还是在文字中悄悄藏下了内心的理解。人处在尊严卑微的时代，好作家总是这样的人生的见证者和知情者。"穷追不舍"的叙事底下所隐匿关联的正是叙事者的"于心不忍"——正是这样，她怀着体恤写活了在变化甚至动荡情境中人的日常遭际，尤其是被命运和世事裹挟的中国式的"成人礼"。

同是以女性大喊收尾，《镜中姐妹》就没有《白围脖》里喊得那么痛快，而是"冷风灌口，像个老人似的猛烈咳嗽起来"。它要心气沉稳和滋味复杂得多，是鲁敏早期写得最好的中篇小说。它以讲故事的口吻，主要叙述婚姻之前一家五个姐妹在少女时期的曲折成长。特别是其中一对双胞胎姐妹，将朦胧的初恋指向同一个即将高考的学兄，虽然性格并不一样，她们的基本生活就像互相照镜子，直到这个男生的一句话才使她们意识到彼此应该有所不同，于是在异性的镜子里以头发相区分。男生从大学寄来的发卡，使她们中剪短了头发的一个神情恍惚，以致命丧河水，另一个选择跟随支边青年远嫁他乡。若干年后，家中最小的妹妹在另一个城市巧遇昔日让两姐妹魂牵梦绕的男生……小说在并不刻意的追述里，伤怀不已地究问无法重来的成长，还让我们思索长辈对孩子的世界的隔膜，也从老师"没有特点"就是"最好的特点"的话来咂摸排斥个性的教育对正常发育的身心的脆弱化影响。这部小说最为动人之处在于叙述的语气里沁透着爱感，在单调的成长之路上柔情蜜意地散落着小小隐私的花蕾，以不可磨灭的清纯羞怯地吐露清芬，并浸染到成人之后的人生之旅。人生无序，往事的具象已经过时，但总有一块心地盛开着原初的隐秘，当我们将习惯性的职业表情和习惯性昂着的头放松下来的时刻，芳香总是丝丝缕缕地飘出来，让我们分辨出长大了的人生所携带的种种变味。

这部中篇，也看作是鲁敏找到精神故土并逐渐清晰自己创作的人文向度的起始标志。

二、2007 年的"爱"与"善"

回到经验的故土并在追寻和选择经验的基础上飞腾想象，这是今日青年文学精进的一面。并不是每个创作者都可以轻而易举地找到这样的福地的，鲁敏也不例外。

如果说《镜中姐妹》让鲁敏创作的人文向度初露端倪，还有一部多种意绪情态夹缠的中篇小说《白衣》不可忽略。这部发表在 2006 年春天的作品，确凿了"东坝"这个对故土的命名，而它和后来在《逝者的恩泽》等作品中的东坝似乎完全是两个地方。我们似乎可以从中隐约发现抵达福地的荒草疯长的路径。高考落榜生陈冬生接过赤脚医生的班，这个清秀文雅而暗自多情的青年在培训期间暗恋乡镇医院的梅云，回乡后被小莲诱惑，惹下麻烦甚至落入圈套，他还爱欲混合地和已婚的心性高傲的"留守"女士英姿幽会偷欢。在他周围是粗俗而近恶的男人们：同龄朋友邹虎、村官王志高以及曾一起培训的同行，他所面对的生活恰如他不得不要解决的病象，满是疑难杂症。这部小说的文化感相对较弱，倒是对乡村欲望有着传神的刻画。纯洁与浑浊、本能和情愫、爱情和占有、善良与错失、幸运与倒霉等等说不清道不明地纠结成一块儿，这样慌乱的东坝确然不是诗意栖居之地。

从陈冬生这一形象，可以看到由审视"欲"和"恶"到表达"爱"和"善"这一转型的难度。

"欲"的正当性在 1980 年代中后期以"先锋"的姿态开始昭示；到1990 年代"新生代"写作中，"欲"的抒写已经随意化，仿佛已作为题中应有之义；到了新世纪前后，除了个别优异作家，多数有关乡土想象的小说已经到了擅长写"欲"而无力写"爱"的程度。不知道是否作家有意为之，《风月剪》里面的清雅女子也叫英姿，同样是一位留守的"活寡妇"，她晓得自己的美，她知道最懂女人的裁缝宋师傅的心思，然而他们在静默的环境里谨慎得有些别扭地表露爱意。直到英姿消失，宋师傅将压抑转为不能见光的秘密，引诱徒弟小桐，成为遭人议论和鄙视的"阴阳货"，并为了重获信任而令人难以置信地与丑女望石苟合。风俗因素并不能给这个故事添加人文爱感，锦心绣手的宋师傅其实仍然是一个情欲形象。"只有剪刀，才能让最高明的裁缝甘心附体于上，如隐形之手，与女人们在繁花似锦的布料里间接地幽会。"这个被女人包围的手艺工匠身上，发生过楚楚可怜的风月事，至少我们没有看到卑琐，而是领会到以体己的心思表达出来的卑微，如影随形的无所不在的人性卑微。

2007 年的另一个也引人注目的中篇小说《取景器》则更加复杂，大概是迄今为止，鲁敏所写出的意味最丰饶的作品。它以徐缓的回忆语调，铺展开老年的"我"与一位女摄影家的激情往事。在正常的夫妻生活显出老套乏味了无生趣之时，男人出轨去追寻诗情画意的浪漫，看似借口圆通，其实代价总是尾随而来。意欲"靠近另一个亲爱的灵魂"，而这个灵魂并不十分可靠，他所找到的是一个偏执于偷拍的艺术天才。在这个女艺术偏执狂心里，没有简单的爱与不爱的关系，她唯一的坚信是要拍到"隐藏着的缺欠、克制着的情绪、屏蔽着的阴影部分"，于是，"通过取景器，她引发爱情，引发事件，引发离别"。一直到从她偷拍的图片中看到自己的妻儿豁然在目，他才为憔悴地活着的妻子而感到疼痛。老年的肿瘤患者重返安稳的家居，天上宫阙与人间烟火都已经是别人的景色和生活。

怎样才是鲁敏心仪的真切的东坝呢？她说："这几年，可能正是一次又一次的回乡让我魂魄有动，我对乡土的传统情怀越来越珍重了，那来自苏北平原的贫瘠、圆通、谦卑、悲悯，那么弱小又那么宽大，如影随形，让我无法摆脱……每念及此，似有所悟，再经选材取舍、腹中春秋，便有了今年的《颠倒的时光》《逝者的恩泽》《思无邪》《风月剪》等一批具有传统风味的小说，寄托了我心目中'温柔敦厚'的乡土情怀。""那片沉默寡言的土地上，有着狡黠、认命亦不乏趣味的人们，有着静海深流的情感与故事，有小谎言、小伤感、小爱情以及小小而珍贵的'善'。"③

在《逝者的恩泽》里，鲁敏的小说里的父辈形象，不是她常写的容易溢出原在家庭关系另有所爱的浪漫分子，单纯时的性情中人而又是复杂临头时的病弱者或者已经无法复出的已逝者，他引出和留下的麻烦事又使他成为最强劲的在场者，躯体已经成灰上天或入土长眠的他，曾经激情满足但永远亏负于活者，怎样看待和处理全在于以女性为主的在世者——母亲、父亲所爱的人、儿女——的态度，正所谓"此恨绵绵无绝期"。《逝者的恩泽》脱离了俗念想象的限制，也超出了某种"女性主义"的眼界，两个女人同一个丈夫，东方式的宽谅和母性的容纳让她们共同生活互相理解甚至彼此欣赏。红嫂容留丈夫的新疆女人古丽，青青亲近达吾提。东坝上的人们，他们没有意识到这就是善行，这就是宽容之德，他们把异域闯入的母女接纳入家常的日子，一样地吃饭、睡觉、做小生意、量体裁衣、说说笑笑。在天性里，在他们保守着古老的规矩，对己待人，无需教化。淡而哀伤的香气充盈在东坝小镇的日常生活和青春爱意的萌动之中，本真的善的绵力在正面点亮了温暖的灯盏。

东坝的温情还体现在两个残障人之间无言无声的美好，这就是鲁敏

2007 年以高票获得"《人民文学》奖"的中篇小说《思无邪》，聋哑的来宝与痴子兰小，不仅他们自身惹人怜爱，东坝人的温良更是所有细节以至全篇能够成立的情感前提，在淳朴的乡风礼俗之内人们互相信任又忧心忡忡地生活。"无邪"的叙事也不免出事——兰小的死和来宝的悲，避免了这篇小说变成浅显的童话的可能。

东坝小镇的人物是有通灵之感的，英俊小少年达吾提发达的嗅觉转给了《颠倒的时光》里的青年木丹，他喜欢闻自己和爱人凤子纯正的东坝味儿，而不喜欢从城里回乡的家伙们的打工者味道，他留在家乡，在热心的伊老师鼓励帮助下建起了蔬菜大棚。大棚颠倒了季节、气温和人的生活节律，除了可以让乡亲们来大棚里洗澡这一个好处，瓜秧连羊都不吃，木丹敏感的鼻子闻不到瓜果的香甜气。在一场冬雪后，乡亲们帮他为大棚掳雪的时候，木丹想不通的问题终于有了触景生情的机会：为什么要跟雪对着干呢？

时光被人工所颠倒，自然事物被改变它的本相，这些一般只有人文知识分子才能意识到的人类与全球问题，被青年农民木丹用一个质朴的念头，形象化了起来。

《逝者的恩泽》《思无邪》和《颠倒的时光》都是动了感情的，在常人看来匪夷所思的故事中浸润着真切存在的人间温情，互相怜惜互相珍爱，像北方春暖时节远远望去在舒缓起伏的大地表面颤动的活气，复苏和指望、庆幸和感恩，由远及近地无声涌来，柔软清新地扑在我们的脸颊上，干冷了一冬的眼睛里漾出了暖得发痒的水分。

可以说，2007 年，鲁敏成功地为我们新创了一个人文意蕴丰盈的总主人公——东坝。东坝系列中篇小说，给东坝赋予了灵活的感官，宋师傅的手感、达吾提和木丹的嗅觉、来宝除了听觉之外的视觉触觉……他们在小镇的生活有着世俗的信念和生活的情致，天然地拥有文学性和艺术感。

也正缘于此，鲁敏不仅仅是一个才情被广泛认可的作家，她还是一个"有根"便有了足够底气的优秀作家。

人文性文学的对象所涵纳的是"信仰、价值观、感情、对艺术的各种反应、人类经验的暧昧模糊性以及社会相互作用的复杂性"④。中国作家曾经由直奔"信仰、价值观"的主题演绎，已经在向"人类经验的暧昧模糊性以及社会相互作用的复杂性"探索转型，而必要的中间地带的"感情、对艺术的各种反应"仿佛已经被轻易地越过去了。那些有着特殊手艺的小镇工匠，何尝不是情感丰富的艺术家。鲁敏浑然的努力，几乎可以看作是对人文性文学的完整形态在做着一种"中国式的"追索。

中国人尤其是乡村中人，是有所"信"而不"仰"的。这"信"也主要是"怕"和"要"，是对不可知之天与神的惩罚的"怕"与生活实利之"要"的结合；在这样的生活情景中，朴素地生出感情化伦理化的价值观。就如同《颠倒的时光》《思无邪》里的那位有着"乡村知识分子"意识的伊老师，不仅会盘算细微的账目，且心地善好、帮人励志、成人之美。还有周围的景色、民谚、忙年与红白喜事的民俗等等，都是人文性生存的具象化。

三、小说家专业精神的养育

能够看出，写作所需要的足够的案头资料准备，鲁敏是下了大功夫的。每一个年代的征象，每一个数字，每一个物件和景色的位置、色彩，等等，它们指向每一个细节里面的声形眼神的真切性。

鲁敏的小说虽然长于写实，但她以写实为主的作品并不多，但这不多的作品也足可见出她专业训练的成效和认真的专业精神，比如中篇小说《男人是水，女人是油》、短篇小说《方向盘》。女人瀑布般的埋怨代表生活实际的利害，男人受女人生活观指导，说到底还是利益的驱遣。马克思的感慨是："人的心是很奇怪的东西，特别是当人们把心放在钱袋里的时候。"⑤这样的小说是不能按照精致圆润如不锈钢球的标准来衡量的，它需要冲击力。《男人是水，女人是油》的结尾以男主人公向光模仿门卫，举起手向从小区鱼贯而出的小车敬礼。向光的"敬礼词"有着深深的反讽和激愤的批判："代表所有的工人大哥、农民伯伯、警察叔叔、护士阿姨、公务员先生、服务员小姐、钟点工大嫂、农民工小伙等小从业者及其他的待业者、失业者、无业者。"这一类的作品容纳了巨大的信息量和繁复层积的社会问题，扎扎实实的文学细节可以当成现象和实证资料。此外，在典型人物身上还埋藏着两性角色的变异和人的心史、社会风俗史的风动，所有这一切，都朝向批判现实主义经典的品质要求。做什么成什么，这不仅仅是专业精神，更是专业素质全面的一种体现。

作为一个对写作艺术有着高度自觉追求的作家，构思精巧其实是一个极高的标准。《逝者的恩泽》的构思堪称奇巧。小说真正的主人公其实就是那个"逝者"陈寅冬，他死后的故事一定是已经在他生前的脑海里想得无微不至了。他的亡故，是怀着极深的感情和极高的智慧的，他深深爱着两边的家，两边的女人、两边的孩子，又生怕他们受穷受苦，生怕他们之间有所伤害和仇视。这样的爱无法光明正大也无法照应周全，与其不体面没本事地活着爱下去，莫如永远离开他们。这个蔫蔫的却在私人生活里有奇趣的男人的死，给活着的亲人换来了在物资上抚恤金，还有生活上女人们的怀念和相互关照，以及孩子们的光亮的未来。这样的构思所塑造的这种肉身不在场的主人公形象，无疑是这篇小说在艺术上的一个富于智慧的大手笔，没有专注而沉静的职业精神，此种灵光一闪单靠小聪明恐怕是不能轻易捕捉到的。

《致邮差的情书》这个精致的短篇，也许与信有关，也可能和都具有浪漫的情感向往有关，不免总是让人想起茨威格的《一个陌生女人的来信》。跟后者相较，鲁敏的这篇小说不专注于写信，主要是为了写与一个普通的底层邮差的生活相关的故事，格调不那么单纯，而是具有

"混搭"的品相。这个邮差活得一点也不精致，仪表粗糙，老人妻子儿子压得他喘不过气来就是他的基本生存状况。另一位主人公则是时尚女孩，随时可以生出新词奇念，与其说她倾心于邮差不如说她是在爱她自己的浪漫想象。当她看到精心设计的情书最终被毫无感觉的邮差扔掉之后，她并没有什么"失恋"的难过痛苦，因为这个过程能够帮助她"喂博客"。几乎天天见面，却活脱脱生活在两个世界。这个作品按捺得住节奏，在静气的叙述里，从故事主干出发，节外生枝，枝上长叶，无数鲜嫩的细节摇曳着织成了小说茂盛的树冠。

写众所周知的熟稔的庸常人群，往往也让相关题材创作显出一副庸庸碌碌的样子，像《方向盘》和《男人是水，女人是油》这样能够尽量体现刺穿麻木的庸常生活本质的作品其实是不多见的。鲁敏近年对行业和手艺人的兴趣，相对置身其中的生活来说，这是让我们可以展开童心打开天眼的艺术世界。因为他们的生活本身就天然具有芸芸众生滚滚红尘之外的小说感。

《取景器》之于拍摄艺术，小说里面那么确凿的专业知识，特别是关于摄影的审美表述真是引人入胜。小说家的专业精神也体现在这种对对象的表里的深厚理解和适度表达方面。

《风月剪》写的是裁剪师的艺术。这是一个奇特的中篇小说，里面有"旧小说"斑驳的照影。京派的乡土和海派的人性，在乱中泛着淡定的光泽，但是这个橘色的底色上，每一块布料、每一丝暖意又都是今天的光线透过去的，可能这样的本事，老上海的张爱玲、香港的李碧华与黄碧云之外，只有南京作家才能具备。苏童曾经以丝绸般的语流展露过这一种出类拔萃的叙事色调，今天的鲁敏不仅有所承接，而且在韵味丰富性上有新的开掘。

鲁敏善于刻画不同人生阶段不同情境中的男女形象，文笔到处总有精致而出色的描绘。既忠实于经验的实地又健旺于文学想象的天空，一切以合乎逻辑的鲜润细节出之，事、情、趣、理皆指向人之为人的基本活动，小说之妙不外乎此罢。

作家的专业精神的终极指归是对人心的抚慰，透过黑暗捕捉光线，戳穿恶抵达善，拨开芜杂的遮蔽呈现单纯之美，是对人类的人性化生存的由衷关切和对人间美好温暖之爱的向往与担当。

从中短篇来看，鲁敏的创作在质与量上都没什么问题，正在匀速稳定地上升。她已经有《戒指》《爱战无赢》《百恼汇》《博情书》四部长篇问世，也可算是表现不俗的丰产作家。新近由江苏文艺出版社出版的《博情书》（在刊物首发时名为《贞洁蒙尘》），有其前期写作的资源和意趣集大成的气象，放在当今青年作家的长篇小说作品之中，无疑也属上乘之作，但一旦衡估的层面再放宽些，在与成熟的长篇小说作家进行对比的时候，作者对长篇的结枝和节奏的把握还需继续摸索修炼。但我们可以相信，沉得住气的鲁敏可以写得足够好，完全可以预期，深谙小说的人文之妙谛并在艺术上走向成熟大气的鲁敏，她下一部新的长篇小说一定会为我们带来新的欣喜。

专业精神是需要持续养育的，这个怀抱文学信念并有着充足的艺术能力践行这信念的人，已经显现出长效写作的基底。为流连文学时光的人们在心海不断闪放美妙记忆的航标，是鲁敏这样的小说妙人自然会做到的事情。

---

①③鲁敏《我是东坝的孩子》，见《文艺报》2007年11月15日第三版。

②尤里·奥尼尔《论悲剧》，见《美国文学家论文学》，三联书店1984年版，第247页。

④阿伦·布洛克《西方人文主义传统》，董乐山译，三联书店1997年版，第250页。

⑤《马克思恩格斯全集》，第23卷，人民出版社1956年版，第255页。

创作年表

2001 年之短篇：

《寻找李麦》	《小说家》 （2001/2）
《冷风拂面》	《十月》 （2001/6）
	入选《十月》增刊·中短小说集
《宽恕》	《十月》 （2001/6）

2002 年之中篇：

《白围脖》	《人民文学》 （2002/3）
	《小说月报》 （2002/4）
	《作家文摘》 （2002/4）
	第五届南京市政府艺术奖金奖

2002 年之短篇：

《紊乱》	《北京文学》 （2002/2）
	入选《北京文学》年度选本

《我是飞鸟我是箭》	《长江文艺》（2002/11）
	获《长江文艺》2002 年度短篇小说奖
《把爱情泡茶喝了吧》	《小说家》（2002/4）
	入选《小说家 100 期经典小说》
《虚线》	《山花》（2002/5）
《左手》	《青年文学》（2002/7）

2003 年之中篇：

《青丝》	《花城》（2003/5）
《镜中姐妹》	《十月》（2003/4）
	《北京文学·中篇小说选》（2003/9）
	《小说精选》（2003/9）
	入选《2001 –2006 新世纪中篇小说选》
	（朱小如编）
《温情的咒语》	《小说月报·原创版》（2003/6）
	《北京文学·选刊版》（2004/1）
	入选《小说月报·原创版》伦理小说集

2003 年之短篇：

《头发长了》	《长城》（2003/1）
《天衣有缝》	《钟山》（2003/2）
《白天不懂夜的黑》	《芙蓉》（2003/3）
《四重奏》	《人民文学》（2003/6）
《杜马情史》	《青年文学》（2003/8）
	《短篇小说选刊》（2003/10）

2004 年之中篇：

《轻佻的祷词》　　《小说月报·原创版》（2004/4）
　　　　　　　　　　入选《小说月报·原创版》2004 作品集
《男人是水，女人是油》　《人民文学》（2004/8）
　　　　　　　　　《小说月报》（2004/10）
　　　　　　　　　《小说选刊》（2004/9 下）
　　　　　　　　　《楚天都市报》（2004/10/15–11/4 连载）
　　　　　　　　　《金陵晚报》（2004/12/28–05/1/9 连载）
　　　　　　　　　《小说月报》第 11 届百花奖入围奖

2004 年之短篇：

《摇篮里的谎言》　《小说界》（2004/2）
　　　　　　　　　《中华文学选刊》（2004/10）
　　　《未　卜》　《山花》（2004/2）
　　　《灰娘娘》　《江南》（2004/5）
　　《李麦归来》　《青年文学》（2004/6）

2005 年之中篇：

《笑贫记》　《十月》2005 年度中篇增刊
　　　　　　第六届金陵文学奖一等奖

2005 年之短篇：

《小径分叉的死亡》　　《人民文学》　（2005/4）

　　　　　　　　　　《新华文摘》　（2005/12）

　　　　　　　　　　　入选《21 世纪文学大系 2005 年短篇小说》

　　　　　　　　　　　入选德文版《中国短篇小说》

　　　《心花怒放》　　《长江文艺》　（2005/7）

　　　　《方向盘》　　《人民文学》　（2005/8）

　　　　　　　　　　《金陵晚报》　（6/8 选载）

　　　　　　　　　　　入选 2005 年度中国小说学会排行榜

《耳与舌的缠绵》　　《青年文学》　（2005/12）

2006 年之中篇：

《操场上空的红旗》　　《北京文学》　（2006/2）

　　　　《白衣》　　《中国作家》　（2006/3）

　　　　　　　　　　《小说选刊》　（2006/4）

　　　　　　　　《北京文学·中篇小说选刊》　（2006/4）

　　　　　　　　　　　入选《2006 年中国中篇小说年选》

　　　　　　　　　　　　　　　　　　　　（谢有 顺编）

《穿过黑暗的玻璃》　　《现代小说》　（2006/6）

《喧嚣的旅程》　　《当代》　（2006 年中篇小说专号）

2006 年之短篇：

《正午的美德》　　《青年文学》　（2006/8）

302

《北京文学·中篇小说月报》（2006/8）

《小说精选》（2006/10）

《作品与争鸣》（2006/11）

《一道眉》　《雨花》（2006/4）

《文学界》（2006/9）

《金陵晚报》选载（2006/4）

《烟》　《人民文学》（2006/6）

2007 年之中篇:

《媒人》　《都市小说》（2007/3）

《颠倒的时光》　《中国作家》（2007/2）

《小说选刊》（2007/3）

《新华文摘》（2007/10）

《小说选刊》2006-2007 年读者最喜爱小说奖

获《中国作家》优秀作品奖

入选《2007 中国年度中篇小说》

（《小说选刊》编）

入选《2007 中国小说排行榜》

（《小说选刊》评选）

入选《2007 年中国中篇小说年选》

（谢有顺编）

入选《2007 中国最佳短篇小说》

（林建法编）

《逝者的恩泽》　《芳草》（2007/2）

《小说选刊》（2007/7）

《小说月报》（2007/3 增刊）

《北京文学·中篇小说选刊》（2007/3）

《中篇小说选刊》（2007/3）

获首届"中国小说双年奖"

获第二届汉语文学女评委奖"最佳叙事奖"

入选《21世纪中国文学大系 2007 年中篇小说》　　　　　　（孟繁华编）

入选《2007 年中国中篇小说精选》

　　　　　　　　　　　　　　（牛玉秋编）

入选俄文版《中国作家作品集》

入选《21 世纪中国最佳（2000–2011）中篇小说》　　　　　　（孟繁华编）

《取景器》　　《花城》（2007/3）

　　　　　　《小说月报》（2007/7）

《风月剪》　　《钟山》（2007\4）

　　　　　　《中篇小说选刊》（2007/5）

　　　　　　《小说月报》（2007/10）

　　　　　　入选《2007 年中国中篇小说经典》

　　　　　　　　　　　　　　（吴义勤编）

　　　　　　入选中国小说学会排行榜

　　　　　　入选《十年当代文学精选》

　　　　　　　　　　　　　　（红豆》选编）

《思无邪》　　《人民文学》（2007/8）

　　　　　　获 2007 年"茅台杯"人民文学奖

　　　　　　《小说月报》（2007/5 增刊）

、　　　　　入选《2007 年度小说选本》　　（贺绍俊编）

　　　　　　入选《小说月报》2007 年精品集

　　　　　　入选《2007 年中篇小说精选》

《秘书之书》　　《小说月报·原创版》（2007/5）

　　　　　　　　《北京文学·中篇小说选刊》（2007/10）

2007 年之短篇：

《跟陌生人说话》　《花城》（2007/1）

　　《盘林西尼》　《作家》（2007/2）

　　　《种戒指》　《山花》（2007/4）

　　　　《暗疾》　《大家》（2007/3）

　　　　　　　　《莽原》（2009/3）"当代精品"栏目

《致邮差的情书》　《人民文学》（2007/4）

　　　　　　　第二届"春申"原创文学排行榜

　　　　　　　《21 世纪中国文学大系 2007 年短篇小说》

　　　　　　　　　　　　　　　　　（李敬泽编）

2008 年之中篇：

　　　《纸醉》　《人民文学》（2008/1）

　　　　　　　《小说选刊》（2008/2）

　　　　　　　入选《21 世纪年度小说选 2008 中篇小说》

　　　　　　　　　　　　　　　　（人民文学出版社）

　　　　　　　入选《2008 年度中篇小说选本》

　　　　　　　　　　　　　　　　　（孟繁华编）

　　　　　　　入选《2008 中国年度中篇小说》

　　　　　　　　　　　　　　　　（《小说选刊》编）

　　　　　　　入选《2008 年中国中篇小说经典》

《墙上的父亲》　　《钟山》（2008/1）

《北京文学·中篇小说月报》（2008/2）

《小说月报》（2008/3）

《小说选刊》（2008/3）

《小说精选》（2008/3、4 合刊）

入选《2008 年中国中篇小说精选》

（牛玉秋编）

《超人中国造》　　《中国作家》（2008/5）

《北京文学·中篇小说月报》（2008/6）

《小说选刊》（2008/6）

《燕子笺》　　《西部·华语文学》（2008/9）

《北京文学·中篇小说月报》（2008/10）

2008 年之短篇：

《离歌》　　《钟山》（2008/3）

《小说月报》（2008/7）

《小说选刊》（2008/7）

《新华文摘》（2008/16）

《小说精选》（2008/7、8 合刊）

入选《2008 中国最佳短篇小说》（林建法编）

入选《21 世纪年度小说选 2008 短篇小说》

(人民文学出版社)

入选《中国最佳 2008 短篇小说》（林建法编）

入选《2008 中国年度短篇小说》

（《小说选刊》编）

《北大年选·2008年中国小说》

入选中国小说学会年度排行榜

入选中国当代文学作品排行榜

入选《21世纪中国文学大系2008短篇小说》　　　　　　　（李敬泽编）

入选《小说月报》30年之卷六

《木马》　　　《上海文学》（2008/6）

《中华文学选刊》（2009复刊试刊号）

入选《21世纪年度小说选2008短篇小说》

（人民文学出版社）

《在地图上》　　《上海文学》（2008/10）

《21世纪年度小说选（2008短篇小说)》

（人民文学出版社）

《21世纪中国文学大系2008年短篇小说》

（李敬泽编）

《今天》杂志

2009年之中篇：

《饥饿的怀抱》　　《人民文学》（2009/3）

《细细红线》　　《钟山》（2009/3）

《小说月报》（2009/3增刊)

入选《中国女性文学：海内外华文女作家最新佳作集》（2009年经典珍藏版）

《小说月报》第14届百花奖入围作品

《羽毛》　　　《收获》（2009/4）

入选《21世纪中国文学大系2009年中篇

　　　　　　　　　　　　　　　　　　小说》 （孟繁
　　　　　　　　　　　　　　　　　　　　华编）

2009 年之短篇：

　　　　　　《伴宴》　　《中国作家》（2009/1）
　　　　　　　　　　　　《新华文摘》（2009/6）
　　　　　　　　　　　　《中华文学选刊》（2009/3）
　　　　　　　　　　　　《小说精选》（2009/2）
　　　　　　　　　　　　《作品与争鸣》（2009/4）
　　　　　　　　　　　　入选《2009 年中国短篇小说精选》
　　　　　　　　　　　　　　　　　　　（中国作协创研部编）

　　　　　　　　　　　　获第五届鲁迅文学奖
　　　　　　《第十一年》　《花城》（2009/3）
　　　　　　　　　　　　《中华文学选刊》（2009/7）
　　　　　　《企鹅》　　《山花》（2009/8）
　　　　　　　　　　　　《小说月报》（2009/11）
　　　　　　　　　　　　入选《21 世纪中国文学大系 2009 短篇小
　　　　　　　　　　　　说》　　　　　　（李敬泽编）
　　　　　　　　　　　　入选《2009 最适合中学生阅读的短篇小说
　　　　　　　　　　　　年选》　　　　　（宗仁发主编）

　　　　　　　　　　　　入选《名作欣赏》（2012/4）

2010 年之中篇：

　　　　　　《惹尘埃》　　《人民文学》（2010/8）

《小说选刊》（2010/8）

《小说月报》（2010/9）

入选《21 世纪中国文学大系 2009 年中篇小说》　　　　　　　　　　　　（孟繁华编）

获第二届郁达夫文学奖

《月下逃逸》　《钟山》（2010/5）

《小说月报》（2010 岁末贺岁版）

2010 年之短篇：

《铁血信鸽》　《人民文学》（2010/1）

《小说选刊》（2010/2）

《新华文摘》（2010/5）

入选中国小说学会排行榜

入选《北京文学》当代文学 2010 排行榜

2011 年之中篇：

《死迷藏》　《钟山》（2011/3）

《北京文学·中篇小说月报》（2011/7）

《缺席者的婚礼》　《上海文学》（2011/7）

《不食》　《收获》（2011/5）

《小说选刊》（2011/12）

入选《2011 中国中篇小说年选》

（谢有顺编）

2012 年之短篇：

《谢伯茂之死》　　《收获》（2012/4）
《今日忌多情》　　《民治新城市文学》（2012/1）
　　　　　　　　《芒种》（2012/4）
　　《西天寺》　　《天南》（2012/6）
　　　　　　　　《小说选刊》（2012/8）
　　　《字纸》　　《北京文学》（2012/8）
　　　　　　　　《中华文学选刊》（2012/9）
　　　　　　　　以《机关》名 重庆出版社（2008 年 5 月）
　　　《家书》　　《小说月报·原创版》（2008/3）
　　　　　　　　第十三届"百花奖"原创长篇小说最佳新
　　　　　　　　人奖
　　　《字纸》　　《北京文学》（2012/8）
　　　　　　　　《中华文学选刊》（2012/9）

2013 年之中篇：

　　《隐居图》　　《大家》（2013/2）
　　　　　　　　《小说月报》（2013/6）
　　　　　　　　《北京文学中篇小说月报》（2013/5）
　　　　　　　　《中华文学选刊》（2013/6）
　　　　　　　　《新华文摘》（2013/5）
　　《零房租》　　《小说月报·原创版》（2013/6）
　　　　　　　　《小说选刊》（2013/7）

《北京文学中篇小说月报》（2013/7）

2013 年之短篇：

《小流放》　　《人民文学》（2013/6）

　　　　　　　《小说月报》（2013/6）

《当我们谈起星座》　《江南》（2013/4）

　　　　　　　《长江文艺·好看小说》（2013/7）

《荷尔蒙夜谈》　《收获》（2013/4）

2014 年之中篇：

《徐记鸭往事》　《长江文艺》（2014/5）

　　　　　　　《小说选刊》（2014/6）

　　　　　　　入选《2014 中国年度中篇小说》

　　　　　　　　　　　　（《小说选刊》编）

　　　　　　　入选《中国短篇小说年度佳作 2014》

　　　　　　　　　　　　（孟繁华编）

2014 年之短篇：

《万有引力》　《钟山》（2014/5）

　　　　　　　《小说月报》（2014/11）

　　　　　　　《小说选刊》（2014/10）

　　　　　　　《新华文摘》（2015/2）

　　　　　　　入选《2014 年中国年度短篇小说》

　　　　　　　　　　　　（《小说选刊》编）

《赵小姐与人民币》　　《ONE　一个》电子 PDF 刊　（2014/7）

2015 年之短篇：

《在四十七楼喝酒》　　《新民周刊》　（2015/2）

2015 年之中篇：

《三人二足》　　《收获》　（2015/1）
　　　　　　　《北京文学·中篇小说月报》　（2015/4）

《坠落美学》　　《花城》　（2015/4）
　　　　　　　《小说月报》　（2015/9）
　　　　　　　《长江文艺好小说》　（2015/9）
　　　　　　　入选《2015 年中国短篇小说年选》
　　　　　　　　　　　　　　　（林建法编）

2016 年之短篇：

《拥抱》　《收获》　（2016/1）
　　　　《小说月报》　（2016/6）
　　　　入选《收获年度排行榜短篇榜》
《幼齿摇落》　《作家》　（2016/3）
　　　　　　《中华文学选刊》　（2016/6）
《大宴》　《人民文学》　（2016 年 10 期）
　　　　《小说月报》　（2016/11）
　　　　《长江文艺·好小说》　（2017/1）

入选《2016 年中国短篇小说精选》

(中国作协创研部编)

2017 年之短篇：

《火烧云》　　《上海文学》（2017/1）

　　　　　　　《小说选刊》（2017/3）

《枕边辞》　　《芒种》（2017/5）

长篇小说：

《戒指》　　　2004 《十月》长篇增刊三号芒种卷

　　　　　　　中国青年出版社出版（2005 年 1 月）

《爱战无赢》　《小说月报·原创版长篇增刊 2005》

　　　　　　　百花文艺出版社（2005 年 5 月）

《百恼汇》　　《小说月报·原创版》（2006/2）

　　　　　　　上海人民出版社（2008 年 8 月）

　　　　　　　入选上海书展"十大畅销书榜"

《贞洁蒙尘》　《小说月报·原创版》、

　　　　　　　　　　　　　（2007 长篇增刊第 1 卷）

　　　　　　　以《博情书》名江苏文艺出版社

　　　　　　　　　　　　　（2007 年 10 月）

《没有方向的盘》　《作家》2008 春季号

　　　　　　　以《机关》名 重庆出版社（2008 年 5 月）

《家书》　　　《小说月报·原创版》（2008/3）

　　　　　　　第十三届"百花奖"原创长篇小说最佳新

　　　　　　　人奖

以《此情无法投递》名 江苏文艺出版社
（2010 年 10 月）

《六人晚餐》　　《人民文学》（2012/3）
十月文艺出版社（2012 年 6 月初版、2017 年 6 月再版）
获人民文学年度长篇小说奖
入选 2012 年度中国小说学会年度排行榜长篇小说榜

中短篇小说集：

《纸醉》　　　江苏人民出版社（2008 年 10 月）
《取景器》　　山东文艺出版社（2009 年 5 月）
《离歌》　　　春风文艺出版社（2010 年 7 月）
《伴宴》　　　江苏文艺出版社（2011 年 6 月）
《惹尘埃》　　二十一世纪出版社（2011 年 6 月）
《墙上的父亲》新星出版社（2012 年 9 月）
《回忆的深渊》解放军文艺出版社（2013 年 2 月）
《九种忧伤》　花城出版社（2013 年 4 月）
《小流放》　　山东文艺出版社（2014 年 6 月）
《荷尔蒙夜谈》十月文艺出版社　（2017 年 1 月）
《跟陌生人说话》江苏文艺出版社　（2017 年 3 月）

随笔集：

《我以虚妄为业》　河南文艺出版社（2014 年 11 月）

散文集：

《我以虚妄为业》　　　河南文艺出版社（2014 年 10 月）

散文+小说集：

《回忆的深渊》　　　昆仑出版社（2013 年 2 月）